美人挑灯看剑·上

吾九殿·著

中国·广州

卷二 命鱗 一〇九

卷三 救我 二三一

番外 游山海 三五五

目录

卷一 入漳 ○○一

想带你去南疆,想带你去巫族,想带你去一座很远很远的城。想带你去真正的天涯海角。

我想带你走。

我亦見青山青
也不見千古相逢悲白首
我不見長風長
也不見萬載宏圖一旦休

吾九殿

卷一 入瘴

第一章

　　枎城多了一桩笑谈。
　　城里当铺来了个少年修士，带一把破剑，硬说是太乙宗的镇山之宝，要卖黄金七万七千两。店里伙计看他年纪小，唇红齿白，长得比画还好看，不忍心骂，就把人客客气气打发了。茶余饭后一聊，才知这城里共三家当铺，少年全去了。
　　一样，要将一把破剑卖出天价。
　　大家都觉得滑稽。
　　且不提太乙宗居仙门第一，镇山之宝怎么会落到一个少年手中，单这"镇山之宝"就荒唐得不像话：剑鞘是烂的，剑镡剑柄是锈的，剑刃坑坑洼洼像是狗啃的，别说卖七万七千两黄金了，一文钱都没人要。
　　说来说去，大家都当是哪家贵少爷闲着没事，寻乐子。
　　…………
　　哐当。
　　笑谈的主人公把剑远远地丢了出去。
　　"一文不值"的破剑在地上滚了两圈，又自个儿咻的一声飞了回来，悬在仇薄灯面前，摇摇摆摆地拿剑鞘戳他胳膊。
　　看起来居然怪委屈的。
　　"你还委屈？！"仇薄灯怒了，"你要是真觉得我是个妖邪，就给我一剑。我不仅不怪你，还要谢你。
　　"来来来，现在、立刻、马上。"
　　破剑啪嗒掉在地上，蔫头蔫脑地拿剑镡蹭他的靴子。
　　仇薄灯蹲在地上，捡了根木棍戳它："少来这套，要不是你莫名其妙带我来这鬼地方，我会落到这地步？"
　　他微微冷笑。
　　他又不稀罕。

仇家原本就是"名门望族",要势有势,要财有财。仇薄灯含着金汤匙出生,打小在钟鸣鼎食之家长大,要什么有什么,日子别提多潇洒了。结果在十八岁成年这天,却成了《诸神纪》里的同名纨绔。

仇薄灯险些表演一个原地暴毙。

后来发现这纨绔辈分还挺高,整个太乙宗就没不需要向他行礼的人,不像以前他做点什么,都有一大群老头子"哎哟哎哟"地劝。再回忆一下,之前他在故事里作天作地,照样好端端活了八百年,仇薄灯这才没去"北辰山一跃解千愁"。

之前不是什么好东西,现在的仇薄灯有过之而无不及。

他不用演就是个数一数二的纨绔子弟。

是故,太乙宗上下愣是没人发现"小师祖"换了个里子。

平日里,仇薄灯把宗门折腾得鸡飞狗跳。

这天,他在藏书阁里找杂书看,翻到太乙宗有把"太一剑"——能照一切妖邪鬼魅。因为有这把古剑镇山,一万多年来,太乙宗就没出过妖邪冒充弟子混进山门的事。

仇薄灯看了,不屑至极。

这太一剑真有那么神异,就该出来把他劈了。到现在都没动静,可见这太乙宗的人最爱吹嘘自己,就跟他家那些老头子动不动就称仇家曾得"天授"一个德行。

结果,白日刚笑过太一剑,夜晚就听得咻的一声,一道白虹破窗而入,直接冲面门来了。

竟是一把寒光凛冽的古剑!

剑光大盛。

被剑光淹没前,仇薄灯第一个念头是:难不成太一剑辨认妖邪还带延迟的?

第二个念头则是:希望能回去。

再一醒来。

他躺在一条无人的胡同里,身边是变得又破又烂的太一剑,头顶是舒展交错的古木浓荫,苍穹和天光只能从枝桠和羽状复叶的缝隙里漏下来,目力所及之处,所有房屋都处于树荫的笼罩下……

仇薄灯当时比刚来到这里那会儿,还要茫然三分。

他找了个人问,才知身处清洲抶城。

清洲离太乙宗所在的东洲甚远,抶城又是个小城,认太乙宗小师祖这张脸的呢,目前还没遇到半个。仇薄灯又是个出门前呼后唤的,付钱拿东西这种事,从来不用劳驾仇少爷动那双尊贵的手。

所以，钱呢？

自然也是一个子都没有。

仇薄灯还是头遭落魄狼狈到这种地步。

他二话不说直接把太一剑提进当铺了。

一日下来，剑没卖出去，人离饿死只差一点。

按道理，仇薄灯不该如此不济，奈何他不学无术，修为至今还是最低的"明心"一阶，远没到辟谷的程度。

"原来饿是这种感觉啊。"

仇薄灯怅然地摁着胃部，觉得没用的知识又增加了。

之前，他一日三餐由家族的上百位厨师负责，从口感到营养尽善尽美，哪一餐他吃得少一点，负责的厨子就能痛哭流涕到就差以死谢罪，以至于仇薄灯年幼时一直坚定地认为家族业务是养猪。现在，他的食谱扩展到了天上飞的龙，水里游的鲲……太乙宗上下的"养猪"本事比仇家有过之而无不及。

饥火中烧，仇薄灯懒得把力气浪费在破剑上，开始琢磨怎么办。

首先要吃点东西，然后回太乙宗去，把太一剑的事和那群白发老头子说一下，要杀要剐让他们自己看着办。顶级的纨绔就该有这种天不怕，地不怕，看淡生死、潇潇洒洒的气魄。一切安排得都很完美。

问题出在第一步：将生死看淡的仇少爷不会赚钱。

仇薄灯的认知里就没有"赚钱"这个概念。

他甚至很少亲手碰钱这种庸俗的东西，以前想要什么根本不需要他张口，只要仇少爷的目光在某样东西上停留超过三秒，立刻就有人把它奉上。

他能想到把太一剑当掉，已经格外了不起了。

仇薄灯搜索枯肠，一无所获，只又增加了一点没用的知识："人饿了会没力气啊。"

他把手中的木棍一丢，发现自己不知不觉间在地上写满了"扶城"。

盯着"扶城"二字看了一会儿，仇薄灯总隐隐约约觉得这个地名有点熟悉，脑海中灵光闪过，却没来得及抓住。

他不爽快，自言自语："要不把剑卖给铁铺，熔了说不定还值几个钱？"

太一剑不装死卖蔫了。

它钩住他的袖角，扯着他向外走，一副知错就改的样子。

仇薄灯跟着它绕出小巷，只见它在一处停了下来，用剑鞘指了指一个地方。

长街边，一个穿得破破烂烂的乞丐抱着个破碗，路过的人偶尔会停下来，丢点碎银两和没吃完的食物给他。乞丐用黑乎乎的手一边抓着半个点心，一边五体投地、连声道谢。太一剑似乎觉得自己这个主意聪明得很，把剑柄悄悄塞进仇薄灯手里，蹭了蹭他的掌心，一副邀功的样子。

斗鸡走狗的败家本事样样精通，扛提拉拽的赚钱能耐一概不会。

除了乞讨还能干什么？

仇薄灯："……"

他要笑不笑，从牙缝里挤出声音："你不如叫我死了罢了。反正十八年后，又是条好汉。"

太一剑被他暗中摇得剑鞘松动哗哗往下掉，急急忙忙全力想把自己拔出去。仇薄灯哪里肯让，握剑的手用力得关节都在咔嚓作响。

一人一剑正在拔河，忽然街上一阵热闹。

原来是有位青衣管家从墙上撕下旧告示，又贴了张新的上去。

一群人围着看，交头接耳地讨论："看起来又失败了，枎城修为高的修士太少了。""快看快看，开价更高了，整整一千两黄金。""一千两？黄金？也就柳家拿得出这么大笔钱。""要不是遇上瘴月，恐怕都能去请山海阁长老了！"……"还说什么凡柳家所能，皆可满足。"

说者无心，听者有意。

仇薄灯偏头瞥了眼，那告示是这么写的——

　　告各方上仙仁侠知之：
　　今有柳家小姐为鬼祟所迷，倘若有能驱邪者，所需之物凡柳家所能，求无不应，另谢黄金千两，绝不食言。
　　谨此告示。

如果只是遇到一般的鬼物，普通定魄期修士就可以解决。但看这架势，似乎柳家的小姐中邪之事，非同寻常。

"看来只能等到瘴月过，四野开，请山海阁长老了。就是不知道这柳家小姐情况如何，等得到下个月不？"

"你这不是废话吗，要是等得到，柳家会这么急，三天内提高两次酬金？"

"……"

仇薄灯收回目光，对着太一剑古怪地笑。

"你大概不知道，我这人什么德行吧？"他突然和颜悦色起来，"想不想见识一下啊？"

太一剑先是停止挣扎，随即像察觉大事不妙一般，就要把他拉离此地。

"让一让。"

仇薄灯死死握住太一剑,抬高声音走了上去。围在告示边看热闹的人见他红衣灼灼,气质尊贵,下意识就分了条路出来。他也不废话,上前抬手唰地一把将那张告示扯了下来。

这时有人认出了仇薄灯,"哎哟"一声:"这不是要当太乙宗镇山之宝的那位、那位……"

——奇葩。

当着正主的面,人家没好意思把最后两字喊出来,不过其他人往下一看,见他手里提着把破破烂烂的剑,就明白了。

——这不就是笑谈说的那位嘛!

青衣管家傻了,眼睁睁地看着仇薄灯走到面前。

挣扎无用的太一剑深感丢脸。

挺尸装死。

"这、这……"可怜管家"这"了半天,险些说不出话来,"你这是做什么?"

"揭榜驱邪啊。"仇薄灯瞥了他一眼,"榜不是你贴的?"

他五官生得很艳,平时说话做事一派世家弟子被惯坏的矜骄。但他眼角很长,眸色很深,天光映在他眼底,目光漫不经心地扫过来时,莫名像有长剑在阴影里横拔而出,刃上掠过一道细冷寒色。

"是是是。"管家下意识点头。

"那还不快走?"

管家晕头晕脑地引他向前走了两步,才记起:"敢问阁下尊姓大名?"

周边看热闹的一起伸长了耳朵。

红衣少年提着剑,声音懒洋洋:

"太乙宗,仇薄灯。"

第二章

仇薄灯。

三字一出,好似凭空丢了个惊雷。

中土十二洲之间消息不太灵通,你要问眼下太乙宗掌门是谁,清洲的人大抵不知道。但要提"仇薄灯",那可无人不知,无人不晓。

盖因此君刚将各路奇葩斩于马下,荣登天下纨绔榜榜首!

他是太乙宗某位祖师爷仙逝前收的徒弟,辈分能压掌门和长老们一头,年轻一代太乙弟子都得喊他一声"小师祖"。好在太乙宗深知家丑不可外扬，严查小师祖的画像，这才没有把脸丢尽。但也让大家对这位闻其名不知其面的头号纨绔格外好奇，瞎猜他青面獠牙、三头六臂、肋生双翼……诸如此类不必细表，总之成了一干闲人的日常笑谈。

今天传奇人物从茶余饭后的笑谈里走到现实。

不丑不凶，怪好看的。

乌发黄金冠，鬓发并没有束进去，随性地绕到脑后用根绯绫扎住。发冠下缀半月金环，半穿过乌发，在额前垂一菱形环扣、三条长细坠的孔雀翎状额饰，行走时光影闪动在眉梢眼角。一件红衣袍袖很宽，露出两截秀美的手腕，右手提剑，左手靠近腕骨的地方扣着一枚寸许宽的暗金手镯。

顾盼之间，神采飞扬，一看就是连天都敢掀一掀的人物。

大伙莫名有种蒙雾散去的清晰感，觉得——

对，就是这么个主。

只是纳罕："他卖剑的时候，怎么不说？"

否则，看在太乙宗的分儿上，当铺伙计也不至于把人直接赶出去。难不成他觉得当剑的事，有失颜面？

仇薄灯耳尖，听到了，恍然大悟："哦，要先报姓名啊？！"

众人绝倒。

这事倒不能全怪他。

一则，报家门这种事，向来有人替他吆喝，别人不主动问，他绝对不会想到要先自抬身价。二则，当铺掌柜伙计，一见他手中的破剑，压根儿就没给他报姓名的机会，就把人请出去了。

天字一号纨绔现身的消息一传十，十传百，百传千。

等青衣管家引着仇薄灯到柳府的时候，好事者尾随成长龙，把出来迎接的柳老爷惊出了满头冷汗。

柳老爷玲珑心窍，接到消息的时候，只觉得烫手。

这人自称是太乙宗的那位小师祖，不知是不是假冒的，但他又怎么敢请传言中的头号纨绔自证身份？对方若真是本人，觉得他轻慢而因此记恨上，岂不糟糕！但若是假冒的，就要闹大笑话，指不定太乙宗还要嗔怪。

好在府上有一贵客认得这位，愿陪柳老爷出来迎接。

"左、左先生。"

柳老爷远远地看到人来了，忙紧张地问身边一胖子。

胖子踮脚，刚瞥了眼，脸色就是一变："错不了，错不了，就是他！"

他一面说，一面就回身往里边溜，心中叫苦：好端端的，这家伙怎么跑这里来了？该不会知道他的纨绔榜榜首是我家老头子亲点的，特地来找我麻烦？糟了糟了！我要被老头子害死了！

那边胖子两股战战几欲先走，这边柳老爷吃了定心丸屁颠颠迎了上去，笑得满脸褶子，把人往里边请。

柳家大宅正堂里有三个人。

白须白眉的玄清门道长、满面横肉的成名散修和年少持重的山海阁天才。仇薄灯进来的时候，三人站在那儿互相拱手，围着最上首的空位拼死推让——

"玄清道长阵术了得，这首席您当之无愧。"

"娄小友过谦，谁不知山海青剑威名！"

"江兄耍得一手泓刀，世间罕见……"

"……"

他们颇具默契地装作没看到来了个人。

平时遇到纨绔榜上的人，看重名声的修士都要做出一副不屑与之为伍的清高风范。但这次对方是揭榜同来除妖的，身份又高得非比寻常，他们不好拂袖而去，只能希望对方自己识趣，老老实实站在一边旁观。

被排斥的家伙一点都不觉得尴尬和郁闷。

他自顾自地从三人中间穿过，直接把首席坐了。

三位高人："……"

一时间气氛尴尬。

柳老爷赶紧过来打圆场："各位仙人驱邪需要用哪些物件？"

三名脸色青红交替的高人这才收回刀子般的目光。

道长只要了一朱笔一白芨一朱砂，山海阁弟子道他自有法器，刀客也称不用。柳老爷嘱咐人去备道长要的三样东西，而后到仇薄灯面前，满脸堆笑问："仇仙长，您看，您需要些什么？小人定全力备齐。"

他其实压根儿不觉得这太乙宗小师祖能办成点什么，只盘算把人哄好，免招祸患。

白眉道长见了，忍不住轻哼。

浪子捉鬼？荒唐！

却听仇薄灯不紧不慢地报出一长串事物："一尾银鲥鱼，三斤刚好，不可大不可小，要新鲜的，焖炖至稀烂，细细地挑去刺，做汤下面。面要是籼米磨的，至少要押十二次，要新发的珍珠菇和尖上尖的绿笋做料。好了取玻璃浅棱的碧碗盛过来……"

其他人正打算听这家伙能说出些什么"真知灼见",听着听着逐渐露出茫然的神色。

柳老爷笑容凝固。

"等等,你要这些东西做什么?"山海阁来的天才娄江是个学院派,没见过这等野路子,"银鲥鱼、面、珍珠菇、绿笋……没听说过能用来驱邪啊?"

仇薄灯用关爱的眼神看了他一眼,耐心解释:"吃啊。"

散修刀客冷飕飕地问:"你打算请鬼吃饭,好让它滚蛋?不错,这办法够省心省力。"

"当然不是给鬼吃的。"

仇薄灯这会儿被人伺候着,心情好多了,被娄江、刀客两人呛声也没生气。

"我饿了,哪有饿着肚子驱邪的道理?你说是不是,柳老爷?"

柳老爷汗如雨下:"是是是,仇仙长说得对。您还要什么吗?"

"再来坛天霖酒……算了,这个你大概没有,就随便什么陈酒,拿颜色清亮些、香味浓烈些的过来,果子也要一点。"

清洲是山海阁的地盘,山海阁号称"山藏千秋,海纳百川",对诸般珍奇异宝最是熟悉,娄江闻言色变:"天霖?是双头蘷龙连通天地时,灵气所化,降落在北辰山顶,不沾凡尘的无根雨吗?"

仇薄灯诧异地看了娄江一眼:"好像是吧,味道清淡,还算可以。"

娄江:"……"

天霖能助修士感悟天地玄奥,他们山海阁每年都要觍着脸,把大笔大笔的钱拱手奉上,才能从太乙宗那群棺材脸手里求到那么一小坛,还抠得跟施舍一样。结果那群棺材脸居然任由仇薄灯这个败类拿去酿酒随便糟蹋?太乙宗是不是有病?

是不是?!

不能再想,越想越要吐血。

"就这样。"

仇薄灯又报了几样。他颠簸了一天,有些胃口不佳。

"将就吧。"

柳老爷满头满身大汗。

围在柳家大宅外的人还没来得及散去,就见青衣管家风风火火地又从宅里狂奔了出来,紧接着是整个柳宅的小厮们慌慌张张如被烧了尾巴的狗一样窜了出来。四分之一炷香的工夫都不到,整个枎城就像被搅开的沸水般滚了起来。

一尾尾银鲥鱼在长案上排开,一笼笼鸡鸭被提出来。

009

"这个重了一两！"

"轻了半两！"

"重了重了！哎哎哎轻了轻了！"

"……"

平时百两银子都不见得能买到片鱼鳞的银鲥鱼头一遭被嫌弃，一条条把尾巴甩得噼啪作响。

这边百鱼"选妃"，那边千鸡"点将"，关在竹笼里的各色家禽被惊得万"鸟"齐鸣。

"他要纯白的！"

"这个带杂毛了！"

"……"

看客瞠目结舌，打出娘胎以来头遭见到这么折腾人的。

不愧是天字一号纨绔！

最后。

厨子如临大敌地将碟碗盏放进红木食盒中，嬷嬷战战兢兢地提出厨房，至长廊处有年少侍女接手，小心翼翼地端进堂中。柳老爷恭立一旁，看仇薄灯慢条斯理地净手，纤尊降贵地拿起筷子，紧张得就跟头上悬了把剑一样。

"还行。"

柳老爷如蒙大赦。

红衣祖宗捻着筷子，挑挑拣拣，老到而严苛地点评"这个老了点""这个过了点"，听得旁人觉得这不是一桌的珍馐佳肴，而是什么委屈这位大少爷的穿肠毒药。

娄江扭头。

他担心自己再看下去，忍不住拔剑为民除害。

那会引起山海阁和太乙宗两派大战。

"看来太乙宗也不像传言说的那般道正风清。可怜柳老爷不仅要为女儿担心，还凭空多了位祖宗。"刀客讥嘲。

娄江深以为然。

太一剑打仇薄灯揭榜后，就一直在装死，被他顺手挂在腰间。此刻听了娄江指桑骂槐地说太乙宗闲话，剑身微微打战，似乎是气得不知道是想要出鞘教训他们，还是抽仇薄灯——后者的可能性好像更大一些。

仇薄灯眼疾手快地把剑捏住，气定神闲地继续挑能下口的吃。

"好逸恶劳，有辱斯文！"

道长连连摇头，转对柳老爷一拱手。
"令千金现在什么情况？还请老爷引我等前去一见。"

净室。
"影子……地里有影子……"
柳小姐刚十六岁，穿着纯白的对襟宽袖长袍，披头散发，身形消瘦。她瑟瑟发抖地蜷缩在一张高桌上，翻来覆去地自语着，眼睛死死地盯着地面，仿佛害怕有什么东西会从地里冒出来一样。
一有人进来，她就放声尖叫，匆忙地向后退去，手指抓进木头里，眼睛急剧睁大。
"阿纫，阿纫，是爹啊！是爹啊。"柳老爷可怜巴巴地看向屋内三人，"仙长，阿纫已经这样子半个月了，谁也认不得，求求你们想想办法吧！"
道长皱着眉，目光落在柳小姐穿的对襟白袍上："小姐是祝女？"
"是的。"柳老爷回道。
枎城供枎木为神，专门设有城祝司负责主持对枎木的祭祀膜拜。被选中未来要跟随城祝照顾古枎的女子，便称为"祝女"。柳家小姐出生的时候，风送银枎叶落到她额上，被认为是天定的祝女。
"小姐可曾出城，到郊外逢了妖邪？"
"道长，您这不是说笑吗？"柳老爷苦笑，"祝女一辈子都不能出城，阿纫心无杂尘，绝不曾做这种事。"
"奇怪奇怪。"道长眉头锁紧，"既为祝女，又不曾出城，在城内有古枎庇佑，不该中邪的啊。也罢，让我先设个地烝阵看看。"
他将白芨碾碎，混合着朱砂用朱笔蘸了，绕着桌子，在地上笔走龙蛇地画了一圈。柳家小姐蹲在桌上，直勾勾地看着，不作声。待最后一笔落下时，道长绕桌而行，口中急而精准地念诵着，最后拂尘一指，叱道："开！"
阵纹只是由朱笔随意勾勒的，却深深地渗进地里，随着道长的清叱，锐利刺目的光放射出来，像万千把细剑破土而出，能将所有邪祟贯穿钉死。净室一片雪亮，一道白影鬼魅般地撞破阵光的栅栏，猿猴般屈指成爪，向道长的面门抓去。
道长拂尘一扫，条件反射地要向白影点去。
"阿纫！道长留情！"
柳老爷魂不附体。
铛的一声，刀客及时拨开了这一拂尘。
娄江抢步上前，将一面铜镜印在了面目狰狞的阿纫额心，她一翻白眼，昏了过去。昏迷中犹自浑身战栗。

三人的脸色都不是很好看。

这还不如直接来个凶恶的煞鬼戾妖，左右血战一场，三人都不在话下。眼下柳家小姐这情况，却不能硬来，未免让人束手束脚。

"地煞阵能洞察阴气，"道长百思不得其解，"如果小姐身上有阴气，地煞阵会把她阻拦下啊。"

娄江收起铜镜："我这枚青帝镜能辨形神，小姐魂魄与躯壳相符，没有被妖物替代。"

非鬼非妖，那是什么？

看着昏迷中仍自浑身颤抖的少女，三人都觉得棘手。

"她中邪前在做什么？"刀客插口问道。

"向神枎祷告。"

刀客大大咧咧地说："怕不是因枎木中邪了？"

"侠士慎言！"柳老爷脸色一变，连对修士的敬畏都顾不上了，"神枎日夜护我城十万百姓！断断不可轻言污蔑！"

刀客本是随口一说，不料遭一直毕恭毕敬的柳老爷当场驳斥，面子挂不住："如果你们这枎木真这么灵验，怎么连照顾自己的人都庇护不了？连祝女都入邪了，怕不是你们这城神，自个儿都入邪了吧！"

"你你你！"柳老爷指着刀客，气得哆嗦。

"不然呢？草木为神，本就是最弱的。"刀客嗤笑。

"枎木一直在庇佑柳小姐，否则她早死了。"

众人见要吵起来，正自头大，只听有人在外边冷不丁出声。

接着，白纱糊的窗被推开了。

是仇薄灯。

他不知是什么时候吃完了，溜达来了后院。此时他站在窗边，伸手在木棂上拂过，捻起几片薄薄的东西，给众人看。

是枎叶。

城里的枎树不知活了多少年，主干占地足有十里，林冠似云似雾似纱地展开，将或高或低的屋角飞檐笼在婆娑影下。枎叶玉钱般大，薄如银箔，风一吹就满枝满杈地翻起深深浅浅的雪色波浪，叶落时如大大小小的银色萤虫穿街过巷。

仇薄灯捏起的那几片枎叶没有半点光泽，黯淡枯萎，仿佛耗尽了生命。

"没风。"

他抬头，看向延伸至庭院中的一枝枎木。

没有风。

庭院中的枺木叶依旧在往下落。

又轻又薄的银叶，蝴蝶般在空中飞旋，窗户一开，就落进净室里，落到少女身上。刚刚还在战栗的柳家小姐安静了，落在她肩上的银叶却肉眼可见地黯淡下来。

柳老爷先是一愣，下一刻"扑通"跪在地上，热泪盈眶地对庭院中的枺木连连叩首："多谢枺神庇佑小女！多谢枺神！"

白眉道长捻了捻拂尘，看仇薄灯的目光带了几分诧异。

枺枝悬于小池上空，银叶沙沙作响。

轻柔温和。

"古枺有灵。"

仇薄灯伸手按在窗棂上，提着破剑轻盈地跳进净室，笑吟吟地看向刀客。

"看来这位不用吃饭的，也没厉害到哪儿去。"

刀客脸涨得通红："你就是碰巧走运。"

"哦——"仇薄灯拉长了声，"听说没真本事的人，都喜欢借口运气。"

刀客被气了个倒仰："你除了口舌之利还会什么？"

"还会驱邪啊！"仇薄灯挑眉，眼角孔雀翎光影跃动，"看来诸位都无计可施，那么这黄金千两，我就不客气了。"

"什么——"

胖子鬼鬼祟祟躲在一间客房里，听说仇薄灯半句都没提到自己，刚刚松了口气，就听到山海阁师弟说他放话要拿那千两黄金，一口酒直接喷了出来。

"这家伙修为比我还低啊！我至少还到明心期巅峰了呢！"他震惊不已。

"是真的。"

娄江木然地顶着一脸问号。

明心期巅峰和明心期入门有什么区别吗？不都是垫底？您还十分骄傲自己是倒数第二？

宗门不幸，遇上这么位少阁主。

"他让柳老爷把所有人暂时请离西院，要了张床放在净室里，说天亮事情就解决了。"

"一张床就能驱邪斩鬼？他该不会想一觉睡到天亮，讹柳老爷的黄金吧？"

胖子瞅着净室方向，满腹狐疑。

"这心比我的还脏啊！"

013

第三章

净室。

一张髹漆金绘屏风床使原本清心寡欲的房间瞬间变得旖旎，纱窗紧闭，白纸上投出朦胧人影。红衣半散的美人倚靠在床榻的活屏上，素净的手绾着半散的漆黑长发，垂首低眉，帷帐流苏的影子摇曳在他露出的半截白皙脖子上，伶仃纤细。

让人想起所有风雅留香的古艳传说。

"什么破玩意儿！"

美人气急败坏地骂出声。

风雅个鬼，古艳个头。

半绾长发是因为仇薄灯发冠拆了一半卡住了，垂首低眉是因为他一抬头，就要扯到头发。这是仇薄灯第三次试图拆下用来固定额饰的金环，鬼知道他是怎么把解发冠这种小事，拔高到进退维谷的地狱难度。

——他不仅成功地再次扯痛了自己的头皮，还彻底让金冠在长发里绞死了！

太一剑"笑"得打跌，在白天柳家小姐蹲的桌上滚来滚去。

难以想象，一把破剑竟然能这么活灵活现地表达出"幸灾乐祸"这种情绪。

仇薄灯沉下脸，运起自带的那一点微薄的灵力，快刀斩乱麻地把金环、发簪、额饰等统统捏断，这才成功地将它们拆了出来。

叮叮咚咚，一堆现在再也看不出原本是什么东西的碎金被他稀里哗啦丢了一桌子。

太一剑在碎金里滚来滚去。

仇薄灯一边将饱经磨难的长发拢到身后，一边不动声色地磨了下牙。

他要多亲切有多亲切地关怀起太一剑："看到你这么有活力，我就放心了。"

太一剑直起剑身，警觉地后仰。

"我们分工明确，好吃好喝好睡我来，驱鬼斩妖除魔你上。这柳家剩下的事，晚上就交给你了。"

太一剑摇成了拨浪鼓。

把"你做梦"传达得淋漓尽致。

"别跟我来这套，"仇薄灯看到张榜就记起来，为什么自己对"枎城"这个地名有点熟悉了，原书里借主角之口，讲过一桩"枎城祝女为傀所害"的旧事，《东洲纪实》里说你是'天授之剑'，得极北之辰的精粹化灵。你呢，要是一开始就真老老实实当把破剑，我也不能'逼良为娼'是不？"

他伸手戳太一剑。

"这么活泼，说自己连个小鬼都对付不了，骗谁呢。"

啪叽。

太一剑顺着仇薄灯的指尖，柔柔弱弱地摔了下去，一动不动，又成了破破烂烂的剑一把。

"也行。"仇薄灯宽宏大量，"那我们今天晚上一起完蛋。不过，现在栎城人人都知道，太乙宗小师祖带着镇山剑，出马除妖，事情要是没成……"

太一剑动了一下。

"以后的话本就是这么写：太乙宗脑子有坑，把个只会放大话的败类供成祖宗，镇山之宝太一剑，原来就是根烧火棍。仙门第一不过是自吹自擂的牛皮。我嘛，骂我的海了去，再多一桩也不算什么。至于太乙宗的万年声誉——"

他一抬眼皮，干脆利落："关我啥事。"

太一剑跳起来，在桌上咚咚砸了两下。

"好了，现在你知道我是什么德行了吧？"

仇薄灯笑吟吟地出了口被莫名其妙带到栎城的恶气，向后一倒，扯过被子，还不忘说声"晚安"。

太一剑敲桌、砸地、锯木头，折腾许久，仇薄灯就是雷打不动。

剑都要被他气死了！

到最后，太一剑把自己挂在他床头，剑尖荡悠悠，一会儿指向仇薄灯恨不得直接刺下去，一会儿又指着地面。

入夜。

寒风忽起。

净室的烛火一跳，陡然变得豆粒般大小，色泽幽蓝。

桌案投在地面的影子忽长忽瘦，流水般膨胀收缩，拉成了一道长而瘦的"人"影，打屏风床前的地里一节节耸起。诡影像披了一身蛛网，无数细细的透明丝线垂落下来，自动向床上的生人血肉飘去。

太一剑悬而不动，仇薄灯熟睡不醒。

确认了没有危机，无数银丝瞬间张开，就要刺进活人的血肉。

铮——

昏暗里，雪光一闪，一灭，再次出现的时候，诡影已经被太一剑贯穿。白日里破破烂烂的剑身此刻蒙着一层月华，铁锈犹存，剑刃残缺处却爆出细而刺眼的光芒，向左右切出，所有银丝在瞬间齐齐断掉。

寒气森森的剑尖以毫厘之差，抵在仇薄灯翻身后暴露无防的后心处。

啪。

诡影像骤然被刺破的气球，浑身冒出腾腾黑烟，随即迅速瘪了下去。

仿佛有人反应过来，迅速地隔空扯线，被净化得只剩一张皮的诡影从中间裂成两半，纸风筝般轻飘飘地向后倒飞而出。太一剑立刻掉头追击，诡影却一下子灵活得像游鱼一样，忽东忽西、险而又险地躲避剑芒。

净室狭小，太一剑剑身修长又非全盛状态，屡屡让这东西避开。

抓住一个破绽，诡影挤进窗户缝隙，全速向外逃去。

扑哧。

净室内的灯火突然直接灭了。

由明转暗的瞬间响起一道风声。

它是那么尖锐，简直像有无数片细小的刀刃在同一刻把空气割得七零八碎。

一道暗金的微光在空中拉出流星般的虚影。

下一刻，细刃破木的声音与金属震荡的嗡鸣混杂在一起同时爆发，眼看就要逃出生天的诡影突然定格在窗隙里，再也动弹不得。

太一剑陡然斜转，凌空斩下。

剑刃破空的气势比先前追杀诡影时还要凌厉三分！

"冷静！"

不知道什么时候翻身坐起的仇薄灯象征性地举起双手投降。

他的里衣衣袖垂落，露出的左手手腕处空空如也，白天扣在他腕骨上的镯子不见了。净室里的烛火在刚刚全灭了，太一剑斜劈而下，以毫厘之差悬停在仇薄灯面前，剑身在他脸上映出一条窄而长的亮痕，自眼角扫向殷红的双唇。

光与影极致交错。

这一刻的仇薄灯比被钉于窗上的诡影更像邪祟。

太一剑狂暴地嗡鸣着，声音低而暗哑，仿佛愤怒不安地威胁什么。

"都说了冷静些。"

仇薄灯打断它，伸出自己的左手，十分真诚地解释。

"我只是飞镖扔得不错，所以见什么都想丢一下。"

诡影被黄金古镯钉死在窗上。

古镯由一组连续交缠的夔龙组成，白日扣在仇薄灯腕上的时候，龙鳞细密平滑，看起来只是件精美的装饰。但一脱离仇薄灯的手，夔龙像瞬间活了过来，龙鳞瞬间全部竖立展开，每一片都细薄如刃，末端带着尖刺，旋转时弯向一侧，形如累累锯齿。

被它钉住的瞬间，诡影直接化为灰烬。

两条黄金夔龙烧死了诡影后，又自个儿飞了回来，重新在仇薄灯伸出的手腕上盘好，龙口中的獠牙凸出，与前龙的尾刺交错，一连串细小密集的咔嚓声后，彻底锁死。谁也说不准那些龙鳞什么时候就会在腕上炸起，割开血肉。比起装饰，它更像一个危险且敌友不明的手铐。

仇薄灯饶有兴致地拨弄着这重新蛰伏的凶器，随口问："这玩意儿，是'我'原先就戴着，还是我这个'邪祟'来后才戴的？"

随着古镯回到仇薄灯腕上，太一剑渐渐地平静了下来。

但仍指着他。

"还挺好看的，戴着也行。"仇薄灯转着镯子，不再倒腾了，"没关系，我不在乎这个。"

以往教书先生布置文章"你长大后要做什么"，在一众想要教书育人、妙手回春、发明创造等积极向上的文章里，仇薄灯异军突起、一枝独秀。他洋洋洒洒数千字，不厌其详地阐述了人生百年的安排：海底两万里的旅游、窖藏千年的古酒品鉴……甚至还附带了一份极为详细的行程计划表。

概括起来就是：馔玉炊珠，肥马轻裘，顶级的吃喝玩乐。

教书先生年逾古稀，高情远致，从未见过此等不思进取之人，气得当众痛斥他不知道还有个词叫作"坐吃山空"。

仇薄灯应声敲桌高唱："今朝有酒今朝醉，千金散尽还复来。"

曲调铿锵，慷慨激昂。

他把混吃等死的精神发扬到极致。

"你觉得我是什么妖邪鬼祟，要盯着防着，悉听尊便。"仇薄灯懒懒散散地靠在描金活屏上，"只除了一件事……

"以前，管家李叔说带我玩个捉迷藏的游戏，回头就有人接我回家。我说好，让他把我抱起来，我懒得走路。"

剑光微晃，落在他的眼眸里。

"李叔对我很好，把我从三岁照顾到七岁。我凑到他耳边，悄悄跟他说了一个秘密：我一直很仰慕他……后来呢，有人问我喜欢什么，我告诉他：我曾见过血绽放成一朵极致的花，你要让我再见一次吗？"

仇薄灯低笑一声，突然俯身把脸贴近太一剑。

"觉得我是妖邪，想杀我，就堂堂正正直接来。别给我整什么背后捅刀。

"否则我就把你一点点磨碎、一点点嚼了。"

太一剑的轻鸣戛然而止。

冷光里，仇薄灯的眼神流露出一丝压抑不住的疯色和狠戾。

"你……信不信？"

他声音轻柔甜蜜，露出两排洁白的牙齿。

太一剑咻地猛向后倒窜，一头撞到了墙上。

寂静片刻，房间里爆发出一阵大笑。

"不会吧？"

仇薄灯拍着床案，乐不可支。

"居然真的被吓住了？"

他前仰后合，刚刚的疯色狠戾一扫而空，笑得肩骨摇曳，笑得没有灯火的房间忽然满室生辉，黑暗里自顾自地开出一朵张扬的花，一抹朱砂不管不顾地泼进了浓墨里，满目肆意。

"开个玩笑而已——"

他闪身避开怒气冲冲飞扑过来的太一剑时，不小心再次扯到自己的头发，顿时"哎哟"了一声。

"什么破地方！天亮就找柳老爷讨钱回太乙宗去！"

第二天，日上三竿。

一群人等在院子里，迟迟没见净室开门。

"哎哟哟！"柳老爷急得直跺脚，他倒不怕仇薄灯昨天是在吹牛，而是怕这位太乙宗祖宗在自家出了事，"仇仙长这是……"

玄清道长忧虑地道："别是出事了。"

娄江皱着眉头，敲了几次门，又喊了几声，没人应。

刀客双臂环抱，在他看来，昨天玄清道长和娄江竟然坐视仇薄灯把人清走，自己待在净室"驱邪"，简直就是奴颜婢膝讨好太乙宗的丢脸行为。见门没开，他阴阳怪气地道："这不明摆着吗？"

"怕丢脸，半夜翻墙跑了呗。"

"进去看看。"娄江说着，就要直接推门。

就在这时，门啪地被人从里边猛地拽开。

"大清早的！吵什么吵！"

第四章

与开门人打个照面儿的娄江脸腾地就红了……仇薄灯披着外衣，散着头发，明显刚醒的样子，脸庞的肌肤白得几乎透明，残留着酣睡后的一缕红痕，刚好印在眼角，像用指尖抹开的胭脂。

"仇仙长，"柳老爷见人还活着，提着的心瞬间放了下来，连连道歉，"打扰您了！打扰了！"

仇薄灯看了明显一夜没睡的柳老爷一眼，啪地又关上了门，丢下句："都给我等着。"

听起来更像"都给我等死"。

一群人对着余震未消的木门，蒙了片刻，刀客的泓刀险些直接出鞘，娄江急忙提醒他"太乙"。泓刀硬生生卡住，被恼火地一点点推了回去——某仙门第一宗，以盛产护犊子的疯子闻名天下。

好在没多久，门就又开了。

穿好外衣、扎了头发的仇薄灯一身低气压地提着破剑走出来，没理睬其他人古怪的神色，径直走向柳老爷："一千两黄金呢？"

"啊？"柳老爷蒙了。

旁边的刀客反应最快："你想说你把事情解决了？喂，骗钱也不是这么骗的，堂堂太乙宗，还要不要脸了？"

"范先生，且听听仇小友怎么说。"

玄清道长带着几分不信，但还是捻着拂尘打圆场。

"柳小姐现在在哪儿？"仇薄灯问，"带我过去。"

他说话有种天经地义的颐指气使感，容易让人觉得骄纵，又莫名有一种让人下意识服从的力量。一批批高人来来去去，玄清道长和娄江等人是柳老爷竭尽全力能请到的修为最高的人。昨天他们也束手无策后，他本来已经绝望了，听从仇薄灯施为的时候更压根儿没抱半点期待。

柳老爷隐隐又横生出了一丝自己也不敢相信的希望。

昨天仇薄灯让人搬离西院后，柳老爷将女儿安置在离神扶最近的房间里。

几人到时，房间的窗户敞开，一条细细的扶枝伸进屋内，房里摆设十分素净，唯一的装饰是墙上挂着的一排祝女面具。侍女迎了上来，其余人急着问阿纫的情况，仇薄灯自个儿走开，去看墙上的面具。

"小姐昨天晚上一直在睡，没有再闹过。"侍女激动地汇报。

"也没做噩梦吗？"柳老爷激动得有些哆嗦。

"没有！"

"我看看。"玄清道长诧异，近前给阿纫把脉，又跟娄江借了青帝镜照了照，顿时"咦"了一声，"昨天看令千金，虽然没有沾染阴气也没有被妖物夺魂，但心神动摇，五脏六腑都有不坚之相，今天竟然已经心府坚固、魂定魄安，比常人还要好上几分。"

"您、您这是说……"柳老爷磕磕巴巴，把目光投向人群外的仇薄灯："仙长，阿纫这是、这是……"

"你喊醒她。"

仇薄灯挨个看墙上的面具，头也不回。

属于祝女的面具十分精美，刀工圆熟细腻，线条打磨光滑，设色巧妙，像阿纫自己亲手雕的，分为浅红、银白、金黄和深褐四种颜色，对应枎木一年中开花、结实、果熟和叶落四个阶段。枎神的形象较为原始，并未完全拟人化，但神态祥和仁慈，挂在墙上不会让人畏惧，反而心生敬爱。

他见过类似的东西。

一张深黑漆金的面具，非常肃穆，非常美丽，双眼的部位被刻得深而狭长。原始森林密不见天日的阴影下，它被高悬在一个祭坛上，其中一个冒险者颤抖着拍下有些模糊的照片。人们唾沫横飞地讲它的艺术价值和考古价值……

满座喧哗里，仇薄灯与玻璃后的黑金面具对视，觉得自己正被一只古老的鹰凝视。

仿佛那不是一张面具，而是一个沉寂亿万年的活物。

"阿爹？"

阿纫眼皮下的眼珠转动了几次，众人气也不喘地等着，最后她睁开眼睛，眸光先是涣散，后渐渐凝实，茫然地喊了一声。

"醒了醒了！"

背后一片喧哗，仇薄灯收回想要碰面具的手，回身瞅了一眼，就看到柳老爷那张四五十岁的"国"字脸上鼻涕眼泪糊成一团，顿时放弃了过去的打算。

阿纫喊了一声，又昏昏沉沉地睡了过去。

"道长道长！"柳老爷大喜大悲，险些一口气背过去。

"放心，只是身体单薄，需要静养，不用担心。"玄清道长安抚他。

柳老爷这才又活了过来，眼泪汪汪地挤出人群。

仇薄灯眼皮一跳，警觉地向旁边退出一大步。

这个动作颇具先见之明，因为下一刻，中年发福的柳老爷一副破锣嗓子哭出山路十八弯地朝他扑了过来，要不是他退得快，肯定被一把抱住脚了。一个大老爷们儿结结实实跪在地上，说话都有些颠三倒四："仇仙长！活神仙！小女这条命全是您救回来的，大恩大德……"

"停停停！"

仇薄灯头皮发麻，生怕这家伙下一句就来个"以身相许"，那他非直接吐出来不可。

破剑一横,仇薄灯眼疾手快地制止柳老爷向前挪动。

"哭得再真心实意也别想免单。"他冷酷无情道,"要哭可以,收费加倍。两千两黄金,谢谢惠顾!"

哭声戛然而止。

玄清道长轻咳了一声,站起身,郑重地朝仇薄灯拱了拱手:"老朽活了这么久,一贯以不同俗流自居,没想到到头来为世话俗言所误,柳家小姐能获救全靠仇长老。老朽今后一定谨记耳听为虚,眼见为实。"

娄江在一旁翻来覆去地看自己的青帝镜,听到玄清道长的话,他嘴角抽了一下。

虽然他的确被惊到,对太乙宗这位小师祖多了几分敬意,但要说"耳听为虚"大可不必……昨天仇薄灯一到枇城,就折腾得满城鸡飞狗跳,这可不是普通纨绔干得出来的。

"道长知错能改善莫大焉,这份心性同样值得夸赞。"

娄江猛回头。

花花轿子人抬人,这种客套话再正常不过,但打姓仇的嘴里说出来,简直惊悚。

还没刮目相看出一息,就听仇薄灯话锋一转。

"这可比某些只知粗莽行事,脑袋空空的家伙好多了。"仇薄灯笑吟吟地看着刀客,"要我说啊,人贵有自知之明,接了活又办不到,不想丢脸就该半夜自己爬墙跑路。"

接了活又办不到的娄江和玄清道长:"……"

果然,姓仇的狗嘴里吐不出象牙,一句好话铁定为十句损话做铺垫。

刀客自打阿绁醒来,一张脸就涨得通红,现在被仇薄灯一挤对,脸直接黑得能蘸笔写字。

"不过柳老爷还应承了不论能不能驱邪成功,都会酬谢雪银百两,有些人专门为讹这钱来,倒也不意外。"

仇少爷的字典里根本就没有"见好就收"这个词,连刀客带玄清道长和娄江全骂了。被牵连的玄清道长和娄江回过味来——这家伙是在报昨天刚到时他们对他视若不见的仇呢——顿时哭笑不得。

敢情这人记仇的本事也是数一数二的。

玄清道长和娄江被余火波及,都苦笑连连,被主要攻击的刀客怒目了半天,又尴尬又羞恼,想发作又不敢,气得只能摔门就走。仇薄灯还在后面高喊一声

021

"您雪银百两忘了要"。刀客平地踉跄了一下，走得更快了。

"我好心提醒，他竟然连声谢都不说，"仇薄灯评价，"不知礼数。"

娄江觉得这是自己最不认识"礼数"两字的时候了。

"罢了罢了，"玄清道长捻了捻拂尘，摇头苦笑，"仇长老想骂便骂吧。"

他倒是看得开。

仇薄灯古怪地看了这小老头儿一眼，也不继续损人了，掉头就走。

他有丰富的和玄清道长这种人打交道的经验，类似的白发苍苍的老家伙一个比一个古板，把君子之德刻在骨子里，一般情况下总对他吹胡子瞪眼。但鬼知道他们为什么个个责任心贼重。一旦他们突然搭错筋，觉得他不是无药可救，就总想着把他扳回正道。

从小到大，仇薄灯的耳朵几乎要被这种老东西念叨得起茧。

"等等！"娄江拔腿追了上来，"你还没说到底是怎么回事？"

"非鬼非妖者，傀。"

仇薄灯没骨头似的在正堂首席躺着，还不知从哪里搞了把扇子，一张一合地指点江山，就差把"无可救药"几个字写在脸上。

玄清道长和娄江一左一右，听他讲昨天的事。

"柳小姐中的是'影傀'。"

傀是种被制作出来的"怪异"。

制傀的材料十分驳杂，木石金皮都能采用。但其中最为诡异悚人的就是"影傀"。影傀制作出来后，不沾阴气不沾妖气，能够出现在所有无光之地，三千年前曾一度酿成大灾。后来空桑百氏和八方仙门合力，将制作影傀需要的"魂丝"全部烧毁，这才绝迹。

玄清道长神色瞬间凝重："仇长老，你切莫玩笑！影傀之事，做要不得。"

"那我就想开玩笑，你能怎么样？"

"你！"玄清道长被噎住了。

"道长，"娄江打断了两人的对话，眉头紧锁，"仇、仇长老说的也许是真的。"

他犹豫了一下，说出桩秘事："我们山海阁前段时间，发现有人在鬼市上售卖魂丝的种子。"

"什么？"玄清道长吃惊不小，旋即大怒，"什么人竟然敢做这种丧尽天良的事？"

"如果真有魂丝，那影傀被制作出来，也不是不可能。《惊奇录》中提及，影傀的可怖之处，不在于它的攻击有多么强，而在于它能够与人的影子融为一体,逐渐将那个人变成新的'傀'。"娄江分析,"柳小姐之所以没有被控制,应该是因为她身为祝女,日夜向枎木祷告,一定程度上精气神与枎木连为一体。"

"影傀重现人间,要控制一名普通的祝女,这是为什么?"

对着娄江和玄清道长下意识投来的目光,仇薄灯摇头:"别问我,我不知道。"

他说的是实话。

仇少爷看书向来能跳则跳,速度跟火箭一样,能记得"枎城祝女为傀所害",已经相当凑巧了。

要是他知道自己会到《诸神纪》里……

——他立刻把家族的所有人组织成两个团队。

一个团队负责研究《诸神纪》的世界观和人物关系,结合原著角色的身份,给他量身定做起码一打的最佳异世享乐方案;另一个团队负责研究如何将一切麻烦扼杀在源头。

"有件更急迫的事,"娄江低声说,"既然有影傀,那控傀者必定离枎城不远。影傀一死,控傀者必定知晓。"

"必须要把控傀者找出来,才能斩尽杀绝!"玄清道长斩钉截铁。

仇薄灯插口:"最近的挪移阵在哪儿?"

正襟危坐的娄江下意识地回答:"鳙城。"

"这里到鳙城多远?"

"三……三天路程吧,你问这个做什么?"

仇薄灯合上扇子,提剑起身,朝玄清道长和娄江客客气气地道:"现在柳家小姐已经清醒了,人事两清,我就先告辞了,两位有缘再见。"

"你要走?"玄清道长不敢相信,"你明知有邪祟对柳家、对枎城暗中图谋,竟然打算袖手旁观?"

"您这话说的,"仇薄灯诧异,"柳家是我亲家还是我娘家?"

玄清道长一蒙,没听说过太乙宗给仇薄灯定了哪门亲事:"都不是。"

"那枎城是向太乙宗纳贡还是向山海阁纳贡?"仇薄灯耐心地继续问。

"山、山海阁。"

"这不就得了。"仇薄灯合扇一敲手心,笑吟吟地道,"非亲非故,与我何干?"

"你!"玄清道长愤然起身,哆嗦着手指他,先前刚起的一点温和烟消云散,目光里满满是失望和唾弃,"神授圣贤以术,圣贤传道天下,我辈得道法者就当护苍生于危难之前,这是修士世世代代奉行的铁律!你这种修士……简直、简直是败类!"

"我是个败类,难道不是尽人皆知?"仇薄灯疑惑地反问。

玄清道长一口气卡住了。

"等等，"娄江听了半天，插口问仇薄灯，"你该不会不知道，现在已经是枎城瘴月吧？"

"瘴月？"

仇薄灯笑意一敛，意识到太一剑居然"安静如鸡"。

按这破剑的德行，听到他这么祸害太乙宗名声，早跳起来抽他了。

娄江复杂地看了他一眼："昨天是瘴月前的最后一天。"

《诸神纪》里人族的生存环境很差，大多数城池外面都涌动着寄宿满魑魅魍魉的瘴雾。人们需要借助如古枎这样的神物，才能在瘴气中开辟出适宜居住的地方。

仇薄灯先前待在太乙宗。

太乙宗居仙门第一，有夔龙、凤凰、鲲鹏等强大的神兽守护，千里内风清月朗。

但对于普通的城池来说，城外的瘴气一直是个严峻的问题。他们会根据瘴气的浓厚程度，将一年分为"昭月""雾月"和"瘴月"。瘴月一到，城外瘴气浓郁厚重，除非大能，否则便是修士也难以出行。

显然，枎城没有修为高到能在瘴月出行的人。

仇薄灯安静了一会儿。

"铁铺在哪儿？"

"哎哟！"

柳老爷引着一个少年进来，刚到正堂门口，里面就咻地斜飞出一样东西，和他撞了个满怀。

"破剑！给我飞回来。"

仇薄灯红衣似火，打屋里追了出来。

太一剑鲤鱼打挺般从柳老爷的一肚子肥肉上弹起，就要往旁边逃。

柳老爷旁边的少年伸出一只手，将它拦住了。这少年挺拔清瘦，穿一件对襟广袖的祝衣。他接剑时很随意，抬眼看到追出来的人时，握剑的指骨却骤然屈起，用力得像要把剑柄捏碎。

祝衣少年脸上神情一片空白。

他像是在一个完全没有预想到的地方，猝不及防地见到一个完全没有想到的人。

第五章

仇薄灯追得急，差点儿步太一剑后尘，对柳老爷"投怀送抱"。

他刹住脚，没承想柳老爷旁边的祝衣少年快一步抬手拦在他和柳老爷中间，惯性之下直接撞进少年的臂弯里。少年反应很快，一下子按住了他的肩膀。

仇薄灯条件反射一挥手。

啪。

一声清响，两个人同时愣住。

仇薄灯抬头去看这位被他结结实实打了一下的倒霉蛋。

一抬头，他对上了一双眸色非常浅的眼睛，银灰色，让人想起古老的雪山，对视时能察觉到一种沉静的锋锐。目光一触碰，对方立刻垂下了眼睫。

被拍出心理阴影了？

仇薄灯没心没肺惯了，但向来有一套他自己的准则，恩怨分明。人家出于好心，让他避免了与柳老爷面贴面这种悚然反胃的场景，他却直接把人重重拍开。要放到以前，这个时候仇大少爷已经问了对方有什么想要的，然后就算对方说想要价值万金的珍宝，他都能眼皮不眨地让人去买下来作为赔礼。

可惜现在他满足不了对方的心愿。

仇薄灯还在思索怎么表达歉意，对方先开口了。

"抱歉。"

少年的声音如冷松落雪，清凌凌地干净。

"是我撞你的，你道什么歉？"

仇薄灯好奇地问。居然还不敢看他，他长得很可怕吗？还是天字一号纨绔威名恐怖如斯？

少年不回答。

"仇、仇仙长，这位是奉老城祝命令来看阿纫的祝师。"

柳老爷战战兢兢地开口。

祝师垂眼看着仇薄灯袖下的手，天光将红衣的绯色染到了素白的指尖上……像火也像血，他睫毛颤动了一下，将被拦住后就好像认命了的太一剑递给仇薄灯。

"你的剑。"

"谢啦，改天请你喝酒。"仇薄灯把剑接过来，顺口道。

他心情好的时候，就喜欢请人喝酒，虽然说的时候都十分随意，但其实是真心实意想请人喝酒的。可惜一直以来，听他这么说的人，要么被吓得浑身瑟瑟发抖，要么就没当一回事，搞得迄今为止竟然只有他去赴别人的酒约，没有别人赴他的酒约。

"好。"祝师低头凝视他腕上的夔龙镯，给出了意想不到的回答。

仇薄灯诧异地抬眼看他，随即长眉一挑，笑了起来："那你记得找我。"

"好。"少年祝师顿了顿说，"我记得。"

他郑重得不像是答应仇薄灯这种纨绔子弟一时兴起的邀约，而是答应什么需要用生命去守护的约定。

别是个一板一眼的小古板吧？

仇薄灯想着，把目光移到一边搞不清状况的柳老爷身上，问："最好的铁铺在哪儿？"

"东三街就是了。"

柳老爷下意识地回答，就看到仇薄灯风风火火喊了几名侍从，把剑提出了门，这才猛然记起一件事。

"哎哟不好！"

某位贵客今早好像也去了那个铁铺。

东三街的铁铺里窝了位胖子。

他屁股下的竹椅承受了这个年纪不该承受的沉重，嘎吱作响得随时就要夭折。胖子愁眉苦脸地盯着墙上的刀剑："瘴月啊，孽缘啊！要和姓仇的在同一座城待这么久，这是人受得了的事吗？"

正嘀咕着，忽然外边有人殷勤地献媚。

"仇仙长，这里就是枎城最好的铁铺了。"

胖子后脖颈的毛瞬间立了起来，他飞快地瞥眼一瞧，刚瞅见人群里的一点红色，立刻以惊人的速度蹦了起来，在伙计们惊愕的目光里呼啦一下直接躲进了一张高桌底下——难为他这么大一团，能如此灵活。

被众星拱月簇拥来的红衣少年提着全城闻名的破剑。

"最热的熔炉是哪个？最好的铁匠是谁？"

红衣少年眉眼间杀气腾腾。

"三百两黄金！

"给我熔一把剑！"

轰！

铁铺瞬间像炸开了锅，所有人全看了过来。

仇薄灯不废话，眼角一扫，在短短两天内磨砺得职业能力再上一层楼的青衣管家立刻捧出了一匣子光彩灿灿的黄金。

不用仇大少爷再费口舌，几乎在短短数息之间，整个铁铺达到了空前绝后的火热状态。柳老爷指的这家东三街铁铺叫"铁生沟"，名字有点奇怪，但居然有一座特大的冶铁高炉，平日从不轻易开工。

眼下，铁炉发出隆隆如闷雷的声响，高达两丈的直筒形炉身里火红一片，上好的屈茨石炭像不要钱一样被填进炉中，化为熊熊烈焰，通过倾斜的炉腹角在喇叭形的炉腹中翻滚。全炉共有四个封口，连着陶质鼓风管，每个风口同时使用一排十二个鼓风皮囊，四十八名身强力壮的伙计挥汗如雨地将风从四面八方压进炉子的每个角落。原本已经封炉的老铁匠亲自出马，将铁锈斑斑、坑坑洼洼的破剑投了进去。

空气炎热得经验丰富的伙计都有些受不了，仇薄灯双手交叠地坐在青衣管家搬来的冷玉椅上，身边十名修士运气轮流给他撑起隔绝热浪的屏障，他连滴汗都没出。

按理说，修士就算修为不高，但专门来给人扇风绝对是杀鸡用屠龙刀。

但没办法，仇薄灯给得实在太多了。

扇个风而已，就有二十两黄金，谁不赚谁傻瓜。

真当修士个个都风餐露宿，不用金银啊？

视金钱为粪土的是话本里的仙人，真正的修士今天要愁突破用的丹药，明天要愁武器又碎了，君不见八方仙门还要向境内的城池收驱瘴除瘟的贡金呢。

原本铁匠还觉得这笔钱好赚，但渐渐地就觉得有些吃力了。

铁炉温度高得丢个人进去转眼就能化灰了，太一剑懒洋洋地翻了身，不见一星半点儿要熔化的迹象，反倒是铁锈掉了不少。

太一剑从一把生锈的破剑升级为一把光鲜亮丽的破剑。

老铁匠瘦得只剩一把骨头，见多识广，他沉吟片刻放下手上的活，过来对仇薄灯拱了拱手："仙长这把剑不是用凡火淬炼的，再这么烧下去，恐怕一年也未必化得了。"

"嗯？"仇薄灯懒洋洋地发出个音。

"不过……"老铁匠话头一转，"老朽不才，以前蒙天工府的长老指点，有个法子能引天火冶铁。"

他把眼睛眯成条缝，不肯继续往下说。

仇薄灯眼都不带眨一下。

"五百两黄金。"

"好嘞！老二，去把我那枚濯灵石取出来！"老铁匠立刻吆喝。

原本舒舒服服泡烈焰澡的太一剑瞬间僵住了，下一刻就想往外窜，仇薄灯早就防着它这一手，提前让人在铁炉出口横七竖八地拉了一堆玄铁锁。虎落平阳被犬欺的太一剑胡乱冲撞，把玄铁锁撞得叮当作响。

一名汗流浃背的汉子急匆匆地奔进屋，又急匆匆地捧着个小盒子出来。

眼看老铁匠真的要将濯灵石投进炉中，一道占地宽广的身影猛地从旁边窜了出来。

"慢——"

一名横着看是个圆，竖着看也是圆的胖子满脸心疼地挡在火炉前，张开双臂。

"火下留剑！"

仇薄灯觉得这家伙好像有点眼熟。

"是你啊！"这么浑然天成的"球"世所罕见，扒了一下记忆，仇薄灯没费多大力气就对上号了，"左月半。"

胖子脸一抽，怒道："什么左月半，老子叫左月生！"

"哇！"

铁铺内顿时惊呼一片，两名原本想上前把这胖子揪开，好向太乙宗小师祖献殷勤的家伙瞬间停住了脚步。

左月生。

这个名字在清洲的响亮程度不亚于仇薄灯这名字在东洲。

正所谓林子大了什么鸟都有，空桑百氏、仙门八方、海外三十六岛，各门各派的，总有家门不幸、出一两个奇葩的时候。这清洲霸主山海阁今下就不幸中彩，出了一位长歪了的少阁主。名门弟子里仇薄灯修为排倒数第一，他排倒数第二，别的本事没有，坑爹世之一流。

仇薄灯之前根本没离开过太乙宗的地盘，认识这货纯粹是因为太乙宗和山海阁关系良好，左月生还是个小胖墩的时候跟他爹去过太乙宗。

他们一见面，就打上了。

体型悬殊之下，仇薄灯少有地吃了个亏，顿时扯开嗓门假得不能再假地干哭了起来，炸出了漫山遍野的太乙宗长老，把本来还气焰嚣张的小胖墩吓得直接从主宗山峰上滚了下去。其实吃亏更大的是左月生，结果打那以后仇小师祖就把仇记上了，隔三岔五就想个法子隔空报复。

仇薄灯险些觉得这种"此仇绵绵无绝期"的德行是他本人了。

"你挡着干什么，左胖？"仇薄灯一摇折扇，"想进去炼个火眼金睛？"

"火眼金睛又是什么鬼？"

左月生放弃纠正，嘟囔了一句，脸上挂起了故人重逢时的亲热笑容。

"哎呀，我这不是怕您误伤宝物吗？您这剑真金烈火浑然不动，一见就是非凡物，若因为一时肝火毁了，回头岂不是要悔得肠子都青了？"

"我知道它非凡物啊，"仇薄灯轻飘飘地说，"太一剑，货真价实的太乙宗镇山之宝。我要毁的就是它，你以为普通的破铜烂铁值得本少爷亲自在这边盯着？"

左月生："……"

他有点想问候仇薄灯上下三代祖宗。

可这家伙被太乙宗某位师祖捡回去的时候，就是孤儿一个，别说上下三代了，一代都欠奉。

"你毁了镇山之宝，是要被太乙宗长老们收拾的。"左月生苦口婆心地劝，"平时他们看在辈分上不敢说什么，但这镇山之宝可非同小可，你真毁了它，就算君长老他们多么恪守礼数，都是要欺师灭祖的。"

"没关系。"仇薄灯温温柔柔道，"他们欺师灭祖我也不介意。"

左月生坑蒙拐骗多年，头一遭遇到这么油盐不进的浑不懔，满腔巧言令色竟无处施展，眼见着仇薄灯就要翻脸让人把他拉开，他一咬牙，豁出去了。

"你不是要卖这剑吗！"左月生一张胖脸扭曲了起来，"七万七千两黄金，我买了。"

仇薄灯一摆扇子，制止拉人的修士。

"左兄是生意人，应该知道物价不是一成不变的吧？"

这回不是"左胖"是"左兄"了。

"八万。"左月生神色痛苦得就像有人在剜他的心脏，"再多，你要毁就毁吧！"

左胖子是出了名的"金公鸡"，身为天下最富的山海阁少阁主，抠门得前无古人后无来者，能出八万两黄金的确已经是极限了。

仇薄灯一合扇："行吧，卖了。"

半天后，枎城最奢华的酒楼。

左月生双目空洞，口中喃喃："我真傻，真的。"

他花八万两黄金买太一剑的时候，表情痛苦，心里其实乐开花。

把太乙宗的镇山之宝只卖八万两黄金，也就仇薄灯这种败家子干得出来。他把太一剑从仇薄灯手里买下，回头太乙宗肯定得来赎回去，山海阁与太乙宗关系不错，老头子估计不会让他"勒索"太高，但翻个两三倍应该没问题。

小算盘打得噼啪作响，但左月生万万没想到一件事。

"这剑自己会飞走啊！"

左月生这回痛苦得真心实意，就差一头撞柱了。

太一剑围在仇薄灯身边，时不时拿剑鞘戳他一下，力道不大，一副气得要死又不敢真发火的样子。也不知道姓仇的给它灌了什么迷魂药，胖子说得口干舌燥，这把刚刚差点儿被熔了的剑宁可被仇薄灯不耐烦地丢开，也不肯搭理左月生一下。

左月生又试探着伸了一下手，不出所料地又被太一剑结结实实地抽了一下。

他就该看它被天火熔了！

"仇大少爷，爷，我的亲爷，"左月生快哭了，"您看，这钱能不能……"

"左胖啊，"仇薄灯放下酒杯，语重心长地说，"我们刚才一手交钱，一手交货，谁都没赖账对吧？"

"对……"

"我拦着你把它拿回去了吗？"

"没。"

"这不就得了。"仇薄灯见这胖子一张脸苦得让人心情愉快，便善心大发，给他倒了杯酒，"可能它怕生，你多和它接触接触，培养培养感情。"

"怕生个鬼。"

左月生翻了个白眼。

他看不起小小一盏酒，自己动手把仇薄灯那边的陈年佳酿拿了一坛过来，以牛嚼牡丹的架势咚咚咚灌下肚。

仇薄灯心胸宽广，没和他计较。

左月生一想到这酒是用从他那边诓的钱买的，顿时只觉苦酒入喉心作痛。

咽喉被烈酒一烧，左月生缓过来点，眼珠一转，不怀好意地问："不过，仇大少爷，今天大家可是都看到了您这剑的非凡之处，不出三天满城都知道你这剑真是太乙宗至宝了，你就不怕被杀人夺宝？"

太乙宗威名虽盛，但至宝动人心，铤而走险的蠢货绝对不在少数。

而据左月生对仇薄灯的了解和这两天的观察，这人十有八九真是独自来枕城的……左月生从自己成天被老头子哪里偏僻往哪里塞的经验出发，猜测是太乙宗终于彻底醒悟，准备想法子摆脱这位祖宗。

这种情况下，仇薄灯自己带着柄镇山剑招摇过市，和自寻死路有什么差别？

"我倒有个办法，只要你愿意把钱退我一半，我就能保证你好端端地回太乙宗。"左月生兴致勃勃地提议。

"唔……"仇薄灯慢悠悠地提醒，"你好像忘了，现在所有人都知道，我，把太一剑以八万两黄金卖给你了。"

左月生笑容顿时凝固。

"所以要杀人夺宝，你也得担一份。"仇薄灯补刀道。

左月生一下子跳了起来，紧张兮兮地四下张望："你真是一个人来枞城的？没带护卫？"

"真一个人。"

左月生服了："你哪来的底气这么晃悠？"

仇薄灯转了一下夔龙镯，认真地问："你看我这张脸，好不好看？"

左月生下意识地瞥了他一眼，脱口而出："好看。"

这是实话。

要不是太乙宗对小师祖的画像管得严，"天下第一美人"的桂冠绝对戴在仇薄灯头上。这人内里心肝肺腑绝对黑透了、烂透了，但一副皮囊实实在在地好看到了极致。就算他头发束得歪歪斜斜、要散不散，鸡刨窝都比他整齐，他的容貌也不损分毫。

蓬头乱发到了他身上，就变成了颓靡风流。

"这不就对了。"颓靡的仇美人笑吟吟一合手，"就冲这张脸，怎么也会有十个八个大能，愿意暗中护卫吧。"

左月生瞠目结舌："……"

左月生对着他的脸，一时间竟然有些信了。

"真的假的？"

左月生嘀咕着，慢腾腾又坐了下来，刚刚没注意还好，现在注意了就忍不住往仇薄灯的头发上瞟，最后忍不住问："是哪个人才给你扎的头发啊？居然还没被打死？"

仇薄灯笑不出来了。

"不会是你自己吧？"左月生灵光一闪，狂笑，把桌子拍得地动山摇。

"我觉得一会儿就有人要追杀你了。""人才"斩钉截铁道。

笑声戛然而止。

左月生骂骂咧咧地埋头从芥子袋里往外刨东西："不是这个""这个也不是""哎，哪里去了？"……也不知道这家伙在袋里装了些什么玩意儿，刨出来的都是些奇奇怪怪的东西，一块玉简滚到仇薄灯面前。

《一夜富甲天下·壹》。

仇薄灯饶有兴致地拿起来，问："这是什么？"

左月生手忙脚乱地把一桌杂物又塞回袋子里，听见他问，顿时骄傲地答："那可是我的得意之作。你知道现在天底下谁的悬赏令加起来总额最高吗？"

"我？"仇薄灯试探地问。

左月生憋了半天："不是。"

"原来不是我。"

"你还蛮遗憾的啊。论找事的能耐，我觉得你绝对可以，可惜你修为太废！比我还废！"左月生恶狠狠地说，随即压低了声，"知道南方的巫族吗？"

"听说过。"

隐约记得《诸神纪》南方疆域里有个巫族，行事古怪，定居在南洲的边陲之地，好像很多事情背后都有他们的影子。可惜这书仇薄灯还没看完，不知道那些人是不是反派。

"这南方的巫族啊，一千年前杀出来个狠人，叫师巫洛，据说是他们的十巫之首，把空桑百氏、仙门八方，以及海外三十六岛全都得罪了个遍，各宗各派死在他手上的，数都数不过来。这人长什么样，倒是很少有人知道，因为见过他的基本都死了。不过，他出现在哪里，哪里就要血流成河、伏尸百万。

"百氏为了杀他，甚至决过泗水。泗水决了之后，大家以为这回他死定了，就有人凑在一起大肆宴请。酒过三巡，师巫洛到了，一人一刀，把宾客全杀了，对瑟瑟发抖的主人说了声'酒不错'，主人直接被他吓死了！

"到现在，几乎是个门派就在通缉他，赏金加起来能把整个清洲的地买下来。"左月生说着，露出了神往的表情："要是能杀了他，准能一夜暴富。"

"我辈楷模啊。"仇薄灯赞叹。

"是啊……啊呸呸呸！"左月生回神，打了个哆嗦，"神鬼皆敌师巫洛，这楷模，你爱要自己要去！"

"神鬼皆敌……敌不敌我不知道，"仇薄灯看向楼下，"不过我知道你大概是不敌的。"

"在那里！给我拿下！"

一道杀气腾腾的怒吼劈空响起。

第六章

左月生一抖。

这声音有点耳熟啊！

他僵硬地扭头，一名白衣公子带着一群人，站在一楼，一张俊脸气得通红，抬手指着这边破口大骂："死胖子！让我逮住你了！"

"看起来是专门找你的，"仇薄灯贴心地提醒他，"人还不少啊！"

"什么鬼？！这都能遇上！"左月生脸色都变了，"仇薄灯！你个死乌鸦嘴！"

眼见，白衣公子横冲直撞地杀了过来。左月生二话不说，扭头噌的一声跳上了桌，他一扒拉细瘦伶仃的雅座窗棂，在木头的嘎吱声里，硬生生将自己庞然的身躯挤进框里。仇薄灯眼疾手快地提前将桌上一碟他还蛮喜欢的果点抄到手里，免遭胖子毒手。

咔嚓。

窗棂两边的木头破碎，左月生成功地把自己弹了出去。

"左兄慢走啊！"

背后传来仇薄灯带笑的声音，左月生怒从心头起，恶向胆边生，一边踩着屋檐跑得飞快，一边回手把一样东西朝仇薄灯丢了过去。

仇薄灯看热闹看得起劲，见有东西飞来，本能地一挥袍袖，将它打落。被劲风一扫，胖子丢过来的东西就在半空炸开了，瞬间仿佛一千万间香料铺子在半空开了张，浓烈到能把人呛死的劣质香料味就在仇薄灯鼻腔里炸开。

仇大少爷的鼻子跟舌头一样娇贵，被风雅名香伺候惯了，猝不及防闻到这种"腌臜"玩意儿，胃里翻江倒海，被熏得险些直接吐出来。

外边，左月生哈哈大笑地跑远了。

他知道姓仇的来了枕城后，当天晚上火急火燎地预备了这么一份"秘宝"。

"胖子！你想死是不是！"

仇薄灯一手捂住口鼻，一手一撩衣摆，干脆利落地踩着窗棂就追了出去，后边来的白衣公子紧跟着也跳了出去。

左月生抽空向后瞥了一眼，大惊失色，姓仇的居然没被熏倒，还追了出来？他打了个寒战，直觉不妙，立刻也不管丢不丢脸，扯开喉咙就长长地喊了起来："娄江——

"你个混账东西跑哪儿去了——

"再不出来我就要被打死了——"

他人胖心宽，肺活量大，中气足，一号起来气壮山河，惊起飞鸟一片。

听得跟随白衣公子追来的护卫们脚下一个踉跄，险些从屋顶上摔下去。闻名不如见面，这山海阁的少阁主没皮没脸的风姿简直举世无双。莫名地，他们对山海阁知名天才青剑娄江同情不已。

丢脸，跟着这么一位少阁主实在太丢脸了！

仇薄灯在屋顶一跑，风把劣质香料的味道吹散了大半，感觉好了一些。听到左胖子呼救，他顿时冷笑一声。

别人不知道，仇薄灯可清楚，现在娄江铁定跟玄清道长着急上火地调查影

033

傀的事呢，哪有工夫来管他们山海阁的这位少主会不会被打死？

余音袅袅，姓娄的鬼影不见。

左月生无可奈何，只好拔腿继续跑。

他修为不高，身上杂七杂八的宝贝倒不少，刚刚刨东西的时候刨出了一双登云靴，他一边跳着一边熟练地给自己套上，看样子不是第一次被人堵上门撵得满城跑。登云靴一穿上，左月生在屋脊上几个起落，逃得比兔子还快，七拐八绕格外善于利用地形。

一群人跟放风筝般从东街窜到西街，从西街窜到南街。

正常情况下，修士大多高来高去，潇潇洒洒，但奈何万年古枎木就跟个银色的鸟笼般将整座城严严实实地罩住。房顶上空高高低低横着、斜着、垂着迷网般的树枝，根本无法高来高去。

原本安宁祥和的小城再次被搅开了锅。

一个逃的，一群追的，所过之处瓦落檐也碎，鸡飞狗也跳，间杂着男男女女老老少少的嘈杂骂声。

左月生打一个小院上窜过，把屋顶的瓦片稀里哗啦踩碎了一片。

院子里打水洗衣服的姑娘听到声响，抬头就看到自家屋顶的垂脊兽摇摇欲坠，急得喊了起来："要掉了要掉了！别踩啊！！"

话刚出口，又一少年踏着铃铛瓦的排山勾滴掠了过来。

听到骂声，少年偏头扫了一眼过来，阳光从枎木亿万重重叠叠的叶子缝隙里漏到他身上，缀成他眼角星辰般的光，发如寒鸦，肤如素雪，衣如红枫，明艳得像用尽这世界上的全部浓墨重彩。少年瞬息间就奔到了梢垄的尽头，踩着垂脊兽一跃而起。

起落间，红衣翻卷成火，成霞，成所有惊鸿一瞥的绚烂。

姑娘后半截话卡在了喉咙里。

咔嚓一声。

摇摇欲坠的垂脊兽彻底寿终正寝，伴随着一点从红衣少年袖中掷出的金光滚落了下来，掉到院子里的杂草丛里。姑娘过去拨开草丛，看见一块黄金被随手丢下，她又惊又喜，倒吸一口冷气跑到院子外边，却再也找不到那道影子。

只听得隔壁的老人扯着嗓子大声叮嘱："喂——

"别撞到神枎啊——"

左月生的如意算盘打得挺响。

这枎城房屋的屋顶上横满了老枎木的枝干，真要追起来得万分小心，否则很容易就一头撞在树干上。修士皮糙肉厚不怕撞，但要是把枎木枝撞断了，所有枎城人都会出来拼命。后面的那些家伙,不想被全城追杀,就得隔三岔五地猫腰闪身,他自己仗着登云靴相助,完全可以做到"万枝丛中过,片叶不沾身"。

跑了一会儿,左月生估摸着差不多了,就回头看了一眼。

不看不要紧,一看,他险些自己先一头撞到前边的树干上。

白衣公子带着的那些修士是被甩了个七七八八没错,但仇薄灯和白衣公子还在穷追不舍。

尤其是仇薄灯。

天杀的,难不成这家伙也有双登云靴?咋追得这么快!

左月生赶紧接着亡命奔逃,一边跑一边喊:"仇大少爷!我错了!我错了!您大人有大量,饶了我吧!回头我请老头子把您从纨绔榜上划掉!"

"不必了!我在榜首待得挺舒服的!"仇薄灯高声答道。

他提着太一剑,踩着牌楼一个俯身,从一根拦腰的枎木枝下掠过,飞燕般落到一堵高墙上。

登云靴仇薄灯没有,但他这方面身手不错。

仇大少爷前后两辈子是一件正事都没干过,打出生起就只在找乐子上穷尽心思。玩得疯得让人觉得,这家伙根本就没把自己的小命当命。

不过,仇薄灯精通翻墙越脊并非出自本意。

那是仇少爷人生里罕见的黑历史。

十六岁时,仇家的老头子在仇薄灯又一次惹祸后,决定全力拯救一下这根尊贵的独苗苗。他先斩后奏地把他塞进了一间以学风清正著称的封闭式学堂里。据说学堂里上至先生,下至守门人,都是顶尖学堂毕业的,出身优越,从不因学生的出身给予优待。仇薄灯入学后,先生全天二十四小时盯着这匹害群之马,后来还专门为他养了十二只训练有素的看门犬,一旦他靠近墙壁,立刻左右包抄,逼得仇薄灯不得不练出一身飞檐走壁的本事。

现在,有灵气相助,他跑起来更是形如御风而行。

左月生寻思了一下,觉得再打屋顶上跑,铁定要被仇薄灯赶上,索性一个肥球打滚,从屋上翻到地面,打算在蛛网般的小巷子里绕迷宫。

他被老头子"流放"到枎城一年了,姓仇的刚到这里没两天,对地理环境的熟悉程度肯定比不过他。

仇薄灯追着追着,前面人影忽然不见了。

他稍微停了一下,立刻往下看,果然一个胖子正在地上撒丫子狂奔,正要窜进两条胡同的分岔口。

心思急转,仇薄灯掂了一下太一剑,故意抬高声音对后面追上的白衣公子喊道:"你堵左边,我堵右边。"

胖子大骂了一声,前奔不停,噌噌噌,蹬着墙面,又蹿回了屋脊上。

他刚在墙头露身,脑后咻地就是一道劲风。

中计了!

左月生叫了声"糟糕",想躲闪却已经晚了。太一剑流星一样飞来,精准地砸中了他的后脑勺。轰隆一声,左月生推金山、倒玉柱地摔了个狗啃泥。

太一剑还不罢休。

它今天又是差点儿被熔了,又是被当飞镖使,憋了一肚子气不敢朝仇薄灯这个混世魔王撒,就弹起来啪啪地抽这个胆敢垂涎自己的死胖子。

也就左月生这上下左右三层肉,被结结实实这么一砸一摔,能很快地又爬起来,翻身想猫进左边的胡同。

哗。

一张金闪闪的大网从天而降,把他罩了个严严实实。

白衣公子算得上聪慧,猜到了仇薄灯喊那一嗓子的用意。仇薄灯前脚飞剑砸人,他后脚就甩网罩人。

一左一右。

两人从天而降把左月生摁了个结实。

"死奸商!"白衣公子怒不可遏道,"想好埋在哪块地了吗?!"

"左月半小友,"仇薄灯轻声细语,"想好你的遗言了吗?"

左月半在网里艰难地翻了个面。

下一刻,他一把鼻涕一把眼泪地求饶了起来,表情夸张,哭腔离谱:"两位饶命!我这就给您二位赔礼道歉,看在我家老头子年事已高,需要有人替他操办后事的分儿上,千万别冲动啊!"

他哭就算了,还努力想把脸往两人身上蹭。

仇薄灯火速把手收了回来,有种自己刚刚摁着一堆油腻腻肥肉的错觉,被恶心得差点儿想把手砍下来。

可到底手是自个儿的,不能随便砍,他只好四下找起水来。

白衣公子傻了。

他以前没遇到过左月生这种货色,一时间摁着对方也不是,放了也不是。

旁边刚好有口井,仇薄灯一边手忙脚乱地打水,一边看左月生边号边借机把眼泪鼻涕抹在白衣公子的衣摆上。

这让人叹为观止。

仇薄灯听说过,山海阁阁主以前隔三岔五地就去佛宗做客,想来原因就出在这糟心儿子身上。近些年山海阁和佛宗有点矛盾，少了清心经，阁主索性哪里偏僻就把独子往哪里塞，眼不见心不烦。

今日一见，山海阁阁主真是英明绝顶。

这么一位少阁主，实在是太丢脸了。

白衣公子的侍从们也不知道死哪里去了，迟迟没追上来。他袖子挽了半天，愣是没能下定决心亲自动手揍这堆油得惊人的肥肉。

他这边还在犹豫，左月生那边已经把他亲爹不为人知的一面，竹筒倒豆子般地全秃噜出来了：世人眼中"周济天下"的山海阁阁主，最喜欢的书其实压根儿就不是什么义卦典藏，而是腰细腿长、丰乳肥臀的春宫图；最常做的消遣不是与人对弈，而是穿上女装去青楼唱戏……

仇薄灯洗了手回来，站在一边听得津津有味，还时不时插话问点细节。

白衣公子听得心惊肉跳，觉得自己很有可能某天就要被山海阁阁主趁着月黑风高给灭口了。

"少废话，"白衣公子踹了左月生一脚，"把阴阳佩还我，就让你滚。"

"呃呃呃……"左月生卡住了。

"你是公鸡啊，还带打鸣的？快点！"

"陆净兄啊，"左月生赔笑，"您那阴阳佩我不小心给弄丢了。"

陆净，这名字好像有点印象？

想了一会儿，仇薄灯记起来了，这不是《诸神纪》里追杀过主角的药谷谷主小儿子吗？陆净，排行十一，绰号十一郎。药谷谷主医术神鬼莫测，可活死人、生白骨，其余诸子个个钟灵毓秀、肯构肯堂，未来也是一代圣手。唯独这陆十一郎，别说救人了，看小病都费力。

有次陆十一郎喜欢的花魁病了。

陆十一郎为表真心，亲自抓药煎煮，熬了三个时辰熬出一碗不黑不红的东西。那花魁估计是被爱情冲昏了脑袋，竟然真的喝了下去！一口药刚下肚，原本还缠绵病榻、弱柳扶风的佳人立刻跳了起来，上吐下泻，两眼一翻直接昏了过去。最后还是陆二郎黑着脸，来挽回药谷的颜面。

此事不胫而走，江湖人人都说，别人治病要钱，陆十一郎治病要命。

据说，药谷谷主知道这件事后，直接炼炸了两炉丹药——他对头没办到的事，他小儿子轻而易举地办到了。

仇薄灯若有所思。

太一剑带他来枇城，难道是因为这里是聚纨绔的"宝"盆？

"嗷嗷嗷！真的！陆兄！我以我爹的全部私藏发誓！"左月生咬死阴阳佩真

丢了，把陆净惹火了，顾不上恶不恶心，劈头盖脸地一顿胖揍，揍得他杀猪般叫了起来。

仇薄灯提着剑，跳到一边的墙头上，抖了枚刚刚跳窗时顺手捎上的果子，一边啃一边欣赏这一幕。

看了一会儿，仇薄灯觉得陆净揍人的业务实在生疏，便经验丰富地指点："不对，往下一点，对对，肋骨那里，手肘对着敲下去。"

"这一脚得再往左三分。"

左月生刚刚中气十足的假号瞬间变成了货真价实的哀号。

"真丢了！"他一边竭力躲闪，一边声嘶力竭地交代，"那天我刚骗……不，刚买到手，拐了两条街，就被阴了！不知道是哪只妖鸟扇了老子一个狠的，等老子醒过来，就看到一地鸟毛。"

陆净抽空破口大骂："被鸟衔了？你骗鬼啊！撒谎也扯个像样的，死胖子，我跟你说，今天你要是不把玉还给我，我就把你点天灯了！"

"对啊。"仇薄灯煽风点火，"鸟可太委屈了，在天上飞得好好的，还能从地面抛来口黑锅。左小友，你别欺负鸟不会说话啊。陆兄，刚刚那一脚再往下挪一点，他可能是不见棺材不落泪。"

"真的！比真金还真！"

左月生毛都乍了，死命往旁边滚。

"我赔！我赔！不就是阴阳佩吗。我家老头子私库里多得是宝贝，我偷七八样给你！"

仇薄灯"咦"了一声。

以左胖子的抠门怕死德行，被揍到这地步，连偷老头子的宝贝赔都说出来了……

"真丢了？"

陆净看起来也知道左月生是什么货色，气喘吁吁地停下手，不敢相信地问。

"我还白给了你一株还魂草呢……连个铜板都没赚到，亏大了。"

左月生绝望极了。

"真丢了。"

陆净呆呆地站着，仿佛一下子被抽了魂。

左月生龇牙咧嘴，试图把自己挪远点，生无可恋："我真的亏啊，虽然给你的还魂草是拿九环阳假冒的，但那也值一千两银子啊……"

他还想跟陆净讨价还价，回头把九环阳还他，陆净突然号啕大哭了起来。

墙头上的仇薄灯险些直接栽了下来。

这好端端的公子哥儿，说哭就哭，哭得毫无形象，声嘶力竭，比号丧还可怕，十里之内魔音灌耳，死人都能给他哭活过来。

左月生傻了。

"一块玉佩而已！我赔给你就是了，鲮鱼佩、青帝镜、环乌印……你要哪个？我赔我赔！"

"谁稀罕你赔！"

陆净大声地吼了回去。

"你拿根假的还魂草，骗了我娘的遗物！"

左月生大张的嘴定住了，他刚刚被揍得脸上青一块红一块，表情格外滑稽。坐在墙上的仇薄灯突然烦躁起来。

遗物遗物。

为什么人死了就一定要留下点什么？

既然要死，那就死个干干净净，什么都别留下。

人都不在了，留下一堆破烂玩意儿，留下一个支离破碎的影子干什么？那不是非要在别人心里扎根针，成心要绵绵不尽地叫人泛疼吗？仇薄灯讨厌遗物，讨厌一切支离破碎的东西。从很早起，他就打定主意，哪天他要死了，就一定要提前用一把火把自己连带所有东西烧得干干净净。

成了灰还不够，还得全撒海里。

尘归尘，土归土，来来去去得利索。

陆净蹲成一团，把头埋进手臂，呜呜声里隐约像还在喊着谁。仇薄灯从墙上跳下来，三步并作两步，过去抬剑就是一抽。

"谁？！不要命了？"

陆净哭岔了气，抬头骂。

"东西丢了就找。"

仇薄灯提着太一剑逆光站立，居高临下地俯瞰。他不笑的时候，眼眸深黑，莫名地让人害怕。

"再号我揍你。"

第七章

陆十一郎还没被自家老哥外的人放过狠话，一时哭声卡在喉咙里，吐也不是，咽也不是。

"你别哭了。"左月生建议，"这家伙真会揍你的，他一直都有点……"

陆净抹了把脸，站起来对胖子就是一脚。

左月生"嗷"的一声："抽你的是他又不是我！"

"老子没哭！"陆净恶狠狠道，"风！没见过风眯了眼吗！"

"风好大哦，连片叶子都吹不掉。"仇薄灯嗤笑。

结结实实被网成个蚕茧的左月生头一遭发现仇大少爷狗嘴里也能吐出象牙，憋不住地"吭哧吭哧"，见陆净又要抬腿，急忙大喊："等等！那几根鸟毛我没丢！放我起来！我跟你们一起找！"

仇薄灯记着"一香之仇"，见陆净折腾金网，不忘叮嘱："先放两条胳膊让他拿东西就好。"

"就是这个。"

左月生灰头土脸地钻出个头和两条胳膊，在芥子袋里刨了半天，刨出个长匣，打开后里面放着几根灰色的羽毛。

原来那天，左月生"买"了陆净的阴阳佩后，觉得这次赚大了，走到半路上就忍不住掏出来欣赏。光顾着低头了，等听到风声的时候，他就已经被一翅膀拍晕了。被人打劫好歹还能打听一下，伺机报复，被鸟抢劫想找也没地方找起。

谁知道那鸟一转头，飞哪里去了。

"居然还好好地保存起来了？"仇薄灯蹲下来，捻起最长的那根。

"我也一直在找好吗？"左月生嘟囔。

他把这玩意儿拿给娄江看过，被娄江不耐烦地骂了一顿，说山海阁纳的是天材地宝、奇珍异器，不是路边的破烂，别捡根鸡毛、鸭毛的都觉得能骗钱。

说起来，娄江那浑蛋跑哪儿去了？

仇薄灯将灰羽对光举起，缓慢转动。

羽柄很长，整根羽毛足足有小臂的三倍长，应该是翼上的初级飞羽。从长度来看，绝对是只猛禽，怪不得能一翅膀把左月生扇趴下。

"你的阴阳佩有什么作用？"他问陆净。

陆净学仇薄灯的样子，盯了羽毛半天，可什么也没看出来，被他一问，条件反射地背书："天地开而合阴阳，生生相息哉二方，精神舍所坚固藏，隐白中冲……"

"停！"仇薄灯头大，"说人话！"

"冬天焐手，夏天蹭凉。"

左月生脸颊直抽，忍不住哼哼："尊重点珍宝行吗？阴阳佩里面藏了'生'与'死'两道精气，有积聚天地灵气的作用，平时能够帮助修炼，受伤了能够加速痊愈。怎么被你说成了一块破石头？！"

陆净听这胖子还敢啰唆，一扯网绳又踹他。

左月生立刻闭嘴。

仇薄灯把羽毛丢给陆净:"那就是了。一只受伤的猛禽,落在枎木灵气最盛的地方。"

陆净松开绳,手忙脚乱地接住羽毛:"你怎么知道?"

"你没养过鸟吗?"仇薄灯看陆净的目光满是"身为纨绔,你连这个都没玩过"的鄙夷,"它们的羽毛很容易磨损,除非老得动弹不得,或者受了重伤,否则它们每天都会把尾巴上的油脂涂在羽片上,保持光润。这几根羽毛,暗淡无光,特别是这根最重要的飞羽,羽小枝又乱又杂,都枯成什么样子了。不过……"

仇薄灯估算了下左月生的吨位。

"还能拍晕这家伙,看起来不是年老,是受伤。"

陆净听了个似懂非懂,抓住关键:"爬到枎木上,就能找到它?"

"飞禽走兽感应天地之气,比人强多了,它抢走阴阳佩应该是察觉到里面的气对它有帮助。有了加速灵气聚集的东西,就得找灵气最盛的地方,除了古枎,还有哪里?不过,左胖只是被拍晕,油皮都没掉一块,它性格还真不错。你拿点治伤的丹药跟它换,应该就会把玉佩还你了。"

说完,仇薄灯顿了顿,看着被震住的左月生和陆净,奇怪地问:"你们愣着干吗?"

"鼓掌啊!"

左月生、陆净:"……"

刚刚升起的一点佩服,转眼就碎了!

"等等!"左月生反应快,"要爬到神枎上去找?"

"不然呢?"仇薄灯关切地问,"你打算到树底下蹦跶,大喊,求它飞下来把玉还给陆兄?也行。"

"我能喊它能下来吗?不对,"左月生把话题扯回来,"问题是,你们爬树是要被全城追杀的!"

"不是你们,"仇薄灯纠正,"是我们。"

"仇大少爷!爷!亲爷!枎城人真不让爬神枎,他们觉得这是大不敬。"左月生额头开始冒汗。

"等一下。"仇薄灯打断他,"不对啊,什么时候神枎不能爬了?我怎么记得我看《南游杂记》的时候,秋明子说他到枎城,见'稚子嬉戏,三五成群,树梢树底,束彩张灯,人与木乐乐'?"

左月生一愣:"《南游杂记》?我祖爷爷那本又臭又长的笔记?你看过?"

"你爷爷写的?"仇薄灯来了精神,"其他三部呢?最后一卷不是说'不日

041

付刻'？刻了吗？"

"刻个头啊！《南游杂记》印了两百万册，卖了不到一千册，把我祖奶奶气了个半死，骂他就是个只会赔钱的败家子，一把火把剩下的三部全烧了。"

"等等——"陆净竭力把话题扯回来，"现在不是在说神枎的事吗？"

"哦哦哦，"左月生回神，"神枎让爬那都是多久前的事了？打三百年前，老城祝觉得娃娃们成天在神树上蹿上跳下，成何体统，就不让爬了。久而久之，就跟不能撞断枎木一样，也成了枎城的禁忌。"

"神枎知道它原来有这么多'体统'吗？"仇薄灯问。

"死胖子，别扯有的没的，你想打退堂鼓吧？"陆净阴森森地问，"我跟你说，没门！今天要是找不到阴阳佩，你就给我当鸟屎去！"

"那、那，万一那只鸟衔了玉佩就飞到别处去了呢？"左月生垂死挣扎。

"你傻还是鸟傻？受了伤还在瘴雾里窜？"陆净磨牙。

"算了，别强迫他。"仇薄灯劝。

左月生一愣。

姓仇的还有这么好心的时候？

仇薄灯温和极了："鸟活得不容易，别拿坏了的猪肉喂它……"

唰。

左月生贴地一个打滚，寒光凛凛的破剑擦着脸颊钉在地面上，要是滚得慢点儿，现在脑袋已经穿了，他顿时吓得魂飞魄散。

"直接宰了就好。"仇薄灯补上后半截。

一旁的陆净看仇薄灯面带微笑地拔剑，说翻脸就翻脸，喉结紧张地动了动，被抽的地方突然有点凉。他觉得……仇薄灯刚刚的威胁其实压根儿不是"再号我揍你"，而是"再号我杀你"吧？！

离家出走头一个月，陆十一郎就领悟了兄长口中的"江湖险恶"。

奸商出没，疯子遍地。江湖险恶，兄不欺我。

陆净想家了！

"我去我去！"左月生惨叫，"我不入地狱谁入地狱！"

　　左月生领着仇薄灯和陆净在小巷里钻来钻去。

也不知道枎城的街道胡同是按什么布置的，一条连一条，岔口接岔口，跟迷宫一样，有些地方光线很暗，有些瘆人。原本陆净还想等护卫赶到，左月生问他是不是巴望着这么多人，刚上树就被发现，人多被追杀更热闹？陆净哑了声，放弃了。

"陆净我能理解。"

左月生暂时没了性命之忧,一张嘴就停不下来。

"仇大少爷您又是怎么回事?往常没见您这么积极。"

仇薄灯双手交叠枕在脑后,懒洋洋地跟着。被他用完就丢的太一剑郁闷地自个儿飘在半空,隔三岔五就愤愤地撞一下仇薄灯的手肘。陆净第一次见到这种自己"走路"的剑,好奇地看着。

"往常什么?"听到左月生的话,仇薄灯笑吟吟地抬眼,"本少爷难道不是向来人美心善?"

人美心善仇薄灯?

左月生要吐了。

"能把你扇趴下的大鸟,应该开了灵智,看看能不能邀请它和我一起去太乙宗。"仇薄灯回忆起太乙宗的某只秃毛凤凰,"上次不小心把叶长老的凤凰的尾巴点了。最近那老家伙天天来跟我哭着说没了尾羽,怎么给它找老婆。"

"长得的确丑。"陆净赞同地点头,"我二哥养的王八乌漆墨黑的,现在就没老婆。不过我三哥养了只乌鸦,现在也还光棍。"

"那回头要是这只骗不走,就让它跟你哥的乌鸦相亲看看。"仇薄灯愉快地说。

"喂喂喂!不要这么胡乱牵线啊,你们尊重一下凤凰好吗?它是神鸟啊!"左月生抱怨。

"不都是鸟?"陆净反驳,"还有,不是要爬树吗,你拐这么远干什么?"

"陆兄,你是我亲哥。"左月生险些跪下,"小点声行吗?做贼还带提前嚷嚷我要偷东西?"

"哦哦哦。"头遭做贼的陆净没经验,"抱歉抱歉,我不知道。"

仇薄灯斜眼看他,觉得这家伙傻得可以。

他被骗走阴阳佩不冤。

"枎树那么大,盖了整座城。你们是悟道期还是卫律期啊?能一眼扫过去,就知道哪里是灵气最盛的地方?"左月生四下张望,确认没人才松了口气,"还是你们打算在树上找到猴年马月?"

三人中,陆净修为最高,定魄初期。

不过他这个定魄期水分多得简直是汪洋大海,是他亲爹积年累月把各种古古怪怪的药灌鸭子一样给他灌出来的。踩高飞低还行,真要和人动起手来……不提也罢。

"你要找人带路?"仇薄灯狐疑,"你不是说神枎不能爬吗?"

"城祝司的人可以啊,他们算树的一分子,不算人。"左月生说,"没有人比他们更熟悉神杖了。"

陆净这回有经验："不对啊，你找城祝司的人带路？你这已经不是贼人自曝，是贼人自投了吧？"

"他早被赶出城祝司了。"左月生停下脚步，转身看着陆净，"快到了，前面那间破院子就是。现在有个要命的问题，这家伙毕竟是城祝司出身，骨子里还把自己当城祝司的人。所以，一会儿我们是请人带路，还是投案自首，就得看你的了。"

"看我的？"陆净错愕地瞪大眼，"我又不认识他啊！"

"不。"左月生非常严肃，"这件事只能看你的。"

"娘啊——"

"孩儿不孝——孩儿连您最后留的一点东西都找不回来——

"娘啊！"

一处不算宽敞的院子里传出了哭声，凄凄惨惨戚戚，情真意切得闻者同悲。

陆净穿着白衣，抱着一名黑瘦少年的脚放声悲哭。被他抱住的人穿了件有些破的褐色短衣，手里提着把割草用的镰刀。黑瘦少年死命想推开这团糊在腿上的"泥巴"："我不是你娘！"

"娘啊——"

陆净牢记左胖子的吩咐，不管对方说什么，只管哭，哭得惊天动地、肝肠寸断。

仇薄灯咻的一下窜出了歪歪扭扭的院门，一手按着墙壁，一手按着肚子，无声地笑得肩都在抖。

能想出这招，左胖子真是一个人才。

"娘啊——"

陆净哭出了真情，哭出了忘我。

"左胖子！"黑瘦少年怒不可遏，"你带的什么人来！你去死吧！"

左月生憋笑憋得满脸通红，憋出了两行"鳄鱼的眼泪"，像模像样地擦着："叶兄，你看我们又不是想要砍树，只是想去把遗物找回来。你就帮帮忙，给我们带个路吧。你看他，这么可怜，生无可恋，指不定一个想不开就撞墙了，也是条人命啊！"

仇薄灯在外边忍笑忍得辛苦，觉得自己还是跑远点，别笑出声破坏了气氛。

"叶仓，你就说吧，帮不帮？不帮，这家伙可真要一头撞死在你面前了啊。"

刚要挪远点的仇薄灯一下子顿住了。

叶仓？

这不是《诸神纪》里的人物吗？他怎么会在枎城？

书里他是以太乙宗弟子的身份出场。

仇薄灯就是查了太乙宗弟子名录，发现还没有这个人，才算出来离自己死还足足有八百年。没记错的话，主角踏上旅途，是为了查明他少年时期居住的城池一夜被毁的真相。

院子里，左月生朝陆净使了个眼色。

"娘，孩儿不孝，孩儿这就来见您！"陆净今天也算豁出去了，脸都不要了，拖着叶仓一起朝墙壁撞了过去。

"你要撞墙自己撞啊！拖我干什么！"

叶仓崩溃地大喊。

"停！我帮！"

仇薄灯转回院门口，面无表情地看着现在活蹦乱跳、十分具有活力的叶小友。

所以，一夜被毁的城……

是枎城？

太一剑带他来到这种"好"地方？

天凉了，熔剑吧。

第八章

太一剑是要熔的，明天白天就熔。

阴阳佩是要找的，今天晚上就找。

至于枎城什么时候被毁，被毁了怎么办。

等到枎城要被毁了再说。

仇大少爷的人生准则向来是"今朝有酒今朝醉，管他明日是与非"。别说枎城可能很快就要被毁了，就算告诉他，他明天就要死啦，他今天晚上要办什么照办不误。说好听点，叫泰山崩于前而色不变；说难听点，就是没心没肺。

他找了根笔，写了张"枎城有危"的字条，打发人给正义凛然的玄清道长送去，自个儿在夜深人静的时候，和叶仓、陆净、左月生一起偷偷摸摸爬神枎去了。

"你们小心点。"

叶仓踩着缠绕在树干上的藤蔓移动，小心翼翼地向上。

"别踩树干，跟着我走藤蔓。"

叶仓打头，陆净第二，仇薄灯殿后，左月生被夹在中间，他要是半路叛逃，仇薄灯就会直接给他一剑。枎城的这株古枎仿佛从天地初开就生在这里了，它的主干直接占据了整座城四分之一的面积。白日看向城正中间会看到无数灰色的高木拔地而起，托开广阔的浅银树冠，远远看就像一片茂林，可事实上只有一株树。

仇薄灯侧过脸。

枎叶在夜晚也会发出淡淡的银光，但叶仑带他们走在神枎主干上，外边是无数下垂深扎、粗壮如密林的气根，光被挡了大半，只能从头顶漏下一点，清溪般细而交错地流过灰色的古树皮。

静谧而又美丽。

"为什么只能走藤蔓？"陆净不觉得美丽，只觉得阴森森。

"神枎上生活了很多鸟和蛇，"叶仑没好气地说，"别看现在这么安静，你要是踏出木萝一步，我包你明天就变成蛇粪。"

陆净打了个哆嗦，把木萝抓得更紧了。

"不仅仅因为这个吧？"仇薄灯忽然问。

叶仑沉默了一下。

"嗯。"他的声音低沉下来，"还因为约定。"

"什么约定？"

"最初来到枎城的人，在树下种了木萝。木萝长成的时候，枎城也建好了。祝师抓住木萝攀上古枎，系上了第一条赞丝。往后千万年，所有祝师祝女，都踩着木萝登上枎木，唱赞结绳，照顾古枎。"

"那你为什么……"陆净刚想问他为什么被赶出了城祝司，就被左月生在背后狠狠地拧了一把。

"那你认识一个人吗？"仇薄灯接口问，简单地描述了一下早上在柳老爷家见到的那名少年祝师，"他叫什么名字？"

叶仑愣了一下，仔细想了想："不认识。"

"你……"陆净想说什么，左月生又拧了他一把。

"应该是今年老城祝新招的祝师吧。"叶仑若无其事地笑笑，"我没关注过。"

"死胖子别拧我！"陆净怒气冲冲，回头骂了一句，紧接着哆嗦道，"你不是说走木萝，鸟和蛇就不会被惊醒吗？我、我怎么感觉……有好多双眼睛在看我？"

"什么？！"叶仑脸色一变。

成千上万的振翅声响起，无数羽翼在同一时间展开，无数道影子腾空而起，古木树干上如清溪的光流被截断，世界彻底暗了下来，狂风从四面八方朝踩着木萝行走在高空的四个人袭来。

仇薄灯振腕，毫不犹豫地拔剑出鞘。

"别杀鸟！"

翅膀拍击声里，叶仓听到背后有拔剑声，急得大喊起来。

"神柎上不能杀生！"

漫天黑影从四面八方扑来，仇薄灯转腕，平剑，弧抽！

仇薄灯什么都玩，飞镖、袖箭、蝴蝶刀，所有少年热血上头时期幻想过的东西，他都玩过，独独没有碰过剑。但仿佛有某种东西像基因一样刻在他的骨子里，只要一握住剑柄就会被唤醒。银光在他身前炸开，连绵成一片在黑暗里泼溅出的璀璨月色，他的红衣在风中翻飞，猎猎作响。

上下左右，所有扑来的鸟全撞上冷冰冰的剑身，被尽数拍飞出去！

"为什么？！"

前面的左月生胡乱挥舞着双臂。

"不杀鸟我们就要先变鸟屎了！"

他们四个人跟得太紧了，就像四只并排在绳索上的蚂蚁，只有最前面的叶仓和最后面的仇薄灯有抽出武器施展的余地。中间的左月生和陆净只能靠自己的双臂抵挡，否则以他们两人的水平，刀剑会在抽飞鸟群之前，先一步砍到自己人身上。

"附近有蛇！"

叶仓当了将近十年的祝师，闭着眼睛都知道自己现在在神柎的哪个位置。

"你想要血腥味把所有蛇都引过来吗？！"

"我的头发！疼疼疼！"

陆净修为最高，定魄期修士的灵气在遇到攻击的时候，会自动在身上凝聚成一层防御罩。但防御罩又不能阻挡他的头发被鸟爪缠住！瞬间他双手抱头，在木萝上惨叫了起来。

左月生体型最庞大，被洪流般的鸟群冲击着，脚下瞬间踩不住有些光滑的木萝了。他被一只有半个人高的大鸟扑脸一拍，"哎哟"一声，就向前撞去。双手抱头的陆净只觉得后背像被泰山砸中一样，整个人眼前一黑，险些吐出血来，脚下一个踉跄，直接就向前咚地一头砸到了叶仓身上。

仇薄灯听得背后砰砰咚咚一片，急忙将周身扑来的鸟全部扫空，抽身回看。

只见左月生张牙舞爪地从木萝上滚了下去，砰！重重地拍在了下边横出的树干上。动静大得连鸟群狂暴的进攻都停滞了一瞬间。紧接着，陆净也掉了下去，他人在半空的时候，鸟群重新汇聚冲了过来。和左月生比起来算单薄的陆净瞬间被鸟群撞得抛飞而起，啪地拍在上边的一枝树杈上。

047

"啊啊啊！"

陆净闭着眼惨叫，双手死命一抱，跟个吊死鬼一样挂在树干上，被鸟群撞得摇摇晃晃。

叶仓被两个蠢货牵连，滑倒在古木树身上，双手抓着木萝艰难地想要重新爬回去。在他不远处，一道树缝里隐隐有暗淡的金属光泽移动。

这树上真的有蛇！

"废物！"

仇薄灯一边冲陆净骂，一边踩着木萝朝叶仓奔了过去。

"你的定魄期修为是吃干饭的吗！结阵啊！！"

"结阵！对对对结阵！"陆净手忙脚乱地爬到树杈上，"结什么阵？！"

"我哪知道！"

仇薄灯破开鸟群冲到叶仓身边，探手一抄，抓住这个倒霉鬼的后衣领，提着他向旁侧一跃而起。

腥风破木而出，弹起一条大得恐怖的巨蛇，暗红色的獠牙，巨口在昏暗中霍然张开，咬向半空中的仇薄灯和叶仓。叶仓甚至能够看到它喉咙深处的血肉。森然锋利的獠牙擦着他的脚过去，巨蛇蓄谋已久的一击落空了。

仇薄灯一手提剑，一手提人，稳稳地落在了更高处的树干上。

"御伏阵啊！"

下边的左月生鼻血狂流地爬了起来，慌乱间一边从芥子袋里掏东西，一边朝上边的陆净跳脚大喊。

"快快快！你给我快点！"

巨蛇一击落空，顺着隆起的树脊游走下来，闪电般地就势袭向陆净。陆净大脑一片空白，把本来就记得不牢靠的结印手法忘到了九霄云外。生死一瞬间，他把白天用来罩左月生的那张金网朝蛇口甩了过去。

金网网住目标后，自动一收，就听到咔嚓一声，大蛇上下两排獠牙重重撞在了一起。

死里逃生，陆净屁滚尿流地从树干上滚了下去，噌地逃往左月生背后。左月生好不容易从芥子袋里翻出要的东西，一扭头看见陆净这个天杀的把大蛇引了过来，吓得魂飞魄散，顾不上肉不肉疼，就把两枚蕴雷珠丢了出去。

噼里啪啦的雷声里，巨蛇的动作停住了，烤肉的香味混杂着焦味弥漫开。

为雷声所惊，原本还在不断冲击的鸟群扑棱扑棱翅膀，四下散开。

"呸！让你想吃老子！老子是你吞得下的吗！"

左月生身上的衣服东一道西一道破成了乞丐装，他一边得意扬扬地跳脚大骂，一边翻出了把剥皮刀。

陆净惊魂未定地从他背后探出头。

叶仓快速地从树干上跳了下去，几个起落赶到大蛇的尸体边，失魂落魄：“怎么回事？不可能啊。”

仇薄灯跳下来。

他刚走近要看看被炸死的蛇长什么样，左月生就手起刀落剖开了大蛇的腹部，想要剥了皮带走。鬼知道这蛇平时吃的是什么东西，身上臭不可闻，电焦后鲜血糊肉的味道混杂在一起，形成一股比死人还难闻百倍的味道。对嗅觉过于灵敏的仇薄灯而言，简直好比有人凭空扔了枚臭气手雷。

"左胖！回去后你死定了！"

仇薄灯猝不及防，险些直接吐出来。

刚刚又是挥剑又是蛇口逃生，都没把他练趴下，左月生一刀直接把他呛得头昏脑涨。仇薄灯咻的一声，蹿到了高处上风口，坐在树枝上，按着胃部足足半天才缓过来。

两枚蕴雷珠余威犹在，一时半会儿四下寂静，不论是鸟还是蛇都没有再过来。

仇薄灯索性靠在树杈上，抱着剑一边望风一边休息。

"不是踩着木萝走就安全吗？"陆净蹲在蛇的尸体边，白着脸问。

"对啊。"

叶仓不能接受地抓头发，百思不得其解。

仇薄灯心中一动，想到了柳阿纫。

打心里把自己当成城祝司一员的叶仓被驱逐，天定的祝女柳阿纫被影傀缠身……这真的只是巧合吗？

念头一掠而过就被他扔到了脑后，不论是不是巧合，他都不打算管。太一剑要是带他来这里，是指望他当什么英雄，拯救苍生，那就完全是打错了主意。

他就是纨绔败类一个，人生目标：吃喝玩乐。

就算十万二十万人都死了，和他又有什么关系？

侧过头，仇薄灯拨开银柊叶，看见不远处东街的方向隐隐有火把一点点聚集，朝这边过来。

"诸位，看起来我们真的要被追杀了。"他慢吞吞地说。

"什么？"

原本还蹲着琢磨能不能把大蛇尸体带走的左月生立刻跳了起来。

"找个地方躲躲，神柊这么大，一时半会儿找不到我们。"

仇薄灯松开树叶，一撑树干，刚要起身就倒吸了一口凉气。

"什么破运气。"

"快走快走。"左月生匆匆掰走大蛇的两根毒牙,见仇薄灯还坐在树上不动,急得催促起来,"仇大少爷,您还等什么啊?"

"等一下,头发缠住了!"

仇薄灯气恼地应了一声,把头靠回树枝上,抬手艰难地摸索起来,想要把自己的头发解救出来。

左月生愣了一下。

紧接着,他想起仇薄灯这位"人才"自己给自己刨的那头乱发,瞬间生出一种不妙的预感:"仇大少爷!别!您千万别自己解!"

说着,他就火急火燎地要赶过去。

"我来!我来!"

"滚!"

仇薄灯远远瞥见他那双沾满蛇口黏液的手,脸色瞬间一变。

"敢过来,我宰了你!"

"小心背后——"

下边的叶仓刚帮着陆净把他的金网拆下来,一抬头,瞳孔瞬间紧缩。

枝折叶落,银枝被强劲的气流裹挟着,像一帘瀑布般从天而降,一道灰色的影子转瞬间袭到了仇薄灯头顶。双翼展开,巨大的阴影将仇薄灯笼罩其中——是一只迅如雷霆的大鸟!它像一根箭,穿障破碍而来,利爪骤张,抓向坐在树干上解头发的红衣少年。

叶仓吓得把眼一闭。

"禁。"

兀地,有人清喝。

灰鸟、断枝落叶、自动出鞘的太一剑……

齐齐在半空定住。

清喝的时候,来人还在很远的地方,声音落下后他已经提着灯,落到了仇薄灯坐的树干上。

雪青色的祝衣。

正是白天去过柳家的少年祝师。

正在和长发做斗争的仇薄灯一抬眼:"是你?"

少年祝师提着灯,朝他走过去。

下边,左月生停住脚步,退到其他两人身边,拿胳膊肘捅了捅陆净,小声道:"完啦!"

"你们怎么处理被当场捉住的违禁者？"陆净悄声问叶仓。

"捆了扔地牢里，之后再……"叶仓比画了下脖子。

仇薄灯耳尖，听到下面那三个傻瓜的对话，目光刀子一般剜了他们一人一眼。三个人朝他摊了摊手，左月生带头一个挨一个在树干上一溜地排好——他们倒很有自知之明，见了刚刚少年祝师只一个字就让灰鸟现在还定在半空，瞬间连逃跑的心思都没有。

在某种程度上，姓左的胖子活到现在还没被打死，不是没有道理。

"要杀要剐一会儿再来。"

仇薄灯懒得搭理下边的三个活宝，半低着头自顾自继续和头发做斗争。

"现在忙得很。"

纸灯笼被斜插在旁边的枝枝上，衣袂摩擦发出细响，穿着雪青色祝衣的少年祝师屈膝在仇薄灯身边半跪下来。他一伸手，扣住仇薄灯的腕骨，用了力但不至于过重，按到了腕上冰冷的夔龙镯，指骨微微陷进皮肉里，显得强势却又极力克制。

下边缩头缩脑蹲着的三个人缓缓地张大了嘴。

仇薄灯慢慢地抬起眼皮。

灯笼是用淡雅的宣纸糊的，上面用墨浅浅地描了依水而去的连绵山峰。蜡烛的光从里面投出来，把山和水的影子投到少年祝师的脸颊上，掠过颧骨，落进眼眸。

"不要动。"少年祝师说，又低声解释，"一会儿就好。"

第九章

"先说好。"仇薄灯笑吟吟地应下，眉尖一挑，如结冰后初现雪色的长刀，"弄疼了，我把你踹下去。"

"不会的。"

祝师松开仇薄灯的手腕，就着单膝半跪的姿势把身直起一些，借灯笼的光伸手把上边的银枝叶拨开。

仇薄灯只能听到他拂开枝叶的声音，看不到他的动作，但能够感觉他的动作非常轻柔，非常有耐心，比很小的时候，照顾自己的随从还要温柔小心。

仇薄灯摸着左手手腕，垂着眼睫想事情。

柳家不缺侍女，按道理，柳老爷怎么也不可能委屈太乙宗小师祖连梳个头发都要自食其力。但仇薄灯讨厌和陌生人有直接的肢体接触。早上眼前这位祝师只是隔着衣服碰到他的肩膀，都被他条件反射地拍开了。

刚刚这人却握住了他的手腕，按理来说，他绝对会直接把人踹下树。

可是他没有。

对方的手指很凉，被握住手腕的那一瞬间，仿佛一片雪落到皮肤上，和过去那么多个初雪日，他推开窗，伸手接住的第一片冬意重叠在一起。

那份轻微的冰冷是如此熟悉。

下边一点的树枝上。

三个一排串汤圆般蹲开的人齐刷刷倒吸一口凉气。

哇哦！

仇薄灯看不到少年祝师的脸，他们的这个角度反倒能清楚地看到。那少年祝师垂眼给仇薄灯解头发的表情，就跟这个世界上只剩下这么一件事一样！简直不要太专注！

大家都是修士和前祝师，视力都很好好吗！

"我说——"左月生拿胳膊肘捅叶仓，声如蚊蚋，"你们城祝司的人，对违禁者都这么、这么……体贴？头发缠住还会帮忙解？"

"做梦吧你！"叶仓一翻白眼，"换我当祝师那会儿，没把头直接砍下来，都能算留情了！"

"这个我会！这个我会！"陆净激动得直拍他们两个。

陆十一郎在这方面十分有经验，瞬间找回了意气风发的自信。

"要是有个长得跟姓仇的一样好看的姑娘，跑到我家来偷东西，别说帮忙解头发了！她要我爹的丹炉，我都能偷了送她！"

左月生想了一下药谷谷主那个据说等于药谷一半身家的九龙鼎，沉默了片刻，有些泛酸地用力拍陆净肩膀："你爹对你真是父爱如山！"

他敢偷老头子的宝贝，老头子能把他两条腿都打折了！

"等一下，"叶仓发现不对，"你不是说这家伙只有一个亲娘对他最好吗？"

傍晚的时候，为了忽悠叶仓来领路找阴阳佩，左月生把陆净描绘成了一个"亲爹不疼，亲兄排挤，打小孤苦伶仃被亲娘拉扯大"的地里黄小白菜。

这父爱如山是哪来的？

"啊哈哈哈，这个这个……"左月生干笑，"回头再说！回头再说！"

"死胖子！你骗我！"叶仓怒不可遏，一撸袖子就要揍人。

砰！砰！砰！

左月生、陆净和叶仓有一个算一个，额头上相继被咻的一声飞下来的太一剑重重敲了一下。

"哎哟!"

捂着脑门,三人抬头,就看到仇薄灯皮笑肉不笑地看着他们。

他的头发一开始其实只有一缕被绞到树枝上,只是后来被仇薄灯这位少爷"天才"般地捣鼓了一顿,连扎头发的窄绯绫都被缠住了。祝师抽掉扎得松垮的绯绫后,很有耐心地把纠结在一起的头发,一缕一缕地解开了,从头到尾一丝不苟地恪守了自己的承诺,没有一次弄疼仇薄灯。

最后一缕头发刚好解开,仇薄灯就要跳下树去,亲自给三个蠢货一人一脚。

这些二百五,只记得修士视力好,忘了修士听力也好,在底下嘀嘀咕咕一通,仇薄灯又不是聋子,当然全听到了。

他刚要动,肩膀就被按住了。

"等一下,"祝师说,"会散开。"

仇薄灯想了想他花了半天工夫最后呈现在铜镜里的"杰作",心说"散不散都没关系吧?",估摸着,散着都比他扎的像样。

不过对方显然是个凡事都要尽善尽美的完美主义者,将束发的绯绫递给他后,就以指为梳,帮他束起了头发。

仇薄灯只好朝下边的三个二百五无声地用口型,一字一顿地威胁:"你、们、等、死、吧。"

瞬间,三人一敛神情,正襟危坐了起来。

左月生对仇薄灯那是积年累月的畏惧,陆净是白天见了仇薄灯说翻脸就翻脸,留下了沉重的心理阴影。叶仓是见他们两个装得人模狗样,下意识地也变得正经了起来。

就是他肩膀一抖一抖,明显在憋笑。

仇薄灯后悔连剑带鞘一起丢出去了,否则现在还能一人再砸一次。

不过,等他们端端正正地全蹲好后,仇薄灯反而发现他们刚刚瞎闹腾,不是没有用处——至少能分散注意力。

没有三个傻瓜嘀嘀咕咕,祝师的动作忽然就变得从容了起来。他的手指温度很低,滑过头皮时,指腹冰凉的触感就格外清晰。虽然不知道为什么,这不会让仇薄灯觉得反感,但他莫名地有些不自在,下意识地想要偏头躲开。

他刚一偏头就被制止了。

祝师的衣袖掠过他的脸颊,仇薄灯闻到一股淡淡的、清冷的药味。

这让他想起小时候喝的那些不知名的汤汤水水。

仇薄灯十岁的时候,有一段时间莫名其妙地一直发高烧,各地的名医都被请遍了,他依旧烧得天昏地暗,烧得昏昏沉沉。仇薄灯那时候觉得这是老天爷还不算瞎，准备替人间清扫了他这个祸害。

就在他准备自个儿给自己处理一下后事的时候，家里的老头子不知道打哪里找来了份稀奇古怪的中药单子，全天二十四小时地盯着他按时喝药。

大抵是祸害遗千年，一个月后，他又能招摇地出门惹是生非了。

发烧大概可以说是仇少爷人生最讨厌的事情，没有之一。

烧得最狠的时候，整个人都是昏昏沉沉的，意识在黑暗里起起伏伏，像不知道要往哪里飘的孤魂野鬼，可以感觉到身边的人来来去去，却完全睁不开眼睛，唯一的记忆就是不知名草木在水中烧开后的味道。

愣神间，祝师从仇薄灯手里抽走了那段细长绯绫。

他的手骨节分明，修长有力，以指代梳为仇薄灯束发，动作如果仔细看能觉察到一丝生疏，像以前从来没有给别人扎过头发。尽管如此，他依旧束得整整齐齐，仇薄灯自己用梳子对着镜子就算再折腾上一万年都折腾不出来。

充当发绳的绯绫在祝师苍白的手指间穿梭，缠绕在仇薄灯的发上。

将漆黑的长发束成发髻后，他没有就这么结束，而是从袖子里取出一根不知道是用什么木削成的簪子，插过仇薄灯的头发。

"不会散了。"

祝师收回手，从一边的树杈间取下插着的灯笼，低垂着眼看仇薄灯。

"你们来这里做什么？"

"你"字后面有一个微不可察的停顿，但很快就被他掩盖了过去。

仇薄灯刚要回答，余光就瞥见下边的动静。

原本正襟危坐的三个人站了起来，一人举着一块白布，正跳着脚，朝他死命摇晃。见他终于注意到，他们急忙把布展平，拼了老命地伸长胳膊往仇薄灯眼里凑，上面用蛇牙蘸了蛇血，各自写了个龙飞凤舞的大字。

连起来是：活！命！啊！

见仇薄灯瞥到，他们又把布一翻，背面居然也写了字：说！好！话！

仇薄灯："……"

不用想，肯定是左月生这个死胖子出的馊主意。

察觉到了仇薄灯微妙的沉默，祝师终于转头把目光分给下边三个人。

他一转头，左月生他们瞬间麻溜地把布一裹，塞进袖子里，一个比一个站得笔直肃然。

祝师大抵也觉得下边的三个人，根本就不值得入目，很快地又把目光移了回来。

看了看死命招手，又是比画脖子又是吐舌头的三个蠢货，打出生起不知道好话是什么话的仇大少爷思考了片刻,把自己的左手放到祝师面前。

对着那双安静的银灰色眼眸,仇薄灯把腕上的夔龙镯向下移,露出素净肌肤上的一圈淡淡红痕。

"红了,你捏的。"

他坦坦荡荡地蹬鼻子上脸,得寸进尺得天经地义。

"要赔礼。"

第十章

仇薄灯的皮肤很白,白得仿佛是最古老的高山上从未沾染过凡俗尘埃的雪,最轻微的一点红都会变得十分明显。眼下他的腕上,除了夔龙镯留下的痕迹,还有几根修长的指痕,环过伶仃的腕骨,像某种不可言说的标记一样烙在素雪上。

让人看了不由得生出想要加深它的念头。

祝师垂落在身边的手指轻轻地蜷缩了一下。

"疼吗?"他仓皇地移开视线,"抱歉。"

仇薄灯盯着他,发现这人的睫毛很长,垂下来的时候把那片银灰的沉静遮住,就显得有点不知所措,茫然得很听话的样子……

太好欺负了吧?

微妙地,仇薄灯发现自己死了八百年的良心突然复活了一点。他清清嗓子,难得收敛:"开个玩笑,我们没有想要冒犯神枎。"

说着,他就要站起来,手刚要收回去,就被握住了。

祝师一手提灯,一手拉着他,起身的同时一用力,把他也拉了起来。在仇薄灯要说什么之前,他便松开了手,好像刚刚的动作只是顺带地帮一个忙。

"是有什么事吗?"祝师问。

他一挥袍袖,被定格在周边的所有事物终于拥有了它们自身的重量,像暴雨般稀里哗啦地往下掉。下边的左月生三人被树枝树叶砸得抱头鼠窜,他和仇薄灯站着的地方却干干净净,连片叶子都没落到头上。

刚刚扑下来的灰鸟收敛双翼,落在离他们不远的地方,侧过头,冰冷的金黄眼睛紧紧地注视他们的举动。

仇薄灯审视了它一眼。

的确就像白天猜的那样,是只足有两丈多高的猛禽,尽管对赶到的少年祝师十分畏惧,但它的目光依旧傲气锋锐,敌意深重。羽翼根隐约能够看到血色,在袭击他之前,这只巨鸟就已经受伤了。

比叶长老的秃尾巴凤凰顺眼多了。

"来找一块玉佩。"仇薄灯简略地把事情说了一下，然后指了指落在一边的灰鸟，"可能是被它叼走的。"

祝师沉默地点点头，走向灰鸟。

灰鸟展开双翅，它方才对仇薄灯发动进攻的时候，带着一身更深露重的寒气从极高的地方扑下，转瞬即至，是名副其实的雷霆一击。左月生三人刚听到风声，它的利爪就拢向了仇薄灯头顶，但比起利爪，它的长喙才是真正凶狠的武器，尖锐有利，屈起脖颈后在极短的距离内发起一击，扭断人的脑袋不会比扭断一只兔子的头更费力气。

祝师衣袖宽大，没有带刀也没有佩剑，只提着盏普普通通的纸灯笼。

他就那么简简单单地走了过去，风吹衣摆，人影清瘦。

灰鸟好似精铁般的长喙没能啄出去。

它僵立住了，一动不动。如果细看它的绒羽会发现，与其说它的姿势是在预备着进攻报复，倒不如说是在一种极度恐惧又不能退缩的情况下展示出的色厉内荏。

祝师把手放到它的翅膀上，安抚了一下，口中发出一串低沉柔和的音节。

灰鸟渐渐平静下来，以类似的声音回应。

左月生、陆净和叶仓三人见他走开，就探头探脑地过来和仇薄灯会合。

冲着刚刚那阵劈头盖脸的树雨，他们就觉得要是不表明自己是和仇薄灯一伙的，恐怕会被毫不留情地干掉。

左月生瞅着那边，惊得直嘬牙："你们祝师这么厉害的吗？还能跟鸟说话？"

"这有什么，"叶仓粗声粗气地应，"祝者，以天地为师，上能通神，下能达物。城祝司里就有万物语的杂学，别说鸟语了，跟王八说话都没问题。"

"那你会吗？"陆净好奇地问。

叶仓："……"

这个姓陆的，是真的讨厌。

"显而易见，他不会。"

仇薄灯根本就不知道什么叫别当面揭人短，不客气地补了一刀。

叶仓脸黑了。

这个姓仇的，也一样讨厌。

"你们刚刚很有活力对不对？"仇薄灯提着剑，和颜悦色地问，"是不是就跟在戏台下蹲着一样？是不是就差了点瓜子点心？"

左月生三人下意识地点头。

蹲戏台哪有他们刚刚蹲树杈来得刺激？这可是亲眼看见的好戏啊！

什么英雄救美，向来只在说书人的惊堂木里流传。但刚刚少年祝师提灯出场，却是活生生的英雄救"美"——虽然仇少爷金玉之下都是败絮，但皮囊确确实实是美。更别提，这位赶来的祝师后面又极具耐心地为仇薄灯打理头发。

文人墨客用青丝，用情丝，用云鬓，用烦恼丝……用所有细腻的词来形容它，仿佛什么心事都能悄无声息地藏在三千发丝里。于是明明只是简简单单地解个头发梳个头，却突然让三个血气方刚，介于男人和孩子之间的少年像看了一出好戏。

但大家都要面子，谁也不肯表现出来，就只好胡乱插科打诨。

陆净一直冥思苦想着，仇薄灯一问，他顿时一拍掌："对了！这叫……"

"叫什么？"左月生和叶仓异口同声地问。

仇薄灯踹人的动作一停，有些好奇姓陆的能发表什么高论。

"灯影红衣美人俏，乌发缓解慢插簪！"

陆净激动得感觉给他一根毛笔，他能立地写八百折戏。

陆十一郎活了近二十年，头遭发现自己居然还有说书的天赋。以后就算被亲爹赶出谷，他也不怕饿死了。

"妙啊！"左月生和叶仓用力鼓掌。

砰砰砰。

瞬息间，三人几乎不分先后地被仇薄灯面无表情地踹了下去，人在半空一边笑着，一边张牙舞爪地伸手抓树干、抓藤蔓地挂住。

"玉佩在枒树顶上。"

仇薄灯要跳下去各补一剑的时候，祝师走了回来。

灰鸟跟着他过来了。

二丈高的巨鸟收拢双翅在树上移动，有些笨拙，像大型走地鸡，看起来格外滑稽。但等它到了面前，投下的阴影却像一片从天空落下的乌云。它低垂下身，把羽翼送到仇薄灯面前，发出轻柔的声音示意他爬上来。

——仇薄灯白天猜得不错，这只鸟性格其实真挺好的。

就是刚刚不知道为什么，反应那么激烈。

"仇大少爷！带一带我们！带一带！"

左月生麻利地爬起来，厚着脸皮又窜了回来，活生生地演绎了什么叫作"灵活的胖子"。其他两个人有样学样，跟着跳了上来。

"仇少爷人美心善！"左月生听着逐渐变大的喧哗声，瞅见枒城里火把越来越多，赶紧狂拍马屁。这要是不跟着仇薄灯和祝师两人走，是要被活活打死的啊！

"仇少爷人美心善！"陆净和叶仓毫无心理负担地跟着睁眼说瞎话。

"善你个头……"

仇薄灯刚想把人踹下去，就听到一道很轻的笑声。

清瘦挺拔的祝师站在灰鸟边，提着纸灯笼，脸庞一半沉在影里一半没在光里，那道笑声很低很快，快得好像没能在那双银灰色的眼眸里留下蛛丝马迹，但还浅浅地含在唇边。见仇薄灯看过来，他轻轻举了举灯笼。

"走吗？"他问。

"走。"仇薄灯咬牙切齿，踩着低垂的羽翼率先跳上鸟背。

后边三个人格外擅长顺藤爬架，立刻跟着爬了上来。叶仓差点儿在仇薄灯身边坐下，左月生和陆净一人抓住他一条胳膊，把这没眼色的蠢货往后拖。

最后，祝师轻飘飘地落到了仇薄灯身边。

灰鸟发出清脆的啼鸣。

强健的腿足一蹬枝枝，结实的胸肌牵动龙骨，纤长的翼骨展开，厚实整齐的飞羽带起强劲的气流，下一刻在不知道是谁长长的惊呼声里，它裹挟着风，如离弦之箭，冲出了木与叶的囚笼！

砰！

歪歪扭扭的小木门被一脚踹开。

"少阁主！"

跑了大半个枎城，最后找到叶仓这里来的娄江气喘喘地喊着，声音焦急。

"快离开枎城！这里要……"

白天就被仇薄灯祸害过的院门嘎吱一声，掉在地上，寿终正寝。

娄江的话戛然而止。

他对着的是一个空空荡荡、没有人影的院子。

娄江闯进屋里，噼里啪啦地扫开所有门，在着急上火几乎要发疯的时候，才发现正堂有一张被钉在门柱上的纸，上面歪歪斜斜爬着一行鬼画符般的字，丑得独具一格。娄江稍微安心了点，一把把纸扯下来。

大意是：姓娄的，我去神枎上找块玉佩。我跟仇薄灯、陆净，还有叶仓一起去的，要是不幸被全城追杀，你赶紧来救我们！

娄江全部的教养在这一刻告罄，有生以来第一次爆了粗口。

这什么倒霉缺心眼儿的少阁主，以前还只是被人穷追猛打，现在怎么哪里最要命往哪里钻？！

远远地，街道上更夫敲了夜半的更声。

"不好，三更要到了！"娄江脸色一变，扭头就跑，"玄清道长那边要动手了！"

山海阁少阁主、太乙宗小师祖、药谷谷主小儿子……这三个人要是全死在枎城，娄江不敢想象那会带来什么灾难性的后果！

他一转身，脚步顿住了。

歪歪斜斜摔落在地面的院门拉出长长的影子，忽长忽短，流水般从土里耸出一道披满蛛网银丝的诡影！

它闪电般扑向了娄江。

风声骤起！

"起风了——"

左月生站在灰鸟背上，展开了双臂，笑得跟个二百五十吨的傻瓜一样。不过没有人嘲笑他，陆净和叶仓的反应跟他差不多，一个站在鸟背上，扯着嗓子被结结实实灌了一肚子的风，另一个挥手，无意义地大喊大叫。

灰鸟带着他们冲出枎木樊笼后，盘旋着扶摇直上，直冲苍穹。

大地被骤然拉远，天空被骤然拉近。

仇薄灯坐在前面。

头顶是仿佛触手可及的垂云，身边是静立如松的祝师，背后是欢呼雀跃的三人，地面是连成长龙的火把。仿佛整座城池都被左胖子扔的两枚蕴雷珠炸得从好梦中惊醒，仿佛整个世界的人都高举着火把呼喊着，奔跑着，咒骂着，声势浩大地来追杀他们。

追杀的人有一整座城池那么多。

十万二十万人，如山如海。

可他们在高高的天上，谁也抓不到他们。

仇薄灯笑着一跃而起，和祝师并肩站立。

长风猎猎扑面而来，鼓荡所有年少桀骜。

第十一章

灰鸟收拢了翅膀，降落在神枎树顶最高的枝干上。

后边三个人"哎哟哎哟"地，顺着尾羽滚了下去。祝师拉了仇薄灯一把，带着他稳稳地落到了枎木上。

"你叫什么？"

仇薄灯在高空逛了一圈，心情不错，破天荒地问了一句。

握住他的那只手骤然一紧，仇薄灯甚至有种对方的指骨与自己的指骨隔着血肉烙印的错觉。他拧着眉，抬眼想要呵斥，却撞进一双空茫茫的眼睛里，火光映在瞳孔里成了一盏孤零零燃着的灯。

不会吧！

仇大少爷头皮麻了。

只是问个名字啊，不至于这种表情吧？这人是什么货真价实的没人爱的地里小白菜吗？亲爹亲娘起的名字都成了不可触及的伤口吗？！

"阿洛。"

祝师很快意识到了自己的失态，把仇薄灯拉下来后，就匆匆松开他，把手藏进了袖子里。

"抱歉，很久没……"

仇薄灯拍拍他的肩膀，干脆利落地打断他："阿洛。"

仇大少爷难得主动伸手去拍某个人的肩膀，就是力气大得一点都不像表达安慰——拍灰都不用这么用力。让人不得不怀疑，他其实是在借机报复祝师刚刚捏痛了他。祝师蒙愣的表情让仇薄灯觉得有点好笑。

"找到了！在那里！"

陆净灰头土脸地从一丛茂密的枎叶里钻出来，喊了起来。

仇薄灯收回手，转身去看的时候，漫不经心地又喊了一声："阿洛。"

"嗯。"祝师低低地应。

还好。仇薄灯想。

所有以"很久没"开头的句子，后面总是连着一段落满灰尘的时光，而他讨厌所有积满灰尘的东西，遇到了要么一把火烧了，要么就让人把灰尘拍掉。现在灰沉沉的是个活人，不好直接烧了，左右又没有支使惯的侍者，他只好纡尊降贵地亲手拍上一拍。

还好，看起来还是能拍掉的。

"这鸟窝，够大的啊。"

左月生的圆脑袋从树叶丛里钻了出来，除了仇薄灯和师巫洛，其余三人都被灰鸟甩到了枎木树冠里——神枎灵气最盛的地方，树叶一簇簇又浓又密，掉进去，就像摔进一张有些毛糙但又厚又蓬松的毯子里。

灰鸟的巢就搭在三枝树杈中间，乍一看，像间小小的木屋。

陆净的那块阴阳佩就挂在高处，周围聚集着星星点点萤火虫光般的光华，一团团，小溪般流进巢穴里。

灰鸟落到巢边，发出轻柔的鸣叫，巢里响起另一道稍微低沉一些的鸟鸣，随后探出了另外一只羽毛颜色要更黯淡一点的灰鸟——是雌鸟。雌鸟的羽毛上满是血污，受伤的情况看起来要更为严重。

"原来是这样。"

仇薄灯明白了为什么灰鸟性情温顺，可今天晚上的反应会如此狂暴。

它在保护伴侣。

祝师下意识想走到仇薄灯身边，结果他一动，灰鸟骤然紧张起来，展开双翅，将巢穴和里面的雌鸟护得严严实实，脖颈上的羽毛全奓开了。雌鸟挣扎着想要站起来，被它按了回去。

"得啦，"仇薄灯懒散地制止他，"你就别当什么迫害人家小情侣的恶势力了。"

祝师停下脚步。

不动是不动了，但他看起来有点不高兴。他表情倒没什么变化，但仇薄灯瞅着他笔直地站在那里，诡异地觉得这人就是有点不高兴了。

什么事啊这是？

仇薄灯不怎么想理会他，但想了想，也没有再过去鸟窝那边，左右看了看，挑了根离鸟窝远点的树杈过去坐下，看左月生费力地和两只鸟比比画画，陆净从芥子袋里翻出一堆瓶瓶罐罐，找能治伤的丹药，叶仓在一旁帮他整理。

"这个是……伏清丸。

"玉露丹……不是这个。

"这个也不是……

"……"

左月生蹲在一边，眼珠滴溜溜地转："我跟你换点伏清丸怎么样？"

这些丹药，随便拿一颗，都是有价无市，结果落陆净手里就跟糖豆一样，看得左胖子直眼热。

陆净头也不抬："滚！"

"你不是山海阁少阁主吗？不是很有钱吗？"仇薄灯纳闷了，"怎么还一天天寻思着投机倒把？你也不穷啊？"

"我有钱，可那都是实实在在自己赚的！我爹要是能让我随便拿宝库里的东西、随便花钱，我至于东奔西走地凑自己的身家？"左月生没好气地说，说到一半想起眼前这两个家伙，一个能把药谷谷主亲手炼的丹药当糖豆吃，一个能随便把太乙宗镇山之宝提出山，瞬间酸得牙根痒痒，"你们真是站着说话不腰疼。"

大家都是仙二代，怎么差距这么大？

"赚钱不还挺简单的吗？"仇薄灯坐在树枝的末梢，把太一剑横在屈起的膝盖上，另一条腿慢悠悠地在半空晃荡，笑吟吟地道，"我两天就赚了八万一千两黄金呢。"

左月生幽怨地看了他一眼："你好意思提那八万两？"

"这叫恶人自有恶人磨。"陆净冷飕飕地道。

"给你个重新组织语言的机会，陆兄。"仇薄灯轻声细语。

"我说仇少爷替天行道。"陆净迅速改口。

仇薄灯嗤笑一声。

神枎很高，坐在最顶上，地面的人声就听不见了。透过银枎的枝干能看到一条条街道上人群集聚的火把，就仿佛古老的时代里人们在黑夜点燃火炬，进行某种神秘的仪式。仇薄灯看了一会儿，觉得他们一时半会儿还抓不到自己，就把目光移向远处。

"瘴雾原来是这个样子。"仇薄灯望着城外，喃喃自语。

虽然看书的时候，就知道这个世界的人们是生活在瘴雾里，需要神物才能于浓郁的瘴气中开辟出生息繁衍的地方。但从书上看到是一回事，亲眼看到又是一回事。在枎木高处眺望城外，远处的山和原野，都只有一个朦朦胧胧的轮廓。

黑暗从四面八方逼近，随时要吞没这座城池。

千年万年，神枎就在这样的暗里生长，撑开它广阔的银冠，为整座城池罩上一件百毒不侵的雪衣。

这个世界真暗啊。仇薄灯在心里说。

就连星星都很少。

"今天晚上的星星真多啊。"

陆净用三颗灵莲丹从灰鸟那里把阴阳佩换了回来，失而复得下，就又有点想哭。但他余光一扫到仇薄灯膝盖上横着的太一剑，下意识觉得后背一凉，赶紧仰起头，装模作样地欣赏星辰。

"你认真的吗？"仇薄灯仰着头，数了数天空中寥寥无几的星星，慢吞吞地问。

"四十颗不到，这叫多？"

话一出口，左月生、陆净和叶仓都齐齐扭头，奇怪地看着他。

"仇大少爷，"左月生语重心长地问，"太乙宗怎么养的你？"

"这和太乙宗有什么关系？"

叶仓指了指天空："平时能看到十几颗星星都算多了！"

陆净补充："星星总共只有三十六颗，这是三岁小孩都知道的事。"

仇薄灯猝然之间，连三岁小孩都不如，他磨了磨牙，面无表情。

"天上星辰是地面城池的映照。"

祝师从刚刚仇薄灯喊了他两声"阿洛"后，就一直沉默，沉默得有些反常——其实也没有多反常，因为除了对仇薄灯，他就没有和其他人说过一句话。直到左月生三人揶揄的时候，他才开口为疑惑不解的仇薄灯解释。

"地有城池，以汇其气，精种为星。星也者，体生于地，精成于天，列居错跱，各有逌属。"①

仇薄灯"嗯"了一声，表示自己明白了。

当初那个深黑漆金面具被他买下后，隔三岔五就有人死皮赖脸地上门。曾经有个和他关系不错的，和他讲过天象和地形的密切联系，说"人们经常将地理环境的代表事物也对应到天上，最后导致天上即人世的复制品"②。最为奇特的是，这种观念不是只存在于某个部族、某个地区，而是存在于各个地方、各个种族里。

"但不是所有城池的精气都旺盛到能够形成星辰。"祝师说，"北边的那颗星辰，就是太乙。"

太乙宗对应的星辰悬在最北边，周围没有其他星星做衬，独自照着天地的北隅。

亮得傲气。

"真亮啊。"陆净赞叹。

"我们山海阁的也不差，"左月生指着南边的一颗，"看，我们山海阁的。"

陆净瞥了一眼，不屑："比药谷的还暗。"

"你瞎了吧？"左月生不高兴了。

"我看不到枎城的……"叶仓怅然地说。

枎城太小了。

十万二十万人好像很多，可放到整片天地里就什么都不是。

"真少，只有这么三十六颗。"仇薄灯冷不丁地开口。

"仇少爷，你说得跟见过很多的星星一样。"左月生忍不住嘲笑，"醒醒吧，这就是最多了。"

"我见过。"

---

① 源自张衡的《灵宪》："地有山岳，以宣其气，精种为星。星也者，体生于天，列居错跱，各有逌属。"这里根据本书世界观设置，特意化用为"地有城池，以汇其气"，非笔误。

② 出自云南人民出版社《彝族星占学》，作者卢央。此处略有改动。

仇薄灯说，他提着太一剑站起来。

"我见过天上的星星多得数都数不清，见过大地被彻底点亮，要多亮有多亮，见过厚土上一片璀璨。

"我见过。"

他说得不像开玩笑，原本只觉得这家伙在鬼扯的三个人不知道为什么就嘲笑不出声了。他们跟着仰头看天空，想着仇薄灯说的漫天都是星星，数也数不清，忽然也觉得这么大一片苍穹只有三十六颗星星，寂寥得让夜晚都沉默。

"假如有一天，天空上都是星星，会多亮？"陆净喃喃。

"会很亮的吧。"左月生想了想，想象不出来，因为没见过，"至少应该不会有瘴雾了。等等……"他想到了什么，忽然问，"星也者，体生于地，精成于天，列居错跱，各有逌属……这是仙门密卷里的话，你为什么知道？你不只是个祝师吗？"

"他根本就不是什么祝师！"

有人在底下的黑暗里冷冷地道，伴随着话音，一道青色的剑光霍然斩出。

"少阁主！让开！"

第十二章

祝师轻飘飘地向后掠出，手中的灯笼连火光都没摇曳一下，就避开了这一剑。衣袍掠空声间，出剑的人落到了左月生身前，将他连其余三人全挡在背后。

是娄江。

仇薄灯白天见他时，他还是一身月白宽袍，行动间恪守着名门大派精锐弟子的气度。但眼下，这位山海阁天才袖口袍角正沥沥地滴着血，神色焦急，一片狼狈。

"姓娄的，你先前死哪里去了？"左月生先是一喜，随即一惊，慌里慌张地扯他的袖子，"等等，有话好好说。虽然《灵宪》是仙门密卷的内容，但也不是没有可能偶然流传出去了。你别直接动手啊。"

最重要的是，你可能打不过。

左月生机灵地只在肚子里把后半句补全。

娄江一把挥开这不省心的倒霉少阁主，横剑于前，冷冷地盯着对面落在枝梢上的"祝师"："城祝司的祝师祝女全死了，无一幸免。死亡时间全是昨天。"

"什么？！"

叶仓失声。

仇薄灯本来正皱着眉盯着太一剑，听到这句话不由得也看了娄江一眼。

"你是谁？"娄江厉喝。

阿洛。

仇薄灯在心里替少年祝师答了一句。

看来他问祝师姓名的时候，娄江还没赶到。

祝师被揭穿也不见有一丝慌乱，好像他本来就没有怎么认真去做伪装，或者……他其实一开始根本没把枒城的所有人放在眼里，所以伪装得怎么样都无足轻重。娄江质问的时候，他只是安静地看着仇薄灯。

直到仇薄灯看了娄江一眼，他才把视线移向如临大敌的娄江。

娄江握剑的手骤然僵硬。

仇薄灯觉得祝师的那双银灰色的眼睛像雪、像湖，沉静得能倒映出整个世界的影子。

可在娄江看来，那哪里是雪啊！

那分明是永不解冻的玄冰，是漠然一切的刀锋！映不出人也映不出物，在他眼里什么都没有价值，什么都不存在。对方只是随意地瞥来，娄江的后背就瞬间被冷汗打湿。那一瞬间，比刚才冲出满城傀儡的包围，还要危险。

娄江袍袖下的左手青筋暴起。

"我不需要告诉你。"祝师平静地回答。

所以很久没人喊你名字是这么一回事？

仇薄灯又好笑又好气。

好你个家伙。

明明是你不屑告诉别人，那刚刚他问的时候，一副"小白菜呀，地里黄呀，三两岁呀，没了娘"的样子是做给谁看呢？亏他以为自己戳到了别人的伤处，特地纡尊降贵地帮他拍拍往日的灰尘——当仇少爷的手是谁都能劳驾动的吗？

"不管你是谁，"娄江后背的肌肉始终紧绷，握剑的手不敢有一隙放松，"我已经用'聆音'将这里的情况传回山海阁。如果山海阁少阁主、太乙宗小师祖、药谷谷主亲子在此丧生，我保证，你绝对逃不掉仙门的追杀！若你就此退去，山海阁绝不追究此事。"

空气骤然紧绷起来。

就连陆净这样的蠢货，都察觉到了笼罩在头顶的死亡阴影。叶仓急着想问城祝司的人全死了是怎么回事，却被左月生死死地捂住了嘴巴。不久前的嬉笑怒骂成了一场幻梦，就像枒木的银冠下有大蛇盘绕一样，幻梦下是带来巨大危险的阴谋。

没有人再说话。

祝师沉默。

他遥遥地凝视着仇薄灯腕上的夔龙镯，不知道在想什么。

微风拂过树梢。

仇薄灯突然闻到了淡淡的血腥味。

不是娄江身上滴落的血，是被风从地面带上来的血气……这很奇怪，因为他们在万年古枞最高的地方，高得地面上就算有厮杀，血气也不会弥漫到这么高的地方。除非……除非此时的地面已经血流成河！

仇薄灯一偏头，俯瞰整座城池。

不知道什么时候，整座城的街道都被火光填满，从高处往下看，就像大大小小的街道上淌满了鲜红的血。

"仙门的承诺……"祝师轻声感叹，"真郑重啊，可你们真的会记得吗？"

他的声音里带着说不出的嘲弄和第一次暴露的冷冷杀意。

察觉到那一丝杀意，娄江毫不犹豫地祭出青帝镜。

他一直紧绷着神经，剑横胸前，一副随时要斩出的样子，但真正积蓄的杀招是被藏在袍袖下的青帝镜。娄江不知道自己能不能完成蓄力一击，对方带给他的危险感太强了，侥幸的是，不知道为什么，对方始终没有直接动手，而是一直到现在才流露出杀意。

青帝镜迎风变大，铜色斑驳的镜面泛起水波。一只生满鳞片的龙爪从中探出，抓向祝师。龙吟震天，满树风动，灰鸟的巢穴在瞬间化为粉碎，雄鸟护着雌鸟坠向树下。祝师向后退出，避开这一击，立在虚空中。蛟龙扑出铜镜，紧随而至。

左月生再怎么让人糟心，那也是山海阁阁主的独子，阁主不至于让他真的在外边被人打死。娄江身上带着的这块青帝镜，其实封印了一条蛟龙的魂魄！

"他还是人吗！"左月生目瞪口呆。

他修为低，没办法判断正在交手的一龙一魂到底处于哪个境界。只感觉到半空中山呼海啸，青色的蛟龙舒展开足有三十丈，腾卷间，带起的狂风让覆盖了一整座城的枞木冠翻起雪白的浪。这么大一条蛟龙，它的对手却无刀无剑，独自一人。可就这么一人，他每一次挥袖，青蛟的龙魂就会暗淡上一分。

"走！"

娄江耳鼻都是血，大喊。

"蛟龙拦不住他！"

说话间，三更到了。

咚！咚！咚！

用以神祀的雷鼓被重重敲响，鼓声宛如巨灵发怒，崩撼天地。

只见不知何时，玄清道长站在全城最高的塔上，披发跣足，声如洪钟地念着召唤上神的咒语。伴随着鼓声，天空中忽然人号马啸，电闪雷鸣，云层中逐渐出现一尊百丈高、不怒自威的赤面六目上神像。

玄清道长所属宗门，并不长于刀剑拼杀之术，但专于神祀布阵。修为高深者能够在阵法的协助下，请神降世。所请的上神，与鸣雷鼓的时间和鸣鼓人的修为有关。现在是夜半三更，被请来的神本该性情温和，但玄清道长秉性刚烈如火，布阵时又以自身精血成纹，硬生生在三更时分，请来了一位凶煞的武神！

六目赤面武神刚出现在云端，仇薄灯就感觉手中的太一剑上传来一股巨大的力量，拽着他往树下飞掠而去。

娄江一边拽着左月生，一边御风带上其他人，他本来最担心仇薄灯这位身份最高的头号纨绔被落下，结果发现仇薄灯的速度比自己还快。

仇薄灯被太一剑扯着离开枎木顶端时，云层中的赤面上神似有所感，六目忽张。

祝师振袖击溃蛟龙，在电闪雷鸣中冲天而起。

一把刀身纤长的绯刀被他凭空拔出，在赤面武神睁眼看向仇薄灯的瞬间，斩出三道弧月般的血光！

血。

火光照得满目鲜红越发刺目。

"这、这、这是怎么回事？"陆净被吓出了哭腔。

他在枎木上重得阴阳佩时憋住的眼泪，到底还是没出息地掉了下来。

没人顾得上他。

整座枎城的确醒了。

家家户户正门敞开，不论男女老少都站在街道正中间，一手高举火把，一手沥沥地向下滴着血。血汇聚成一条蜿蜒的河，缓缓地向城正中心流淌。他们无痛无觉般，木然地以固定的节奏，一步一步向城池正中心的神枎走去，口中念诵着或长或短的赞歌。

就像被操控的……

"傀儡。"

娄江脸上的肌肉跳动着，他翻出了一面罗盘，正紧张地确认方向。

"我奉阁主之命，追查魂丝流出的源头，一直查到了枎城。但我没想到……"

没想到就在山海阁眼皮底下，有人用影傀，将一整座城池的人几乎全变成了傀儡！

"等等，不是因为我被老头子流放了，"左月生大惊失色，"你怕我被打死，才跟过来的吗？"

"胖子，你本末倒置了，"仇薄灯解释，"是因为他要查魂丝的事，你才被流放到枙城来的。"

毕竟一位鼎鼎有名的山海阁天才骤然来到一座小得可怜、什么都没有的城池，很容易打草惊蛇。但加上左月生这个众所周知的奇葩，就只会让人感叹"山海阁家门不幸"。

左月生一口气没捯过来，险些直接噎死。

这就是亲爹？亲的吗？！

"这不是真的！"

叶仓没中影傀，却和那些被操控的人一样，一步一步跌跌撞撞地走向一名中年男子。

"我不信！这不是真的！杨叔你醒醒啊！"

"喂！"陆净想喊住他。

咚！

一声闷响，叶仓直挺挺地倒了下去。

左月生一手举着不知道什么时候摸出来的棍子，一手抻了抻自己的衣领，对众人讪讪地笑："力气好像不小心大了点。"

陆净回想刚刚那声巨响，心说：你这不是大了点，是打算直接把人敲死吧！

仇薄灯提着纸灯笼，意思意思地给左月生鼓掌："不错不错，够当机立断。"

"别废话了。现在整座枙城就是个祭祀场，你们想留下来当人牲吗！"娄江找对了方位，引着一群人，迅速地朝城南奔去。

"为什么说是祭祀？"

陆净跟着娄江，一边避开木然前行的人，一边问。

"血。"

出乎意料，回答的人不是娄江。

是仇薄灯。

"祭典中五祀里，肉代表丰盛，血代表清洁。借助血，人能沟通上下。"仇薄灯的神色非常凝重，"《卜辞》对祭的解释，最早的是'从手持肉，取其滒汁'，所谓'滒汁'就是血。费尽心力用影傀控制整座城，以取得自愿的献血，这是最高等级的祭祀，也是在当时情况下的一种盲目信仰和精神寄托。"

"你连《卜辞》都读了？"左月生扛着叶仓，"不过你这家伙连我爷爷那又臭又长的笔记都读了……"

"好厉害！"陆净肃然起敬。

娄江额上青筋直跳："你先给我从墙头上下来！好好走路！"

"我不！"仇薄灯断然拒绝，"路上都是血，太脏了！"

娄江恨不得跟玄清道长换换，他去请上神降世，玄清道长来带这帮二世祖逃命。忽然，娄江发现有什么不对。

他盯着仇薄灯看了两眼，脸色大变："你手上的灯笼哪里来的？"

"你说这个啊？"仇薄灯举了举手中的纸灯笼，"他抛给我的。"

被太一剑拉下枋木时，祝师将一直提着的灯笼抛了过来，仇薄灯本能地就伸手接住了。

现在觉得还挺好的，光比火把干净多了。

他？

意识到仇薄灯口中的"他"就是眼下头顶天空中，跟六目赤面武神打得声如闷雷的人后，娄江眼前一黑，忍无可忍，要去把仇薄灯拽下来，把那盏天杀的灯丢了。

"等一下，"陆净弱弱地插口，"我那些护卫呢？他们是跟我来的，我得带他们一起走。"

娄江脚步一顿。

"死了。"他淡淡地说，"全死了。"

陆净不说话了，闷闷地跟着。

"枋城怎么办？"左月生问，"枋城跟我们山海阁交贡金，可没有一年拖欠过。"

他说话的时候，打一步步前行的枋城人身边走过，和他们木然的眼睛一对视，不由得腿就有些哆嗦："按、按规定，要是有大事，山海阁得庇护枋城。这些人，他们还有救吗？"

"有吧。"娄江看了天上一眼，"等冒充祝师的控傀人死了，他们就能恢复了。"

"不对。"

仇薄灯在墙头站住，祝师抛给他的纸灯笼看着很普通，但透过素纸漏出来的光非常柔和。街道上被影傀寄生的人手中虽然也高举着火把，但两种光给人的感觉截然不同，一个明净澄澈，一个昏红浑浊，仿佛一个照向人间，一个照向幽冥。

微光落在仇薄灯脸上。

娄江忽然发现，这位太乙宗的头号纨绔生了一双令人畏惧的眼睛，眸色纯黑，不笑时幽深冷锐。

"控傀人不是他。"

第十三章

"喂喂喂，"左月生扛着叶仓，两股战战，"仇大少爷，您可千万别被一点小殷勤骗了啊！你瞅瞅天上，那架势是好人能打出来的吗？"

陆净脸色煞白地点头表示赞同。

以他们的目力根本就看不清万丈高空中战局的具体情况，但厮杀双方的战斗已经让整片夜空都翻滚起来了。不管三十六颗星星到底是多是少，都无关紧要了。

因为完全看不到了！

六目赤面武神举臂投足，金光灼灼，一半天空都被镏上了一层熔金，大写的"圣光普照"。反观和他交手的祝师，挥刀振袖，血色瓢泼，剩下的一半天空阴风凄厉，如有亿万冤魂同悲同哭。

正邪之别，简直泾渭分明。

如果不是亲身经历，谁敢相信他们刚刚竟然跟那么一位"凶神恶煞"近距离相处了那么久，还敢为了区区一块玉佩，劳动此等狠人大驾？

"祭祀还在继续进行，"仇薄灯放低纸灯笼，去照那些一步步向前行走的人傀，"他只负责这场祭祀不被请来的'上神'打断，隐藏在暗处主持祭祀的另有其人，这个人才是真正的控傀者。"

说着，他看向娄江。

"你也猜到了。"

娄江面无表情地点点头。

方才那么说，只是为了让左月生好受点，同时忽悠一下这几位二世祖……免得他们知道黑暗中潜伏着更大的危险后，害怕得走不动路，给原本就更加艰难的逃命行动增加负担。原本娄江以为，这些以前遇到过的最大危机充其量也就是被长辈毒打的纨绔很好骗，没想到仇薄灯敏锐得出人意料。

娄江的做法其实是明智的。

因为仇薄灯刚说完，陆净便咻的一声，把后背紧紧地贴在墙上，惊恐得看哪儿哪儿都像藏了个幕后黑手。

"知道害怕就快走！"娄江没好气地骂，"现在祭祀刚刚开始，就算有妖魔鬼怪也顾不上搭理我们。要尿裤子也给我等到逃出去再尿。"

仇薄灯站在墙上，视野比其他人广阔。娄江说话的时候，他的余光忽然瞥见他们所在的这条小巷深处的黑暗里，仿佛有什么东西长蛇般沿着火光没照到的昏暗墙根，无声无息地移动。

"后边！"

仇薄灯打断娄江，条件反射地要拔剑斩下。

太一剑虽然喜欢幸灾乐祸，喜欢有事没事戳他两下出气，但到了关键时候向来挺靠谱的。但这一回，仇薄灯拔剑的时候，只觉得太一剑仿佛跟剑鞘焊死了一样，入手沉重无比。他心中一跳，猛然记起一件事。

之前在枇木上，六目赤面武神刚一浮现，太一剑就强行把他拽下了树！

仇薄灯的喝声刚刚落下，沿着墙根移动的黑影顿时暴起，朝着离墙根最近的陆净卷去，一举一动像极了迅捷的大蛇。

铛——

火星迸溅。

娄江一剑斩在了长影上，将它击落在地上。

甫一落地，它骤然顺势朝左月生背后掠去，一缩一吐之间，快如闪电地袭向左月生。左月生慌忙拼尽全力地挥棍一砸。棍子砸到长影上，反震得他虎口发麻，瞬间脱手飞出。与此同时，左月生只觉肩上一轻，扛着的叶仓被拽走了。

"不好！"

娄江叫了一声。

进攻陆净只是声东击西之计，长影真正的目标是昏迷不醒的叶仓！

叶仓一被裹住，长影瞬间像拉紧到极限后骤然松开的皮筋一样，弹着向后缩进了黑暗深处——那个方向正是他们刚刚离开的城中心，枇木主根所在的地方！也是眼下所有木然的枇城人前进的方向！

"全到墙上来！"

仇薄灯放弃了继续和太一剑较劲，出声提醒其他人。

左月生下意识地想要追一下，把叶仓救回来。娄江二话不说，拧着他和陆净的后衣领子，一手一个，跟提小鸡一样跳上了墙头。

"刚刚那是什么？"陆净问。

"好像是……"左月生刚刚和长影打了个照面，有点不确定地说，"是树根？"

"不是树根。"娄江神情难看至极，"是木萝。"

"什么？"左月生和陆净异口同声地问。

他们的表情十分精彩，大概是都想到了不久前自己还踩着这玩意儿去爬枇木。

071

"叶仓不是说木萝是什么狗屁约定吗？还说什么千万年来，祝师祝女都踩着木萝登上枎木，唱赞结绳，踩着木萝走就不会惊动树上的生灵。"左月生有些木了，数不清自己今天晚上到底有多少次无知无觉地在生死线上打转。

"魂丝长什么样？"

仇薄灯回头看远处城中拔地而起的灰色高木，想起那些披挂了古枎一身的木萝。

"什么样都有。"娄江给出了一个意想不到的答案，"魂丝虽然是被'种'出来的，但它并不是任何一种草木。魂丝的种子其实是一种……秘术！以极恶毒的术法，将冤魂折磨后凝练成种，种进属阴的植物里，死魂的不甘和怨毒就会在根茎下如纤丝生长。"

"怪不得玄清道长听说有人售卖魂丝种子，勃然大怒，叱之为'丧尽天良'呢。"仇薄灯说。

原来魂丝是这么来的。

"影子！影子！"陆净哆哆嗦嗦地指着下面的街道，打断了仇薄灯和娄江的对话，感觉自己的头发根都要竖起来了，"你看他们的影子！"

举着火把的男女老少全都在向前行，朝着城中的枎木方向走去。但此时此刻，他们投在身后的黑影，却全都扭着头，看向街道的这一侧，看向他们！随着几人投来目光，地面的影子逐渐扭曲，仿佛随时都会破土而出，朝他们扑过来。

娄江下意识地做好战斗的准备，但诡影始终没有进一步的动作。

它们在忌惮着什么东西。

是光。

是从仇薄灯手里提着的纸灯笼里发出来的光！

"《南游杂记》里写，秋明子到枎城，见'稚子嬉戏，三五成群，树梢树底，束彩张灯，人与木齐乐'。"其他几人聚拢过来，仇薄灯举着灯，面沉如水地看着那些虎视眈眈又不敢上前的影子，"而三百年前，老城祝以'体统'为由，禁止闲人爬上枎木。三百年，够不够在木萝里种出足够多的魂丝？"

"够。"娄江咬着牙，一边注意着不让其他人离开灯笼照射的范围，一边带着他们向城南移动，"你是不是在怀疑老城祝？"

"你有看到柳家阿绁吗？"仇薄灯反问。

说话间，一群人刚好打柳家大宅附近经过，柳家老爷、青衣管家、侍女侍从……全都和其他人一模一样，高举着火把木然前行。

独独缺了"天定的祝女"阿绁！

左月生喃喃道:"叶仓这小子,以前是城祝司里最有天赋的人,老城祝曾经说过,不出十年,他就有可能和神枝精气相通,能读懂神枝的神意。"

但最有天赋的叶仓因为犯禁,被赶出了城祝司。

有权驱逐祝师祝女的,只有老城祝一人。

"我怀疑过他。"娄江道,"但他也死了!"

"死了?"仇薄灯眉头一皱,骤然停下脚步,"你确定?"

"我确定。"娄江断然道,"我一直都在盯着他。今天去城祝司的时候,我特地检查过尸体,是老城祝本人绝对无错。"

"盯着他?"仇薄灯笑了,提着的纸灯笼朝下面一摆,"这么多双眼睛,满城人早就成了提线木偶,是你盯着他,还是他盯着你啊?"

娄江脚步一顿,一股寒意突然如蛇一般爬过脊背。

他意识到仇薄灯说得没有错。

一直到刚刚,他都始终陷在一个误区里……他自以为自己这次来枝城查魂丝的行动是隐秘的。可当一整座城的人,早就不知不觉地被变成傀儡,那么他无论做什么,都是在无数双眼睛的注视下。甚至,柳家小姐邪祟入体的事,十有八九是对方精心设置,用来试探他的饵,既然如此,就算他亲眼见到了尸体,老城祝就真的死了吗?

天罗地网,对方唯一没算到的就是仇薄灯这个变数。

谁也没想到,相隔数千万里,太乙宗小师祖会孤身一人,带着镇山之宝突然来到枝城。

"陆公子,"娄江猛地转头问陆净,"你又是为什么到枝城来了?"

陆净被他狰狞的表情吓了一大跳:"我、我、我是听说这里有万年银枝才来的。银枝只生长在阳脉和阴脉的交会之地,还魂草也只会长在这种地方……"

"怪不得呢。"左月生恍然大悟,"我就说,你怎么这么好骗!"

"我也觉得奇怪呢。"仇薄灯轻声道,"一座这么小的城,不仅有座两丈的冶铁高炉,普通的老铁匠就懂'引天火冶铁'的法子,这么巧,偏还能拿出枚濯灵石来。"

他说着微微笑起来,光影摇曳间,他明丽的五官显得有几分阴冷:"说是承蒙天工府长老指点,可惜他有些孤陋寡闻,不知道天工府的人上下都有个毛病。"

"什么毛病?"左月生下意识地追问。

"但凡天工府出身的人,一定会在门口挂一块牌,写着:太乙与狗不得入内。"仇薄灯心平气和地说。

"噗——"

陆净原本慌得要命，可听到这句话还是笑得险些一头从墙上栽下去。

娄江脸颊抽动："你发现这么多，你为什么不说？"

"你也没问啊。你是我什么人啊，我还得遇到芝麻大点的事，就向你汇报？醒醒，这样的人还没出世呢。"仇薄灯理所当然地回他，"再说了，我不是都通知你们枎城有危了。"

娄江一阵胸闷气短，忽然明白了玄清道长为什么宁愿舍身去请上神降临，也不愿意来带这些人出城逃命。

姓仇的这张嘴，实在是太气人了。

"别吵别吵，"左月生赶紧打圆场，"娄江，我们这是要跑哪里去？城外都是瘴月，出城也是个死啊！"

"玄清道长在枎城布了一个小的挪移阵，"娄江面无表情地解释，"只能用一次，你们要是没乱跑，这时候早安全了。"

左月生和陆净缩了缩脑袋，感觉娄江话里有杀气。

仇薄灯就跟没事人一样，提着柄静得离奇的太一剑，对娄江冷飕飕、不断的杀气视若无睹。他还在想从枎木树冠下来时的事，如果不是他的错觉，那个时候被玄清道长请来的武神睁开了眼后，似乎是……想要朝他看过来？

他有点不确定。

因为后面就没看到了。

"等一下。"左月生忽地伸手指向背后，"你看！"

仇薄灯转头看去，不知道什么时候，城里起了火。火在屋脊上如红蛇般涌动游走，很快地向上蹿起，枎木银雪般的叶子在大火中摇摆，却无法制止火势。眼看着，大火就要把枎树点燃的时候，成千上万大大小小的黑影从枎木上扑了下来。

是鸟！

比攻击他们时还多的鸟群汇聚在一起，盘旋着，一次又一次地冲击着蔓延到枎木上的火。鸟群拍打翅膀的声音，在这一刻甚至压过了天空中的厮杀。

群鸟盘旋，如飞蛾扑火。

几人停下了脚步。

就在此时，东、南、西、北四个方向，传来了钟声！

钟声在天地间轰然回荡，它是那么雄浑，那么厚重，将整座城池都笼罩在青铜的呐喊之下，仿佛某种喷薄而出的大地心跳，仿佛能一直远远地传到百里千里的旷野之上。听到这个声音，除了仇薄灯，其他人全部脸色惨白。

"城门的四方钟响了！"左月生失声，"怎么回事？！"

四方钟。

仇薄灯忽然明白了为什么其他人的脸色会这么难看。

所有城池的每一扇城门上，都会高悬一口铜钟，称为"四方钟"。

这口钟每年只响一次，它的响起代表瘴月已过，四野天清，代表黑暗退去，世界把沃土还给了人们。

听到钟声，人们就会换上鲜艳的新衣，一边高唱着古老的祝歌，一边手拉手踢踏着喜悦的舞步涌到城门，迎接代表耕种的"昭月"。枎城，这座只有十万余人的小城，本该在一次又一次响起的钟声里，迎接一次又一次的云散天开，瘴去风来，然后像枎木一样生长，一点点积蓄起它的光辉，人会越来越多，城会越来越大。

直到最后旺盛蓬勃，成为天上的星辰。

但现在不会了。

现在是瘴月。

在瘴月打开的城门不会迎来昭光，而是会吞掉这颗还来不及长成的星星。

"它要死了。"仇薄灯轻声对太一剑说。

火势越来越大。

街道房屋都映在火里，檐墙的山尖梢垄、逐层错落的雕花盘头，它们的起伏飞斜都变得嶙峋枯瘦。明明白天他从屋上跑过的时候，树影之下一切都生机勃勃。

现在于铜钟声里，只剩下星辰将死的静默。

他不喜欢这样的静默。

不喜欢这样的枎城。

其他人没有听到仇薄灯在说什么，因为有一道沙哑苍老的声音，从神枎的方向朝四面传开：

"瘴月过哟——

"四野开！"

城门轰然洞开。

第十四章

城门甫一开启，所有人只觉得耳中一震，胸口瞬间发闷，有种被猛地扔进了污浊里的凝滞感。

"快快快，"陆净慌慌张张地翻出了他的伏清丸，把药王亲炼、有价无市的丹药跟分糖豆一样，一人分了一整瓶，"赶紧吃，不然瘴气入体可就糟了！"

左月生接过丹药，顺手就要收起来。

"死胖子！"陆净差点儿被他气死，"你贪财也不是这个贪法吧！不吃还我！"

"我这里也有伏清丸，等我的吃完了再吃药王亲炼的嘛，这是对天材地宝最起码的尊重。"左月生厚着脸皮，说着也当真掏出了瓶伏清丸。

"少阁主，吃陆公子给的。"娄江说，"这瘴雾浓得古怪，你自己带的不管用！"

说话间，浓稠的黑瘴从直通城门的街道上涌了过来。给人的感觉，那已经不是雾，而是犹如实质的潮水。山墙、灰瓦顶、拱券、立柱……高高低低的房屋被瘴雾吞食，隐约可见瘴雾里有很多模糊的影子。

伴随着那些影子的出现，所有人耳边都响起了凄厉的悲哭之声。

"它们……它们是什么？"陆净哆嗦地问。

他的情况和仇薄灯差不多。

药谷所在的大汶山脉生满了奇花异木，一年到头，繁花锦簇，蝴蝶翩飞，就没怎么正儿八经地见过瘴雾狰狞凶悍的一面。之前他虽然离家出走一个月，可那时候扶城还未到瘴月。

"死魂野鬼，魑魅魍魉。"

娄江不知道想到什么，已经不是面色惨白了，直接就面无人色了。

"快走！得赶在它们之前到挪移阵那里去！"

仇薄灯看了他一眼，没说话。

这回没人磨蹭了，就连两条腿软得跟面条一样的陆净，都突然开窍地把当初他亲大哥压着他学的鹤步，从邯郸学步一下子蹦到了登堂入室——就是个中灵气运转可能有点问题，跑起来不怎么像鹤。

像大白鸭。

咻。

破风声中，娄江落到了一座隐蔽的院子前。

刚一落地，他就直接咚的一声，面如土灰地跪在了地上。紧随而至的左月生和陆净见他这个样子，还没来得及问怎么回事，就看到了院子里仿佛跟被牛犁过八百遍地一样，上上下下左左右右，被翻了个彻彻底底，别说阵法了，连阵石都没留下一块。

"我想也是……"左月生喃喃自语。

估摸着，玄清道长前脚刚布置好阵法，后脚就被毁了个干干净净。整座扶城都变成了大型傀戏院了，还指望人给你留条生路？

仇薄灯提着灯,没什么表情地落到一边。

"完了。"

陆净挤出一个比哭还难看的笑容。

"我以前发誓,假如某天要死,一定要在美人膝上醉死。没想到最后,竟然是跟一堆大老爷们儿一起死。"

"你这话就不对了,"左月生也觉得天旋地转,但居然还能下意识地跟陆净唱反调,"酒是没有,但美人有啊。"

他一指仇薄灯:"喏,这不是有我们的仇大美人吗?你还不赶紧求他满足一下你的遗愿。"

"滚。"

不用仇薄灯开口,陆净直接踹了左月生一脚。

左月生"嗷"的一声,忽然发现事情有些不对。按道理,他敢这么拿仇大少爷开涮,仇大少爷铁定一并过来收拾他了,结果仇大少爷现在却安安静静的,心胸宽广得反常。

他赶紧又看了仇薄灯一眼。

只见仇薄灯提着那盏纸灯笼,低头站在一边,抿着唇不知道在想什么。美人垂眸,就算明知他秉性恶劣,也让人觉得于心不忍。

左月生心说:唉,这下麻烦了。

仇大少爷再怎么有病,到底是太乙宗锦衣玉食宠出来的娇贵主儿,一时半会儿无法接受被瘴雾淹没、百鬼吞食这么遭罪的死法,也是正常的。

"喀、喀、喀,"左月生清了清嗓子,一边自个儿腿也在打哆嗦,一边试图安慰仇薄灯,"哎呀,我说仇大少爷,这人死嘛,也就那么一回事。眼睛一睁一闭,就完事了。让瘴雾里的鬼东西生吞活剥,的确有点遭罪。不过也没事,一会儿瘴雾一过来,我们先捅自己一刀,不就得了?你们都不用怕,一会儿我先来。"

仇薄灯瞥了他一眼,没说话。

反倒是一边的陆净先哭了:"不行啊,我怕疼啊,我对自己下不去手啊。"

"没事没事,"左月生安慰他,"那一会儿我先捅你一刀,再捅我自己。"

"那你用这把刀,刀口好。"陆净豁出去了,取出把薄如蝉翼的刀交到左月生手里,"一会儿下手快点。"

"行。"

左月生一见就知道是把好刀,两眼放光地接了过来,满口答应。

"都什么时候了,还胡闹!"娄江撑着剑,站起身,他看了看仇薄灯手中提着的灯,又看了看天空翻涌的血海,一咬牙,斩钉截铁地道,"从天上走!"

"你说胡话吧?"

左月生瞪大眼睛,指着天空中声势浩大的战斗。

"这是上天去给他们当烟花放,助个兴吗?"

"他们交手,瘴雾被劈开了缝隙,一时半会儿还不会合拢,乘飞舟到高空,走那位、那位祝师那边劈开的道,应该能飞出枕城。"说话间,瘴雾已经汹涌着朝这边涌了过来,娄江来不及多说,一翻手,从芥子袋中取出一艘小小的白玉船,"没时间了,只能赌一把了!"

赌那位"祝师"看在仇薄灯的分儿上,会放他们走。

至于玄清道长请来的武神……

娄江压根儿就没考虑过这种"上神"会在乎几个修为低微的蝼蚁死活。

那可是"天外天"的上神,能被玄清道长请来就算烧高香了。

白玉船一被娄江抛到空中,立刻迎风变大,转瞬间化为一艘高约三丈、长约十丈的飞舟,尖首体长,首尾高昂,梁拱较小,横向的肋骨板排列十分紧密,两边船舷还有像鹳翼般展开的纤长披风板,帆如玉贝,共计有三。

"这不是老头子的'惊鸿'吗!"一见这飞舟,左月生瞬间跳了起来,"老头子是不是人?我摸一下他都要揍我,结果居然把它给你了?谁是他亲儿子啊!"

"要是你没有每次都把飞舟开报废,阁主也不至于把惊鸿舟交给我。"娄江冷冷地说,把所有人都拉上飞舟。

惊鸿舟的鹳风翼拍动,白帆尽展,轻盈地离地飞起。

说来也"巧"。

惊鸿舟刚一升起,高空中就响起一道极其尖锐、极其刺耳的金铁碰撞声,紧接着,众人就看到一身金光的六目赤面武神从半空中生生地被砸落,流星般砸向城外的郊野中。那名祝师紧随而至,将厮杀的战场转移到了城外的瘴雾里。

"这是……替我们开道啊。"左月生喃喃自语。

"果然关系不简单。"陆净道。

娄江一头雾水。

他一开始想的是老城祝请来压阵的"祝师",特地扔给了仇薄灯一盏灯笼,庇护他不为满城的傀儡所伤,想来应该和太乙宗有点交情。看在这交情的分儿上,他们打天空走,祝师也许不会阻拦,说不定还会帮一把。

但没想到,对方似乎一直在关注他们这边的情况,见他们要从天上走,就直接把武神引到地面了。

这已经不是"有点交情"的地步了吧?

太乙宗这位小师祖，到底和对方什么关系啊？陆公子说的"关系不简单"又是怎么回事？

只一下午没盯着少阁主而已，娄江感觉发生的事多得简直像过了十几年。

"我来我来！"左月生看娄江操控惊鸿舟，眼馋得就差流出口水，"哎哟哎哟，你这慢吞吞的，飞得黄花菜都凉了。"

"我还不想山海阁因为'少阁主飞舟事故，舟客命丧高空'这种事和太乙宗、药谷开战！"娄江不留情面地回绝。

"你们听，"仇薄灯靠在船舷上，一直安静得有些反常，这时忽道，"他们在唱什么？"

惊鸿舟离地越来越远，但从地面传来的声音依旧能分辨清楚。

一整座城，十万余人，在一道苍老的声音带领下，以同一个节奏、同一个腔调，齐声唱着同样悲戚的歌。他们是用枎城土话唱的，仇薄灯听不懂。

左月生侧耳听，给仇薄灯翻译成十二洲通行的雅言：

噫吁枎哉，佑我之神，
牲我血哉，佑我之城，
风凄凄兮苦也，
不知神之佑兮不佑，
使我心兮苦复苦，
……

"是大祭的祝歌。"娄江听到一半，骇然失色，"我知道老城祝筹划三百年，图谋的是什么了！炼神化灵！是炼神化灵啊！！

"他想炼化神枎，铸一把……一把邪兵！"

听娄江这么说，左月生的神色瞬间跟着变得骇然。

陆净看看他，看看左月生，又看看仇薄灯，仇薄灯坐的地方离所有人都很远，看不清他什么表情，但十有八九这家伙也懂。陆净瞬间有种整艘飞舟上只有自己一个傻瓜的感觉，硬着头皮问："什么是炼神化灵？神枎就是神枎啊，怎么又跟邪兵扯上关系了？"

"你知道灵器是怎么来的吗？"娄江深吸一口气问。

陆净心说：我知道个头，我连修士入门必看的《周藏》都背不利索。

好在娄江也没真指望他回答，只是借此平缓一下心绪："人死有魂，神死有灵。大部分庇护城池的神，死了后会留下一点真灵，继续保护这方水土。偶尔，在巧合之下，真灵会附着在器物上，成为灵器。"

陆净隐约明白了点什么。

"灵器强大，久而久之，就有人走了邪道。数千年前，天工府就出了一位杀神取灵、强炼邪兵的叛徒。"

陆净毛骨悚然，猛地站起来，扒着船舷往下看。

惊鸿舟上升的速度极快，短短几句话的工夫，就超过了之前灰鸟带他们飞过的高度。视野越来越开阔，能够轻松地将整座城池尽收眼底。

枎城像片沉在黑雾中的银湖。

以神枎古木为中心，形状大概是一个不算规则的圆，周长三千三百四十九丈，被枎木散发微光的广冠覆盖，宛如满城披雪。

此时此刻，黑暗从东、西、南、北四个方向汹涌进城内。

以往，神枎的光是柔和的，如静水，如轻纱。但眼下，在火光中，在隐隐约约的祝歌中，古枎却爆发出强盛的银光。银光像一柄柄锋利的刀剑，切进永无止境的黑瘴里。陆净从来没有想过，一棵树也能璀璨，璀璨到好比星辰！

"那……那举行祭祀又是干什么？"陆净声音发颤。

"草木为神，力微如萍，寿如天地。"

回答的是仇薄灯，他不知道什么时候站了起来，走到了船尾上，风吹得他的红衣猎猎作响。

"它活得太久了。"

神枎很弱。

它不能像鲲鹏，像夒龙那样，曳尾而过，所过之处便河清海晏。它只能站在原地，一片叶子发出一点微弱的光，数以亿万计的叶子，数以亿万计的微光，就这么汇聚起来，如雪如纱地驱逐污浊的黑瘴。

神枎很强。

鲲鹏、夒龙斩掉脑袋就死了，可神枎的根系绵延不尽，积蓄着千年万年的生气，就算惊雷劈断所有枝干，天火焚尽所有枎叶，它都有枯木逢春、新芽重吐之日。

"想要取走神枎的真灵，只有一个办法。"娄江握惊鸿舟舵的手指关节泛白，"让它自己把千万年积蓄的生气耗尽，让它……

"自己死！"

所以想要取走枎树真灵的人，就想了这么个歹毒的法子。

在瘴月里打开门，把城外的魑魅魍魉放进来，把城外的污秽脏浊放进来，人为地制造了场毁城灭池的大劫。然后再控制着满城的人，举行一场最郑重的祭祀，祈求神柣拯救这座城。

"其实神柣不仅可以驱逐瘴气，也可以主动斩杀邪祟。"娄江沙哑地说，"但那要以它的生气为代价，漫长的一千年积蓄起来的生气，才化为一瞬间的光华。"

陆净呆了。

他愣愣地望着下面的城池，望着神柣朝四面八方的黑暗挥洒出如剑如刀的光辉，灿若星辰。

神柣再长寿，它又有多少个一千年？

可瘴雾无休无止。

"说什么神、说什么灵啊。"仇薄灯声音轻柔地对太一剑说。太一剑死死拉着他，铆足了力气制止他。他握剑的手腕骨细瘦，近乎透明的皮肤可以清晰地看到下面的青色血管，指骨关节泛出生冷的寒意。

"它就是一棵树。"

一棵树能懂什么？

它知道什么是陷阱、什么是阴谋吗？它知道照顾自己数百年的人有朝一日也会生出无边的贪婪狠毒吗？它不知道！它只听到，人们用尽生命向它祈祷，所以它也用尽生命来救这座城。

草木无知，不懂人心即是魑魅魍魉。

它就只是一棵树。

所以，它要死啦。

"可是，我不喜欢。"仇薄灯慢慢地道，一点点露出笑意，"要么你松开，要么我把自己的手切断。"

陆净隐约听到仇薄灯在说话，想问他在说什么。

刚一转头，陆净就被吓得大叫起来："仇仇仇……仇薄灯！你干什么？"

红衣翻卷。

仇薄灯从万丈高空上跳了下去！

第十五章

咔嚓。

黄金夔龙在仇薄灯左腕上活了过来，从一枚古老的镯子再次变回两条相互缠绕的小龙。铆合的獠牙下凹，前龙的尾刺收回，龙鳞忽张，古镯裂为两半，流火般崩飞向不同的两个方向。

手铐打开了！

风。

刀子般的凛冽长风。

衣袖被坠落时强劲的气流拉成一线紧绷的红，狭长的眼角扫开一抹绯色，黑气从越发冷白的指尖下蔓延，一点点盘绕过太一剑的剑柄……所有颜色在他身上陡然走向一个极致，仿佛狼毫肆无忌惮地在素纸上泼开水墨和朱砂，任由这三种颜色碰撞爆发出好似邪祟才有的惊心诡艳。

"噫吁枎哉，佑我之神！"

十万人放声而歌，十万人放声而悲，十万人放声而呼。

七根木萝从神枎上破空弹出，自四面八方卷向从天而降的仇薄灯。

仇薄灯漂亮的瞳孔清晰地映出木萝的影子。

它们前半夜攀附在神枎上的时候，被占地数里的古木主干衬托得如菟丝花般纤细无害。此刻在满城火光中，它们越冠而出，细者如古蟒，粗者如车辆，片片藤叶边沿形如累累锯齿，泛着茹毛饮血的狰狞。活人一旦被绞住，在瞬息间就会筋断骨折。

正下方、左下方、右下方全是破空而来的木萝，仇薄灯人在半空，避无可避。

左右的木萝触及衣摆，仇薄灯不闪不避，一脚点在正下方的木萝上，就势斜滑而下。他突然轻如鸿毛，失去对重量感知的木萝骤然僵顿在半空，藤叶在空中微摆，试图捕捉猎物的踪迹。藤叶成对错落而生，每一对之间相隔的间隙不到一尺宽。仇薄灯依附在藤上，整个人忽然变成了一道流水，一道清风，悄无声息地从叶与叶窄窄的空隙中穿过。

叶缘在他脸上投下锯齿般的阴影。

指尖的浓墨爬过了太一剑的剑格，开始一点点沁入雪亮的剑身。

左侧和右侧的木萝在半空中撞击在一起，搅成一团。剩下的四条木萝被操控着，急旋回转，砸向攀附在藤上的仇薄灯。

"牲我血哉，佑我之城！"

仇薄灯一踩藤叶的阔面，飞身而出，一条横贯而来的木萝砸在他刚刚附着的地方，火星四溅。他转腕，剑尖点在第五条木萝坚如铁石的表皮上。沉腕！下压！长剑最柔韧的前半段骤然弯曲。

风声呼啸。

剩下两条木萝弧旋抽至，形如平面上一个收紧的旋涡，仇薄灯就落在旋涡正中心。剑身回弹绷直。剑脊成了一条墨线，迅速向两边剑刃晕开，双刃寒光一闪即逝，他借力一跃而起，与剩下两条木萝擦肩而过。

他降落，被铺天盖地的阴影笼罩。

"风凄凄兮苦也!"

在半空袭击仇薄灯的七根藤条只是为了牵制他的行动。斜滑起落闪避间,神枎所有枝干上的木萝尽数倒卷而上,数以万计!它们在半空中编织成了一个圆形的巨大樊笼,将所有空间全部封锁,全部绞死。

再无一丝余隙。

仇薄灯站在虬枝成结的七根藤蔓上,仰起头听着樊笼外整座城的悲歌凄风苦雨。木萝如群蛇游动,收缩,压迫,连最后一些透过藤与叶的缝隙漏下的火光都消失了,黑暗中只余太一剑剑尖一点雪般的亮光。

樊笼虬结。

太一剑被黑色彻底吞噬。

"不知神之佑兮不佑!"

轰!

浓墨砸进清水,在半空炸开一朵墨花,藤断叶碎。

仇薄灯破笼而出,红衣黑发,一身戾气,提着从一把寒光凛冽的名门镇山剑变成一把森然邪剑的太一。

一道尖锐清脆的啼鸣。

地面浓烟中升起一片乌云,迎风而至,接住了仇薄灯。

是灰鸟!

它没死!

灰鸟展翅,载着仇薄灯掠过熊熊大火,掠过浓烟里不断崩塌的屋檐山尖、起伏嶙峋的矮墙梁柱,掠过唱着祝歌叩拜的十万余人,掠过不断挥洒而出的枎树银光,扑向了城中引来天火的地方。

东三街,铁生沟!

高炉如昼。

神之佑兮不佑!

祝师反握绯刀,刀尖斜指地面,血沿着刀尖滴进黑色的土壤。

他受伤了。

他犯了一个对他这种人而言简直不可思议的错误。

他在战斗中分心了。

仇薄灯从万丈高空纵身跃下的时候,他瞳孔骤然收缩,仿佛一瞬间见了什么最令他害怕的噩梦,下意识地回身,不顾一切地要去接住那道从高空坠落的鲜红身影。他忘了自己还在生死厮杀,被青铜长戟枪尖贯穿的右肩,留下一个狰狞的伤口。

六目赤面武神没能抓住时机，就势回戟撕开他的咽喉。

因为赤面武神也犯了同样的错误。

夔龙镯崩解的一刹那，武神立刻扭头朝枎城的方向看了过去，赤彤如枣的脸上浮出一丝极度的震惊和极其细微的……恐惧。下一刻，他直接放弃与祝师的战斗，抽回青铜长戟，就要朝从空中坠落的人影全力掷去。

铜戟被长刀斩落，砸在地面，砸出一道百丈深的裂缝。

"不可能。"

赤面武神向后退了一步，地面被他踏出深深的陷坑。

刚被玄清道长召来时，武神投到天空高达百丈的神像现在凝实缩小到两丈左右，身形依旧高大魁梧，披虎甲戴豹冠，铜戟长一丈六尺，戟尖缀红缨，在其两肩的虎甲上刻有古字金文"罴"。

即使是对仙门弟子来说，"天外天"也是个神秘的地方，否则娄江他们就会发现事情不对劲的地方。修士将从天外天降下的神，一律称为"上神"。这个"上神"只是相对于古枎这类的护城神而言。

事实上，"天外天"自己又分为上、中、下三重天，平时会应人间修士召唤而来的，只有下重天的神，中天之神偶尔为之，上天之神基本不理睬人间的请求。

六目赤面武神名曰"罴牧"，是实打实的上天之神。

"你看到了？"祝师淡淡地问。

罴牧不回答，身上金光大作，就要散去这具化身。

"禁。"祝师低喝。

瘴雾忽然凝滞。

雾中无数死魂野鬼被无形的力量绞碎，方圆十里的空间骤然被无形的力量封锁，被从天地之间切割分离。

金光忽散又忽凝，罴牧脸色难看地站在原地。

"原来是你！"

罴牧六目齐齐盯着对面的人，既厌恶又格外忌惮，他从牙缝里挤出声来。

"师、巫、洛。"

暗淡的火从雪青祝衣的衣摆开始，迅速地向上燃起，燃过的地方衣色骤深，就像火灭后剩下的灰。"祝师"反握绯刀，冷冰冰地站在原地，身形抽长拔高，脸部的线条退去所有伪装的柔和，变得冷厉而锋锐。

最后一点火从他肩上飞起，倏明倏暗间，照亮那双银灰的眼眸。

"巫族是想与天外天为敌吗？"

罴牧左脚后撤，微微含胸，沉肩坠肘，手中的青铜长戟戟尖光华全敛。魁梧的身躯上，虎甲豹冠全部睁开苍青色的眼睛，仿佛他身上寄宿了一虎一豹，气势陡然变得野蛮粗狂，吐息间不像人，而像凶兽。

"我发过誓。"

师巫洛肩膀上的枪伤在黑衣上洇出血色。

刚刚那一声"禁"强行切断了一名上神和天外天之间的联系，对他来说同样是极大的负担。衣袖下，鲜血蛇一样爬过他苍白的手背，但他握刀的手是那么用力，青筋毕露，指骨皆如孤峰高脊，仿佛肩膀上的伤根本就不存在。

杀机藏在不动声色间。

双方都清楚这是不死不休之战，但罴牧死战的决心里不免带着几分后悔。要是有人告诉他，会遇到师巫洛，那他说什么都不会来枎城凑这个热闹，就算万年银枎的真灵很有可能炼出一件难得的宝物。

宝物虽好，比得过命吗？

师巫洛……

他就是个疯子啊！

一个千年前横空出世，就连天外天最古老的神，都不知道他跟脚是什么的疯子！

但现在，罴牧隐约地，有了一个模糊的、可怕的猜测。

他好像知道这个疯子千年横杀肆斩，树敌无数是为什么了。

"总有一天，我要踏上天外天的九万重阶，劈碎所有铜钟重鼎，焚尽所有腐碑朽像，"师巫洛的声音很轻，仿佛只是在说一件很小很小的事，空气中却有某种极深的恨意和杀意即将抵达临界线，"我要把所有人欠他的……"

罴牧蓦地有了个悚然的直觉。

他降临枎城的只是化身，但假如他被眼前这个疯子杀死，他就会直接陨落！

念头一掠而过，罴牧再也无法稳住心神，他暴喝一声，青铜长戟在空中画出一道半圆，猛虎和凶豹在戟影中咆哮而出，震得被凝固的空间都无形地颤抖起来。

"一笔笔讨回来！"

师巫洛振袖。

长刀破开一道绯色。

暗红的火星被卷上天空。

东三街已经被火海淹没，席卷全城的大火就是从这里烧开的。

整条街的房屋都化为了灰烬，大火中只剩下一座巍峨的高炉。雷声在铁炉中滚动、咆哮，被濯灵石引来的天火在炉腹里沸腾，整座高炉变成了一只喷火吐焰的狰狞怪物，浓烟在离地数十丈的高空中如妖魔起舞。

骨瘦如柴的"老铁匠"换上了属于城祝的藏青色宽袖祝衣，一边声如洪钟地唱着古老的祝歌，一边将屈茨石炭填进炉中。他周身缠绕着无数密密麻麻的银丝，就像一只匍匐在罗网最深处的蜘蛛。

蛛网重重叠叠，伴随着他的歌声以一种古怪的频率来回弹动。

他唱"使我心兮苦复苦"，声音透着一种蜘蛛意欲将撞到网上的飞蛾吞吃下腹的急不可耐。

柳家的祝女阿纫和先前被卷走的叶仓被银色的魂丝捆成个茧，悬在炉口上方，胸脯微微起伏，还活着。

砰！

两尊沉重的玄铁傀儡七零八碎地摔到地面，砸断了许多根银丝。

老城祝的声音骤然一停，满城的祝歌跟着一停。

他转身，两袖一翻，拔出两把弯刀。

仇薄灯自火光里走出，剑尖低垂，斜指地面，拉出一道笔直的长线。他的衣摆和剑上不断有水墨般的黑气聚散翻卷，如邪如魔。

"真是罕见哟，"老城祝弓着身，双目精光闪烁地盯着他，"同为邪祟，何必互相残杀呢？老朽要炼的邪兵是对双刀，不如你等一等，老朽炼好后送你一把，岂不是两全其美？"

"说什么废话。"

仇薄灯一屈肘，剑尖自下而上挑起，快如闪电地切断了所有无声无息蔓延到他脚下的银丝。而后小臂一旋，长剑一送，剑尖如点墨飞溅，直刺向老城祝眉心。

"想杀神扶，我同意了吗？"

第十六章

剑光袭来。

老城祝大喝，左手一翻，弯刀迎上一磕。寻常刀客若用双刀，多走轻巧灵活之路，而老城祝双手中这对弯刀刀长二尺有余，铁青黑沉，刀柄长四寸，不知是用什么锻造的，挥动时风声雄厚，好似有万斤之重。

左手架剑，右手弯刀平平挥出，拦腰斩向仇薄灯。

轰!

腾卷肆虐的大火在离地半身高的地方，被刀光骤然割开。青黑的刀光如大海从窄线中迸溅而出，转瞬掠过数十丈，斩进一栋还未被大火焚尽的高阁。高阁轰然倒塌，砖石木梁砸起一片火浪。

仇薄灯在他挥刀的一瞬间，腰如尺素忽折，整个人柔软得不可思议地从扇面形的刀光下滑了过去，起身时已转步到了老城祝空门大开的背后，太一剑反握，自上而下，刺向老城祝的心脏。

老城祝一刀劈空，毫不犹豫地前扑而出，他骨瘦如柴，行动迅如老猿。

一击过后，仇薄灯没有回头看，就势掠向高炉，挥剑抖袖，架在火上烤的阿纫和叶仓就被他如流星般地扔出了这片火海，远远地不知道摔哪里去了。将两人救下时，背后传来刀刃破风之声。

紧接着，哐的一声，一把弯刀重重地砸在了高炉上，炉膛破碎，金红色的铁液飞溅向四面八方。

仇薄灯衣袂飞扬地在不远处落下。

老城祝前扑闪避虽快，但刚刚仇薄灯用太一剑直刺的速度更快，他有把握那一击没有失手。

然而老城祝却安然无恙地站在原地。

仇薄灯缓缓地垂下剑，双眼微眯，冷冷地看着他。

老城祝提着双刀，慢慢地抬起头。

只见他脸上爬上了老木般的纹理，握刀的指节开始变得形如龟裂的树杈，一层银光顺着他的指尖，迅速地滑过刀背，自刀尖破芒而出。他站在那里，从一个人变成了一截木。对于一截木来说，根本就没有被洞穿心脏这个概念。你在木头上打再多个孔，它也好端端的还是一截木头。

"很吃惊？"

老城祝笑，牵动脸上年轮般的纹理都扭曲了起来，银光蒙在枯木上时像雪像纱，但在他两把刀上蔓延而出，看起来却像蜘蛛的毒牙在暗里折射的微光，让人恶心反胃。

"没听说过吗？接掌了城祝印的人，就会拥有城神的一部分神通。"

"真的蠢。"仇薄灯说。

一棵树是真的蠢。

把力量给了一只蜘蛛都不知道，怪不得世人要骂谁蠢，就说他木头木脑。

仇薄灯急掠而出，双袖被强劲的气流拉成一线长长的水红，自黑烟里斜切而过。

神枝蠢得让人恨不得抠着它的树皮破口大骂：傻不傻？

但匍匐在树上，用毒牙一日又一日丈量着古木，处心积虑想要将这么蠢一棵树吞吃下腹的蜘蛛更让人恶心。

老城祝暴喝一声，双刀交错劈出。

刀剑的风暴在瞬息间爆发，残垣断壁被震为粉末，地面纵横交错如蛛网般裂开无数深缝。天火滚落到地缝里，又被风卷着，呼地澎湃出数十丈之高，转眼又碎成无数流星般的火点，朝四面八方坠落。两道人影在赤焰黑烟中，往来交错。

"仇大少爷天下第一！"

惊鸿舟朝下飞，左月生和陆净伸长脖子，瞥见东三街火海中的刀光剑影，顿时欢呼雀跃起来，大呼小叫。

"到底是怎么回事？！"

娄江驾着惊鸿舟，觉得脑袋都要炸开。

方才仇薄灯一声招呼都不打地跳下了飞舟，就险些把他的心脏吓出来，满脑子只剩下"完了"这两个字。他仿佛已经看到了太乙宗上上下下、老老少少，一群棺材脸提剑出山，电闪雷鸣地打上山海阁，东洲与清洲战火爆发，血流千里。

要不是一丝理智尚存，知道一松舵，就得从东洲清洲大战，上升为三洲混战，娄江就要自己跳下飞舟，去把太乙宗的小师祖给捞起来了——其实以他的修为，从万丈高空跳下去也是个死。

好在很快的，扑到船舷边的左月生和陆净就又兴奋地"啊啊啊"大叫了起来，让娄江松了口气。

娄江不知道仇薄灯是怎么办到的，但从左月生、陆净二人的反应来看，至少这位最重要的二世祖没摔死。

"仇大少爷天下无敌！"

陆净一张小白脸涨得通红，声嘶力竭地大喊，一激动手上就加大了力度。

"你们能把手松一松吗！我要被你们掐死了！"

娄江快翻白眼了。

左月生和陆净不仅不肯过来换下他，还一人一边，死死按住他的肩膀，固定住他的脑袋，让他不能偏头不能低头——总之打死不让他看到仇薄灯那边发生了什么。

要不是阁主对他恩重如山，娄江真想开着惊鸿舟，带着这两个天杀的家伙一头撞地上，大家玉石俱焚算了！

娄江心说：你们不让我转头，我就看不了吗？

一气，他驾驶着惊鸿舟就是猛地一偏，舟身倾斜，下面的城池瞬间在眼前展开，就在他飞快地要找仇薄灯在哪儿时，眼前一黑，双眼被人结结实实地捂住了。

"你们有病吗？！"娄江绝望地大喊。

陆净和左月生对视一眼，颇有些心照不宣。

这是有病没病的问题吗？这是义气的问题！

左月生和陆净修为废是废了些，但常识性的东西还是懂的。

如今十二洲，修士修炼修的是灵气，讲究修炼本心，强调一个秉持正道，说这样才能在瘴雾中行走时不迷本心。但修炼的大道太难啦！时不时就有人弃明投暗，去和魑魅魍魉为伍了，从此就算"邪祟"的一分子了。

许多成了邪祟的修士干脆不再修灵气，修"业障"去了。

一出手，要么阴云遮天，要么血海汹涌。

娄江开飞舟没看到，但左月生和陆净可是亲眼看见仇薄灯跳下飞舟后，破笼而出时半空中炸开的那朵水墨烟花。

有那么片刻，左月生和陆净人都傻了，心说仇大少爷这些年狗仗人势，斗鸡走狗太过，真活成了个祸害？他俩还没琢磨明白，娄江就在一边问发生什么了，见他要探头看，两人不约而同地就扑上去把人摁住了。

管他姓仇的是不是祸害，他跳下去是为了救神扶！

就算他是祸害，眼下也是拯救苍生的祸害！

他们还和这个祸害，一起风风火火地跑过了扶城，一起上蹿下跳地爬了扶树，又一起骑着灰鸟遨游过天空……说不定，仇薄灯就是因为信任他们，才会毫不犹豫地跳下了飞舟。

不管仇大少爷怎么想的，反正左月生和陆净已经单方面宣布：他们是生死之交的兄弟！

出卖兄弟，是人能干的事吗？

"这就是江湖啊！"陆净喃喃道，看着下面的扶城。

陆净仿佛又看到了那间窗纱素净的书房，绾着发髻、穿水蓝色长裙的女人坐在桌边，握着他的手教他写字，三点一横一竖一横……"江湖"。

"娘，江湖是什么啊？"

"江湖，就是几个人。"

"什么人啊？"

"几个你阴错阳差遇到的人，你们打打闹闹、吵吵笑笑。你做一些很傻的事，他们陪着你；他们去做一些很傻的事，你也陪着他们。这就是江湖了。"

089

哭着鼻子找玉佩傻不傻？傻。

从万丈高空一跃而下傻不傻？傻。

仇薄灯和老城祝打起来之后，枎城内的大祭顿时被中断了。

没有了祝歌的刺激，神枎没有再不顾一切地主动斩杀瘴雾里的死魂鬼怪，但仍发出比平时更加强盛的银光，与汹涌进城的瘴雾胶着着。

陆净突然大喊起来："左胖！我们去把城门关上！"

"我们也来救神枎！"

"别叫我左胖！"左月生一按娄江的肩膀，豪气万丈地发号施令，"开船开船，往城门飞！这是少阁主的命令！"

娄江骂了声，转舵朝城门飞去。

陆净扯着嗓子朝东三街的方向大喊："仇薄灯——

"我们去关城门——

"你安心斩妖除魔——"

老城祝的弯刀连绵成一片密不透风的铁网，劈砍切削砸如百虎齐啸，泼溅出一片苍青的浩海，一心要砸落仇薄灯的长剑，将他劈个粉碎。仇薄灯转腕换剑如素手挽花，时而借浓烟掩剑，时而移步换形，不与弯刀的厚背重锋相撞，长剑在他手中倏忽往来，如游龙飞凤。

仇薄灯斜步而行，避开老城祝重如山岳的一叶斩。

他袍袖一振，衣摆上水墨般的黑气如狰狞凶兽般扑向老城祝，刹那间，空中犹有亿万人在放声而悲。老城祝被扑面而来的怨恨和不甘震慑，只觉得自己面对的，不是一个人，而是无数冤魂，它们的怨毒凝聚成了一副皮囊，不甘地行走在人世间。他一时浑身僵硬，双刀凝滞。

仇薄灯长剑回锋，如飞鹘破云，直取他天灵三魂所在之处。

三魂一碎，神通自破。

"起！"

眼见剑锋破空点来，老城祝忽然喝道。

地面如蛛网破碎，一根根狰狞的阵柱破地而出，太一剑刺入了柱与柱之间相连的铁链。铁链上挂满辟邪厌胜之钟，大者高六寸九分，钮高一寸九分，阔一寸二分，两舞相距四寸九分，横二寸九分，两铣相距五寸四分，横二寸九分，枚三十六[1]，铸刻无数铭文。

---

[1] 出自《重修宣和博古图》卷二十五。

数百辟邪厌胜之钟齐鸣！

肃正乾坤。

仇薄灯倒退一步，死死地握住剑柄，面无血色。

铜钟撞锁，风声来回，地火忽散，从钟身的铭文上爆发出浩然清光。仇薄灯袖沿、衣摆、剑身上如水墨弥漫的黑气在清光中不断消融，又不断涌出。

"此阵名曰：万象八周伏清阵，"老城祝在阵中大笑，"仇长老乃太乙宗出身，以仇长老的眼力，觉得此阵如何？！我比之尔等仙门，孰高孰低？"

"这就是你敢大开城门的倚仗？"仇薄灯垂下剑尖，反问。

"毕竟老朽也不忍一城之人被瘴雾里的魑魅魍魉尽数吞没啊。"老城祝和颜悦色地说。

"我会告知山海阁，记得重铸一块枎城城祝印。"仇薄灯道。

老城祝诧异地问："为何？"

"被你这种人碰过，"仇薄灯轻描淡写，"脏了。"

"你懂什么！"老城祝暴怒喝道，"掌了城祝印，就再也离不开这座城！"

他一指远处的神枎，脸上显出狰狞之态："当年天工府府主亲口称赞过我天资卓绝，世所罕见，结果却要被困在这种弹丸之地！成天对着一棵树，换作你，你甘心？！"

仇薄灯把左手按在耳朵上。

老城祝的话顿时一滞："你什么意思？"

"污耳。"仇薄灯慢吞吞地道。

有那么一瞬间，老城祝险些按捺不住，想暴起发难，直接把这小兔崽子毙于刀下。好在最后关头，他瞥见仇薄灯隐于袍袖下的指尖微不可察地颤抖着。

"不好受吧？"老城祝嘿嘿冷笑，"仇长老，打了这么多半会儿，您的底细我也知道了。您修为这么低，不过是靠一身不知道哪里来的业障拼杀，但在这万象八周伏清阵里，您这一身业障就是负累了哟。"

他脸上的木纹渐渐退去，将刀藏于身后，袍袖被阵风带动翻飞，颇有几分仙风道骨。

"老朽知道你们这种少年总爱血气上涌。"老城祝和颜悦色起来，说话间舌头控制不住地舔过牙齿，"但你能扛到什么时候？就算你真能扛住，把我杀了，又有什么好处？你那些同伴看到你这一身业障的样子了吧？你救了一城人，但过后呢？过后就要被各路仙人侠客追杀了！值得吗？"

"不如这样，"老城祝循循善诱，"老朽帮你把他们灭口了，你告诉老朽你之前是怎么藏住这一身业障的。如何？"

说话间，打远处传来几声声嘶力竭的叫喊："我们去关城门！"

"你安心斩妖除魔！"

"安心——"

他们生怕仇薄灯听不懂暗示，把"安心"两个字疯狂重复。

末了，还远远地吼了一声："仇大少爷天下第一！"

老城祝脸上的笑容骤然一僵。

"蠢货。"仇薄灯轻骂一声，蓦然跃起，太一剑在半空中劈开一道墨痕，辟邪厌胜之钟齐鸣大作。

第十七章

老城祝不明白仇薄灯到底有什么底气，敢在万象八周伏清阵的压制下再次发动攻击。

带有业障的人，一旦入阵就会如被扔进沸汤中的雪一样，光是维持不倒都艰难。一百四十四口铜钟各斩出三十道清光，把阵圈内的一切事物吞没，哪怕是再浓的瘴雾，再多的魑魅魍魉，在这样的光辉之下都要烟消云散。

就连老城祝自己，都不得不向后退出阵圈。

哐当！

一线墨痕自上而下撕开了刺目的苍白，就像白纸靠近火焰会先出现的一抹焦黑，紧随着红色的火焰就烧了出来——仇薄灯提着剑，慢慢地从光界中走出，太一剑倾斜，直指向地面。

在他身后，铜钟坠地，铁锁断裂。

阵，破了！

"四……四无相。"

但对上那双纯黑的瞳孔时，一抹寒意蛇一般爬过了老城祝的脊骨。

四无相。

它原本是佛宗禅心的一部分，随着佛宗普度与天下武道的相互流通，后来它被刀客和剑客引申为拔剑挥刀时的一种得道境界。

即"无天相、无地相、无人相、无众生相"！

中土十二洲，习武之人数不胜数，但能达到这四无相境界的寥寥无几。它要求将利害、成败，乃至生死都置之度外！要求心如空穹，无尘无埃。弃万物者，方可得万物！但这怎么可能？谁都知道太乙宗小师祖是个初到扶城就能为一顿饭搅得满城风雨的人，一个简直得用全天底下的繁华供着养着的人！

这样的人怎么可能心无天地，无众生也无自己？！

仇薄灯低垂下长长的眼睫。

火光在他素净的脸上投下忽明忽暗的影子，他横剑于身前，苍白的手指按在剑脊上，一寸一寸地移动，犹如正在举行某种古老而庄严的仪式。随着指尖平稳地按过剑身，远处的老城祝只觉得一丝极深的寒意透骨而来。

老城祝不敢再继续等待，双刀一振，大喝一声，虎扑而出。

仇薄灯的指尖压过剑芒，剑平滑地挥出，在半空画出一道完美的半圆。

随着极细微的，仿佛是一根针刺入砂纸的声音，东三街的火，在一瞬间被分为了上、下两重，直到下一刻长风袭来，才重新连成一片。

老城祝虎口发颤，几乎握不住刀。

他一口鲜血喷了出来，整个人萎靡了下去。他瞬间丧失了继续作战的勇气，转身就要逃走。

仇薄灯没有追。

咚。

老城祝刚一转身，就面朝神枎地"跪"在地上。

他的上半身和下半身平滑如镜地分离了。他刚刚用双刀架住了仇薄灯的那一剑，但剑气却直接透过双刀，将他拦腰劈成了两半，连带地将天灵三魂一起震碎了。

仇薄灯看着老城祝跪在神枎前，面无表情。

片刻，他身体晃动了一下，向后摔进余火里。

枎叶投下的银光，落进他漂亮的纯黑眼瞳。

如夜晚的天幕缀了一颗微小的星星。

罴牧的青铜长戟重重地砸落到地上。

"原来……你、你是……"

他低下头，看着洞穿胸口的绯刀。他的话没能说完，就被绯刀绞碎了心脏。

师巫洛漠然地抽回长刀。

罴牧一动不动，身体就像陈旧的墙面一片片地破碎，剥落。他的脸上浮起一个非常扭曲笑容，他想起来先前师巫洛说过的话……这个疯子说，他发过誓。天上天下，人人神神妖妖鬼鬼，谁没发过一两个誓？但誓言也仅仅是誓言，除了寥寥几许毅力出众者能够做到，剩下的大多只是懦弱者的无力和不甘，最后化为被遗忘乃至被背弃的尘埃。

可这个疯子发的誓……

那哪里是誓啊？

是……是……

劫难。

注定要发生的劫难。

师巫洛推刀入鞘，右手袍袖卷动间，露出腕上扣着的一枚镯子。一枚双夔龙的暗金古镯，和仇薄灯左手腕上扣着的一模一样。他没有再说话，转身离开了。

一蓬金尘在浓稠的瘴雾中炸开，纷纷扬扬地落下。

天外天，上重天，神龛阁。

阁中灯火如昼，一盏盏长明灯点在一块块黑沉漆金神碑前。龛阁中没有风，但其中一盏长明的火烛忽然摇了一下，火光闪烁间，照亮对应神碑上刻的名字"东野之神罴牧"。

咔嚓、咔嚓。

先是一道裂缝，转眼间密如蛛网。

啪。

神碑破碎，长明灯灭。

咚——咚——咚——

云雾缭绕处，忽然响起了沉重的钟声，钟声穿透云层，在高高的苍天之上回荡。冥冥之中，一尊尊古老的存在猛然自沉睡里惊醒。

城北门。

惊鸿舟降落在一片废墟里，不过就算山海阁阁主本人，也很难认出这艘飞舟就是他珍爱多年的"惊鸿"了：十丈长、三丈高的飞舟现在缩水成了八丈长、二丈高，尖而修长的首尾不翼而飞，紧密排列的肋骨板里凸外陷，鹏翼般的纤长披风板像鸭子的翅膀被褪了毛，至于三片玉贝般的帆就更别提了……只剩下最后一小块，可怜兮兮地垂在折了的桅杆上。

船上，左月生、陆净和娄江三人东倒西歪地瘫了一甲板。

娄江支撑着身体，摇摇晃晃地爬起来，一步三歪地挪到惊鸿舟的船舷，慢腾腾把自己挂了上去，向下一张口，顿时哇哇大吐起来。

"姓娄的……"左月生正面朝下，趴在船板上，有气无力地动了动手指头，"行行好，拉我一把，我在这儿吐，会被隔夜饭呛死的。"

娄江没理会他。

这厮，真的太不当人了。

之前他在半空不知道喊了多少次"你们来替我开一下惊鸿"，可这两个孙子充耳不闻，结果一远离城中心，左月生就伙同陆净生拉硬拽，把船舵抢了过去。船舵一落到左月生手里，娄江就把眼一闭。

飞舟一到左月生手里，那就不叫"惊鸿"了，叫"惊魂"！

能把飞舟开一艘报废一艘的，十二洲连海外三十六岛，独山海阁少阁主一家，别无分号。

"娄江？娄师弟？娄哥哥——"左月生捏着嗓子喊，"好哥哥——"

"哕！"

倒在一边的陆净瞬间扑腾扑腾爬起来，抓着船舷吐了个天翻地覆。

"你呛死吧！"娄江方才就差把自己的肠子一起吐出来，吐到口鼻都是酸水，此时就像根面条一样，靠着船舷软塌塌地滑了下去，双目无神，已然超脱了世间凡尘，"回……回山海阁后，我就跟阁主提请去驻扎不死城……这世界上，姓娄名江的，跟姓左的胖子不能共存。"

"你……为什么不早说？"陆净一边吐一边断断续续地问。

回想起刚刚无数次飞舟贴着地面山石擦过，无数次墙垣角楼从鼻尖刮过……这关城门的一路上，大半惊险居然不是来自打瘴雾里窜出来的魑魅魍魉，而是来自开船的左月生。

陆净觉得自己从此以后可能会得一种无药可救的病，一种能生白骨、活死人的药王亲爹都治不好的病——

叫"见舟欲吐"。

"呵呵，"娄江无师自通地学会用最简短的音节表达最强烈的愤怒，大概古今中外，人的感情总是共通的，"你们让我说了吗？"

这还真没。

陆净先前哪里晓得左月生开飞舟是这个德行，一腔热血，脑子犯浑。左月生挥臂大喊"以生死之交的名义，把这家伙拽开"，陆净就帮他把娄江拽起来了。现在想来，当时娄江的确想对他说些什么，但被左月生死死地捂住了嘴。

等船舵到左月生手里后……

也就没他们说话的余地了。

陆净理亏，只能讪讪地笑，急忙掉转枪口："左胖！你自己开的飞舟，怎么还晕成这个样子？你丢不丢脸？"

左月生艰难地把自己翻了个面，"大"字形铺了一船板："老子这是晕的吗？老子这是灵气透支犯恶心，开飞舟不用灵气啊？你个站着说话不腰疼的。"

娄江和陆净异口同声："呸！！"

"咯咯，不说这个了。"左月生赶紧岔开话题，"你们看，枎木的光恢复原样了，仇薄灯应该也好了。仇大少爷还真是……那句话怎么说来着？就话本里经常写的，平平无奇的扫地僧其实身怀绝技，吃肉喝酒的和尚其实是个真罗汉？"

"那叫'真人不露相，露相不真人'。"陆净没好气地说。

左月生用后脑勺拍了下甲板："对对对！就是这句话，你说姓仇的是不是简直就像眼下那些娇滴滴小姑娘最爱的话本主人公？"

"这一套早就老掉牙了！"陆净目光充满鄙夷，"我来枝城前，醉风阁的姐姐妹妹们，最喜欢的是背负骂名的剑客，忍辱负重后与邪祟同归于尽，以身殉道，名留千古。上次有个《悲回风》的折子就是这么写的，投的花、掷的果多得差点儿把说书人砸死。"

左月生砰地弹了起来："呸！呸！呸！你可别乌鸦嘴啊，走走走，赶紧地去看看，仇大少爷有没有'名留千古'了。"

说着，他就要伸手去拉船舵。

娄江和陆净瞬间如猛虎扑人，一左一右，把左月生拖到了一边。在左月生大呼小叫的抱怨里，娄江掌握了惊鸿舟的控制权。

"娄兄，你来开。"陆净面目狰狞，"开慢点！稳点！"

娄江点点头。

惊鸿舟缓缓地扇动残破的披风板，缓缓地离地，缓缓地向前……老半天过去，惊鸿舟移动了半丈。

"这也不必。"陆净委婉地说。

"不是。"

娄江面无表情地抬头，指了指稳如老龟的惊鸿舟。

"它坏了。"

啪。

最后小半块船帆带着绳索，从半空砸下，不偏不倚，正中陆净的脑袋。原本还在闹腾的左月生缩了缩脖子，尴尬地笑了两声，不敢说话。

陆净："……"

得了，下船用跑的吧！

仇大少爷！你可要千万撑住啊，千万别真以身殉道了！

"我还不如去死！"仇薄灯失声痛骂。

东三街的万象八周伏清阵横七竖八地倒了一地，老城祝还在对着神枎"跪地谢恩"。而仇薄灯自己翻身半跪在火里，人虽然还没以身殉道，但已然是不想活了。

疼！疼！疼！

太疼了！

什么无天、无地、无众生，没了个干干净净，只剩下"疼"这么一个念头，他浑身上下疼得仿佛每块骨头都被砸碎了，每条血管里都有火在灼烧，血肉不是血肉，筋骨不是筋骨，人也不是人了，想晕都晕不过去。

"破剑！你不是一直想斩了我这个邪祟吗？来吧现在就动手！快点！"

太一剑被他丢在不远处的地面，听见这话连动弹一下都欠奉。

仇薄灯眼尾泛着潮湿的红意。

他踉踉跄跄地站起来，跌跌撞撞地走过去，从地上捡起恢复雪亮的太一剑，手指疼得不断颤抖。抓住剑后，仇薄灯强行稳了稳手腕，二话不说，干脆利落地就挥剑往自己脖子上抹去。

比起疼！他宁愿死！

剑锋还未触及肌肤，仇薄灯的右手就被人紧紧抓住了。

抓住他腕骨的手，哪怕被火光映着也显得格外苍白，指节分明，修长有力。一截深黑的衣袖下，露出枚暗金夔龙镯。

是个年轻男子。

第十八章

有人抓住了他。

昏昏沉沉间，仇薄灯觉得自己被用力地拢住了，清冷的药味铺天盖地，像张不论从多高的地方坠落都会将他接住的罗网。

是谁？

他想看清那个人的脸，那个竭尽一切来抓住他的人长什么样子，但眼前一片漆黑，眼皮重如千钧。

黑暗里，一切都被模糊了，只剩下抓住他的手，静如山岳，戴一样冰冷的东西。

是了。

他记得那是一枚……

"夔……"

"傀傀傀哪里有傀？"

趴在桌子边头一点一点打瞌睡的左月生猛地跳了起来，惊慌失措。

"什么！那鬼东西还有吗？"

"夔龙镯。"

"哦哦不是傀啊……"左月生惊魂未定，自从经历过满城人都被傀术控制后，他就有点杯弓蛇影，听不得"傀"字，"吓死老子！"

说着，他就要灌点酒压压惊，手刚一伸出去就意识到了不对，瞬间猛一回头朝床上看去："姓仇的，你醒了？你居然没死！"

"我没死你很失望是不是？"

仇薄灯歪歪斜斜地撑起身，捂住鼻子，眉梢一沉。

"你是想谋财害命吗？把酒坛子都给我丢出去！"

"喂喂喂，"左月生不敢相信地瞪大眼，一副心灵受到巨大伤害的样子，"仇大少爷，您就是这么对待辛辛苦苦给你守夜的人？"

"少爷我还没死呢，守夜守你个头！"

仇薄灯太阳穴一跳一跳。

醒来的房间勉强算熟悉，在柳家的净室里。

只是此刻房间里酒气冲天，酒坛子东边一个西边一个，丢了一地。桌上吃光的果点碟子垒得摇摇欲坠。换了件月白衣的陆净靠着桌脚，呼呼大睡，居然还握了个酒杯没撒手……要不是刚醒来，使不上力气，仇薄灯绝对要让这两个傻瓜也见识见识什么叫作"四无相"。

四无相，死无相！

"什么！谁死了？"

陆净诈尸一样猛一直身，忘了自己在哪儿，哐的一声，重重地一头撞上了桌子。

"哎哟！谁敲本公子闷棍！"

仇薄灯往床头一靠，开始思考这种世界，到底有什么存在的必要？

"不是谁死了！是我们仇大少爷祸害遗千年！"左月生应道。

"没死啊，那我们棺材岂不是白买了？"陆净捂着脑袋摇摇晃晃地站起来，清醒点后看到仇薄灯冷飕飕地瞅他，回神一看满地的狼藉，顿时假模假样地"哎哟"一声，"胖子啊！你先收拾着，我出去拿东西！"

"喂！"

左月生罕有地逃离现场比别人慢了半拍，转头看到仇薄灯不善的眼神，只好认命地开始收拾，打开窗户，一手一个哐哐哐地把酒坛子丢出去。

仇薄灯努力平息杀心。

冷静下来后，仇薄灯摸了摸左手手腕，腕上空荡荡的有些不习惯。昏迷前自己似乎因为业障反噬，疼得死去活来，就要挥剑一了百了时，被制止了。有人抓住他的手腕，然后……他便沉入了昏眠。

就没有再疼了。

他没看清是谁。

"我怎么在这里？"仇薄灯问。

"你怎么在这里？"听仇薄灯提起这茬，左月生的心虚顿时没了，"那天我们本来想去看看你有没有以身殉道。要是你以身殉道了，也好赶紧趁天凉没臭，给你风风光光下葬。结果到了东三街一看，贼老头儿拦腰成两截，死得干脆利落，你小子却生不见影死不见尸，连块骨头都找不到。你知道全城人在一堆破烂里翻了多久吗？！"

"多久？"

"一天一夜！"左月生愤怒地伸出自己宽阔肥硕的手，"看看看！刨地刨得皮都脱了一层。"

"唔。"仇薄灯慢吞吞地发出个单音，"那最后是打哪里刨出来的？难不成有人当我已经死了，提前给我埋坟坑里了？"

"那我可真要为这位英雄好汉烧香拜谢。"左月生咬牙切齿，"我们就差给你买棺材搞个衣冠冢了。不过连你的衣服都找不到，我们就商量着，干脆拿你盖过的被子顶一顶，结果一回这里，发现你就在床上睡得比谁都香！"

"谁送我回来的？"仇薄灯追问。

"你问我？我还想问你呢！"左月生翻了个白眼，然后一努嘴，"人是没见到，不过还给你盖了件大氅，这么久了你就没发现吗？"

仇薄灯一低头，才发现被子上的确搭了件大氅，纯黑色，有淡淡的暗纹。

左月生扇了扇，估摸觉得通气通得差不多了，见仇薄灯在打量那件衣服，就走了回来："我之前还当你是开玩笑呢，没想到居然是真的。"

"什么玩笑？"

仇薄灯一边想着抓住他的人衣袖好像也是黑色，一边将大氅扯了起来。不出意外地闻到了淡淡的清冷药味。

"就冲着你这张脸，怎么也会有十个八个大能愿意暗中护卫啊。"左月生狐疑地看他，"仇薄灯仇大少爷，我们现在可是生死之交了，你再装傻充愣可就不厚道了。"

仇薄灯扯大氅的手一滑，震惊地抬起眼："等一下，谁跟你生死之交了？什么时候的事？"

仇家家大业大，实力雄厚，就算仇大少爷众所周知地脾气差，孜孜不倦想凑上来跟他称兄道弟的照旧没有一千也有八百。

仇大少爷的择友标准倒也不多，就两条：

第一，颜值不能低，马马虎虎也得有他的十分之一，否则会寒碜到大少爷的眼；

第二，十八般武艺、天文、地理要样样齐全。

前者，仇薄灯自认为天下有颜一石，他独占九斗九升，天下共分一升，也就是说全天下加起来都不够他的十分之一——至于此推断充满多少仇少爷的个人自负暂且不提。后者，十八般武艺样样精通，上知天文下知地理的人，倒不是没有，但大多是国之栋梁、家族之精锐，和仇薄灯这种斗鸡走狗、醉生梦死的纨绔，不是一路货色。

两条一加，天底下就没有配得上仇薄灯认可的朋友人选。

孰料，一睡一醒，竟然有人直接越过"朋友"，晋升为他的"生死之交"？！

问题是……这自称"生死之交"的人，跟仇薄灯的两条黄金友律，压根儿就不沾边啊。

"当然是……"

左月生清清嗓子，刚要高谈阔论，就听到陆净尖声尖气地穿过了整个院子。

"来了！来了！"

陆净端着一个药罐，一路小碎步地进来。

砰。

药罐被郑重地放到桌上，陆净气运丹田，像煞有介事地掀开了盖子："药谷不传之秘，生死人、活白骨、养灵魄、安神魂之秘方，花了我一个晚上，用尽全枕城最好的药材，才熬出来的这药。仇少爷，请！"

仇薄灯惊奇地发现，这碗药给他带来的危险感，比在万象八周伏清阵扛着还强。"妙手回春"十一郎名不虚传。

左月生朝陆净使了个眼色，陆净立刻去把门关好，不仅上了里锁，还搬了把凳子堵住门，防止有人直接从外面撞开。左月生摸出个碧碗，把咕噜咕噜冒着诡异气泡的、姑且称为"药"的东西倒了一大碗。

"玻璃浅棱的，碧绿的。"左月生还特地解释，"你点名过的碗，没错吧？"

"你可真贴心。"仇薄灯夸道。

"那就没错了，"左月生贴心地把碗递给他，"来，陆兄一番心意，趁热喝了吧。"

"左月半、小净子，你们想除魔卫道可以直接说，"仇薄灯盯着那碗黑不黑、红不红的东西，慢吞吞地开口，"不必用这么麻烦的办法。"

"小净子是什么？"陆净一愣，随即勃然大怒，"什么除魔卫道，这可是药谷秘方，能够缓解业……"

"喀喀喀喀！"左月生咳出了肺痨。

陆净打住话头。

左月生摸出枚玉牌，注入灵力，外边原本还能听到的一点细碎声音顿时全消失了。整个房间像和外界失去联系。

仇薄灯若有所思地看了一眼那枚玉牌，斜披上黑氅。

"好了，"左月生说，"现在可以问了。"

"你这一身业障到底是怎么回事？"陆净接口，顺便强调了一下，"我那药真是药谷秘方，用来缓解业障反噬的！"

"这个啊……"仇薄灯慢悠悠地开口。

左月生和陆净一起屏息凝神。

"我为什么要告诉你们？"

仇薄灯粲然一笑，却又瞬间敛去笑意，纯黑的眼眸冷冷地看着他们。

左月生和陆净没见过他和老城祝拼杀的样子，也没有近距离地亲眼见过他一身业障的样子，对"姓仇的一身业障"这件事没有任何具体的认知，直到这一刻——仇薄灯一张脸大半笼罩在阴影里，皮肤冷白，嘴唇殷红，眼神冰冷，仿佛一柄在黑暗中转动的剑，血爬过它的刃口，有一种危险而逼人的压迫感。

"你们算我什么人啊？"仇薄灯轻柔地问。

左月生和陆净的表情凝固住了。

仿佛猝不及防，被人迎面揍了一记老拳。

"完了，这厮要杀人灭口，"左月生挤出个笑，捅了捅陆净，"这小子是真的没良心。"

"你、你你……我们怕别人发现，都亲自给你守了好几天房门了！"陆十一郎单薄的"江湖"忽然稀里哗啦地碎掉了。

这两人的表情太丑了。

丑得让人不忍直视。

"我不知道。"仇薄灯决定放过自己的眼睛，向后往床头一靠，"反正莫名其妙地就有了。"

"不想说就算了。"陆净粗声粗气道，猛地站起身要走，"本公子也懒得知道。"

好心被当作驴肝肺，陆净闷着一股江湖折戟沉沙的郁火，一秒都不想在这里多待。

左月生用力拽他的衣袖。

"死胖子，你要热脸贴……"陆净怒气冲冲地骂，一回头突然愣住了。

仇薄灯低垂着眼睫，安安静静地看着自己的手，同样还是坐在阴影里，给人的感觉却和刚刚完全不一样了。他声音平静，仿佛在说其他随便什么人的事，总之不是他自己的："谁知道呢？反正本来就活得莫名其妙的，现在莫名其妙地多了一身业障又算什么？说不定我就真是什么毁天灭地的邪祟，迟早要被除魔卫道了。"

陆净心说：这人又在扯什么鬼话？

哪有人活得莫名其妙的。

左月生又用力拽他的衣袖。

陆净斜着视线，瞥见左月生蘸着酒在桌上写了几个张牙舞爪的大字：这家伙！没爹没娘！！

陆净愣了一下。

他以前就是个专注风花雪月的陆十一郎，哪家酒阁的琴声最清透，哪家花楼的曲儿最婉转，他全一清二楚，至于其他的……也就偶尔听说一些。对于太乙宗小师祖的事，最常听说的，也就是他如何如何能折腾，全然没想过，这人是个无父无母的。

他、左月生和仇薄灯可能在别人眼里，都是同样的货色，但到底他和左胖子有双亲看着，恨铁不成钢也好，生灌硬输也好，总有那么一两个人是期望他们平安无事、长长久久地活着的。可仇薄灯只是太乙宗的小师祖，太乙宗的人这么多年供着他，他为非作歹，有人劝过、有人拦过吗？

没听说过。

这世上，除了爹娘，谁又管你活得怎么样？——好还是坏，走得长远还是一时风光。

陆净下意识地摸了摸腰间的阴阳佩，一边说着"死胖子你踩到我衣摆了"，一边慢吞吞地、不自在地坐下了。

"我觉得完全有可能是因为你小子太不干人事了，"左月生一本正经地分析，"我不就是小时候和你打架，把你打哭了吗？你扭头撺掇我爹克扣我月钱，太缺德阴损了！还有那次，老头子突然没收我的飞舟，是不是你背后搞了什么？还有那次我被流放到雾城，还有那次……姓仇的，你这么多年，真就一件人事都不干，你不业障缠身谁业障缠身，这就叫苍天有眼。"

"等等，"陆净敏锐地捕捉到关键，"他哭过？"

"对啊，哭得可大声了。"左月生迅速回道。

"那他是哪来的脸，那天让我不要号，还说再号抽我的？"陆净不敢相信地问。

仇薄灯："……"

他发现自己好像不小心犯了个错误。

　　"我现在还可以更不当人一点，"仇薄灯威胁道，强行打断左月生列举，"现在外面的情况怎么样？古柎呢？"

　　陆净刚想回答，就被左月生又拽了一把。

　　"你还是自己看吧。"左月生一本正经地说，"你救的树，亲眼看看才放心，对吧？"

　　陆净反应过来，赶紧附和："对对对，得亲眼看看才对。"

　　仇薄灯微微眯着眼，盯着他们两个看了一会儿。

　　两个人岿然不动。

　　过了片刻，仇薄灯起身走到门口，踢开凳子，一把拉开门。他刚一出现在门口，就觉得仿佛有一道银河倒悬，朝自己落下……庭院中原本好端端的银柎树哗啦落下无数片叶子，铺天盖地地把他淹没了。

　　"这是什么蠢得无药可救的树？！"

　　仇薄灯奋力地拍落了一身的银柎叶，不敢相信自己又跳飞舟又解夔龙镯的，居然就是为了救这玩意儿？

　　背后爆发出惊天动地的大笑，想来某两人已经迎接过这样热情的感谢，成心憋着一肚子坏水等他挨这一遭呢。

　　仇薄灯深吸一口气，猛地回身。

　　柳家东院。

　　娄江正在奋笔疾书，给阁主汇报柎城的事。

　　他这几天忙得焦头烂额。

　　玄清道长在柎城惊变夜请来了"上神"，自己付出的代价太大，当夜陨落。对方死在山海阁所属的城池，此事必须由山海阁给对方宗门一个交代。

　　而另外的，一个是太乙宗小师祖昏迷不醒，左月生和陆净两个人自告奋勇地打包票要照顾仇薄灯。说实话，他们两个人负责照顾，才是真的让娄江提心吊胆。另一个是柎城遭此大劫难，房屋倒塌了许多，山海阁作为总领清洲诸城池的仙门，需要帮忙重建城池。眼下是瘴月，商旅不通，也只能由还停留在柎城的娄江负责。

　　见鬼！按理最该来处理这些事的左月生左少阁主，就知道成天跟药谷陆公子混在一起喝酒吵闹！

　　"柎城一事已毕，但魂丝之事，仍疑点重重。其惑有三：一、葛青炼神化灵之法从何而来；二、天工府是否与此事有关；三、魂丝之源需前推三百年……

103

另有一事，斩葛青者，太乙宗仇长老，不知……"

正写着，娄江就听到西院那边左月生和陆净在大呼小叫。

"仇大少爷！仇爷爷！亲爷爷！放下太一剑！有话好说！"

"看在生死之交的分儿上！"

"……"

娄江咔嚓一声，第三十七次捏断了手中的毛笔。他熟练且麻木地换了根笔，继续奋笔疾书。

"返阁之后，请调不死城。望阁主成全！"

"古枒苍苍，其寿永长。

"古枒苍苍，其福永昌。

"古枒苍苍……"

出来找夔龙镯的仇薄灯披着黑氅，提着坛酒站在屋檐下，看着枒城人清理倒塌的房屋。他们将烧焦的梁柱移开，将碎瓦清扫，将伤痕累累的地方填平，动作熟练而平静。

好像麻木。

《诸神纪》写仙写侠，多写"仗剑当空千里去，一更别我二更回"，飘飘然浩浩然，令人不胜神往。但对真正活在仙侠世界的绝大多数人来说，"仙"啊，"侠"啊，却是另一回事，排山倒海、天崩地裂属于大能，他们早习惯了浩然缥缈后留下的一地残墟，习惯了不知道什么时候一个阴谋展开，自己的命就不算命了。

就像这次枒城之变，在老城祝动手前，枒城人谁知道自己的人生已经不属于自己了？

前一天还一切如常，后一天就是天翻地覆，前前后后来来去去，他们的死与活，都与他们无关。

仇薄灯觉得自己可能是久违地昏迷，昏得脑子都有些不糊涂了。

否则他怎么会想这些东西？他一个纨绔败家子什么时候还操起了悲悯天下的心？

"古枒苍苍啊——"

一位老人移开自家房屋的断柱，看到了底下神枒断裂的树枝，扑通一下跪了下来，口中唱着的赞歌骤然带上了悲声。老人伸出枯瘦的手，和自家孙子一起，比捧自家先祖碑位还虔诚郑重地将神枒断枝抬了起来。

小孙子六七岁，正是熊孩子没心没肺的时候，刚刚刨自家院子的废墟，捡块破木板都能呼呼生风地舞动，口中"咻咻"，现在豆大的眼泪啪嗒啪嗒地就掉下来了。

掉到断落的枎木枝上。

仇薄灯摇晃酒坛的手微微一顿。

他们不是麻木，不是习惯。

他们只是觉得房子倒了还能再建，人没了也算生死无常，神枎活着，就是最好的了。

苍苍古枎，其寿永长。

苍苍古枎，其福永昌。

苍苍。

这座城……

城即是树，树即是城。

仇薄灯继续将酒坛摇得哗啦响。

他抬起头，视野虽然还是被许多枎木遮挡，但天空已然可见，不像他刚来的时候那样，天光只能勉强从枝叶的缝隙里细碎漏下。按照左月生的话说，枎城人被控制着以血为牲，怎么都会大病数十天，但……

"唉！你小子昏得不是时候啊，"左月生连比带画地形容，"那天晚上，银枎叶落满城，满城飞雪啊，落谁身上，谁就壮得跟头牛似的。"

"光秃秃的，你变丑啦。"仇薄灯轻声对神枎说。

"值得吗？"

神枎无风自动，余下的银叶沙沙作响。

你救了一城人，过后就要被各路仙人侠客追杀了，值得吗？

大概是不值得的，毕竟比起仙人侠客，更可怕的是横空多了几个完全不符合标准的"生死之交"。

值得吗？不值得吗？

仇薄灯屈指弹陶坛，笃笃笃作响，想着自己要不干脆打道回府。夔龙镯裂为两半后，是打空中飞出去的，鬼知道掉哪个旮旯儿了，枎城这么大，他要大海捞针，怎么找？只是那镯子上次还能自个儿飞回来，这次是超过自动寻返的距离了吗？

意思意思找了两下的仇薄灯决定打道回柳府，去和娄江说一声，让他通知一下大家，翻废墟的时候顺带注意点。

看看有谁拾金不昧，捡了后交上来。

他决定亲自来找东西，决定得迅速；放弃亲力亲为了，也放弃得迅速，街都没遛完就要回去了。结果他刚一起身,天空就是一道惊雷,紧接着瓢泼大雨就哗哗地下了起来。

仇薄灯站在屋檐下,看着大雨顺着灰色的铃铛瓦,一排如线,琢磨他是该冒雨回去呢,还是该等等看看,说不定左月生和陆净两个蠢货能够意识到该出来找他。

大概是不能指望。

仇薄灯无奈地叹了口气,提着酒坛子,就打算来一回雨中行。

瓢泼的大雨茫茫连成一片,就像上天在帮枎城人把前几日的血腥和不幸一并用力冲刷干净。雨里一把把油纸伞撑开,各自东倒西歪地向前或向后。

一把伞越过人群和大雨,笔直地朝他而来。

雨线被倾斜的伞面截断,撑伞的人停在仇薄灯面前。

撑伞的右手修长,关节分明,衣袖下垂露出一枚暗金色的夔龙镯。

"下次要看我就直接看,我又没有说看要收钱。"

仇薄灯晃着酒坛,黑氅对于他而言有点大,披在身上把他从肩膀裹到脚,一点红艳也不露,否则忙着干活的枎城人也不至于没发现太乙宗的这位小仙人悄无声息地窝在长街的角落。

"我这人,谁暗中看我,我都能感觉到,藏得再好也没用。"

大雨瓢泼,把这一屋檐和其他地方分开,远处的一切都模糊在了蒙蒙白雾里,成了水墨般的影子。

"哑巴了?"仇薄灯轻声问,"阿洛?还是你其实不是叫这个名字?"

"师巫洛,他们这么喊我。"年轻的黑衣男子收起伞,"但阿洛才是我的名字。"

阿洛,或者说师巫洛,走进同一灰瓦屋檐下。他身形挺拔清瘦,比仇薄灯要高出不少,一同走到屋檐下,原本还算宽阔的空间,瞬间就变得有些小了。

恐怕枎城之外,那些对这十巫之首恨入骨髓又讳莫如深的人,看到这一幕会惊得怀疑到底是自己疯了,还是这个世界疯了。师巫洛,这么一个提刀闯入各大势力重地,孤身一人杀进,又孤身一人杀出,不论是许以重宝还是挟以威势,都不能让他的绯刀有片刻停留的疯子,居然会和人解释什么。

不仅在解释,他还在道歉。

"我没骗你。"

师巫洛微微低着头,静静地与仇薄灯对视。

其实他真正的模样很……怎么说,很不像一个好人?五官虽然俊美,但线条都太过冷锐锋利,一身黑衣,又苍白得似鬼非人,就算只是提一把伞,都让人觉得他像是在握一把刀。和"好欺负""听话"八竿子打不着。

但这么一个仿佛随时都可以拔刀杀出一片血海，又漠然离去的人，在很认真地说"我没骗你"。

真的非常认真。

长长的眼睫垂下来，在银灰色的眼眸里投下清晰的影子，唇线微微抿直，就又显出一种拙于言语的不知所措来。

"不会骗你。"

连哄人都不会，他只会很轻地重复。

听听，谁听了会相信这是江湖传言的那位师巫洛啊？

仇薄灯认真地审视了一下这位在左月生"一夜富贵甲天下"榜高居首位的"神鬼皆敌"的楷模人物。或许是因为这人的眼睛眸色是很浅的银灰，以至于让人感觉现在这副冷冽锋锐的模样才适合他……所以大概是真的没再带着什么伪装。

也有可能是刻板印象。

"你过来点。"仇薄灯觉得还是要验证一下。

师巫洛不明所以地站近了。

屋檐下的空间本来就小，他一靠近，连最后一点缝隙都消失了，能够清晰地感觉到另一个人身上的热度和暖意。外面又下着大雨，这点热意就变得越发鲜明。师巫洛的身体骤然僵硬了起来。

"低一点。"

师巫洛顿了很久，才在仇薄灯第二次催促的时候，慢慢地俯下身。

轻柔的呼吸像鸿羽一样落到脸上，雨声忽然就远去了，天地也远去了。

仇薄灯一把捏住面前年轻男子的脸，这人的体温很低，比起活人更像什么冷冰冰的雕像。仇薄灯用了点力，捏了捏，又向外扯了扯。其实仇大少爷也知道，就算有作伪装也没办法用这么简单的方式试验出来。

他就是突然想起上次自己的手腕被这人握红了。

于是又不怎么想讲道理地秋后算账起来。

扯了几下，松手后仇薄灯发现师巫洛这人的脸皮可能不是一般厚，别说捏红了，连道印子都没留下。

仇薄灯看着师巫洛的脸，沉默了几秒，转移了话题。

"算了，我刚刚还在想你记不记得……"

余下的话忽然消失。

仇薄灯整个人被另一个人投下的阴影覆盖住。

卷二 命鳞

第十九章

　　年轻男子俯视着他，苍白的面容沉在阴影里，唯独眼睛冷亮，那片极力克制才得以维持的银灰镜面陡然破碎，露出锐利的锋芒，在极近的距离如古老的鹰盯住认定的猎物。
　　原来不仅仅是沉静的湖啊。仇薄灯想。
　　师巫洛注视浓密的睫毛在仇薄灯脸上投下的淡淡阴影，呼吸慢沉，薄唇抿直。
　　他想……
　　"想做什么？"
　　仇薄灯散漫地笑了一声，长睫一抬，眼眸漆黑幽深。他忽然向前一探身，两人脸庞相擦而过，他贴近师巫洛的耳畔，洁白的犬牙尖锋危险地擦过耳沿，压低的声音有种碾磨砂糖般的阴狠。
　　师巫洛猛地向后退，方才升起的本能一下子被忘了个干干净净，只剩下擦过耳边带了点潮湿和温热的一丝轻微的刺痛。
　　仇薄灯都没想到他的反应会是这样，愣了一下后，顿时向后往墙上一靠，大笑起来，笑得花枝招展、肩骨乱颤："你也……太……"
　　太好玩了。
　　大雨重新落了下来，风声雨声飘摇。
　　屋檐下晦暗的空间被肆无忌惮的笑声点燃，连寒冷和阴暗都要退避三舍。
　　仇薄灯乐不可支，权当宽容他的恼羞成怒，任他扯过自己的手腕。两条暗金的夔龙从师巫洛的手指间游出，龙身鳞片细微起伏浅浅地盘过肌肤，伴随着一连串细小密集的咔嚓声，仇薄灯的手腕再次被锁住。
　　夔龙镯一回到腕上，残留的昏沉感开始减退。
　　"你知不知道手镯一样是什么意思？"仇薄灯举起手腕，把夔龙镯放到眼前看了一会儿，忽然古怪地看着师巫洛，"友情提醒，正确答案只有一个。"
　　师巫洛错愕地看他。

"想好再回答。"

仇薄灯把手笼回袖子里。

"手镯……"

师巫洛低头看着自己的右手腕上的夔龙镯。一点若有若无的黑气在夔龙的獠牙中盘绕，两枚古镯样式一致，戴它的目的却截然不同。

凭直觉，师巫洛觉得正确答案不是夔龙镯的用途。

雨哗啦啦。

神鬼皆敌的十巫之首迟疑很久，最后谨慎地保持了沉默。

仇薄灯从鼻腔里发出一声哼笑，一把推开他，顺带把靠在墙壁上的唯一一把伞不客气地抄走。他撑开伞，提着酒坛，自顾自地走进瓢泼大雨里，大氅飞扬，露出底下艳丽的红衣。

师巫洛茫然地站在屋檐下。

夔龙镯，从铸造起就是一对的，只有一整对都在，才能起效果。除了这个，还有什么意思？可夔龙镯就是他炼的……师巫洛觉得自己好像做错了点什么，他很少和人交流，一时间不知道到底是哪里犯错了。

少年提一坛酒，踢踏着雨水走出了大半条街，在拐角处蓦然转身，雨水从伞沿飞出一道道斜线。

"你忘了酒约！"

"我……"

我没忘。

仇薄灯根本就没给人回答的时间，一转就绕过拐角消失了。

他头发又乱了。

师巫洛默默地想，衣袖垂下，握住一把没来得及取出的木梳。

"你刚刚看清楚了吧？"

"看清楚了。"

"仇大少爷披的是那件黑衣，对吧？"

"对。"

"出去了一趟，还带了把伞回来，对吧？"

"对。"

陆净一拍桌，正气凛然："这就有问题了啊！"

"什、什么问题？"左月生罕见地有点跟不上陆净的思路。

"你想想啊，"陆净比画了一下，"那件黑衣这么宽、这么大，身形完全不是那个……那个'祝师'的样子。"

"这又怎么了？"左月生还是没明白。

"你蠢啊，"陆净恨铁不成钢，"这不明摆着，姓仇的有问题啊！太缺德了！"陆十一郎痛心疾首。

修士对道侣的性别乃至种族没有什么太大的讲究——本来在瘴雾里讨生活就不太容易了！

陆十一郎向来是个风月场的"君子"，别看他在枎城几次哭爹喊娘，一到娇滴滴的姐姐妹妹面前，立刻摇把扇子，风度翩翩得人模狗样。这些日子来，托"枎城危难之时，力挽狂澜"的壮举，穿街过巷时枎城的大姑娘小女孩总会朝陆公子抛几个媚眼。

——在此之前，碍于陆净的纨绔之名，枎城但凡是个性别为母的生物，远远见了他就绕道而行。

不过显然，打三岁起就在青楼厮混的陆公子对"风月"有自己的一套歪理邪说。

"我芝兰玉树，又那么有钱，要是我只爱一个女子，岂不是愧对万千同样需要怜惜的女子吗？"陆公子振振有词，"更何况，我那是风流不是下流，是多情不是滥情。天地可鉴，我若和哪位姐姐好，那肯定是一心一意地对她好，就算一别两宽，也绝不口出非议。"

"最主要的是——"

陆净沉痛万分，把一堆刚写好不久的手稿摊在桌面上。

"他要是有问题，我的话本就写不下去了啊！"

左月生看了看桌上的纸，一时间对陆净这个家伙肃然起敬。

以仇大少爷为主人公写话本，这十一郎平时看着窝窝囊囊没什么出息，竟然也有此等大无畏之时。

思索间，左月生拉过桌上的纸，翻了翻，脸色逐渐变得古怪起来。

他对话本说书没什么兴趣，也没什么审美，但对生财之道却颇有洞察力。草草一翻，左月生发现陆净这小子居然称得上有两三分文笔，把个不简单的故事写得细腻动人、一波三折。

还取了个文绉绉的名字，叫《回梦令》。

根据左月生的直觉，这玩意儿印上几百万本，绝对不愁卖不出去。

"不对，"左月生灵光一闪，兴致勃勃地出馊主意，"娄江不是说了吗？那少年祝师，十有八九是个隐藏身份的大能，说不定那黑衣就是他的。然后呢……呃，然后呢，说不定因为这大能名声不好啊，或者和太乙宗有什么血海深仇，所以不愿意暴露身份……这不就又是个感人泪下的故事了吗？"

"你说得对。"陆净咬着笔头，沉思道。

左月生趁热打铁："我觉得你简直是文采斐然，这《回梦令》写得荡气回肠，不让更多人欣赏，实在是浪费了。你看，我山海阁在刻板印影方面卓有成效，不如把这手稿交给我，我帮你刻印贩卖怎么样？"

陆净沉吟："这玩意儿我是写着玩的……要是被仇薄灯发现了……"

"你可以起个化名嘛。"左月生满不在乎地笑，"像我爷爷，他为了证明天下人愿意买他的杂记是因为他写得一手锦绣文章，所以起了个'秋明子'的化名。这事，你不说我不说，仇大少爷怎么知道？"

"嗯……"

"所得纹银七三分，我七你三。"

"五五开。"

"不行！"左月生掰着指头给陆净算账，"刻板印影之术每次启动就要耗费多少阵石你知道吗？还有纸、松墨和编册的绳……下发到各洲书铺，商旅贩运的路费……"

陆净被他说得头昏脑涨："六四分！不能再少了！"

"成交！"左月生大喜过望。

"成交什么？"

说话间，仇薄灯推门而入。

"仇大少爷！哎哟您可算来了！"左月生弹簧般蹦了起来，在千钧一发之刻，用自己伟岸宽阔的身体，将背后吓得面无人色的陆净连同桌上的东西挡得严严实实，"我们刚要去找你呢！有事儿，大事儿。"

"什么大事？"

仇薄灯诧异地看着左月生。

"难不成教给葛青炼神化灵邪法的人找到了？"

"呃……这个倒没有。"陆净呼啦把所有手稿一股脑儿塞芥子袋里了，也迎了上来，"柳小姐和叶仓的事。"

陆净这么一提，仇薄灯这才想起，那天情急之下，他把叶仓和阿纫远远地丢出了战圈。

也不知道两人运气怎么样，会不会走背运磕到石头木头上，磕出个脑震荡。

想来大概是不会吧。

"柳小姐倒是没事。"陆净说，"现在，柳小姐是唯一的祝女，过几天她就是新城祝了。不过……娄江刚刚来找你，问你知不知道城祝印在哪儿？他怎么在老城祝——呸，那个老骨头身上找不到。"

"哦，这个我知道，"仇薄灯轻描淡写道，"那天顺手一起毁了。"

"毁了？！"左月生瞪大眼，"我的亲爷啊，重新铸一块城祝印老费钱了，你怎么还顺手毁了？"

"脏了的东西不毁了留着发臭吗？"仇薄灯反问。

"反正花的又不是你们太乙宗的钱，你当然无所谓。"左月生嘟嘟囔囔。

"叶仓呢？"

仇薄灯稍微关心了一下这位原著主角。毕竟，《诸神纪》里这位主角虽然没少被太乙宗小师祖招惹是非搞出来的烂摊子牵连，但好歹也算苦其心志、劳其筋骨地承担了大任。别换了他过来，头三天，就被折腾傻了。

那就有点说不过去了。

"叶仓那小子被你摔傻啦！"左月生大声说。

"傻傻傻，疯疯疯，似假还真潜夔龙。

"走走走，休休休，似梦非梦转头空！"

枎城前往鱬城的必经之路上，瘴雾里坐着个发光的脑袋……不，发光的和尚。和尚穿着件破破烂烂的僧衣，踩着双麻鞋，笔直地盘坐在一块岩石上，慈眉善目，口唱狂歌。

木鱼被敲得震天响。

他在一群孤魂野鬼的包围下，泰然自若，手捻佛珠。孤魂野鬼们也不靠近他，只是远远地围绕着，这让浑身散发淡淡金光的他犹如一尊舍身入厄的佛像。

"空空空！腹中空空空！"

木槌重重地落下，咔嚓一声断了。

和尚挺得笔直的背一下子垮了下去，两条长眉愁苦地粘到了一起，肚子发出响亮的一声"咕"。他抠抠搜搜地从包裹里掏出个半硬不软的窝窝头，珍视万分地啃了一口，边啃边朝某个方向望眼欲穿。

他口中喃喃自语："不应当啊，贫僧明明请半算子掐算过了，这条路'钱'途远大，不日会有与我佛有缘的贵人们经过。怎么我都蹲了好几天了，还未等到这命中当有的施主啊？难不成半算子又在坑骗贫僧？"

和尚胡乱填了一下肚子，踌躇再三不知道该继续等，还是该及时止损。

为了在"贵人们"面前留下一个世外高人的印象，他还下了一番功夫，综合了诸多话本，总结出了"僧衣越破麻鞋越烂，山歌越狂越超脱"的金科玉律。他忍痛将自己的僧衣和麻鞋折腾成了这副"不露相"的真人模样。

结果……

"有钱的施主啊,你们怎么还不来?"

"贫僧,快撑不住了!"

和尚把自己的脑袋和木鱼撞一起。

咚。

叶仓重重地跪了下来,脊背挺直:"请仇长老收我入太乙。"

仇薄灯缓缓地转头,看向一旁窃笑的左月生和陆净问:"我长得很像积德行善的大傻瓜?"

"那可不,"两人断然道,"您人美心善!"

第二十章

"我也觉得我心善,"仇薄灯扼腕,"让你们还能在这里聒噪。"

有杀气!

左月生和陆净瞬间眼观鼻,鼻观口,口观心,耳观八方地坐得端正。

"叶小友你的思想很成问题啊。"

仇薄灯给自己倒了杯茶,清了清火气,百思不得其解。

"清洲与东洲相隔十万八千里,你放着山海阁不入,要千里迢迢投奔太乙宗,舍近求远,这是什么毛病?嗯……"

仇薄灯看了左月生一眼。

"难道是见了这位左少阁主,对山海阁的未来丧失了信心?唔,这倒可以理解。"

"仇大少爷,您说这话可就不对了,"左月生不服,"按你这说法,见了您这位太乙宗小师祖,岂不是要觉得整个仙门迟早要完?不过你这么一说……叶仓!老实交代!凭什么不拜我们山海阁?论实力,山海阁虽然不及太乙宗,但吊打药谷绰绰有余。论财力,呵!天底下哪个敢在山海阁面前称富?"

"我娘说过,做什么都要做最好的。"

叶仓一动不动地跪在地面,他的眉很浓很黑,像两把刀。自醒来后,他就一直愣愣的,一句话都不肯说,成天对着神枎和葛青的尸首枯坐。

前城祝姓葛,名青。

直至今日,他一分为二的尸体还跪在神枎之前,他不配被收尸,不配被下葬。若不是他就该在神枎面前跪着,千年万年地跪着,甚至不配留在枎城的土地上。左月生和陆净不得不暗中盯着,以免叶仓一发疯,把葛青的尸首挫骨扬灰——那可太便宜这老贼了。

"八周仙门，太乙第一。"

"叶仓啊，你娘说得虽然不错，"陆净语重心长，"但宗门之事，干系一生，入错宗就等同女子嫁了负心郎，你可要慎重考虑。太乙宗虽居仙门第一，不过你知道他们这仙门第一是怎么来的吗？有道是：天下狠人千千万万，太乙一门占一半。"

"是啊是啊。"左月生回忆了一下，露出畏惧的表情，"据说，太乙弟子卯时就要晨起踏索渡大江，练胆壮魄，五天一次峰内小比武，一月一次两峰较量，一季一次全峰大比，半年一次全门大比。平时，哪个长老心情好，就临时来次抽试……"

"其实是寅时晨起。"仇薄灯纠正，"以及，小比武现在改成三天一次了。"

左月生脸皮一抽。

小时候去太乙宗待的那段时间，给他留下了终生难忘的阴影。曾经老头子有次打算把他送去太乙宗磨砺一段时间，把左月生吓得直接解下裤腰带往梁柱上吊。

宁死不去。

"别的宗呢，你要是修炼天赋差，朽木不可雕，师兄师姐、长老掌门也就任你朽去了。但在太乙宗……嘿，太乙宗就没'朽木'这个说法。你天赋差？那就练，往死里练，软磨硬泡地都要把你从朽木锤炼成硬木。"

"我一直觉得太乙宗那群老头子很有教书先生的感觉。"仇薄灯道。

他当年就读的那所学堂的先生，成天振着手臂大喊"永远不放弃任何一个学生！"……苦肉计、空城计、攻敌计、软硬兼施、滴水石穿，再如何桀骜不驯的世家子都能够被强行扳回正道。

唯一的败绩就是仇大少爷。

"一入太乙深似海，从此逍遥是路人。"左月生说着，指了指仇薄灯，"唯一的特例就是这位，喏，小师祖，辈分太高，目前暂时没人敢锤炼他这块朽木。"

陆净想象了一下太乙弟子水深火热的生活，结结实实地打了个寒战："这……仇薄灯，你们太乙宗的弟子还有时间风花雪月吗？"

"我想，大概是没有的。"

仇薄灯回忆了一下。

刚到这里的那段时间，他还想着，日常生活里会不会上演"炮灰挑衅，纨绔打脸"的戏码，结果风平浪静得不可思议……别说风花雪月了，他们连来找他这个纨绔麻烦的时间都没有。

左月生毫不客气地嘲笑："太乙？风花雪月？你不知道太乙宗号称第二个和尚尼姑庙吗？"

"这就不对了，"仇薄灯再次纠正，"对月舞剑也是月，对花论道也是花。太乙弟子有道侣的比例还是很高的。"

没办法，一般人谁受得了一天十二时辰满脑子修炼的道侣？

太乙弟子也就只能内部消化，在朝夕相处晨练夜习中培养感情了……但能朝夕相处的，大多都是同室的朋友。

普通少年叶仓摇摇欲坠。

"我要入太乙宗！"叶仓顽强地坚持住了，"我要成为天下第一刀客！"

他握紧了手。

他恨啊。

恨老城祝，恨他怎么能做出那样忘恩负义的事。恨自己，恨自己被逐出城祝司后就一蹶不振、浑浑噩噩，为了个无所谓的面子，连神柣都不愿去参拜。他只敢借着左月生、陆净他们找上门的机会，在深夜偷偷地再一次登上神柣。

神柣与城一夜将覆，是仇薄灯他们力挽狂澜，而他什么都没做到。幕后的阴谋绵延漫长，他不想再这样弱小无力。

"我要查明真相。"

要为自己的懦弱和无能赎罪。

左月生一摊手，朝仇薄灯挤眉弄眼，得，他就知道会是这样。

仇薄灯审视着跪在正堂中的人，心说：你都查了多久了，最终的幕后黑手还遥遥不见影子呢，鬼知道后面还会发生什么。

初生牛犊不怕虎。

不知未来要走的是什么荆棘路。

"让你入太乙宗，这种小事我还是能做主的，"仇薄灯想了想，"不过，入门的'踏悬索，渡九江'你回头还是得补上，没得例外，除非你想一夜之间变成太乙宗所有弟子的公敌。嗯……太乙宗用刀的家伙不少，你到时候自己找那些老头子去拜师。"

事实上，原著里叶仓应该是拜在君长老门下。

他天生刀魄，故事前期为了抢这个徒弟，一群为老不尊的还打过几次架。

不过仇薄灯上次烧了君长老的凤凰尾巴，君长老扭头去掌门那里告了一状，害他被掌门絮絮叨叨地念了好几天。仇大少爷记着这回事，就毫无帮君长老减轻抢徒弟压力的意思了。

叶仓一声不吭。

117

咚、咚、咚。

他直接给仇薄灯磕了三个响头。

左月生和陆净都有些呆了。

他们都是宗门二世祖，让几个人加入宗门，也不过一两句的事。

没想到叶仓这么实诚，这么死心眼。

连响头都叩上了。

仇薄灯端坐不动，受了这三叩之礼。

他是太乙宗师祖，别说三叩，就是九叩九拜都不算什么。

"既然你入了太乙宗，"没有别的太乙中人在场，仇薄灯只好勉强代替训诫堂的弟子，给叶仓做起了入宗训诫，"首先，我太乙宗……算了，这部分好几万年的宗门历史，回头你去藏书阁自己读。略。其次，门规……算了，九十九条门规，你自己去执法堂墙壁上看。略。再次，本门弟子……这部分是师兄师姐的过来经验，你自己找人问。略。

"略。

"略。"

太一剑一开始还气得在旁边敲地板，后来已经麻木了。

左月生木然地捅了捅陆净："这绝对是我见过的最不像样的入宗训诫。"

陆净轻咳一声："至少是宗门小师祖亲自主持的，排场独一无二。"

"最后，"仇薄灯忽然收敛了所有漫不经心，坐直了身，俯瞰叶仓的目光骤然变得凛冽，变得咄咄逼人，"只有一件事——

"叶仓！"

仇薄灯冷喝。

太一剑出鞘，悬立空中，刃口残破的剑身寒光如雪。雪光映在仇薄灯脸上，原本还没有个正形的左月生和陆净不知道为什么，忽然不敢再嘻嘻哈哈了，下意识端正起身。明明只是一间凡人宅邸的正堂，场面却突生肃穆。

"弟子在。"

叶仓应。

"我太乙万载，无弃徒，无叛徒。"

不弃。

不叛。

哪怕只是从仇薄灯这样的一位少年口中说出，太乙宗的自傲依旧迎面而来，仿佛千山万水铺开，打山水中走出一位位袍袖飞扬的宗门弟子，在他们背后是巍峨的山门，是曳尾而过的夔龙神凤。

万载太乙，仙门第一。

"入太乙者，若有二心……"

"举宗诛之。"

"是！"

叶仓高声应道。

太一剑轻鸣。

"好了好了，可算结束了，"仇薄灯直了不到一盏茶工夫的背瞬间又塌了下去，懒懒散散、没个正形地靠在椅背上，"按道理应该给你个太乙腰牌，不过我没带那东西。你要是介意，出去找块木头，自己刻一个也成。自己刻腰牌也是太乙宗的老手艺了。"

被刚刚两句振奋得热血沸腾的叶仓："……"

不知道为什么，他突然有种错上贼船的感觉。

左月生已经吭哧吭哧地笑了起来："嘿嘿，是不是看我们仇大少爷穿金戴银、花里胡哨的，觉得太乙宗很有钱啊？我告诉你！除了他这个特例，十个太乙九个穷，一群剑修刀客连个老婆本都没有，哈哈哈。让你看不上山海阁，该！"

"姓左的说得没错，"仇薄灯撑着下巴，笑吟吟的，"上个月掌门还在和长老们商量，干脆开门缝纫的功课，把缝纫门服也当作功课……俗称开源节流。你现在就可以开始做衣服了，先练练，说不定等回太乙宗，还能靠这个从你那些师兄师姐手里骗几招刀术。"

"弟子知道。"叶仓艰难地说。

仇薄灯又想起了一件事，一拍手，补充道："至于'天下第一刀'你就不用想了！努努力争取个天下第二吧。"

"我怎么觉得他说的'天下第一刀'有哪里不对啊。"左月生歪过身和陆净咬耳朵，"他说的谁啊？"

"你连这个都不懂？"

陆净觉得自己今天晚上有望把话本的第二折写出来了——某个不知名的祝师不就是用刀的吗？

一杯茶连水带杯地砸过来了。

陆净一猫腰闪开了。

左月生鼓掌："看看看！恼羞成怒了！"

仇薄灯一扬眉，熟练地指使起新鲜出炉的太乙弟子："去，本师祖命令你，把那个姓左的胖子揍翻。"

叶仓抽了抽嘴角，后悔的感觉越发强烈。

在仇薄灯的催促下，他无可奈何地起身，拖了把椅子，开始满堂追杀左月生。左月生一看这还了得，急忙也抄起一把椅子，和他对打起来。

　　十七年的安宁人生就此画上了句号，枍城少年叶仑开始在一条不归路上策马狂奔。

　　娄江进来时，就看到整个正堂跟被龙卷风刮过一样，桌仰椅翻，狼藉一片。自家少阁主仰躺在地上，陆公子蹲在他旁边，兴致勃勃地拿了根毛笔给他画黑眼圈，叶仑顶着两个熊猫眼坐在另一边，就连太乙宗小师祖都皱着眉，在拍自己衣服上的木头屑。

　　他真的想调去不死城。

　　"仇长老，"娄江从自家少阁主身上跨过，把一封信递给仇薄灯，"阁主写给你的信。"

　　"欸？"

　　躺地上的左月生睁开一只眼。

　　"你确定不是给我的？"

　　这边，左月生还在不满地抱怨他爹；那边，仇薄灯已经有些困惑地拆开了娄江转交的信。

　　处于瘴月的地区，很难和外界取得联系，除非是借助"聆音"一类的秘术。但此类秘术施展时，要双方都有共同的术媒。仇薄灯被太一剑带来枍城时身上什么都没有，就更别提和太乙宗取得联系的聆音术媒了。

　　"老头子说什么了？"左月生好奇地问。

　　仇薄灯一目十行："嗯，说太乙宗已经知道我在枍城了，君长老不日就到东洲……掌门为什么不换个人，他太会唠叨了。然后还说了'已令各分阁，凡所需无不应求'，听听，左月半，你爹可比你知书达礼多了。"

　　"不对啊！"左月生翻身坐了起来，"就我爹那个抠门鬼，肯说这话？不是他被控制了，就是姓娄的你拿了封假信。"

　　娄江都懒得理他。

　　"有提到我吗？比如让我回山海阁一类的。"左月生满怀期望地问。

　　"还真有。"仇薄灯看完了最后一行，"让你履行一下少阁主的职责，尽宾主之谊，领贵客前往山海阁。贵客者，太乙宗师祖——也就是我。"

　　"什么？"左月生惊了，"我回山海阁还得靠你？不对，为什么你也要去我们山海阁？"

　　"前几天发生了件大事，所以太乙宗掌门托你爹照顾我一下。"仇薄灯转过信纸,"至于是什么大事……

"百氏南渡,伐巫族。"

第二十一章

"百氏?"

左月生和陆净几乎是同时露出了嫌恶的表情。

十二洲的各大仙门关系绝对和"团结"扯不上干系,时不时地就能听到某某宗和某某门又因为陈年旧事打得头破血流,吵吵和和,乱得就是一笔连以算术闻名天下的鹿寻都不愿意算的烂账。

他们唯独在面对百氏时少有地一致对外。

"又是这些家伙啊。"陆净喃喃。

"怎么?"仇薄灯不动声色地问,"他们很讨人嫌?"

"那可不是一般讨人嫌。"左月生斩钉截铁,"比起和那些家伙打交道,我更愿意去你们太乙宗当块朽木!"

空桑之苍苍,八极之既张,乃有夫百氏,是主日月,以为晦明。①

所谓"百氏",指的便是这居于空桑的一百二十个氏族。

百氏的每一氏都是一支古神后裔,他们合起来,负责框定太阳和月亮在一年中不同时间的出行路线。百氏自己将这称为"天牧"——普通的牧民放牧放的是牛羊马群,他们放牧放的是天上的金乌和玄兔。

空桑因此也被称为"共牧之地"。

大抵是放天牧太久了,这群眼睛只往天上看的家伙,就觉得四方八周的仙门,也该被他们"牧"着,时常对各仙门指手画脚……因此,就连脾气很好的佛宗们对上百氏,也经常是一副怒目金刚相。

"不过,他们不怎么敢招惹你们太乙宗……"左月生摸着下巴嘿嘿笑了两声,"百氏和你们太乙宗吵起来,都是三千年前的事了。你们太乙宗的掌门那时还是颜淮明,颜掌门可谓是雷厉风行。百氏还在为谁出使太乙宗互相推诿,他直接带人杀到空桑了,大快人心啊!"

左月生甚至怀疑,太乙宗稳坐仙门第一这么多年,还有个原因——

其他宗门都暗戳戳地等着什么时候太乙宗再和百氏打一场。

---

① 源自《玉函山房辑佚书》辑《归藏·启筮》:"空桑之苍苍,八极之既张,乃有夫羲和,是主日月,职出入,以为晦明。"结合世界观设置,特意化用为"乃有夫百氏",非笔误。

"怪不得太乙宗会让你们山海阁照顾一下仇薄灯。"陆净恍然大悟，"要是他们知道仇薄灯在这儿，就算不暗地里来阴的，也肯定会想办法刁难啊！在仇薄灯这太乙宗小师祖身上找回场子，四舍五入就是把三千年前的场子找回来了。"

"原来打脸的戏码是在这里等着。"仇薄灯一边说一边将信纸对折，叠了起来。

"打脸戏码？"最近沉迷话本创作的陆十一郎敏锐地捕捉到了这个词，忍不住问，"这是什么戏码？"

"就是比如……"

仇薄灯沉思了一下，余光掠过站在旁边的娄江。

"我揭了柳家的驱邪榜，娄兄对我的本领极度不看好，并且言之凿凿地断定我不仅不会驱邪，还会给旁人添乱——当然，娄兄涵养不错其实没有说出来，这里只是个夸张手法。结果却是娄兄束手无策，本师祖到擒来，于是他十分羞愧，觉得脸上像被抽了一记耳光。这就叫打脸了。"

娄江突然被提溜出来举例，一时只恨自己送完信没有立刻就走。

跟这几个家伙待一起，委实折磨。

"原来如此。"

陆净醍醐灌顶，隐隐约约间，摸到一条从未接触过的大道，就是看向戏码亲历者之一娄江的眼神，不由得就有点奇怪。

"你们这是什么眼神？"娄江脑门上青筋直跳，"一个从来只斗鸡走狗的家伙，突然说他会驱妖除魔，不怀疑才是奇怪的吧？"

"娄师弟，这就是你的不对了。"左月生义正词严地批判，"以风评取人和以貌取人都是偏见！肤浅至极，有违我山海阁的阁训。"

娄江深吸一口气，放粗嗓子，把左月生的声音腔调学了个十成十："'他该不会想一觉睡到天亮，讹柳老爷的黄金吧？这心比我的还脏啊'……少阁主，这可是你的原话。"

左月生瞪大眼："娄师弟，你居然会出卖人了！你变了！"

娄江回了他一个简洁有力的"呵呵"。

"不过还是很奇怪啊。"左月生眺望南边。

"怎么？"仇薄灯问。

"上次跟你说的巫族的狠人师巫洛，你还记得吧？"

"记得。"

"师巫洛杀过百氏不少人，要打起来早就打了，"左月生抓了抓头皮，明显以他浅薄的认知无法理解事态的发展，"怎么直到现在才动手？"

"这样吗……"仇薄灯若有所思。

"不管了！让老头子自己头疼去吧！"

左月生回过神，兴高采烈地张开双臂，踮起脚尖，假装自己是只大鸟似的一头冲进院子。

"老子！终于要结束这该死的流放生涯了！！"

样子傻得让人不忍直视。

没多久左月生又"飞"了进来。

"你们亲眼看过金乌吗？"他大声问，"我们山海阁主阁所在的地方有座漆吴山，傍晚的时候，金乌会载着太阳从漆吴山落进大荒休息。老壮观了！我带你们去看！"

陆净原本还在琢磨，仇薄灯和左月生都要去山海阁，叶仓拜入太乙宗肯定也会跟着一起去，那他是要回药谷呢，还是一并跟着去看看。听到左月生说去看"金乌载日"，陆净心里的天平立刻倾斜了。

"真的？真能看到金乌？它有多大啊？怎么载太阳的？直接背着还是用铁锁拴住？"

听着陆净连珠炮般地向左月生追问，仇薄灯看向天空。

今天天气不错，大抵是金乌载日飞行过的路线离枝城不远。

仇薄灯想着太阳真的是由三足鸟背负，月亮里真的有一只玉兔，它们升升落落，沿着人们算出的路线，就觉得有种说不出的瑰丽和荒诞。只在神话意象存在的信仰，在这个世界以一种它独有的方式，成为现实。

陌生而又熟悉。

他把折好的信收进袖子里。

"你们见……见过金乌吗？就是天上飞的，拉着太阳的金乌！翼长三……三千丈！"

陆净被一群盛装的女孩围住，醉醺醺地吹嘘。女孩们端着酒盏，笑颜如花地追问长三千丈是有多长。

"他就差说自己乘金乌在天上飞了。"左月生在丝竹管弦以及鼎沸的人声里转头，对仇薄灯喊，"我觉得，他再喝下去，别说衣袖和发簪了，连裤腰带都要保不住了！仇大少爷！我们得把这小子拖出来！"

"要拖你去拖！"仇薄灯瞥了一眼那边的情况，冷酷地拒绝，"谁让你邀他一道去漆吴的！"

事情之所以会发展到这个地步，还得追溯到山海阁阁主的那封信。

山海阁主阁所在的地方，离枝城十万八千里。要回山海阁，还是得先到鳒城，再从鳙城的挪移阵走。枎城瘴月未过，山海阁阁主派来迎接贵客和顺带把儿子捎上的长老得过两天才到。听说救了枎城的仙长们要走，枎城人执意要举行一场盛大的仪式来送他们。

来请几位仙长参加盛宴的是新城祝，柳阿纫。

阿纫十六岁，她仿佛在一夜间长大了，眼神清澈而又坚定，穿着藏青祝衣就像柳枝般纤细而又坚韧。她文文静静朝陆净一笑，自称风月丛中过的陆净顿时色令智昏，拍着胸脯保证他们几位"仙长"一定都会来参加。

事后，陆净痛哭流涕，抱着桌子脚"号"了一下午，仇薄灯被他搅得不得安生，只好也答应了。

谁知道，枎城人有个习俗：要是敬佩、爱戴某个人，就一定要给他敬酒。

酒过三巡，仙人啊，凡人啊，也就没什么区别了，不都是人嘛。

很快地，他们就陷入了人群的包围，柳城祝敬酒后，换德高望重的老人敬酒，然后就是许多把自己打扮得漂漂亮亮的女孩子热情地围了过来……

仇薄灯在被几名敬酒的老人叮嘱了两句，什么远行要小心盘缠别被偷了，什么财不外露后，浑身上下就没一处自在的，果断地把左月生和陆净往前面一推，逃出了人群。

左月生撑着喝了两巡，也撑不住了，尿遁跟着逃了出来。

只剩下陆净被女孩子们里三重外三重地围住。

这家伙长得其实也还不错，小白脸一个，就是人本来就傻，酒气一上，就更呆了。被女孩子们围住后，反倒他更像要被生吞活剥的那个……鬼知道什么话本带起的风气，最近姑娘喜欢剪点心上人的衣袖留念。如今，陆净陆大仙人，外衣已经被撕得破破烂烂了，眼看随时就要清白不保。

左月生骂了声。

他龇牙咧嘴做了好半天的心理建设，这才视死如归地闯进胭脂堆里，去捞快要当众裸奔的陆净。

仇薄灯翻出了黑氅，把自己从头到脚裹好，窝在角落里躲开人群。

"籥舞笙鼓，乐既和奏。烝衎烈祖，以洽百礼……"①

大大小小的灯笼挂满了树梢，五颜六色的绸带在风中飘摇。人们端着酒开怀畅饮，被敬酒劝酒的已经不再局限于几名仙人，几条被装饰得流光溢彩的街道上，不管认识不认识，只要相遇碰面，就要喝上一杯。

满城醺醺然。

---

① 出自《诗经·小雅·宾之初筵》。

这的确是场盛宴。

为了送别，也为了庆祝，庆祝神株的无恙，庆祝这座城的大难不死。

风吹过，灯光火影里，株叶穿街过巷。

像一群萤虫。

停在酒盏的边沿，停在少女的鬓边，停在老人的双肩。

"稚子嬉戏，三五成群，树梢树底，束彩张灯，人与木齐乐。"

仇薄灯屈指叩着坛顺手带上的酒，和着不知哪里的鼓点，觉得三百年前秋明子南游见到的一幕，应该也就是这样了。

一群孩子你追我赶地跑过。

末尾的孩子经过一个灯架时，衣服被钩了一下，人跑开的同时灯架也朝他们的背影倒了下去。眼看就要砸到了，有人伸手扶住架子。

仇薄灯起身，穿过人群，朝对面走去。

"再看，我要收钱了。"

第二十二章

风灯未定，光浮影动。

师巫洛站在架子旁，白苏子油燃起的光透过葛纱，把竹篾骨的细影投到他面颊上。之前他一直站在胡同里，隔着来来往往的人群，玄青黑衣与胡同中的昏暗融为一体。

"再看，我要收钱了。"

仇薄灯说话一贯有点懒洋洋的，让人很难分清他是在开玩笑，还是在生气。

师巫洛沉默了一会儿。

仇薄灯以为这家伙要像先前几次一样，仓促无措地垂下眼睫，抑或是移开视线。谁知道，师巫洛却把手放到他面前。仇薄灯"欸"了一声，看到师巫洛惯于握刀的手指摊开，几枚水玉静静地躺在掌心，发出月华般的光。

"巫山水魄，可以吗？"师巫洛问。

居然当真了。

所以刚刚的沉默是在想该给他什么吗？最后找出了巫山水魄？

《惊奇录》曰："巫山之南，博丽之水出源，南流入海，中有博玉，皎洁无瑕者水魄也。"一枚水魄在山海阁至少能卖万两黄金，而且向来有价无市，如果没记错的话，君长老就一直念叨掌门太抠，害他"攒了一百年，连块水魄都买不起"。

"君长老知道了，会想撞墙吧？"仇薄灯神色微妙。

"可以吗？"师巫洛看着他。

"行。"仇薄灯忍了忍，没忍住，笑了，"你看吧。"

他不客气地一把将所有水魄抄走，一上一下将这价值连城的水之精华当作弹珠一样抛着玩。

枳城人盛节的赞歌被夹杂在管弦里，远远地送来断断续续几句"……锡尔纯嘏……其湛曰乐……"。

风灯的光影在师巫洛眼睛中摇曳，隐隐约约仿佛也是一抹很浅的笑意，似乎看到仇薄灯高兴了，那片薄雪静冰也随着一道染上了点暖意。

"走，请你喝酒。"

仇薄灯随心所欲地将水魄一起抛起，又随心所欲地决定。

年轻的男子和少年并肩离开后不久，身穿藏青祝衣的阿纫寻了过来。她站在空无一人的灯架对面，左右环顾，没找到想找的人。

"先前明明还在这里的。"

阿纫看着仇薄灯刚刚靠过的墙壁，秀气的眉微微皱了起来。她成为城祝后，眉眼间的孩子气一夜间就散尽了，除去代表枳城给几名仙人敬酒，她还前前后后地照看花灯人流，把声如沸鼎的一场盛会主持得井井有条。

"阿纫呀！算啦！"喝得醉醺醺的柳老爷拍着啤酒肚凑过来，"别找啦！仇仙长那样的人不是闺女你喜欢得起的！"

"这都哪跟哪？"柳阿纫哭笑不得，"我不是喜欢他啦。"

"不是喜欢他，你一直瞅他干吗？"柳老爷嘟嘟哝哝，"爹是醉，又不是瞎……"

话还没说完，柳老爷就咚的一声，倒地上了，把柳阿纫吓了一大跳，急忙蹲下去看，发现他呼呼睡死过去了。

柳阿纫摇摇头，把亲爹拉起来。

"闺女啊，算啦……"

"我真不喜欢他。"柳阿纫无可奈何，带柳老爷离开时，她回头看了一眼方才仇薄灯待的地方，轻声道，"我只是觉得他好像没有很高兴……"

一开始柳阿纫也没发现。

因为穿着红衣的少年看起来张张扬扬的，一副天不怕地不怕的肆意劲儿，被老人们絮絮叨叨地叮嘱时，一边左顾右盼地找出路，一边浑身不自在地听，看得人忍不住偷笑。直到后来她不经意看到仇薄灯靠在墙壁上，默默地看人群……仿佛和所有喧哗热闹都隔了一层无形的玻璃。

为什么呢？

明明看起来是天生富贵花的金枝玉叶。

柳阿纫忽然就想走过去和他说点什么，让他知道枎城这座城真的很喜欢他。

请他不要难过。

可惜后面几个酒鬼喝高了，柳阿纫不得不过去把他们拽开，不让他们抱着神枎抹眼泪——万一把鼻涕也抹上去了怎么办？

等回头，仇薄灯已经不见了。

希望能有人陪他吧。

阿纫默默地向神枎祈祷。

灰鸟在神枎上不耐烦地拍打着翅膀，一副很暴躁的样子。

"鸟兄勿怪！绝非有意打扰！"

仇薄灯一边喊，一边和师巫洛在枎木树冠上敏捷地几个起落，迅速地逃跑了。

灰鸟在背后冲他们愤怒地"咕！咕！咕！"。

听起来有点像"滚！滚！滚！"。

这也怪不得性情温和的灰鸟发这么大火。它辛辛苦苦重新把窝搭起来，好不容易有时间想和老婆亲热一下，结果大半夜跑来两个来树顶吹冷风的家伙……开了灵智的鸟也是讲礼义廉耻的好吗？！

"你可真是挑了个好地方。"

仇薄灯重新在一处枎枝上坐下，真心实意地夸师巫洛。

师巫洛默不作声地过来，苍白的脸庞依旧一副冷冽锋锐的样子，可惜被隐隐泛红的耳朵出卖了。

先前仇薄灯说"走，请你喝酒"，结果两人真的走了老半天。主要是一般人喝酒大概不会像仇薄灯这么……这么能造作。他倒不强求酒一定要是什么天霖晨露了，但一定要找个好地方，不仅要风清月朗四下无尘，还要能让仇大少爷本人觉得合适——至于怎么个合适法，完全是由他的主观感受决定。

找来找去，仇薄灯自己找不到，索性把这件麻烦事甩给了师巫洛。师巫洛就带他到神枎树冠上来了。

于是，愤怒的灰鸟一阵扇翅，刮起好大一阵风，扑了他们一身羽毛和枎叶。

"算了。"

仇薄灯揭开酒坛的封口，黍、稷、稻、秾与蒹水酿成的清醴之香就越过坛口漫了出来。

枎城有河名"蒹水"，自西北向东南穿城而过，河中有银鲋鱼，喜逐落叶。枎城人取水酿酒，酿出来的酒色泽清冽，仇薄灯一手撩袖，一手倒酒，寒浆如一抹月光落进杯盏中。师巫洛在一旁看他腕上露出的夔龙镯，想起那个"正确答案只有一个"的问题。

师巫洛不清楚自己这几天想的答案是不是对的。

但仇薄灯仿佛已经忘了那天的问题，没有一点要重新提起的意思。师巫洛迟疑着，不知道该怎么开口。

仇薄灯将斟好的酒递给他，师巫洛接过。

"之前，我以为它什么都不懂。"

仇薄灯没有给自己倒酒，他晃着坛子，听酒液发出的清脆声音，眺望着城外，没头没尾地开口。

他们匆忙间找的枎木枝位于广冠的南边，没有灰鸟搭巢的树冠正中心高，但枝干很长，横生而出，一直快要探到城墙。坐在这里，城外的瘴雾就变得很近，平时在城内不怎么明显的银枎光变得鲜明，顺着睥睨连排的城堞伸展而去，对抗满世界的魑魅魍魉。

"后来我发现它不是什么都不懂。"

他是醒来后，被银枎叶劈头盖脸淹没，才意识到这件事的。

神枎只是一棵树，可它懂谁救了自己。

这些天，不论是他还是左月生、陆净和娄江，一出门就总有一两片银枎叶打着旋，悄悄落到他们肩膀上。陆净偶尔还会一边叨叨说"怎么又掉肩上了"，一边美滋滋地把枎叶收起来，说是要保留他玉树临风、"叶见叶追"的证据。

它既然懂什么是恩什么是善，为什么偏偏不懂什么是恶什么是贪？

"真蠢。"

说完后，仇薄灯觉得自己有些好笑，自顾自没头没尾说这些，谁听得明白？他刚想岔开这个话题，师巫洛却开口了。

"也许它什么都懂，它只是想救这座城。"师巫洛注视着仇薄灯，慢慢地说。

它不是不知道自己耗尽生气就会死，不是不知道满城的人只是用来杀它的诱饵，不是不知道有人等着取它枯去后的一点真灵。

但它想救这座城，救十万供奉它、信仰它的人。

仇薄灯沉默了一会儿。

"那就更蠢了。"他轻声说。

一轮明月从云层中升起，高悬在只有三十六颗星星的天空上，在仇薄灯的瞳孔映出玄兔邈远的影子。师巫洛看着他，没有意识到说话间一片银枎叶悄无声息地落在盏里，将酒直接饮尽。

仇薄灯回神就看到他面无表情地含着一片枎叶，吐也不是咽也不是，顿时幸灾乐祸得大笑起来。

这几天，仇薄灯一不留神就会遇到类似的事，都快麻木了。

一边笑，仇薄灯一边把山海阁阁主的信丢给师巫洛。

师巫洛放下酒盏，接住信的时候衣袖一掠，咬着的银柣叶就消失了。仇薄灯没看清他怎么办到的，就饶有兴致地打量他的衣袖，猜他到底是把叶子咽了，还是吐掉了。

师巫洛展开信。

山海阁阁主大概是罕有的"慈父"之心发作，在信末尾硬着头皮，夸了自己的糟心儿子一通，然后写了几句"犬子驽钝，然本性纯善，同行同游，无所不善"云云，委婉地表达了希望仇薄灯能与左月生交好。

师巫洛看完了信，目光停在后边几句上。

"怎么样？"仇薄灯的语气颇有几分"唯恐天下不乱"，"要帮忙打架吗？"

想来若百氏族知道他们浩浩荡荡的南伐行动，到了仇薄灯嘴里，骤然降格为"打架"，一定会气得吐血。

"不用了。"师巫洛说。

仇薄灯挑了挑眉，觉得他十有八九清楚百氏为什么会南伐。

这几天左月生和陆净闲着没事，也瞎猜了不少，左月生言之凿凿地断言，一定是因为巫族准备正式走出来了——在此之前，师巫洛是唯一一位在十二洲行走的大巫。

"对了。"

仇薄灯忽地记起，左月生提过百氏曾不惜决泗水去杀师巫洛，汪洋千里宛若天灾。那些人以为他必死无疑，欢欣鼓舞地聚宴庆祝。酒过三巡，师巫洛一人一刀，出现在宴席上。参与决泗水的百氏中人，在那一夜内被斩尽，只有主人北渚轻逃过一劫。

"你当初怎么没杀了北渚老儿？"

仇薄灯有些好奇。

他觉得师巫洛不像会因北渚氏势大而留手。

"北渚？"师巫洛慢慢地，有点迟疑地反问。

"太阴神后裔，北渚轻，决泗水时负责开峡关的那个。"仇薄灯提醒，"怎么单独放了他一个？"虽然那家伙其实直接被吓死了。

师巫洛停顿了一会儿，似乎在回想。

"他的酒酿得好。"师巫洛轻声说，定定地注视着仇薄灯。

仇薄灯突然觉得他有哪里不对，与他对视了一会儿，发现这人虽然还坐得笔直，脸上也不见醉色，但银灰的眼睛比以往任何一次都要茫然，甚至与自己对视了这么久，也没有仓促地移开视线。

"醉了？"仇薄灯迟疑地问。

师巫洛没有回答，只是看着他，然后忽然俯身靠近，伸手抽掉了他头上的木簪。木簪一被抽出，乌发便如瀑布落下。

仇薄灯有点惊愕。

说真的吗？会因为酒酿得好饶人一命的家伙，居然是个一杯倒？

"乱了。"师巫洛慢慢地说，"别动。"

"行吧。不过我警告你，"仇薄灯指腹捻过酒坛的边沿，"发酒疯就算了，装醉的话，就不可饶恕了。"

第二十三章

师巫洛没有应。

这人本来就安静，醉了后就更安静。他手指修长，为仇薄灯披散拂顺长发时，黑发在他苍白的指间流水般滑过。仇薄灯自眼尾乜了他一眼，便侧了点身，有一搭没一搭地晃着酒坛，眺望城外雾浓雾散。

木梳梳齿触碰到头皮，仇薄灯摇晃酒坛的手一顿。

特地带了梳子？

神鬼皆敌，十巫之首，百氏眼中钉、肉中刺……这么个名字染满鲜血的人，身上除了刀，其实还带了把梳子？传出去后，所有对他畏如蛇蝎的人，表情一定很精彩吧？

仇薄灯想象了一下那个画面，忍不住笑。

然后他就被人按住了肩骨。

按住他肩膀的手温度很低，隔着衣服都能感觉到淡淡的凉意，但很有力。

"不要动。"师巫洛轻声说，顿了顿又像上次一样补了句，"一会儿就好。"

"弄疼了，我把你踹下去。"仇薄灯也笑吟吟地应他。

年轻的男人没说话，低着眼帘，专注地持梳自上而下滑落，乌黑的发丝绕梳齿而过，一一到底。仇薄灯又闻到了他袖上淡淡的清冷的草药味。

因为是巫吗？

医字古作"毉"，古者巫彭初作医[①]，是谓巫、医同源，引草木为药治人，

[①] 出自许慎《说文解字·酉部》。

便是巫术的一种。师巫洛身为十巫之首，想来也是常年与草药打交道，衣上袖间沾染了草木清气并不奇怪。只是，仇薄灯总觉得师巫洛身上的药味里，有一味很淡的，如某种天高地远的孤峰孕育的寒草的气味，让他依稀有些熟悉。

仇薄灯转过头去，想开口问问。

师巫洛在这个时候伸手将他落到脸侧的一缕鬓发绾起。

"好了。"师巫洛说，把木簪给他插上。

仇薄灯偏头看他，师巫洛重新坐好，安静地和他对视。

背后是神枎疏落的枝冠，光落了他一身。他的眼睛颜色太浅，好似无尘的天穹，又似清可见底的湖，在这么近的距离清晰地映出仇薄灯的影子。

对视了一会儿，仇薄灯把酒坛子丢给他，干脆利落地下令："喝酒！"

师巫洛垂下眼帘，给自己倒酒，动作和先前看起来没有什么差别，但仔细观察就能发现他举盏也罢，倒酒也罢，都慢了半拍。

不怎么像装醉。

仇薄灯要笑不笑地冷哼一声，把酒盏从他手里抢走。

师巫洛看着空了的手，茫然地抬眼看他。仇薄灯不理他，自顾自地把酒盏搁得远远的。师巫洛记着刚刚仇薄灯叫他喝酒，愣怔片刻后，就举起酒坛直接喝。

"真醉了啊。"

仇薄灯微妙地看他。

枎城的蒹酒其实有点烈，初入口时会觉得像含了寒水，但一下咽喉就会立刻烧起来。师巫洛喝得很慢，喝一口酒要稍微停一下，眼睛看似清明，其实焦点已经散。看样子，是真的要把整坛都喝了。

一口都还没喝的仇薄灯环顾了一下，发现自己要是想喝酒，就只剩下刚刚师巫洛被他抢走的那一盏。

也算搬起石头砸自己的脚了。

"算了，"仇薄灯翻了翻，找出根前天和左月生他们玩六博时用的博箸，"下次换你请我喝酒。"

话说出口，仇薄灯突然愣了一下。

仇大少爷以前黄金友律要求太高，以至于没有一个朋友。

称得上"半个"朋友的是那个因为他买走面具死皮赖脸上门的人。这个人之所以有幸成为仇大少爷的"半友"，得益于他是个老酒鬼，隔三岔五就能搞点各地的好酒来。

老酒鬼长得特别抽象，还成天往穷山恶岭钻，结果居然有个很漂亮的妻子——虽然已经病逝了。

认识老酒鬼好几年,唯一一次听他提到妻子,是在一年清明。老酒鬼喝得酩酊大醉,捶胸顿足地说全怪他那次忘了说下次他请她喝酒。仇薄灯这才知道他病逝的妻子原来也是个女中豪杰,情钟杜康,之所以会嫁给老酒鬼就是因为这家伙每次都会请她喝酒,喝完了就死皮赖脸地要她回请。缠绕缠绕,姑娘就被骗到手了。

老酒鬼觉得能成功,全靠一来一往地互相请喝酒,便把习惯保留到了婚后。一请一还,一还复一请,酒约绵绵不尽,人事永不分离。

"我就忘了那一次啊……"

鬼哭狼嚎的声音犹在耳畔。

酒约不尽,就能永不分离?哪有那么好的事?

"飞光飞光,劝尔一杯酒。"

仇薄灯一击酒盏,月光盛于盏中原如一面沉镜,此刻骤然破碎成无数粼光,博箸与盏沿碰撞发出清越的声音。

"吾不识青天高,黄地厚。唯见月寒日暖,来煎人寿。"

日更月替,人之老也。这世上白鹿难觅,岁鹤难游,腾蛇灰土,卦龟朽肉。约定再长,又怎么长得过生死?

神扶上不着天下不着地,茫茫无来者。箸声越转越急,越转越凄,仇薄灯的声音仿佛一根弦被悲戚拨动,随之越转越高。

"食熊则肥,食蛙则瘦……"

及"神君何在"一句,声音已拔高到极致,琴弦随时欲断。

"太一——"

咔。

寒浆尽落,琴弦忽空。

"安有"二字未出,师巫洛一把握住博箸和酒盏,他用的力那么大,酒盏与博箸一瞬间化为粉碎。

仇薄灯慢慢地抬眼看他。

"你……"

师巫洛停了下来。

仇大少爷自觉自己唱的,就算不是天籁之音,那也绝非凡俗之声。谁能听到是谁的幸运。仇薄灯起身,居高临下、十分不善地俯视师巫洛,要是他敢说"你不要再唱",就一脚把他踹下去。

"你不要从高处往下跳。"

踹人的动作一停。

师巫洛提着酒坛，清瘦如竹的身体微微摇晃，也站了起来。

"你不要从高处往下跳。"

他又重复了一遍，月光落在他的眼睛里，让人没办法分清他是醉了还是醒了。但他的语气是那么郑重，仿佛在说什么比天塌地陷、万物灰飞烟灭都重要的事。

"很危险。"

"假如我非要跳呢？"

仇薄灯把手笼进袖子里。

师巫洛不说话，脸庞半隐在头顶枝干的阴影里，看不见他的眼神。月光掠过他略高的颧骨，面颊肌骼起伏的线条冷戾而锋锐。仇薄灯想他的确是十巫之首，的确是一个与漫天神佛、遍地妖鬼为敌的人。

"那我接住你。"他说。

"我这个人生来有病，"仇薄灯笑了，轻柔讥嘲，"你知道我想什么时候在什么地方往下跳？"

"我接住你。"

不论是什么时候，在什么地方。

苍白的月亮越升越高，不知道什么时候悬于两人头顶，光影偏转，师巫洛的眼睛被寒月照亮，仇薄灯的脸庞沉进暗影。他们之间的距离很近，却像分开在两个世界。一人站在光里固执地等着，一人站在暗里一动不动。

风静夜止。

哗啦啦。

忽然一大团银枎叶打半空中落下，劈头盖脸地落了两人一身。

"我不是说了！你再把叶子落我头上，我就把你劈了当柴烧！"

仇薄灯一手遮头，一手挥开叶子，怒骂。

枎叶继续往下落，大有越落越烈之势。

"你都要秃了，省省最后几片吧！"仇薄灯无可奈何。

树叶的沙沙声响里，师巫洛依旧固执地站着，看着他。仇薄灯扯下黑氅，劈头丢给他，然后一把抢过酒坛，转身朝树梢的末尾走去。他也不回头，只屈指弹着酒坛，剩下的小半坛酒在坛中来回碰撞。

"天东有若木，下置衔烛龙——"

他的声音随风而扬，不再凄厉，不再悲戚。

"吾将斩龙足，嚼龙肉。

"使之朝不得回，夜不得伏。

133

"自然老者不死——"

仇薄灯走到了树梢末端，举坛一饮而尽。

酒坛被掷碎。

"——少者不哭！"

他转身，展开双臂，毫无预兆地向后笔直倒下。红衣翻飞有如万千烈焰肆无忌惮地铺展而开，狂放桀骜。

哭声号丧般在胡同里响着。

左月生痛苦得一头磕到墙壁上，绝望地大喊："叶仓！对不起！我错了！这绝对是报应！这绝对是报应啊啊啊！"

"娘啊！"

陆净醉醺醺地蹲在地上，身上的衣服已经被太过热情的枎城姑娘们剪得破破烂烂，简直可以原地乞讨。好在姑娘们虽然大胆，到底还有最后一点矜持，给他留了条裤腰带——当然也有可能是因为他的腰带是织了金蝉丝的，姑娘们剪不动。

"我闯江湖了！"

左月生转头，面目狰狞地威胁他："再号，我抽死你。"

陆净置若罔闻，继续号得人脑浆都要出来。

左月生深吸一口气，开始四下找棍子。

费什么力气劝？就该让这小子知道什么叫闷棍开花！

转了一圈，还真让左月生找到一根断柱，他大发慈悲地把上面的钉子拔掉，拖着断柱往回走。也不知道是不是因为趋生避死的本能，左月生刚一拖着断柱回来，陆净的哭声就小了，只剩下断断续续的呜咽。

左月生骂了声，把柱子放下，把烂泥一样的人拖起来，打算把这家伙扛回柳家。

刚把人拽起来，就听到陆净含混地说："还魂草。"

左月生一虚，下意识松手想溜。

他刚松手就想起来，自己虚什么，阴阳佩早帮这小子找到了。不过他记起来得晚了，大醉酩酊的陆净已经咚的一声，后脑勺磕到了地面，听得左月生眼一闭。

完了，要被药谷的人追杀了。

过了好半天，左月生悄悄睁开眼往下看。

陆净一动不动，但鼻子边还冒着泡。

134

还好还好，活着。

"你小子找还魂草干什么啊？"左月生蹲下来，百思不得其解，"那玩意儿真的能让人还魂吗？没听说过谁成功了啊！"

"我看到她了。"

陆净冷不丁睁开眼，把左月生吓得差点儿一柱砸下去。缓了口气，才发现这家伙其实还醉着，只是眼睛直勾勾地看着天空。

"我见到她了……在瘴雾里。"

"行行行，是是是。"左月生不耐烦地说，"废话，除了瘴雾里，哪儿还有死魂野鬼？"

人死有魂，死魂入瘴。

大多数死魂在瘴雾里，只会剩下一个灰蒙蒙的形。死魂无相，就算你看到一个五官相似的，也不是你认识的那个人，只是它偶然地变幻出了那个模样，很快地又会化去。修士修行最初的两阶之所以称为"明心"和"不迷"，便是为了这个。

凡人一到瘴月，就闭于城中，见不到往来无相的死魂。

可修士修行就是为了能够自由穿过瘴雾，不被拘于一方天地。修行者一入瘴雾，便有可能会在瘴雾中见到故人。

死魂无相，故人非故。

因此，要明心，尔后不迷。

"我不会认错……"陆净喃喃，"她不是死魂……"

"看开吧，"左月生拍着陆净的肩膀，叹了口气，"逝者已逝，死者长已矣。"

"不！她没死！"陆净翻身坐起，木愣着，"她没死！她就在瘴里！我该……该……"

"入瘴去找。"

"入瘴……对，"陆净重重地点头，"我要入瘴！我要去找娘！"

"入瘴，入你个头！"

左月生从牙缝里挤出声，额头上满是冷汗。刚刚那句"入瘴去找"压根儿就不是他说的，那是个很冷的男声，从背后胡同深处的黑暗里传出来。

在此之前，左月生完全就没发现这胡同里还有其他人！

一瞬间，什么魂丝幕后黑手，什么葛青死而不僵，什么鬼啊怪啊的在左月生脑子一掠而过。他把陆净挡在身后，握着断柱慢慢转了过去，内心悲壮。

老头子！你的私库，看来我是没办法继……

"欸？！"

胡同深处走出一位穿着黑衣的年轻男子，长得不错，但气息冷冽，属于一看就知道不是什么好人的类型，分分钟杀人灭口。但这不是重点，重点是，年轻男子扶着一个人！一个看样子也是大醉酩酊的人。

并且，这个人很眼熟。

红衣，黑发。

不是仇薄灯还会是谁？！

左月生顿时松了口气。

看来不会被杀人灭……

年轻男子冷冷地瞥过左月生。

左月生刚松的一口气又提了起来。

在年轻人看过来的一瞬间，左月生只觉得有一把无形的刀贴着自己的脖子掠过。他以积年被老头子冷飕飕瞪的经验发誓，这人刚才一定对他起了杀心！

但是，为什么？！

就算这位误以为他们和仇薄灯关系不简单，那看的不应该是陆净吗？！

左月生还没反应过来这是什么情况，陆净就从背后探出个脑袋。

"什么？！"陆净脱口而出，"还能这样？"

左月生眼前一黑。

完了！

老头子，你的私库真的没人能继承了！！

第二十四章

庭院寂静，柳家上上下下都出门参加盛会了，连个看门的都没留下，也不怕有小偷溜进来翻箱倒柜。

就算没进小偷，进个穷凶极恶的煞神也是件要命的事啊！

左月生一屁股坐在院子的台阶上，一边腹诽，一边伸手至后颈，确认自己的脑袋还好端端地待在脖子上。背后就是仇薄灯的房间，左月生现在可算是知道前几天枞城事变后是谁送仇大少爷回柳家的了……虽然眼下他宁愿自己不知道。

半炷香前，陆公子石破天惊的发言结束后，整条街风凝夜寂。

差点儿一句话酿成流血惨案的陆净说完，就又咚的一声倒下呼呼大睡了，只剩下左月生浑身僵硬。而年轻男人的目光在他、陆净身上慢慢掠过……

杀气陡然暴增，左月生如闻刀鸣！

电光石火间，左月生高举双手，大吼一声："仇少爷与您真是将遇良才，余者皆不配！"

无形的刀顿住了。

左月生眼皮都不眨，继续趁热打铁，一通疯狂吹捧，就差把"什么时候你们两个恶人有求于我，我山海阁一定不辞辛苦、鞍前马后"说出来了……虽然颇有卖友求生之嫌，但想来仇大少爷人美心善，不会计较这些。

风散叶落，年轻男子带着仇薄灯转身朝柳家的方向走。

左月生拖起陆净，心里直打鼓地跟着回来了。

然后，蹲在台阶上一直到现在。

"娘，我……"

陆净躺在台阶下的地面上，翻了个身，嘴里嘟嘟哝哝。

娘你个头啊娘。

左月生虎躯一震，眼疾手快地扯下陆净外衣上最后半块袖子，把这家伙的嘴堵了个严严实实，同时支起耳朵，胆战心惊地听背后房间里的动静。某位不知名人士把仇少爷送进房间后，就没有再出来过。

背后安安静静。

左月生在心里长吁短叹，琢磨到底要不要冒死敲个门。

这事吧，要是仇大少爷当真和某个不知姓名的人旧友重逢——这是陆净的说法——那他们做什么都不干他的事对不？但很明显啊，仇大少爷现在是一副醉得人事不省的样子，身为他的狐朋狗友，还是要操心一下的！……话又说回来，左月生其实还蛮好奇到底那年轻男子姓甚名谁，到底是何方神圣，居然有勇气与仇薄灯交友。

虽然仇大少爷皮囊的确好看得足以让人忽视他内里的败絮，但是怎么说呢……仇薄灯这家伙，脑子一直有病啊！

左思右想，再三运气，左月生视死如归地站起来，准备去敲个门。

他刚一转身，门啪的一声就被打里面拽开了。

"啊啊啊！"

"你鬼叫什么？"仇薄灯被他叫得耳膜发疼。

"人吓人，吓死人啊，仇大少爷！"左月生惊魂未定，不忘偷眼朝里面瞥了一下，"欸？那个谁呢？"

"走了。"

"走了？跳窗的？看不出来啊。"左月生嘟囔，随即发现哪里不对，"你没醉，那你装什么死？"

"不装死怎么知道你卖得一手好狐朋狗友？"仇薄灯轻飘飘地反问。

137

左月生立刻闭嘴。

嘴上不敢问了，心里却觉得仇大少爷铁定是恼羞成怒。

左月生的表情太过明显，仇薄灯瞥了他一眼，就能猜个八九不离十。

倒也不是恼羞成怒……事实上，醉的只有师巫洛一个，他从神枎往下倒的时候，师巫洛毫不犹豫地跟着跳了下去，还在半空中就把他接住了。接住后，那人就发了酒疯，不说一句话，也不松手。至于为什么会装醉……其实不是装醉，只是师巫洛安安静静地发酒疯，而仇薄灯刚好有些困了，就干脆半醒半梦地睡了。

可是为什么呢？

为什么能够在一个只见过寥寥几面的人身上淡淡的草药味里不知不觉地睡过去？

因为似曾相识，还是因为什么？

仇薄灯不愿意再想，他跨下台阶，不善地盯着呼呼大睡的陆净。

"站住。"仇薄灯就跟背后长了眼睛似的，冷不丁地道。

正在鬼鬼祟祟开溜的左月生一脚悬在半空。

"去打冷水，把他给我泼醒。"仇薄灯慢条斯理地说。

最可怕的事来了！

要是让仇薄灯知道他们不仅背后瞎猜过他的故事，还正在进行编写话本贩卖到十二洲的"丰功伟业"，那就算是老头子亲至，也救不了他们了啊！

陆净，陆十一郎，你可千万要扛住仇大少爷的严刑拷打啊！

第二天。

一行人等在城门后，等山海阁阁主派来的长老抵达。

天其实还没亮，这么早走是他们之前决定下来的，主要是不打算惊动其他人。既然盛会都参加了，鼓声烈酒地道别过了，于城门前再演一出挥泪如雨的别离未免过于矫情。

等的时间里，几个仙门二世祖打着哈欠，困得东倒西歪。

娄江的目光不住往陆净脸上瞅，最后实在忍不住："你昨天是去当贼被人揍了一顿吗？"

"贼倒是没当，"陆净哈欠打到一半，就牵扯到脸上的青紫，疼得倒吸一口冷气，瞬间清醒，"揍倒是真被揍了一顿。"

"陆公子威武！陆公子宁死不屈！"左月生上下眼皮还粘在一起，半梦半醒间给陆净鼓掌，"撑住啊！铁骨铮铮十一郎！"

"铁骨铮铮十一郎"为他的守口如瓶付出了惨痛的代价，如今脸上跟开了染坊一样。不过他的宁死不屈是有回报的，尽管仇薄灯十分怀疑这两个人一定背着他干了什么"好事"，但到最后还是没能发现《回梦令》的事。

发家致富与名扬天下的伟业得幸并未"中道崩殂"。

娄江："……"

这几个二世祖混在一起的时间越长，他就越听不懂他们说的话了。

"他们就算了，"娄江叹了口气，"叶仓，你这衣服又是怎么回事？"

娄江之前就认识叶仓。

毕竟叶仓是少阁主"流放"到枕城后结交的朋友，每次左月生惹祸不想被娄江骂，就会躲到叶仓家去。娄江为此还暗中调查过，以免少阁主误交歹人——虽然一般情况下，左少阁主更像那个"歹人"。

以前，娄江对叶仓的印象还可以。

叶仓做事一丝不苟，坚韧有毅力，就算被赶出城祝司，也坚持每天鸡未鸣就起来练武。他心地善良，有几次左月生坑蒙拐骗过了火，就被叶仓摁着去把东西还了……总之，是个靠谱的人。娄江还想过，等调查结束，问问他要不要入山海阁。

"啊？"

叶仓背着一把刀，站得笔直，在三名东倒西歪的二世祖衬托下堪称"孤松屹立"，简直是清流。

——假如不看他的衣服。

那是一件足以让所有裁缝师傅见了破口大骂的灰袍，袖子是一大一小的，衣摆是前长后短的，肩线是歪歪斜斜像蜈蚣爬的，至于针脚什么的就别提了……任何一个学徒敢浪费布料搞出这么一件"杰作"，不被剥了皮都是因为他师父慈悲。

"师祖说了，等我回宗，缝纫门服就是太乙宗的功课了，从现在开始就要勤加练习。"叶仓认真地解释。

娄江刚想说"他说你就信啊"，转而想起太乙弟子手刻腰牌的传统，又有点觉得仇薄灯说不定还真没跟叶仓开玩笑。

"那你板着张棺材脸又是怎么回事？"娄江忍了忍，又问。

"师祖还说了，太乙弟子的标志就是人狠、话少、没表情。"叶仓板着脸，力求眼神如死木，"话少暂时还做不到，他让我先学学棺材脸。"

娄江："……"

这家伙是被驴踢了脑门吗？仇薄灯这种头号纨绔的话，就算他辈分是太乙

139

宗小师祖，也不能全听全信啊！"

叶仓目不斜视："入太乙宗后各峰首席争夺赛有考察'品行'一门，敬上护下，是其中一科。我要做太乙宗最优秀的弟子，就要先做首席！"

等被派来接贵客和少阁主的山海阁陶长老从飞舟上下来，还没站稳呢，娄江就如蒙大赦地扑了过去，又是连连拱手，又是欠身行礼。

陶长老被他吓得一失手揪下好几根宝贝胡须。

这、这是娄江？

天才嘛，总是有点傲骨的，特别像娄江，年纪轻轻就走完许多修士一百年甚至数百年才能走完的路，平时虽然算是恪守礼数，但不免会有点年轻气盛，对待长老"尊"是有，"敬"就不见得了。长老们私底下谈起他的时候，都说年轻人有干劲是好，但偶尔也要依赖一下他们这些老骨头嘛，别年纪轻轻就想着去扛天撑地了。

年少何必非要老成持重？

但眼下，娄江几乎是眼泪汪汪地迎接他，陶长老惊诧的同时，不免有点飘飘然。

这就对了，遇到挫折终于知道向长辈寻求帮助了！

陶长老清了清嗓子，刚想说什么，就看到娄江跟阵旋风一样刮进了飞舟船舱里，只丢下句——

"这几位就是阁主要接的贵客了，接下来就交给您了！"

第二十五章

陶容，陶长老。

镇过不死城，守过无望涯，一手铁笔，文能歌风颂月，武能断生判死。

自谓山海阁的顶梁柱之一，平素最愤恨的，莫过于阁主对他们这些老骨头过于敬重，日常见面一礼二问三寒暄就算了，还喜欢把他们高高供起。

人还没死呢，这么供灵位做什么？

陶容长老不忿久矣，听闻魂丝出世，立刻找上了左阁主，滔滔不绝一通痛斥。左阁主被他喷了一脸的唾沫星子，为保耳根清净，只好委他来一趟枎城。在抵达枎城之前，陶容长老老骥伏枥、壮心未熄，觉得天底下就没他这老顶梁柱撑不住的场子。

但这个"场子"怕是不曾包括赌场。

啪啪啪！

黑漆木盅被一只冷白漂亮的手摇得骰响急如骤雨，最后以定江山的架势一翻，啪的一声重重地扣在了铺了素锦的天雪桌面。

陶容长老向来颇有点讲究"风雅"，给自己的飞舟起名为"天雪"，意为孤天之飞花。不仅桅杆上墨绘山水，船头还要安松桌梅椅，每次乘坐飞舟出行，必定要换一身宽袍广袖的大衣，坐到这船首就长风斟酒，取意"高处不胜寒，我与青天共酌饮"，还特地搁了纸笔，诗情一兴便可龙飞凤舞地挥毫泼墨。

可谓不染凡尘俗埃。

不过，现在这片孤天飞花，算是被彻底扯进凡尘俗埃里了，不仅被扯进去了，还在泥巴里翻了几个滚啦！

与青天共酌饮的松桌上，原本颇富情趣的一盆文竹"静水"被挪到了甲板上，里面晶莹可爱的白石被捞出来现刻了几枚骰子。素锦桌布上东一团西一团地沾了或浓或淡的墨，一根秃了毛的紫毫笔被毫不珍惜地搁在上面，撕成长条的宣纸或揉或铺，丢了一桌一地……

"买定离手！买定离手！"

仇薄灯一脚踩在梅花椅上，一手按着骰盅，凤眼横扫，十足凌厉，可惜左右脸颊贴了俩纸条。

"快点快点。"

"四六混江龙，我赌大！"一人凶狠老到地拍桌。

这是左月生，他脸上贴了五六张纸条。

"四幺满盘星，我赌大。"一人犹犹豫豫紧张道。

这是陆净，他脸上纸条足有七、八、九、十……眼睛都被挡住了，只能打缝隙里瞅。

"四三雁行儿，我、我赌小！"一人看似气定神闲，实则袖中掐算。

这是陶容陶长老，一手抚须，一身仙风道骨，是四人中唯一脸上干净的。

"四红四点满堂春。"仇薄灯握着骰盅的手慢慢上移，"我赌……大。"

多骰共掷的博戏中，一般遵循"浑花者贵"的原则，即四枚骰子投出来的点数为同一色为贵，而同色中红色最贵。天下赌经《除红谱》将四枚四点的红彩骰面称为"满堂春"，为最贵的彩。

骰盅一开，只见四枚骰子整整齐齐，红面朝上，一色四点。

正是"满堂春"。

"真的！四红四点！赢了赢了！"左月生一跃而起，大呼小叫，"陶老，快快快，按我们之前说好的，你要是输了翻三倍算。"

陶容长老手一抖，险些又把好不容易养的几根山羊胡子扯断。

141

"喀喀。"

陶容用力地咳嗽，试图提醒这几个小兔崽子自己年事已高，他们需要给老人家点面子。

可惜他的暗示太过隐晦，一边的陆净压根儿就没接收到，兴致勃勃地提笔在宣纸上，一通惊天地、泣鬼神地画符，然后往糨糊里一摁，举起来颇有礼貌地问："陶长老，您想贴在哪儿？"

"随便你。"

陶容长老放弃了，无奈地道。

陆净啪啪啪三声，一点都不客气地把字条直接糊到了陶容长老的额头、两颊，来了个"天地人三才"。

"来来来，继续。"仇薄灯笑容不改，把骰盅一合，就要继续摇骰子。

"喀喀喀。"陶容长老顶着三张字条，像模像样地重重咳嗽了几声，然后"哎哟哎哟"地揉着腰站了起来，"老了老了，这船头风太大了，老朽得先去歇歇。你们几个少年，继续吧。"

"风大？"陆净在记录胜负情况，险些一笔走歪，"这风叫大？"

飞舟上风大原本是件蛮正常的事，不过陶长老这天雪舟舟头刻了阵法，保证只会吹来让袍袖轻舒、苍发微扬的"仙风"，而不是让人发乱衣翻的"妖风"。

仇薄灯是个眼尖的，一上飞舟就相中了这片风水宝地，陶长老还在自鸣得意地向这群"贵客"介绍天雪舟如何雅致、如何蕴意深远，几名贵客就已经呼啦围到了船首桌边，左少阁主雕骰，陆公子裁纸，仇小师祖定规则……转眼间高情远致的天雪就被一片骰子撞盅声淹没了。

陶容长老瞅了片刻，心疼得胡子都在哆嗦。

但这三人年岁虽小，身份却高，特别是仇薄灯乃太乙宗小师祖，不方便直接训诫。他便想了个"寓教于乐"的法子，仗着自己修为高、耳力过人来跟他们一起玩骰子，给他们点亏吃吃，然后循循善诱，引他们浪子回头。

结果没想到，不是"浪子回头"，而是"晚节不保"。

"高天之风，还真是好大哦，"仇薄灯轻声细语，"袖子一重都吹不起。"

"哎哟哎哟。"

陶容长老"哎哟"得更像那么一回事了，还摸出了根拐杖，一笃一笃地敲着船甲板，转身就往船舱走。

"老寒腿又发作了，老朽得先去躺躺喽。"

"你们山海阁的长老，赌品这么差的？"仇薄灯转头看左月生，"感觉快要输了，就扭头跑？"

"别以偏概全啊！"左月生不满，"这绝对是个中奸猾无赖。"
陆净吭哧吭哧地就笑了。
陶容长老忽然就耳背了，什么都没听到似的，拄着拐杖一溜烟回船舱去了。

"长老！"
陶容长老酝酿好一肚晓之以理、动之以情的说辞，刚踏进飞舟船舱，还没来得及开口，娄江就满面严肃地迎了上来，张口就是："关于枝城影傀一事，娄江有诸多不明之处，还望长老解惑。"
说着，他又不着痕迹地补了一句："陶长老您镇过不死城，守过无望涯，是山海阁中对大荒了解最多的人，傀术是从大荒里传出来的，如果连您也无法为我解惑，那也不知道该向谁去问了。"
"胡言乱语，"陶长老叱喝，"阁老们哪个不比我更见多识广，老朽岂敢自夸！不过……话又说回来，阁老们也不是你们这种小辈能轻易见到的。也罢！也罢！你有什么问题姑且说说。"
您要是真"岂敢自夸"，就把脸上的皱纹收一收，别笑得跟太阳花似的啊！
娄江一面腹诽，一面虚心接受，连连称是，将陶长老引进净室。
"长老请看。"
娄江将三个玉盒摆在桌上。
陶长老一一打开：第一个玉盒保存的是几缕银色的魂丝；第二个则是一幅收进芥子袋中缩小的残破阵图，由铁柱、锁链和青铜辟邪厌胜钟组成——如果仇薄灯在这里，就能认出这正是枝城前城祝的万象八周伏清阵，事后娄江竟然把整个阵给撬起来收走了；最后一个却是一小片青金色的铁片。
陶长老一边听娄江把那天的事巨细无遗地讲来，一边捻捻魂丝，看看阵图，最后将青金铁片捏起。
"长老，"娄江把碎了的青帝镜一并放到桌上，"从山海阁出发前，阁主让墨师在青帝镜中封了阵，以此排查魂丝的踪迹。但我到枝城之后，青帝镜始终没有反应。这是为何？"
陶长老将青金铁片放下，转过镜背面，看了一眼。
"墨师的阵图没有刻错，但他疏忽了。"
"疏忽了什么？"娄江追问。
"这个阵图只能觉察种魂初期的魂丝，如果魂丝生长超过百年，就没有用了。"陶长老说，"种魂种魂，种的其实是人的怨恨和不甘。人心爱恨，就是颗种子啊。你见过那些亲友被杀的人吗？在初闻噩耗时，他们或双目赤红，或以头抢地，大怒大悲溢于言表。但等时间更长一些，悲痛与怒色就会被收起，转而在心底扎根。

"这世界上，恨越深越久，越不动声色，越淡写轻描。魂丝一旦长成，死魂的恨就变得丝丝缕缕，你再也无法直接看到。"

陶长老掏出了一根黄竹根的老烟斗，在桌面上敲了敲，一点暗红的火在烟斗里燃起。他慢慢地吸了一口，青烟腾卷而起，模糊了年迈苍老的面容。

娄江心中一动。

他听阁主说过，陶长老年轻的时候镇守不死城，后来不知道发生了什么，那一批镇守不死城的仙门弟子几乎都殉道了……只有陶长老被一位师兄背回了山海阁。

"长老，您看这个阵。"娄江岔开话题，指着放在第二个玉盒中残破的万象八周伏清阵，"立柱为眼，牵锁为纹，悬钟布吕。这种布阵风格，看起来像天工府的。难道魂丝这件事，和天工府有关？"

陶长老磕了下烟斗，敲出点烟灰来。

"不好说。"陶长老沉吟，"这件事细论算和天工府有点渊源，但天工府到底有没有人参与，不好说。"

"什么渊源？"娄江问。

"三千五百六十年前，天工府除名了一位长老——就是那名杀神取灵、强炼邪兵的叛徒。"陶长老又吸了口烟，皱起眉，"他是天工府前所未有的天才，'立柱为眼，牵锁为纹，悬钟布吕，阵施天地'便是他提出的。天工府府主将他收为徒弟，待如亲子，并把女儿许配给了他。但最后此人杀妻叛师，为世不容。当时所有仙门一同下令，将他从各洲洲志中删去，正记野史，再无此人。"

"这个人死了没？"娄江反感地问。

陶长老嗤笑一声："就天工府那群笨货，要是能把他杀了，何至于闭府避世三千年？那叛徒后来入大荒去了……这个阵法，看着有点当初那个天工府叛徒的意思。如果葛青真的见过他，回头少不了要去天工府登门一次。这破事就让阁主去头疼吧。哼，回头我非再骂阁主一顿不可，给你安排的都是什么破任务，这不是成心想害你送命吗？"

娄江满头冷汗，心说：您就算没有我这事，也隔三岔五指着阁主鼻子骂啊，就别拿我当幌子了。

他急忙岔开话题，问起另外一件事。

"还有就是，关于……"娄江迟疑了一下，"关于太乙宗小师祖的事。"

陶长老脸色微微一变，刚想说：这位贵客与你年纪相若，我看还是你去陪同吧……

"葛青任枎城城祝有四百余年，他虽然心术不正，但修炼的天赋的确罕见，所学更是驳杂广博。便是我们山海阁一般的长老过来，都不一定能够将他斩杀。然而……"娄江顿了顿，"那天，仇长老独自一人中断枎城的血祭，一个人破阵将葛青诛杀。可是，不论是之前还是此后，弟子留神细观仇长老，他的修为确实只在明心期。弟子想不明白他究竟是怎么办到的。"

陶长老松了口气，慢悠悠地又抽了一口烟。

"太乙宗小师祖啊，你小子就别管了。"陶长老慢悠悠地说，"这是人家太乙宗的事，太乙贵客，你平时敬着点就是了。"

娄江有种不妙的预感，他急忙起身，朝陶长老拱手："长老，弟子想起还需给阁主写信汇报，这就先行告辞了。"

"等等。"陶长老一烟斗敲在了他肩膀上，"阁主现在忙着百氏南伐、借道清洲的事呢，你少去烦他。"

"借道清洲？"娄江大吃一惊，"阁主怎么会同意？"

"没办法，"陶长老叹口气，"百氏人傻钱多……给得太多了，阁主就同意了。"

娄江心想左少阁主这也算是子承父志了："那，长老，弟子去修炼了！"

"修炼多得是时间，过刚易折，劳逸结合方能长远。"陶长老神情慈爱，"我看你小子平时在山海阁天天修炼，都快跟太乙宗的那群朽木一样了。难得老朽在此，你别对自己苛求太过，去吧，去和少年待在一起！"

娄江脸色大变："长老啊！那可是太乙宗小师祖，我只是区区一个弟子，身份低微，让我陪这种贵客，会让太乙宗觉得我们山海阁不够尊重他们的啊……最主要的是，长老，我觉得这不是劳逸结合，是前所未有的艰难险阻啊。"

"少年，不要怕路长道险，"陶长老用力地拍他肩膀，一掌把他拍了出去，"要多加锻炼！"

娄江踉跄着在走廊上站住，净室的房门在背后啪的一声，重重关上。

风灌过来，鼓袖凄凉。

"仇大少爷，真有你的啊。"左月生和陆净瞅着船舱的方向，嘿嘿直笑。

刚刚他们玩骰子，赢者喝酒，输者贴纸，玩到一半，陶长老就过来了，说加他一个。

几名二世祖想着人多热闹，就答应了。结果，陶长老这老儿，仗着自己修为高、耳音敏锐，听骰辨点，在赌桌上大杀四方。左月生和陆净暗中出千下绊子，可惜修为太低、功夫不济，全都失手了。

在被贴了两张纸条后，原本有点懒洋洋的仇薄灯果断地拉开了左月生，自己袖子一挽，亲自摇盅。

"你怎么办到的啊？"陆净好奇地问仇薄灯。

仇薄灯将四枚白石骰平排在桌上，笑吟吟地问："想知道？"

左月生和陆净小鸡啄米似的连连点头。

仇薄灯右手朝他们一摊："彩头拿来。"

"近朱者赤，近墨者黑，"陆净嘟哝着，把两瓶丹药推向仇薄灯，这是他们三人先前私底下约好的，谁第一个让陶老头儿吃瘪，谁赢走，"我怎么觉得你跟左胖子学了一身雁过留'毛'的本事？"

"陆十一我警告你啊！别血口喷人！"左月生不干了，把几枚蕴雷珠丢给仇薄灯，"什么叫跟我学的雁过留'毛'？这人在枕城刚一见面，就讹了我八万两黄金，心比我黑多了。"

"过誉了过誉了。"

仇薄灯把东西收下，然后伸手在桌面上敲了敲。

左月生和陆净慢慢地睁大了眼。

只见一个小小的木偶人顺着桌布，从桌子底下爬了上来。约莫一掌长，木质沉白，行动轻便。它到了桌上后，便去把大它数倍的酒坛稳稳地扛起，给仇薄灯面前空了的杯盏斟酒。

"哇！这是什么？！"陆净惊叹不已。

酒入杯盏，慢慢而上，快至盏满时，小木偶就停了下来，将酒坛直起，放到一边。

"看起来像是灵偶，据说取天冬的若木刻成人偶后，要是修为足够高，就能赋予它灵智。不过，刻偶注灵的法子，好像很少有人会。"左月生好奇地伸手想去戳一下。

仇薄灯用笔杆啪的一声敲掉他的手。

"刚刚的棋子其实是四三雁行，不过被它在桌下动了手脚。"

"真厉害啊，"左月生有点眼热，跃跃欲试，"仇大少爷，你这灵偶是哪来的啊？嘿嘿，要不，仇大少爷，我们回头一起去赌场吧？我知道哪里的钱最多，你让你的灵偶出千，我和陆净给你打掩护，然后我们三个就可以一夜暴富了！"

"天底下最大的赌场不就是你家的？"仇薄灯把小木偶收回袖子，"你出千赢自家的庄，不怕你爹抽死你？"

"这个……"

左月生想了想，觉得也是，无奈地放弃了这么一大好生钱之道。

一边的陆净突然发现有件事很奇怪……

这些天来，仇大少爷什么德行，陆十一也算是知道了个七七八八。这人在琐碎小事上，动手能力差得令人发指，又不知道是哪来的怪毛病，宁愿顶着自个儿刨的一头乱发，也不愿意让别人帮他。

"奇了怪了，"陆净忍不住问，"今儿你头发怎么是整齐的，谁给你梳的？"

"我自己啊，"仇薄灯面不改色，"本少爷聪慧过人，区区梳头小事，一学就会。"

左月生和陆净一起"呸！"。

"猫腻！"左月生斩钉截铁。

"肯定有猫腻！"陆净言之凿凿，"说不定……"

"听。"仇薄灯打断他们，"你们听，下面有声音。"

"仇大少爷，您转移话题过于生硬了啊。"陆净嚷嚷，"起承转合，您连个承都没有，直接就拗过去了……"

陆净还要再叨叨，左月生拽了他一下。

"等一下，好像……"左月生支起耳朵，"好像下面真的有人在唱什么……"

陆净一愣，心说：不会吧？

且不提他们是在天上，底下的人唱歌得唱得多撕心裂肺，才能被他们听到。单就说现在瘴月未过，四下还是浓瘴呢！他们能离开，那是因为陶长老修为高深，在天雪舟上附了一层清罩，把瘴雾驱逐了。

那飞舟底下，又是什么家伙跑到瘴雾里来唱歌？

有病吧这是。

陆净满腹狐疑，凝神细听，天雪舟没有辜负它的名字，飞行时像片雪般静默无声。摇盅赌骰声一停，就剩下天高地远的空旷，风声丝丝缕缕，如水经冰下……竟然真的有歌声！仿佛是从地面一路扶摇直上的歌声！

"傻傻傻，疯疯疯，似假还真潜夔龙。"

仇薄灯分辨着唱词，眉微微皱了一下，不易察觉地摸了一下自己左手腕上的夔龙镯。

"走走走，休休休……"左月生分辨得比他费力些，但也分辨了出来，"似梦非梦转头空。"

"怎么你们都能听清楚？"陆净再一次有了种只有自己一个人是傻瓜的错觉，偷偷运起灵气，附着在耳朵上，非要跟着听清后面一句不可。

灵气刚一附上，世界的声音骤然清晰。

下一刻——

"救命啊啊啊！！"

147

一道破釜沉舟、壮士断腕般的哀号冲天而上，声音之大，号叫之凄厉，震得甲板另一边改袖子的叶仓一针捅进了指头里，船舱里磨磨蹭蹭的娄江咻的一声蹿了上来，房间里装伤风畏寒的陶长老一烟斗敲在手背上。

"——天上的施主们！贫僧！撑不住了！！"

第二十六章

"这是什么'神仙'啊？！"

仇薄灯手肘搭在船舷上，撑着头往底下看。

"算了，我们还是走吧。"

天雪舟降到离地十来丈的高度，就看清了狂歌和惨叫的声音来源——那是个穿得破破烂烂的和尚，脖子上挂着一大串佛珠，提一双藤鞋，赤脚站在一块大石头上又蹦又跳，拼命挥舞双手。观其形貌……

仇薄灯打赌他少说有六七天没洗过澡了。

搭救这么一位"神仙"，和放一个十级空气污染源上飞舟有什么差别？

"欸？"陆净伸长脖子往下探，"救人一命胜造七级浮屠，真的不用管吗？"

"你一个药谷的，在这里建什么浮屠塔呢？"仇薄灯道，"佛宗不是最常说'以身度厄'吗？我观这位定是为割肉饲魂的高僧，我们就不要打扰人家修得正果了！"

"仇大少爷委实高见！"左月生瞅清和尚的脸后，啪的一声，背过身去，"这家伙就是个粘鞋底的牛皮糖，谁粘谁知道！走吧走吧，继续扔骰子去。"

眼见着飞舟悬停了片刻，就又开始往上升，当真打算扭头就走，下边的和尚一扯袖子，大喊："诸位施主！双夔龙！三生花！九龙鼎！"

肩并肩往赌桌走的三个人齐齐顿住。

左月生容色肃穆："山海阁与佛宗关系不错，见死不救恐怕不好交代。"

陆净郑重其事："我就说了救人一命胜造七级浮屠。"

仇薄灯不大高兴地皱了皱眉头，翻出块手帕，扎在脸上，把自己的口鼻遮了个严严实实，然后冲在另一边等着的娄江和叶仓一挥手，示意他们把人捞起来。娄江叹了口气，不怎么情愿地再次降低飞舟。

罕有地，这一次娄江的观点和这几名二世祖搭上了线。

他也不怎么想把底下的那家伙捞起来。

"阿弥陀佛，善哉善哉。"一上飞舟，和尚装模作样地双手合十朝几人唱喏。这和尚品貌倒有几分清隽，可惜一双眼睛早饿得快成绿色了，现在就算是给他条桌子腿，他都能啃下去。

"贫僧为除魔，在此地镇守十日有余，神竭力涸，还请几位施主方便则个，乞点果腹之物。"

娄江长长地叹口气，感觉头开始疼起来了。

是了，这在瘴雾里待上十天的修为，这个语气……也只有佛宗的那位了。

仇薄灯站得离狼吞虎咽的和尚远远的，捂着鼻子问左月生："无尘禅师当年到底是被什么红尘俗雾迷了眼，剃度了这种奇葩？"

继左月生、娄江之后，仇薄灯也认出了这宝刹佛寺不待，跑来雾里蹲的人是谁了——

佛宗佛子，普渡和尚。

又或者，应该叫他"不渡和尚"。

非要说的话，这不渡的经历还与仇薄灯有几分相似。

当年，佛宗的第一高僧无尘禅师云游天下，在半路捡到了个七窍玲珑、慧根天生的婴儿。这无尘禅师禅道精深，以往认为佛法为度世而生，愿皈依佛门者，不论出身来历，只要本性向善他都愿意教导度化，师徒名分只是世人的着相，因此一直没有亲传弟子。说来该算是无尘禅师命中有此一劫，捡到这么个与佛有"缘"的婴儿，其天赋之高、灵性之奇，令禅师也着了相，破例地将这婴儿收为徒弟，起名"普渡"。

从"普渡"这名上，就足以看出无尘禅师对宝贝徒弟寄予了何等宏大的期望。

小普渡和尚一开始倒也没有辜负无尘禅师的期望，诸多佛法经文过目不忘，不论是武学还是禅说，一点就通，甚至还习得了佛宗最高深的秘术之一"相观众生"，能见人之过去。佛宗也是被他的天赋冲昏了头，没来得及细考，就把人点为了当代佛子。

这成了佛子，按惯例就得出门去红尘里游走，度世救人，积累功德好塑金身。

事情坏就坏在这"佛子云游"上。

无尘禅师与佛宗诸僧放眼各大仙门年轻一代的俊杰，满心以为，普渡佛子很快就能名列前茅——少说也有个前十吧。果然，不出三个月，这佛子就一骑绝尘地上榜了，位置还蛮高的，只在榜首之下，算得上"不负众望"。

——假如那个榜不是写作"天下纨绔榜"，读作"仙门败类榜"。

"原来是他啊。"陆净恍然大悟，"我记得他不是还有个很出名的……什么度什么不度来着？"

"三度三不度。"左月生一边盘算着什么，一边顺口道，"金度铜不度，银度铁不度，玉度石不度。"

十二洲流通的货币主要有六种，玉钱、金锭、银雪、铜板、铁刀、石毫。

149

金银玉者贵，铜铁石者贱，换句话说，这人专度有钱人，没钱的就是跟他"没缘"。"三度三不度"的名言一出世，佛子瞬间名扬十二洲，别人也不管他叫普渡和尚了，都喊他"不渡和尚"。

"这就是所谓的'只度金主'吧。"仇薄灯总结。

"好个只度金主。"风卷残云般将桌上的食物一扫而空，不渡和尚便热情洋溢地过来了，"这位就是仇施主仇榜首吧。久仰大名，久仰大名！"

仇薄灯皮笑肉不笑："也算不上久，去年刚登的榜首，谬赞了谬赞了。"

"哪里哪里。"

不渡和尚合着掌，笑容可掬，经过惊天动地的"救命啊"一号后，他清楚自己装"不露相"的真人计划算是落空了，想要与这几位与佛十分有缘的施主加深一下感情，只能换一种方法了。

首先，要扭转先前的不利印象。

"施主可知您不日将有血光之灾。"不渡和尚力求语不惊人死不休，"贫僧修习佛宗'相观'之术久矣，能知人之过去未来，云游至此时，忽感心神悸动，睁慧眼观未来三日，但见二……三位命丧鳊城！"

其次，要故作高深。

抛出具有说服力的佛法秘术，然后显露自己"未卜先知"的一面。

声调要低，起伏要有。

不渡和尚胸有成竹地等待仇薄灯三人的反应，不管他们是质疑"血光之灾"的真实性，还是好奇他是怎么知道他们会经过这里的，他都有法子引出后文。

"把他丢下去吧？"

仇薄灯翻着这几天从陆净那里得来的丹药，找有没有什么可以充当空气清新剂的……陆净爱赌，天生不仅手气臭，算术也不太过关，这些天身上带的丹药都快被仇薄灯和左月生两人赢光了。

"一坛酒四两银子，两盘云莱菜二两银子，三碟水梭花……"左月生不知道打哪里找出了一个算盘，正在噼里啪啦地计算刚刚不渡和尚吃了多少东西，"合计……雪银五十二两。你是要付银子还是要拿佛珠抵？"

不渡和尚不敢相信："喂喂喂！你们三天后就要遇上血光之灾了！贫僧辛辛苦苦在瘴雾里蹲了十几天，你们就算不体谅贫僧一番诚意，好歹也关心关心自己的生死吧？"

"血光之灾吗？"陆净有点犹豫，迟疑地转头看仇薄灯，"你觉得他说的是真的假的？"

仇薄灯头也不抬。

"有种江湖骗术是这样的，先假扮成奇人异士，然后找到有钱人，对他说：你某月某日有血光之灾，若给我多少多少银子，我可以帮你化解。若那人不信，这骗子就会在某月某日派妖邪去吓唬他。有钱人如期遇妖邪，就以为这骗子果然有未卜先知的方法……叶仓！过来把这骗子给本师祖丢下去！"

第二十七章

"出家人不打诳语！"

不渡和尚两条腿腾空乱踢，被叶仓面无表情地举着往船舷的方向移动。他奋力地朝赌桌前的仇薄灯三人伸出手。

"我真的没骗你们啊！"

"来来来，谁赌大谁赌小？"仇薄灯摇着黑盅，"买定离手买定离手！"

"仇施主！双夔龙！左施主三生花！陆施主九龙鼎！"不渡和尚双手抓着船舷，跟个风筝一样挂在天雪舟外，声如洪钟地祭出了撒手锏。

啪。

仇薄灯将黑盅反扣在桌面上，连人带椅地转了一圈，手肘懒洋洋地向后挂在桌面上，漆黑的眼眸深沉不善，左月生活动了下满是肉的双臂，陆净吹了口气，贴在鼻子上的纸条啪的一声飞了……

叶仓瞅着，只觉得这三人气势汹汹，活脱脱就是话本里的恶霸们，正准备一声令下让鹰犬爪牙出动把不开眼冒犯自己的人拖出去喂狗。而他不幸，就是那个"鹰犬爪牙"。

他真的是在求仙问道，不是在为虎作伥……吗？

"不开眼"的不渡和尚挂在船舷上，被风刮得斜飞，冲三人露出一个"我佛慈悲"的微笑："施主，我们真的有缘。"

好在这"不开眼"的也不是什么良善者，权当狗咬狗吧。

叶仓自我安慰。

"捞起来。"

仇薄灯一挥手，幽幽地叹了口气。这和尚还真是生动形象地演绎了什么是踩上就甩不掉的牛皮糖，正所谓人不要脸天下无敌……

"善哉善哉。"不渡和尚被重新拉了上来，双脚一沾上实地，就露出了灿烂的笑容。

仇薄灯对左月生和陆净使了个眼色。凭着这些天赌博、喝酒、耍无赖培养出来的默契，左月生和陆净没给这和尚开口说第二句话的机会，一左一右地上去，把人架起来后直接往船舱里拖。

"施主！施主你们这是要做甚！"

不渡和尚惊慌失措，扭头看仇薄灯，他修为远高过左月生和陆净两人，按理来说挣开他们不是什么难事。可惜他在瘴雾里蹲了十几天，早就神竭力涸，全靠着个"钱途"撑到现在。

"放心放心。"

仇薄灯把四枚骰子拢在手里，笑着跟在后面。

"聊聊天，加深加深'缘分'。"

不渡和尚的声音一进船舱中的房间就消失了。

被留在天雪舟甲板上的叶仓和娄江面面相觑，一时间有些无法理解事情是怎么峰回路转的。不过非要说的话，娄江有种"啊，算了，又是这样"的身经百战感……余光瞥见叶仓一脸严肃地站在旁边，他微妙地生出了点过来人的成就感和骄傲。

"放心吧。"娄江觉得自己有必要指点下同是天涯沦落人的叶仓，"不渡和尚是佛宗的佛子，他们不会真把人杀了的……少阁主虽然胡来，但这点还是能保障的。你也不用太担心……"

叶仓奇怪地看了娄江一眼："我没担心这个啊。"

"你不是担心这个，你一直盯着船舱的方向看干什么？"

"我是在想要不要去帮忙，"叶仓理所当然地说，"不是说那什么渡和尚是佛宗的佛子吗？修为肯定比师祖他们高。要是真打起来，师祖打不过怎么办？要是师祖被揍了，我却袖手旁观，回头太乙宗考'品行'肯定要扣分的吧？"

娄江沉默地背过身去，任由冰冷凛冽的长风拍在脸上。

他为什么会觉得一个傻帽和自己同为天涯沦落人？他沦落个头！他分明就是迫不及待地加入了傻帽的队伍！

…………

左月生又把之前那块玉牌摸了出来。

他注入灵力的时候，老老实实蹲在地上的不渡和尚看得眼睛都直了，连连称赞："左施主好财力，这是封'默'阵的界石吧？我也曾听过这东西，据说一块要卖雪银三千两……左施主，我观你与我佛有缘。"

"滚！"左月生铿锵有力地回他。

"你化缘化错人啦。"仇薄灯轻声慢语。他没个正形地斜坐在太师椅上，把一枚白苎三清丹碾碎包在帕子里，放在鼻前来回晃动，以此对抗不渡和尚身上又酸又臭的味道，"别看这左施主心宽体胖，其实是属貔貅的，只进不出，想从他手里敲诈东西，你倒不如去登天。"

听仇薄灯这么好声好气，一旁的左月生和陆净对了下眼神，心里都觉得这人活不过今天了……仇大少爷向来心里越是憋着坏，脸上就越是笑意盈盈，春风化雨，阴得狠。

也不知道这人哪句话触了仇大少爷的真火。

"喂，你。"

陆净清了清嗓子，摆出凶神恶煞的样子，对不渡和尚虎视眈眈。

"你刚刚提'九龙鼎'什么意思？你知道些什么？说！"

"哎哎哎，这个嘛。"不渡和尚盘膝而坐，一手捻着佛珠，一手放于胸前，要多正直有多正直，"贫僧绝对不知道药谷谷主的九龙鼎被人磕坏了一个龙头。"

"什么！"左月生惊呼出声，看陆净的眼神就像在看什么史无前例、暴殄天物的败家子。

陆净白白净净的脸瞬间就红了，支支吾吾："我就是想试着炼个丹，结果它就炸了，我也没想到那龙头那么不经磕。"

"哎呀呀，无妨无妨，"不渡和尚笑嘻嘻的，"天地宝物要成珍奇，不都要遭一次天劫嘛，贫僧观这就是九龙鼎的劫数了。不过嘛，贫僧听说，药谷谷主至今还在悬赏一个不知名的贼人……赏金仿佛是……一万两雪银来着？"

仇薄灯"哦"了一声，恍然大悟。

想来陆净离家出走除了要找还魂草，这"九龙鼎之劫"也是个重要的原因。

左月生喃喃："一万两，不过分啊。"

陆净反击："那三生花又是怎么回事？"

左月生的声音戛然而止。

"三生花嘛，想来诸位略有耳闻，最近几年山海阁与佛宗有些摩擦。"不渡和尚娓娓而谈，"不过想来，诸位不知道数年前，山海阁阁主拜访我宗性空禅师，恰逢金佛池中的三生莲开花，阁主不由得心动，欲向禅师求一朵。禅师不与，结果不知道怎么回事……当夜金佛池就遭了贼，性空禅师怒而与阁主反目，不过究竟是谁把三生花摘走的，哎呀，就是桩悬案了。"

仇薄灯和陆净齐齐看向左月生。

"左月半小友，"仇薄灯捏着下巴审视他，"怪不得你这几年一直被流放呢。"

原来是让亲爹背了这么大一口黑锅，想来左阁主定然十分懊恼，自己怎么就只有一个儿子？

"至于仇施主……"

不渡和尚把视线移向仇薄灯。

153

左月生背在身后的左手扣住了三枚灵气流转的珠子，陆净背在身后的手提着把短刀，刀悄无声息地滑出鞘。仇薄灯笑吟吟地等着不渡和尚的下文，太一剑在这和尚的背后无声无息地悬浮着。

"贫僧不才，猜给您戴上这夔龙镯的人，恐怕与百氏此番南伐有那么点千丝万缕的关系……"不渡和尚一扫眉眼中的猥琐，宝相端庄、正气凛然，"一万两雪银，贫僧立刻前尘尽忘！一万两黄金，贫僧马上请师父亲自批八字，保证太乙宗绝对不会干那种事！怎么样？"

啪。

左月生险些把三枚蕴灵珠直接捏碎在手里，陆净差点儿一刀捅到自己的后腰，太一剑猛地向后仰。

不渡和尚眉飞色舞。

"左施主和陆施主也可以考虑一下，再加点银子，贫僧除了前尘尽忘，还能让龙首复生，三生花重开！如何？过了这村就没这店了！"

"滚！"三人异口同声地骂。

"说真的，"仇薄灯实心实意地问，"'相观众生'这种佛宗神通，被你用来敲诈勒索，无尘禅师他知道吗？"

"知道啊。"不渡和尚怅然地摸出枚念珠。

在三人的注视下，他屈指往念珠上一敲，下一刻雷霆暴怒的"狮子吼"狂风过境般地在整个房间内炸响："'相观众生'，观过去，观未来，观现在，是让你用来观人之心魔，度世济人的，不是让你……"

啪。

不渡和尚一拍念珠，声音顿消。

"金刚伏魔狮子吼都出来了。"不渡和尚愁眉苦脸，"苦哉苦哉。"

"你活该。"仇薄灯捂着耳朵，没好气地骂。

"话不能这么说，"不渡和尚厚颜，"度世济人不差个我。"不过很快，他就耷拉下脸，露出一副可怜相，"不过，怕不是回去要挨一顿十八罗汉棍……现在能救小僧的，只有三位施主了！若三位施主肯布施笔善缘，让贫僧回宗后将大雄宝殿修缮一下，想来师父下棍也会轻点。"

"还是下重点吧。"仇薄灯面无表情。

"哎呀呀，别这样嘛，"不渡和尚忙道，"买一送一如何？几位难道就不想知道，百氏此次兴师动众伐巫族是哪来的底气吗？"

没等人回答，他便自行公布了答案。

"因为天外天要杀一个人。"

第二十八章

"天外天?"

不渡和尚心满意足地在三人脸上捕捉到了惊诧之色,颇有成就地点头:"没错,百氏族之所以敢南伐巫族,而不怕仙门联手阻碍,便是因为有天外天的支持。"

"不周山折,以分上下,天地不通,后有方外。"仇薄灯蹙眉,"天外天不是最喜欢端着他们高高在上、不涉世事的面孔吗?怎么这次不跳出五行了?"

"欸?!"左月生疑惑地看仇薄灯,"绝不周以分上下……这是《古石碑记》里的话吧?你前天才向我借的书啊,你是碰巧看到了,还是全看完了?不会吧,仇大少爷你看书这么快的吗?"

"还好还好。"仇薄灯谦虚道,"也就是一目十行,过目不忘而已。"

陆净幽幽地看了仇薄灯一眼,语气要多酸有多酸:"好个'一目十行,过目不忘而已'!我要是有你这本事,何至于被兄长们提耳朵恨铁不成钢这么多年……不对,等等,'不周山折以分上下,天地不通后有方外'是什么意思?你们能说点人听得懂的吗?"

说着说着,陆净悲从中来。

天杀的仇薄灯,这几天明明三个人大部分时间都在一起吃喝玩乐,搞得他以为大家都一样,没想到这家伙居然背地里在看书……

说好的都是不学无术的纨绔呢?!

"还有胖子你!"陆净感觉自己被背叛了,"你怎么也知道!"

"基本上所有最值钱的天兵神器,最隐秘的宝藏都记录在《古石碑记》里啊。"左月生奇怪地看陆净,"你听了那么多话本,就不会幻想一下,自己什么时候遇到天降神兵,从此叱咤江湖吗?"

听话本全关注风花雪月去了的陆净:"……"

他坚强地抹把脸,看向仇薄灯:"你还是说说刚刚那句话是什么意思吧。"

仇薄灯有点不想认这个"生死之交"。

好蠢。

"天外天、人间、大荒,三界的区分不是一开始就有的。"

仇薄灯一边说,一边习惯地想屈指敲椅子,左月生眼疾手快给他塞了一块醒木。仇薄灯懒得发作,醒木一叩,索性放低了声音,真像个说书人一样将古石天书记载的历史娓娓道来。

"最开始,天外天只是不周山上的一座云中之城,上神也并非一直都居于高天之上。

"那时候还没有'上神'与'城神'之分。

"乱七八糟那么多神,其实大部分都居住在中土十二洲之上,《古石碑记》将之载为'民神杂糅,不可方物'[①]。又说'人之初,天下通,人上通;旦上天,夕上天,天与人,旦有语,夕有语'[②],就算神回到了天上,天、人的距离还是很近。"

仇薄灯的声音很清澈,平时说话矜骄飞扬,但略微放低后,就会如静水从玄冰下慢慢流过,仿佛能从太古一直蜿蜒到现在。

是不知多少万年前的太古。

山河绵延,神和人手拉手走在天地之间,为友为邻。又有一座叫作"不周"的山,是上和下的梯子,神离开地面回云中城去,人就登梯去拜访神。神和人的关系是那么好,白天人把思念的话说给云朵听,晚上风就把神的回应从高天吹到地面……

旦夕有语,神人不离。

"后来'不周山折,天地相分',这里的'天地'指的应该不是苍穹和大地,而是神和人。因为从这一句话开始,《古石碑记》就没有再写'云中城'的事了。云中城变成天外天了,以前城里的神,就成了现在的'上神'。

"这就是'不周山折以分上下,天地不通后有方外'。"

于是再也没有被寄托于白云中的思念,再也没有藏在夜风中的应和。

天人相绝两茫茫。

"怎么会这样啊?"陆净忍不住喊道,"怎么、怎么不周山就折了,天地就不通了呢?"

明明一开始还杂然而居,旦夕相语。

"谁知道。"

仇薄灯把醒木丢还给左月生,随口应了陆净一句。

比起不周山怎么折的,神和人怎么翻脸的,仇薄灯更在意另外一件事。

看书时剧情的展开围绕叶仓这位主角升级打怪。但真实的世界是座冰山,他从小说里读到的只是露出水面的一角,隐藏在水下的东西庞然如一片阴云。

就像……

啪啪啪!

---

① 出自《国语·楚语(下)》。
② 出自龚自珍《定庵续集》卷二《壬癸之际胎观第一》。

"仇施主博闻强识！"不渡和尚噼噼啪啪地鼓掌，慷慨激昂，"所以，三位施主，你们难道就不好奇这天外天，到底要杀谁吗？只需要一万两黄金，惊天内幕带回家！过了这村就没这店，机不可失，时不再来啊！"

左月生和陆净的一点小伤感瞬间被这"二"得不着调的不渡冲散了。

"不就是师巫洛吗？"左月生翻了个白眼，"买你个头，还一万两黄金，我呸！"

"什么？"不渡和尚大惊失色，"怎么回事？这可是秘辛！"

陆净找到了点"原来我不是最蠢"的自信，吭哧吭哧就笑："你傻不傻啊？你要是说'想不想知道百氏为什么伐巫族'，那说不定还能卖点钱，结果你自己都把最悬念的'天外天'抖出来了……嘿，巫族最出名的那位，不就号称'神鬼皆敌'吗？啧，就你水平，去茶楼说书都没人听吧。"

不渡一副悔之晚矣的样子："贫僧着相！贫僧着相！"

"你也别相不相了。"仇薄灯笑着道，"你还是先说说，除了夔龙镯、三生花、九龙鼎，你还观了些什么。趁着我们几个身上还有闲钱，赶紧一并说出来，别婆婆妈妈的，让人付钱都付不利索。"

"仇施主不愧是榜首，果然慷慨！"不渡和尚喜形于色，随即又扼腕叹息，"唉！实不相瞒，贫僧这'相观众生'修炼得不怎么到家……现在只能观一人的一次过往，要不……施主，我们常联系？下次观到了别的过往，再来……"

说着，不渡和尚露出个"心照不宣"的笑容。

左月生差点儿就想直接骂了。

——这敢情还想长期敲诈啊？

不过，不渡和尚这么说，左月生还是信的。

"相观众生"虽说是佛宗一门极为玄奥高深的佛法神通，不过这门神通其实有点鸡肋……

它是佛宗为了传播佛教研究出来的一门神通，一般是用来看凡人的过往，好知晓他们心中的执念，对症下药，以此度化。

用来观修士的话，就受限颇大，一则无法观修为高于自己的人，二则观修为低于自己的，除非已将"相观众生"修炼到极致，否则也只能观部分残缺。非要细究的话，可以说是因为人之修行，逆生死，转老衰，冥冥之中命数已与天地相迎，难以定论。

左月生记得性空在提及"相观众生"的时候，就曾说过"一切有为法，如梦幻泡影，如露亦如电，应作如是观"。

念头转了几转，左月生背在身后的手暗中戳了一下仇薄灯。

"你不是还能观未来吗？"仇薄灯笑容不改，"血光之灾又是什么灾？讲详细点。至于钱……区区万两黄金，何足挂齿！"

说着他潇洒地一挥手，半空中顿时噼里啪啦下起了一阵货真价实的黄金雨。
金锭堆积成山。

"喀喀喀。"不渡眼都直了，一瞬间只觉得自己与面前这位仇施主缘分深得不能再深，"这不，施主们要是不肯让贫僧化这个缘，贫僧一纸信传出……听说药谷谷主和太乙宗长老都动身去了山海阁，三位施主到了鳙城打挪移阵一走，一回到山海阁……这不就是血光之灾了吗？"

左月生这回没忍住直接骂了出来："你果然就是个骗子！"

"施主这就不对了，"不渡和尚义正词严，"化缘的事怎么能叫骗？"

"这就不对了！"仇薄灯若有所思，"你观不了未来，怎么知道我们要去鳙城，怎么特地在那里蹲着？和尚，你要是说谎的话，别说一万两黄金了，一个铜板都不给你。"

"要是我修炼到了观未来的地步，我早给人看命算卜去了，哪还用得着在这里敲诈勒索。"不渡和尚一听黄金要飞，急忙表明心迹，"能观未来的，佛宗开宗立派到现在就没出一个！仇施主！贫僧句句属实啊！"

"那你怎么提前蹲点的？"仇薄灯耐心地盘问。

"是一个自称'鹿寻传人'的家伙给贫僧算的卦。呸！"不渡和尚突然义愤填膺，"等贫僧下次再见到他，非砸了他的摊子不可！算的什么破卦！差点儿害我在瘴雾里饿死！"

"原来如此。"仇薄灯拊掌，"行啦，我们知道了。"

"那这黄金，贫僧就……"

不渡和尚腼腆地把手伸向一边的金锭。

"拿吧。"仇薄灯笑盈盈，做了个手势，"请！"

"善哉善哉！"

不渡和尚大喜，俯身就要去把黄金收起来。

就在他俯身的那一刻，悬于半空的太一剑带着鞘急驰落下，砸向和尚的后脖颈。不渡和尚保持着双手合十的姿势，向前作揖滑跪而出，太一剑擦着他的脖颈经过，仇薄灯在半空中将剑抄在手里。

"施主！你们这就不对了啊！"不渡和尚袍袖一挥，不忘将黄金收进袖子里，"杀人灭口是大罪孽！"

左月生把三枚蕴灵珠一丢："敲诈勒索到你爷爷头上来！也不问问清洲万里谁是爹！"

"都说了，我们之间的事，能叫敲诈吗？"

不渡和尚一跃而起，避开陆净自下方横扫来的刀，破破烂烂的僧衣爆发出璀璨的金光，将三枚蕴灵珠炸开的光挡在外面。

"这叫化缘！"

"那教训骗子的事，怎么能叫杀人灭口呢？"仇薄灯话音未落，人已先至，太一剑横扫而出，砸向不渡和尚，"这叫替天行道！"

第二十九章

啪！

左月生一椅子砸在地上，木屑纷飞。

砰！

不渡和尚一拳轰在墙上，蛛网骤现。

锵！

仇薄灯一剑劈到佛珠上，火光迸溅。

乒乒乓乓——

咚！

如狂风过境，陶容长老精心布置的雅致房间转瞬间成了一片废墟，专门拆家都没他们这一架来得利索。

"以多打少不厚道啊！"不渡和尚上蹿下跳。

他在狭窄的房间里同时躲仇薄灯的剑、陆净的刀，还有左月生扛着的椅子。仇薄灯三人修为低，不渡和尚灵气未完全恢复，一时半会儿居然也算打了个有来有回。打了一会儿，不渡发现，姓左的胖子虽然修为不济，但躲闪极为灵敏，笑吟吟的仇薄灯看似修为最低，实则下手最狠，只有修为最高的陆净是个花架子，便觅了个缝隙，舍了仇薄灯和左月生两人，直奔陆净。

眼瞅着不渡找上自己这软柿子，陆净又气又惊，急中生智，把一样东西扣在手里，朝不渡一甩，同时朝仇薄灯二人大喊一声："快捂住耳朵！"

不渡一听，本能地运气护住双耳。

下一刻，一团白雾在半空中炸开，本已冲到陆净身前的不渡就闻到一股说酸不酸、说臭不臭、说辣不辣、说苦不苦的古怪味道直冲鼻腔，紧接着就是一阵天旋地转，双腿一软，扑通一声直接跪地上了。

不渡和尚破戒大骂："不是说捂住耳朵吗？"

"您还真信啊？"

把鼻子捂得严严实实的仇薄灯三人一边挥着袖子，一边看傻瓜一样看他。

"谁使阴招还带正儿八经提醒对手的。"

"现在怎么办？"陆净刚刚被踢了两脚狠的，眼下一瘸一拐地走回来，不善地盯着躺地上的不渡，"是把他直接从飞舟上丢下去，还是给他一刀痛快？"

"施主三思而后行啊！"不渡惊恐，"佛宗、药谷、太乙宗还有山海阁打起来可不是耍的！"

"这话就不对了。"仇薄灯笑盈盈地在不渡和尚身边蹲下来，拿太一剑剑鞘亲切地拍他脸颊，"现在飞舟上，就你一个佛宗的，我们杀人灭口，再毁尸灭迹，你说有谁会给你佛宗通风报信？"

"贫僧悔过悔过！"不渡和尚急急忙忙地道，"施主啊，千万莫冲动，贫僧也不是专为敲诈……错了，化缘而来。贫僧是受佛陀之命，因清洲不日有大劫，特来度世救人的！"

左月生"呸"了一声："少来鬼扯，有我山海阁在，清洲能有什么大劫。"

"贫僧说真的啊……"不渡和尚欲哭无泪，"比真金还真！"

左月生刚要再说什么，房门开了。

"飞舟都在摇晃……你们！"来人的声音陡然拔高转尖，"你们这是做了什么？！"

陶容长老站在门口，瞠目结舌。

他原本在隔壁品茶、修身养性，养着养着，对面的木墙忽然咔嚓一声出现了个拳头印。

陶长老隐约觉得事情不妙，急忙赶过来看发生了什么事。

结果还是晚了一步。

门一开，就见山水画变成了半空中纷纷扬扬落下的鹅毛大雪，靠窗的琼石屏风四分五裂，檀桌桃椅尸骨无存，素墙开裂，底板凹陷……屋里面目全非得连亲手布置这个房间的陶容长老都不敢认。

陆净咽了咽口水，看着一张脸逐渐漆黑的陶长老，悄悄地退了一步，躲到左月生背后，不敢与陶长老目光接触。

"你们……你们……"陶容长老哆嗦着手，怒目而视，"少阁主，你来说说这是怎么回事？"

"呃……"左月生缩了缩脖子，不敢说话。

"他非要和我们讨教武学，"仇薄灯镇定自若，悄悄把手背到身后丢下几枚金锭，"我们不好推托。"

陶容长老视线移向躺在地上的不渡。

"对对对。"不渡把仇薄灯丢下来的几枚金锭藏进袖子里，壮士断腕地接了这口"锅"，"三位施主身手不凡，小僧见猎心喜，忍不住讨教了一番。还望陶长老见谅！小僧莽撞！"

"身手不凡？"陶容长老气笑了，抖着几根山羊胡，恶狠狠地瞪了这群二世祖一眼，"行，既然你这么热衷磨砺，回头老朽就跟无尘禅师好好谈谈，让禅师多给你点锻炼的机会。如此天赋，用在上梁揭瓦之事，岂不屈才？"

"陶长老且等等……"不渡颤巍巍地伸出一只手。

陶容长老冷哼一声，拂袖而去。

"完了……"不渡发出呻吟，"陶长老和我师父认识啊……这回恐怕不是十八罗汉了，是七十二金刚，我这可是以身度厄，三位施主！你们可千万别再翻脸不认人了！"

他号得凄惨，其余三人被陶长老这么一干预，也歇了继续打架的心。

"自作孽不可活啊。"仇薄灯拍拍身上的碎木屑，捂着鼻子迅速地开门出去了。

一到长廊，仇薄灯立刻扶墙干呕起来。

他琢磨下次打架，是不是应该把陆净先扔到敌人最多的地方？这家伙就是个"杀敌一千自损两千"的人才。回头一定得问问，他配的那是什么药粉，味道之古怪简直独步天下。

陆净隐约听到从走廊传来的干呕声："他怎么了？"

左月生不厚道地笑了："还能怎么了？仇大少爷的鼻子就是狗的，绝对呛得够呛……说起来，陆净你扔的这什么玩意儿……我怎么闻着有点、有点……"不对味？

话还没说完，被陶长老吓得忘了屏息的左月生步了不渡和尚的后尘，直挺挺摔地上了。

陆净骂了声，拔腿就跑，跑了没两步，扑通又倒了。

要吐不吐缓了一会儿，仇薄灯没有半点转去看看伙伴的意思，直接回自己房间去了。关好门后，小木偶顺着他的袖子滑到桌面，端端正正地坐下。

仇薄灯一手撑着脑袋，一手用指尖不轻不重地戳了木偶一下。他的指尖很白，近乎透明。

木偶被他戳得向后倒，很快又翻身端正地坐好。

仇薄灯垂着眼睫看它。

浓密的睫毛在他素净的脸庞上投下清晰的淡影，刚刚和左月生、陆净他们一起围殴不渡时的张狂肆意突然就消失了，高兴也好，生气也好，所有鲜活的情绪全都不见了，像是一捧刹那就冷的血，沸腾与炽热只是某种自欺欺人的假象。

房间寂静。

"天外天要杀你。"仇薄灯说，忽然无声地冷冷地笑了一下。

他想起之前不渡言之凿凿地说"请师父亲批八字"……其实仇薄灯根本就不清楚他和某个人到底算什么关系，甚至连自己到底是怎么想的都不明白。也许他只是想知道，这世界上，是不是有那么一个人，真的能够接住他。

　　无论何时，无论何地。

　　"愿意陪我跳崖的，能从东排到西。"

　　仇薄灯往后靠，把脸庞藏进窗棂的阴影里。

　　似乎是将另一个无人知晓的自己藏起来。

　　"所以，别死了。"

　　清洲一地，瘴雾深厚。

　　年轻的男子提一盏纸灯笼静静地等候，烛火照在他脸上，眼睛好似狭而薄的银色刀锋。不知是听到了什么，他突然抬头遥遥望向鳡城的方向，火光摇曳，仿佛把寒刃的冷锐都融去几分。

　　一根火把，两根火把……

　　星星点点的火光在黑暗中燃起，形成了一个包围圈。

　　师巫洛站在圈的正中心，手里只提着一盏灯。

　　火把越来越多。

　　他仿佛全然未觉，只是微微抬头想着什么。过了一会儿，师巫洛抬手在灯笼的纱纸上慢慢地写了一句话："鳡城很美。"

　　也许，你会喜欢。

　　又过了一日。

　　仇薄灯几人还在大梦三千年，就被娄江哐哐哐地吵醒了。

　　鳡城到了。

　　"说真的，"陆净睡眼惺忪，站在飞舟外打着哈欠，"这么乌漆墨黑，我们真没来错城吗？"

　　左月生点头附和。

　　他们远远地望着瘴雾里的鳡城，城墙雄壮，是枕城的数倍之高，但附着在城墙上的光很淡，似有似无，整座城像是处于沉睡的状态。按道理，鳡城是座大城，城墙上的神光应该要远胜于枕城才对。

　　"现在是赤鳡休眠的时令，"娄江解释，"城光黯淡是正常的。"

　　"休眠的时令什么时候过去？"陆净顺口问。

　　"还要一两个月吧，"娄江看了看周围瘴雾的浓厚程度，在心底计算了下，"真可惜，如果不是在眠鱼时令到的，就能看到群鱼遨游天空的景象了。"

仇薄灯最后一个上来，听到这句话便走到船首最前面，瞥了一眼下面，果然一片昏暗。

这算哪门子的很美？

仇薄灯刚打算收回目光，沉眠的城池里忽然亮起了一点一点的光，先是像无数颗珠子散布在大街小巷，很快地就汇聚在一起形成一缕缕向上的流光，倏忽间，成千上万的流光又开始盘旋，卷成一个越来越大的旋涡。

"那是……"身后的娄江不敢相信自己的眼睛，"是鱼群！是赤鱲！"

数以万计的赤鱲游弋在空中。

群鱼金属质感的鳞片发出深浅不同的美丽光华，如桃花，如海棠，如石榴，如朱砂，如丹铜，如茜素……旋涡汇聚到最大的一刹那，它们澎湃而起，赤鳞如霞，洪流般徜徉于天地之间。

数不清、辨不清的光点从飞舟周围掠过，照亮仇薄灯的瞳孔。

第三十章

群鱼如飞鸟，弧游旋曳，天空被映成暮色般的瑰红。

少年们立在舟头屏息凝神，陶长老坐在船舱的房间中，枯如老松的手里握着一根烟斗，鱲鱼从窗外游过，鳞光投在他的白发上。他望着窗外的游鱼长久地出神，最后叹了口气，把烟灰敲在桌面。

天雪舟最后被鱼群载落到地面。

仇薄灯踩着由一条条鱲鱼搭成的梯，走下飞舟。

真正降落到城中，就会发现整座城笼罩在绵绵细雨中，水线将天和地连接。鱲鱼看起来应该就是借这水汽在空中巡游。

细小的雨珠挂在仇薄灯的睫毛上，他默默地远望这座城，屋脊牌楼都立在蒙蒙雨帘里，起伏斜飞的线条映进他的眼底，辉煌而又孤冷。

咚的一声重响。

左月生骂骂咧咧地从地上爬起来，一身湿漉漉："怎么回事？连鱼都看人下菜的？"

他没有戒心地跟着仇薄灯下来，即将踏到鱲鱼背上的时候，鱼群忽地像一蓬飞火，向四周散开。一脚踩空的左月生瞬间脸朝下，摔了个结结实实。

"你们评评理！难道我堂堂山海阁少阁主，竟然只配狗啃泥？！"左月生抹了把脸上的泥水，愤愤不平地喊。

"人家是太乙宗小师祖，真要论身份，比你爹还高，你这说不定什么时候就要惨遭'罢黜'的少阁主算哪根葱？"陆净吸取左月生的经验，老老实实地运气下船。他其实也有点酸，但看到左月生的待遇比自己还糟糕，顿时心理平衡了。

正所谓别人骑马我骑驴，后面还有步行的……

知足常乐是也。

"几、几位是来鳒城的仙长吗？"一个人匆匆忙忙地从雨幕里跑出来，"鳒城终年有雨，水汽潮湿，还请仙长们见谅。"

来人怀抱七八把伞，边说边艰难地把伞分给刚从飞舟上下来的仇薄灯几人，手忙脚乱间，夹在腋下的一把伞啪的一声，掉到地上。他一边连连道歉，一边弯腰要捡，娄江先一步把伞捡了起来，起身时和他打了照面。

"等一下！"

娄江把伞紧紧握住，睁大了眼。

来人是个青年，穿件深红的鳒城祝衣，身形虽高但一张脸十分白净秀气，而莫名地，娄江觉得这张脸非常非常眼熟……是那种曾经每天都要看上一两百遍的眼熟……

"你、你、你，你是、你是……"

娄江突然就磕巴了。

仇薄灯几人已经撑开了伞，走到前头，听到动静便纷纷回过头来。

一回头就看到娄江和来人一个握住伞柄，一个握住伞尖，互相对望，久久不分。素来稳重持成的娄江百年难得一见地惊愕，仿佛猝不及防地见到某个令他念念不忘又遥不可及的人，而他对面的人则是一脸惊慌失措，仿佛完全没有想到自己落魄至此依旧被人撞见……仇薄灯忽然理解了为什么左月生和陆净那么喜欢关注自己的事，实在是八卦之心人人皆有。

"我赌八两。"陆净压低声，"这两人定有前尘旧事。"

"什么？"左月生勃然大怒。

仇薄灯仔细看了看青年，又看了看娄江。

娄江全然没有关注到这边的赌局，他只是死死地盯着对面的人。

"你、你是……"

"不，我不是。"对方极快地否认，并试图把伞从娄江手里抽走。

娄江紧握不放，双方犹如拔河。

"没错，就是他。"

陶长老苍苍的声音插了进来。

"你没认错。"

一听到陶长老的声音，来人立刻松手，以袖掩面，扭头想逃。

"走什么走？"陶容长老叱喝，"见了师长连句问候都没有？我就教了你这种忘恩负义的混账玩意儿？"

娄江踉跄几步，不敢相信："他就是舟子颜？"

"没错。"陶容长老吐出口烟，重重地道，"三岁明心，六岁不迷，十二定魄，十六悟道，他就是唯一一个在阁石上留下剑痕的年轻一代弟子。曾经的山海阁第一天才，现在的奶孩子第一人才。"

娄江抱着伞，噔噔噔后退了好几步。

青年的脸他的确非常眼熟，因为他真的曾经每天都要把这张脸看上一两百遍。

娄江也不是一开始就这么稳重持成。

他之所以变成这样，是因为有次他无意中听到长老们的交谈，说他天赋的确上佳，可惜还是远不如当初的舟子颜，言语间尽是叹惋。娄江自恃山海阁年轻一代的魁首，万万没想到有不如人的一天，而且是"远不如"。

娄江去翻了三天三夜阁内弟子宗卷，最后终于找出了"舟子颜"的记录……此人的确是山海阁第一天才，娄江为对方的修炼记录所惊骇，只是不知道为什么，宗卷只记录到他十六岁悟道，之后就杳无音信，平时阁内似乎也完全不提这个人。

一个"远"字，把娄江刺激得头悬梁锥刺股，发誓终有一日要在长老们眼中，将此人取而代之。他还偷偷复刻了弟子名册上的舟子颜画像，修炼得心浮气躁的时候，就把对方当靶子练飞剑的准头……

在娄江的想象中，未来某一日，他会和舟子颜狭路相逢。

届时经历过一阵刀光剑影、龙争虎斗后，他会眼神睥睨，居高临下地宣告：山海代有人才出，君非昨日第一人。

但娄江完全没有想过，一直以来的死敌走出假想时，竟然、竟然是这样一个形象！

"老师，在师弟面前，就不能给我留点面子吗？"舟子颜放下袖子，尴尬地笑，"什么叫'奶孩子'的，好歹也用个'鳙城城祝'吧……"

——无怪乎陆净瞎猜，这前山海阁第一天才的形象着实让人想歪，他衣冠虽正，发丝虽齐，但背上却用两个花花绿绿的布背衫装了两个奶娃娃！

说话间，两个奶娃娃被惊醒，一揉眼睛，此起彼伏地"哇哇"大哭起来。

"不哭不哭，乖啊乖。"舟子颜双手背到身后，摇晃两个孩子，动作之熟练，俨然在育婴方面已经炉火纯青。

娄江一脸天崩地裂，仇薄灯几人瞠目结舌。

陶长老怒气冲冲，用烟斗指着舟子颜，对娄江说："为什么阁主和长老都不愿意提起他？你当是难言之隐？呸！是羞于提及！他十六岁悟道，左阁主差点儿都想打破旧例，让他直接担任阁中长老，都要召集内阁商议了，这家伙却一门心思辞宗回内阁当祝师，九头牛都拉不回。从此一无长进！你再把这小子当作榜样，当心老夫抽你！"

"也不是一无长进……"舟子颜讪讪道，"这不从祝师当上城祝了吗？"

"你还有脸说？"陶长老一烟斗砸了过去，"走的时候悟道，十几年过了，还是悟道。你以后也别喊我'老师'，我没你这种丢人现眼的学生。"

舟子颜马上闭嘴。

娄江转过身，摇摇晃晃地往天雪舟上走。

"他这是怎么了？"陆净小声问。

"'迷弟滤镜'碎了，一时接受不了现实吧。"仇薄灯撑着伞，捏着下巴回答。

哐。那边的娄江听到这句话，一头直接撞在飞舟上。

"谁是他'迷弟'——"娄江扭过头，面目狰狞地吼。

刚安静下来的两个奶娃娃被他吓到，又开始哭起来，舟子颜又开始熟练地哄孩子，陶长老又开始跟烟囱一样从鼻孔里往外喷烟……鳒鱼翩然而游，仇薄灯环顾四周，一下子完全不觉得这座城有什么地方是"孤冷"的了。

舟子颜一手抱着一个娃娃，领着一行人穿街过巷。

"鳒城产绯绫，色泽之艳，冠绝天下……"舟子颜一边走，一边同他们介绍。

鳒城丝织业极盛，几乎家家户户门口都有布架子，用来染布的颜料盛放在陶缸里，发着微弱的霞光。舟子颜同大家解释，鳒城的鳒鱼每年都会换一次鱼鳞，鳒城人就将换下的鱼鳞收集起来，研磨成粉，以此染出的布，便和那条赤鳒的颜色一般无二。

城中的人将这样得来的布称为"赐红"，地位等同于枇城人舀蒹水酿落叶为酒。

仇薄灯打伞走在舟子颜身后。

街道两旁的杆上挂着深深浅浅的红布绯绸，大大小小的赤鳒在布匹间倏忽往来，就像海中的鱼逐浪戏波。雨水落到绸布上，水愈洗布愈红，偶尔染缸中的颜料被游进水中的鱼的尾巴甩起，飞溅空中，就会化为流光散去，像一朵朵小小的烟花。

一路上，不断有赤鳒过来，用额头顶一顶舟子颜的手，用灿灿的尾巴拍拍他的脸颊，用鱼鳍钩钩他的头发。

舟子颜对此一副习以为常的模样。

鱬鱼群聚时辉煌美丽，但分散游于整片城中时，或尾随人而行，或三三两两追逐打闹，或忽隐忽现藏于角落，就显得活泼可爱。左月生几人忍不住伸出手去，想和它们玩，但手刚伸出去，赤鱬就闪电般游远了。

反倒是专心撑伞走路的仇薄灯身边有不少赤鱬。

它们追逐他的衣袖衣摆，在身边捉迷藏，不时撞到仇薄灯的手背上。仇薄灯反手将撞上门的一条小鱼拢住，它也不挣扎。

"小家伙有点顽皮。"舟子颜替它们道歉。

仇薄灯摇摇头，表示没事。

他把手放到眼前。

其实他只是虚虚地拢着，以这条小鱬鱼的体型完全可以游出去。但它安安静静地待着，桃花般的鱼鳃一开一合，身上的光透出指缝，一明一暗。仇薄灯有种自己拢住的不是鱼，而是一颗小小的星星的感觉。

"我还是第一次看到它们这么亲近外城的人。"舟子颜感叹，"它们喜欢你。"

喜欢……他吗？

仇薄灯摊开手，小鱬鱼轻轻碰了碰他的指尖，摇头摆尾地游出伞。

它们能在无雨的空气中停留，但不能待太久。

"我观仇仙长的红衣便是用鱬城的绯绫制成。"舟子颜对仇薄灯说，"您有兴趣吗？我可以领您去看看赐红的那条神鱼。"

"这么多条鱼，你分得清楚是哪条？"左月生问。他对舟子颜这位前山海阁第一天才其实有点好奇，因为老头子有次喝醉后，拍着桌子把这个名字骂了大半天，顺带地把他也骂了大半天，说他要是有舟子颜十分之一的出息，自己也不用这么劳心费神云云。

不过左月生不像娄江，他体胖心宽，激将法对他毫无用处，根本就不屑于做谁谁谁的"十分之一"。

当个纨绔不比当个天才来得快活？

"分得清的。"舟子颜笑起来，随手指着两条鱼说，"你们看，它是深丹色，它是浅彤色，它的尾巴长一些，它的稍短一些……很好认的。"

左月生几人沉默地看着两条大小、形态、颜色简直一模一样的鱼结伴打面前游过。

很好认？

"不过我是城祝，不需要认就知道谁是谁。"舟子颜笑笑，补充解释。

"鱬城的神鱼有上亿条了吧？"叶仓忽插口问。

舟子颜诧异地看了眼这位跟在太乙宗小师祖身后"奇装异服"、神色肃穆的瘦高少年，微微颔首。

"就算是城祝想要认清这么多条鱼，也不是简单的事。"叶仓说。

他以前是枎城的祝师，并且是天赋最好的祝师。

鱬城群鱼多如神枎的叶子，而即使是叶仓，也不会说自己认得神枎的每一片叶子有什么不同。

陶容长老重重地哼了一声。

颇有些神色悻悻的娄江突然明白了为什么舟子颜辞宗回城后，从此"一无长进"……把整座城所有鱼全部认清的家伙，有时间修炼就怪了！

"喀喀喀……"舟子颜赶紧岔开这个话题，他路过一户人家的时候，把左手的小孩递给一名走出屋的妇人，"杨婶，你挂完布了啊？"

妇人接过小孩，感激地朝舟子颜笑："舟子，你又去接人了？这是刘家的虎子吧？把他也留下，一会儿我带过去给刘嫂，你忙正事要紧。"

鱬城人大概是因为生于烟雨，长于烟雨，说话口音绵软温婉。

"我还以为两个孩子是他的。"仇薄灯低声对陆净他们几人说。

陆净他们默默地点头。

——其实一开始他们也这么以为。

很快地，仇薄灯几人就见识到了舟子颜在这座城里到底照顾过多少孩子……但凡是个小豆丁，会走的，就要跌跌撞撞跑过来拽他袖子抱他腿；不会走的，就要扒拉着摇篮站起来，冲他咿咿呀呀。而舟子颜对付他们似乎格外有一手，他袖子里仿佛藏了无穷无尽的糖果糕点，随时随地都能摸出一块来把人打发走。

"他一个人承包了整座城的蒙养院。"仇薄灯感叹。

怪不得陶长老骂他是"奶孩子第一人才"，也怪不得山海阁一副要把这人就此除名的架势。

任何一个宗门，好不容易出了一个难得的奇才，寄予厚望地等他长成又一宗门顶梁柱，等他大放光彩，惊呆其他门派的狗眼。结果这天才长到一半长歪了，放着名动天下不要，窝回小角落一心一意养鱼、奶孩子……

换谁都得气死啊！

"其实我更好奇一件事……"陆净左右张望，"他们怎么都不打伞？为什么他们在雨里，连衣服都不会湿啊？"

"阿弥陀佛，"不渡捻着佛珠，笑道，"陆施主有所不知，鱬城之人，出生之后，就会有神鱼赐命鳞给他们。受赐命鳞的人，就如鱼一般，适应雨水，喜潮湿。不过命鳞只会在盛典的时候显露出来。"

舟子颜诧异地看了不渡和尚一眼："这位大师是来过鱬城吗？"

"称不得大师称不得大师，"不渡美滋滋地道，自从"三度三不度"名言远传天下后，就很少有人这么尊称过他了，一时间还怪怀念的，"贫僧只是偶然听人说过。"

"大师好广闻。"舟子颜道，"正是如此……啊，城祝司到了，几位里边请。"

这还是仇薄灯第一次进城祝司。

在枝城的时候，仇薄灯一开始对城祝司并不感兴趣，后来枝城事变，天火淹没城东的好几条街，一并将城祝司也毁了——其中应该还有前城祝葛青意图以天火毁灭罪证、抹去痕迹的缘故。仇薄灯醒后一直到他离开，枝城都还在忙于清理街道，照顾神枝，没顾得上重建城祝司。

每座城的城祝司都有着它独特的风格。

鱬城的城祝司建在一片湖上，长桥与回廊横卧银波，水雾氤氲，虹光如梦，往来祝女皆着绯裙，腰肢婀娜，行如游鱼摆尾，祝师祝衣亦赤，或魁梧高壮，或阴柔秀美，踏步如火。一袭红衣的仇薄灯走在回廊上，居然有几分像城祝司的一分子。

正堂中没有燃火烛，取而代之的是一颗颗圆润的明珠。

舟子颜毕恭毕敬地请陶长老在上首坐下，陶长老一摆烟斗，转头看仇薄灯。

仇薄灯没看他们，自去靠门的一个位置坐了，一心一意欣赏外边的湖水。其他几个人本来也想猫过去，但被陶长老恶狠狠一瞪，就只能缩缩脖子，老实坐下，颇有几分羡慕地看着仇薄灯……主要是到鱬城后，陶长老就是一身低气压，让人压力颇大。

"老师的来意我知道了。"听陶长老粗声粗气说完，舟子颜白净清秀的脸上露出了尴尬的神色，"老师要用挪移阵，学生自然别无二话，只是老师来得实在不巧……"

"嗯？"

"鱬城的挪移阵阵门前几天不小心被鱼啃了一角……"舟子颜不好意思地说，"现在还在修。"

陶长老皱了皱眉："要多久修好？"

舟子颜算了算："两天吧。"

陶长老闷不吭声地抽烟。

一旁的左月生他们期待地看着陶长老，他们还是第一次来鱬城，第一次见到这种鱼与人共存于天水之间的城池，一路过来左顾右盼、东张西望，只恨自己少长了两双眼睛。现在听到挪移阵坏，顿时颇为兴奋。

陶长老瞪了他们一眼。

"安排点住处。"他老大不高兴地道，"离你这破城祝司越远越好。"

舟子颜连连道是，眼见着陶长老要起身，他急忙又开口："学生还有一事相求……"

陶长老把烟斗往桌上一敲，声音之重把左月生几人吓了一跳。

舟子颜一愣。

"不是说了吗？"陶长老不看他，"那件事，不要再提。"

"子颜知道。"舟子颜挺拔的背一点点弯了下去，"子颜想说的不是那件事……子颜只是想恳求长老，明日替鱬城行一次仪式。"

他低下头，看着桌面的茶水。

"神鱬提前苏醒，子颜想，或许举行一场仪式，能让鱬城的瘴月提前过去。"

仇薄灯在临水的木板上坐下。

刚刚舟子颜不再自称"学生"，不再喊陶长老为"老师"后，正堂的气氛变得十分沉闷。他不喜欢那种沉闷，索性直接起身出来了。出来后，他发现鱬城城祝司的回廊四通八达，隔几条街就有一座水榭阁楼，转来转去，很快就不知道自己走到哪里了。

走了许久，转不回去的仇薄灯索性走到哪儿算哪儿，直接坐下。

他低头看湖水。

湖水里有很多直径一寸大的半透明珠子，发出柔和的白光，随水波在湖底漂动，蜿蜒而去，像一盏盏小小的、落进湖底的灯，也像另一个世界夜空繁星的投影。

"那是鱬鱼卵。"

在仇薄灯试图伸手去捞起来一颗的时候，不知什么时候结束谈话的舟子颜找到了这里。

"这么喜欢这座城吗？"仇薄灯收回手，没有回头，忽问，"想要为它不顾一切？"

舟子颜一惊，手差一点按上腰间的剑柄。

第三十一章

"仇长老怎么突然说这个？"

舟子颜理了理袖口，拂掉不知道哪个淘气鬼沾上的糖霜。

"俯仰乎天地，杳渺兮浩宇。"仇薄灯手指叩击近水廊木，应和一起一伏的缓缓水声敲出慢沉的节奏，曼声长吟间湖面渗透微光的水雾卷来舒去，"要驱逐鱬城方圆百里内的瘴雾，你有多少把握？"

陶长老只能帮舟子颜启动阵法，但负责祷告祭祀的只能是舟子颜自己。

因为他是鱬城城祝。

只有他能代一城之人上叩青天，下问黄地，能集一城之念去恳求鸿宇降恩、散雾青山。在祭天的一刹那，满城的人和神鱬纷纷杂杂的所思所想，会如洪流一样汇到舟子颜身上，他的意志要如大海般浩瀚，要容得住万江归东，否则就会失败，他以后也会变成一个废人。

"我其祀宾、乍帝降，若？我勿祀宾、乍帝降，不若？"[①]松开捏住袖口的手指，舟子颜注视湖中随水波漂动的鱬鱼卵，有几分局促，"若与不若，是上苍决定的，但祀宾与非祀，是我所能决定的……想法很幼稚，老师就经常这么骂我。不过，一开始我其实并不喜欢这里，甚至觉得它很让人讨厌。"

仇薄灯终于偏头看了他一眼。

"看不出来吧？"舟子颜不好意思地笑笑。

这倒的确。

一个育儿专业户，一个把上亿条鱬鱼记得清清楚楚的人，简直浑身上下写满"我生来就与城融为一体"。很难想象，他有过觉得这座城十分讨厌的时候。

"恕子颜冒昧，仇长老觉得鱬城是座怎样的城呢？"

仇薄灯想了想："鱬城很美。"

舟子颜又笑了笑，不怎么意外这个答案，他抬头看灰蒙蒙的天，细雨绵绵不尽地下在他眼底："很多来鱬城一两次的人都这么想，他们短暂地来了，又迅速地走了，就觉得它很美。"

"你是想说它还有丑陋的一面？"仇薄灯说。

"不，"舟子颜低声说，"我是想说，大多数人不知道鱬城之美从何而来。曾经有人和我说，最艳的红，是命色。"

命色？

仇薄灯微微地挑了一下眉。

舟子颜刚想说什么，一名八九岁的小祝女嗒嗒地跑了过来："子颜子颜，又有人归水啦。"

"说了多少次，要喊'城祝'。再不济也得喊声'先生'。没大没小的。"舟子颜不轻不重地拍了一下小丫头的脑袋。

小祝女鼓了鼓脸颊，脆生生道："可大家都喊你'子颜子颜'，凭什么大家喊得，我喊不得？"

[①] 出自《卜辞·粹》。

"说得漂亮，人人平等。"仇薄灯为这伶牙俐齿的小豆丁鼓掌。

小豆丁踮着脚，从舟子颜手臂后钻出个脑袋，眼睛一眨一眨地看着仇薄灯。孩子的眼睛又黑又亮，干干净净，看人时非常认真。她仔仔细细地瞅了仇薄灯一会儿，然后也高高兴兴地鼓起掌来："仙人哥哥也好漂亮！"

"两个'漂亮'不是同一个意思吧，以及不该用'漂亮'来形容吧……"

舟子颜觉得哪里不对。

仇薄灯撑着下巴，夸她："用得不错，本少爷的确漂亮得独一无二。"

"少爷哥哥是新来的祝师吗？"小豆丁朝舟子颜仰起一张圆圆的小脸，"子颜子颜，我以后可以和他玩吗？"

"对仙长不得无礼。"舟子颜给她一个脑瓜崩儿，"你先去圜坛把东西准备好，我一会儿就来。"

"子颜子颜，你又生气啦！"小祝女被他推着转过身，一蹦一跳地跑远。

"你说的命色就是归水？"仇薄灯问。

"仇长老如果不介意，就跟着一并来吧。到鳎城的人很多，不过一般情况下，我们不会让外城人看到鳎城的这一幕的。至于为什么……"舟子颜叹了口气，"您看过就知道了。"

城街如河，巷如溪，溪河汇聚，就成了湖。

圜坛广约十丈，高约十五丈，坛周有墙两重，墙四方各设四柱三门的棂门一座，坛分三重，下层宽广浸没水中，上层孤高欲接云天。此时四方棂门下各立祝师祝女二名，下中两重明灯绕匝而燃，共计三十六盏。

"魂兮离散，君何往些？

"四方不归，君何往些？

"何舍故土？去往不详些！"

高台上，舟子颜踏步而歌，声音尖锐高亢。

仇薄灯远远地看着他，只觉得这名白日熟练奶孩子的青年仿佛骤然换了一个人，变得肃穆庄严，他的声音穿过茫茫水雾，于浩然缥缈的厚土四方严厉地叱问游离在外的魂魄。

"魂兮归来！"

四方棂门下的祝师祝女们齐声高唱。

周围送别城民的祝师祝女们随着他的动作在棂门下拜伏。

"魂兮归兮！厚土瘴迷，其唯止歇。

"魂兮归兮！高天无极，其唯止歇！

"……"

水雾翻卷，苍凉的歌带着故土的谴责和呼唤，穿过四方棂门。原本被水底的光照得雪银一片的圜坛周围渐渐地出现了霞光。一尾尾赤鱬不知何时乘雾而来，它们在圜台周围，群聚而舞，应着祝师祝女们的歌声，如母亲，如父兄，如故友般，温柔地催促不知飘往哪里的游魂返乡。

仇薄灯按住了太阳穴。

舟子颜主持"归水"用的是鱬城的方言，仇薄灯没有学过除通用雅言外的任何一种城语，他不懂具体的一字一句是什么，可他就好像曾听过类似的声音，千千万万遍，以至于接触到类似的旋律就一下子明白过来这陌生语言里翻涌而出的呼唤。

那故去之人啊，莫要在黑暗中久留，有这么多人守着一盏明灯等着你归来。
无边无际的瘴雾，永无止境的死寂，世上再无那样的晦暗。
谁在那暗里点起了孤灯一盏？
谁在那死寂深处一遍又一遍呼唤？
使他不迷，使他魂定神安，也使他泫然欲泣。
"魂兮归兮！彼将不离！"
"魂兮归兮！归彼水兮！"

数以万计的飞火游虹向上升起，又向下落，像一朵由无数个生命组成的花，盛大地绽放又辉煌地合拢。

归彼水兮！彼将不离！

归兮归兮！

仇薄灯向后退了一步，靠在柱子上，看着这仿佛残忍又无比壮美的一幕。群鱬将圜坛淹没，绕坛而旋，久久不散。如欢迎，如接纳。

"您现在还觉得鱬城很美，鱬鱼很美吗？"有人在他背后问。

"你以前就是因为这个讨厌鱬城？"仇薄灯反问。

他点点头："小时候一想到自己死了也要被喂鱼，就觉得很害怕，活着的时候好端端的一整个，死的时候反倒要支离破碎。想到那种场景，就会哇哇大哭起来，因为这个还被笑了好多年。"

"后来呢？"

"后来我爹我娘死了。他们很早很早就死了，我看着他们被送到水面的高台上，又哭又蹦，也不知道哪来的力气，好几个大人都拦不住我。他们也被神鱬吞没了，我没爹没娘。于是，我恨所有鱬鱼，觉得是这里，是这些鱼吞了我的爹娘，我是真的恨，谁劝也不听的那种。"

173

仇薄灯沉默地听着。

说话间，几尾赤鱬游到舟子颜身边，轻柔地蹭他的脸颊。舟子颜伸出手，用指腹轻轻地按了按其中一条圆圆的额头。

"爹娘死后，它们锲而不舍地陪着我，不分白天黑夜，总有赤鱬在我身边打转。有时候是这条，有时候是那条，不过那时候我其实分不清楚，以为来来去去都是那几条。可我那时候恨它们啊。"舟子颜轻声说。

他透过蒙蒙雨雾，仿佛又看到那个偏激执拗的小孩。

"所以我就故意躲在房间里，一躲躲好多天。我知道神鱬担心我，我不吃不喝，它们就会一直陪着我，我是想拖着它们不让它们回雨里去……神鱬不能离开天雨太久，我其实是想让它们死。人心真可怕，莫名其妙就能狠毒到那种地步。现在每次想起来，都想回去掐死自己算了，小白眼狼似的。"

一条赤鱬甩了他一尾巴。像小时候说错话，大人就往你头上拍一下，不轻不重地教训你。

"说来好笑，真正差一点死掉的，不是赤鱬，是我。爹娘死后，我就没怎么吃东西，自以为躲了好多天，事实上一天都不到，我就倒下去了。倒下去的时候，我忽然就又感觉自己被父亲背在背上……其实不是父亲，是赤鱬，很多很多条鱬鱼。"

它们聚集在一起，把他从昏暗的房间里托了出去。

它们的鳞片冰冷，身上的光却带着淡淡的暖意，那种熟悉到让人号啕大哭的暖意。

是父亲宽厚的肩膀，是母亲温柔的双手。

分散在无数条鱬鱼身上，成千上万，如海洋般将他包围。

他抱着最大的鱬鱼，眼泪无声地就流了下来，几条小小的鱬鱼游过来，贴着他的脸颊，轻柔地拭去他的泪水。

"再后来，我有时候很讨厌一些来鱬城的人，匆匆路过的就算了，一些知道了鱬城归水的家伙，总是觉得归水残忍。他们什么都不懂，他们只看到一点东西，就在那边自以为文雅地痛斥这里野蛮无情。"

"他们懂什么？"

舟子颜按了按自己的眼角，浮现出一枚赤红的命鳞。

"不是鱬鱼贪食血肉，是城人不愿意离开这里。

"鱬城的人没有死亡，活于世上只是一段短程。"

他们都是一尾游鱼，最后都会回到鱼群里。

第三十二章

"我有一把剑。"仇薄灯冷不丁说。

"啊?"舟子颜一呆,没反应过来这话题是怎么跳跃的。

"别拿随随便便什么破烂东西去做阵眼,你是看不起苍天还是看不起鱬城?"仇薄灯起身,与蒙愣的舟子颜擦肩而过,"想祭天,就来找我借剑。"

红衣少年穿门而过,撑开一把油纸伞。

"当然,借不借,看我心情。"

油纸伞拨开一重复一重的雨帘,仇薄灯沿回廊逐渐走远了,走进烟雨深处,只余他最后一句吊儿郎当般的话还没有被雨水洗净。

舟子颜站在水阁中,哭笑不得。

又让人找他借剑,又说借不借看他心情。这位太乙宗的小师祖,难道自己就不觉得很矛盾吗?

"真想去太乙宗亲眼看看啊,"舟子颜低头对一条鱬鱼说,"看看他们是怎么供出这么位小祖宗的……一定是个很有意思的宗门吧?"

鱬鱼游过,把淡淡的霞光投在他的手上。

依稀如幼时母亲牵住他的手。

"娘,是你吗?"舟子颜低问,"爹,还有你吗?"

赤鱬徘徊。

清秀的年轻城祝望着仇薄灯离去的方向,神色隐约有些像小时候遇到什么难以抉择的事,踌躇犹豫间就会扭头去看父母的面容,想寻求父亲的一个眼神、母亲的一个微笑。时间过去那么久,有些画面依旧清晰如昨。

"我……我……"

我不知对错。

我想你们。

"子颜子颜!"清脆的嗓音传来,小祝女嗒嗒嗒地跑进水阁,"陶长老让你过去,说要看看你当初学的东西还剩下多少。"后半句话她努力把陶长老阴沉不善的腔调学了个三四分,学的时候大眼睛眯得像月牙儿,显然格外幸灾乐祸,"子颜子颜,你要是全忘啦,是不是就要被打板子了?"

"你以为我是你吗?"舟子颜神色如常地转过身,敲了她脑袋一下,"你提醒我得抽查你的典藏了,再像上次一样耍花招写小抄,当心你的手。"

"哦——"

小豆丁把尾音拖得老长老长，老大不高兴。
"坏子颜。"
"想加倍罚抄吗？"
"坏子颜坏子颜坏子颜！"
"……"
一大一小两人渐渐走远，赤鱬或左或右，游过他们身旁。

鱬城街道店铺鳞次栉比，远胜枎城。
店以布坊丝行最多，主要集中于潘街一带，绯绫红绸到鱬城人手里就生出了无穷无尽的变化，有成匹堆叠的，有裁衣织篷的，有钩丝挑花的，也有糊灯制袋的，如此等等，又挖空心思琢磨明暗多色的搭配要银红着玄墨、赫赤勾金边、胭脂调石榴、茜素兑粉桃……在光里，流离光幻。
"冠梳儿卖也！冠梳儿卖也！……胡家嬷嬷亲造，手打穿珠也！圆润润一点朗月，明晃晃一弯弦钩，金澄澄一眼招，亮灼灼两穗飘！玉沉沉好个钗头，银雪雪真个簪稍……"
"新折小枝花，罗帛脱蜡像生花——像生花嗳！"
"削刀磨剪，阿有难哉！"
"……"
市井的叫卖声不绝于耳，鱬城的人口音温柔绵软，吆喝起来时尾音拖得很长，起伏承转便如唱歌一般。
仇薄灯撑着伞，走走停停。
摊主货郎见他撑伞，就知道他是外城来的人，招呼时便格外热情。仇薄灯出手豪爽到可称"败家"，他挨个地从摊子前逛过去，遇到入眼的，直接掷下金锭银雪，连等小贩货郎手忙脚乱地减钱还零都懒得，把东西拿了就走。
"哎呀呀！五文就够了！五文就够了！"
双腿不便的老嬷嬷守着她的冠梳摊子，连连摆手，被仇薄灯这位挥金如土的少年郎吓得够呛，死活不敢收。
她的摊子上自然不像叫卖唱词那样当真是明月做的珠、吴钩弯的环，玉也不是玉，只是些比较特殊的琢石，用不起真玉的普通百姓就把它们抛光打磨，称为"次玉"。诸如发冠、梳子、钗头、簪花的材质对于仇薄灯这样的人来说，粗劣得简直不堪入目，但老嬷嬷手艺绝佳，一应事物无分大小，掐丝拧花极尽心思。仇薄灯路过时，瞥见摊上有一条缀了黑琢石的束发带，暗纹绣得精致，便买了下来。

仇薄灯不理她，撑伞继续向前走。

"哎哎哎！等等哎！"

老嬷嬷在背后着急地喊，红衣少年一转眼就消失在人流中。

潘街街尾。

陆净一会儿瞅瞅这个，一会儿望望那个，明明是药谷公子，却硬生生满是一副好奇无比的呆鹅相。左月生挽着袖子，同时和三名摊贩砍价，为了一文铜板争得面红耳赤。

"再减一文，我回去把东西卖给师兄师弟的时候，把你们陈家铺的名号打上！"左月生唾沫横飞，"到时你们的'招幌'就打出来了，以后清洲人买提笼就知道你们陈家铺的号头，我可是免费给你们招揽生意！按理说你们还得付我钱才是，怎么连个一文钱的便儿都不给我，也忒不公道了。"

就你还公道啊？

陆净险些把白眼翻到天上去。

"不行！哪有你这么缺德的，连个提笼的价都要砍？咋个都没听说过。"小贩分文不让。

左月生唇枪舌剑，最终和三名摊贩达成协议，各退一步，摊贩便宜一文把东西卖给左月生，左月生则要直接把他们的所有积货全买走。

交易一达成，左月生瞬间喜形于色，心里的算盘拨得噼里啪啦响成一片。

他买的是一些精致小巧的手编提笼，状如赤鱬，这种小玩意儿其实没啥实用价值，对修炼更是毫无帮助可言，但问题是，这玩意儿就跟胭脂水粉一样，向来是慷慨女修无法拒绝的玩意儿……特别是带有地方特色的玩意儿，带回去绝对受欢迎。

左月生甚至已经想好，到时候要怎么把它们"奇货可居"地限量卖出去。

眉开眼笑间，陆净狠命扯他领子："左胖左胖，看看看！仇薄灯在那儿！"

"在那儿就在那儿呗。"左月生顺口答。

陆净硬生生把他扳过身："不是，你看仇薄灯，他怎么……怎么看起来……"

左月生一回头，看见仇薄灯打伞走在前面的雨里，街上人来人往，他的身影在人流分分合合间时隐时现，他从一个又一个摊子前走过，挥金如土，寂寞孤独。

"他怎么了？"陆净小声地问。

"走！"左月生麻溜地把买下来的东西往芥子袋里一塞，一拍陆净的肩膀，"管他怎么了呢！我们去找他喝酒！"

酒馆。

"雁行儿，我赌大……"陆净烂醉如泥，抱着桌子腿，"我……我会赢回来的！姓仇的和左胖子，你们给我等着！等着……"

"这家伙的酒品能不能好一点？"仇薄灯额上青筋直跳，"把他丢水里吧！"

"丢水里恐怕也不管用啊。"左月生龇牙咧嘴。

陆净的酒量不算差，但问题是这家伙，酒品不好，一旦喝醉那就是个货真价实的二傻子，不仅傻还常有石破天惊、损人不利己之语。平时，仇薄灯和左月生没少借他这点，趁他喝醉诓这小子，但要是在外边喝酒，就显得格外丢脸。

原本他们还商量，喝完酒去鳙城的鱼梁楼逛逛，可现在陆净一醉，那还逛个头。

"算了算了，"仇薄灯按了按太阳穴，"打道回府，打道回府。"

"这家伙怎么办？"左月生一指抱着桌子腿开始啃的陆净，"上次扛他回去，他吐了我一身，老子可不想再背他了。"

"嗯……"仇薄灯陷入沉思。

"两位可需贫僧度这位施主一度？"从酒肆隔开座位的帘子里钻出个光亮的秃脑袋，不渡一本正经地问，"贫僧有套《廷华经》，可醒世度人，只需一百两银钱。"

左月生眼皮都不眨："度你的梦去。"

"行。"仇薄灯却道。

左月生扭头看他，心说：不应当啊，仇大少爷不是看这和尚不怎么顺眼吗？咋突然对他这么慷慨？

左月生正惊诧着，就看到仇薄灯跨过矮桌，蹲到陆净身边，伸手快如闪电地把陆净腰间的钱包摘了下来，掂了掂，从里面翻出几锭金子丢给不渡。

"仇施主果然大方！"不渡瞬间眉开眼笑地掀帘进来。

他一进来，左月生的眼角不由得就抽了抽："佛宗是瞎了眼吗？选你这种酒肉和尚当佛子。"

"哎哟，左施主您这不就着相了吗？"不渡脾气很好，又或者说对一切腰包鼓鼓的"有缘人"都有一副慈悲心，"我们求的是度世济人的大业大慈悲，不是这点细枝末节。这鳙城夜市难得遇上，当然是要好好享受一番，遇缘不化，岂不是可惜？"

"难得遇上？"

仇薄灯挑开纱帘，风裹挟街巷上的叫卖呼唱灌进来，与酒肆内鼎沸的赌博押注声混杂在一起，热闹非凡。

"鳙城是大城吧？夜市不该十分常见吗？"

178

"仇施主忘了吗？"不渡说，"我们刚来鳙城的时候，这鳙城可还是眠鱼时令，夜市只有神鳙复苏的时间才有。几位施主非久居此地的人，也不可能常常来这里，能恰逢神鳙提前苏醒，夜市早开，可不就是难得？而且为庆祝神鳙醒来，鳙城人今晚的夜市，也比往常要更热闹几分。"

"说得也是……"

左月生挤到窗棂边，望着人与鱼共游的街道，想到等仪式结束，他们就要走，一时间不由得有几分怅然。

虽说有挪移阵可往来，可挪移阵也不是那么便利。

清洲浩大，鳙城的挪移阵只能将他们从清洲边陲传到清洲东南的山海阁主阁所在范围，而后还要乘坐飞舟赶路。除非修为高到能够在瘴雾中来去自如，否则想故地重游多有不便。而且以他们几个的身份，很多时候，去往何处，恐怕未必能够自己做主。

"我娘说得对，还是要出来多走走。"

不渡一套价值不菲的"醒酒经"下去，陆净也醒了，凑过来一起趴在窗台上。

"否则就不会知道这世界上有很多寂寂无名的地方有多美……我以前就从来没听过鳙城，也不知道它有这么好看。"

"寂寂无名？"不渡闻言嘿笑一声，"这倒也未必，鳙城可是曾经差一点就能惊天动地、名扬十二洲了呢。"

陆净"啊"了一声，窗边的三个人一起回头看不渡。

不渡正鬼鬼祟祟地顺他们的酒，被三人同时盯住，动作一时间有点僵，急忙问左月生："左施主乃山海阁少阁主，怎么，不知道那件事吗？"

"我算个啥的少阁主。"左月生嘟囔，"还有什么那件这件的，有话快说，少卖关子。"

"这可是秘辛。"不渡一本正经，"所以左施主，你要不把你的默界拿出来借我用用？"

"你爱讲不讲。"左月生险些直接跳起来，"你个死骗子，少打老子默界的主意。"

"一坛酒二十两银子，"仇薄灯放下纱窗，"记得付酒钱。"

不渡左顾右盼："这可是酒肆，人多耳杂啊……"

左月生掏出封了"默"阵的界石，开了结界，牢牢握在自己手里："行了，你说吧。"

"让贫僧想想，具体是多少年前的事来着……算了，不记得了，反正就是以前百氏大族的太虞氏有位少族长。这太虞氏的少族长天生神骨，据说还能和扶桑的十日相感相应，未来必定是位放天牧的领袖。"不渡索性一屁股坐下，一边狂风过境地扫荡桌上剩下大半的好菜，一边滔滔不绝地讲着——也难为他能边吃边口齿清晰地说话。不过这姿态，让人十分怀疑，其实他一开始说这件事，目的就是骗吃骗喝。

"太虞氏？"陆净和左月生同时皱了皱眉。

百氏虽然都是古神后裔，但也有大氏、小氏，强支、弱支之分。而这太虞氏，便是百氏之首——也是最喜欢对仙门指手画脚的一个。但客观来说，太虞氏的实力十分强劲，几乎能够单独与稍弱一些的仙门媲美。

如果把太虞氏和鱬城放在一起，便如日月比之萤烛。

很难想象，这两方能有什么关系。

"然后这天生神骨的未来天牧领袖被鱬城的人杀了。"

"欸？"陆净瞪大眼，"我怎么没听说过？"

"所以说是秘辛嘛，"不渡朝剩了一半的饭菜进军，"太虞少族长某天心血来潮，自个儿跑出百氏，游山玩水，游着游着就到了鱬城。然后这太虞少族长在鱬城干了件事……"

"什么事？"

不渡打了个饱嗝："他杀了一尾鱬鱼。"

"什么？！"左月生和陆净同时惊呼。

仇薄灯微微侧了下头。

"总之就是高高在上的少族长一剑杀了条鱬鱼。杀了鱼后，他说'这鱼我花十万两黄金买了，那谁，来个人帮我刮鳞炖汤'。鱬城人围困住他后，他仗着身上的神兵宝器，一路屠杀，强行冲到了城门口，而且还不忘把他杀的鱬鱼带上。"不渡撕着腿骨上的肉，"据说他来鱬城就是想尝尝这里的鱬鱼好不好吃。"

"我吃他个头！"陆净拍桌大骂。

"那你晚了一步。"不渡说，"别说头了，这家伙连根肋骨都没留下。"

和尚把干干净净的鸡腿骨立在桌面上，伸出手指，摁在一端，然后用力往下压。鸡腿骨从上往下，一点点被压成灰。

"当时太虞氏的龙马天车刚一到城门，从城门的阴影里就飞出来一道剑光，把他的头割了下来……等太虞氏的人赶到鱬城时，他们的少族长已经连块渣都不剩了。"

左月生和陆净拍案叫好，追问是谁做的。

"这贫僧就不知道了。"不渡一摊手，"太虞氏要鱬城交出凶手，被鱬城拒绝了，差一点太虞氏就要兴师动众灭了鱬城，好在左施主你们山海阁插手了，把太虞氏挡了回去。至于杀太虞少族长的人是谁,要是连左施主你都不知道,那就更别提贫僧了。"

"我怎么觉得你对鱬城很熟悉?"仇薄灯忽问。

不渡一指戳到桌面上,赶紧打了个哈哈道:"贫僧对各洲的贫富略有研究,略有研究,广闻了点。说起来,几位施主,我们是不是该打道回府了?明儿仪式时辰忒早,却也是场大热闹,几位难道不想瞅瞅吗?"

陆净还在出神地想是谁等在城门口飞了那一剑,回过神其他人已经都到酒馆门口了。

"喂喂喂,等等我!"陆净一边喊一边拔腿追了上去。

"新折小枝花,罗帛脱蜡像生花——像生花嗳!"

"冠梳儿卖也!冠梳儿卖也!……胡家嬷嬷亲造,手打穿珠也!"

"……"

四个人站在小酒馆门口,一起看着绚烂如画卷的鱬城长街夜市。

长街无灯,游弋往来的赤鱬却将它照得瑰丽无比。

大如巨鲸的赤鱬从街道上空暮霞般游过,背上负着几名举糖葫芦的孩童。孩童嘻嘻哈哈地笑,有顽皮的顺着鱬鱼的脊背往下滑,然后被赤鱬一尾巴抛起来,重新落回鱼背上。小些的赤鱬成群结队在一个又一个摊子的木杆布帘中转来转去。

所有鱬城人,不论是站着坐着,还是走来走去,身边总有那么三三两两的游鱼。

仇薄灯眼前浮起"归水"时的一幕,想起舟子颜说鱬城的人都是一尾游鱼,死亡就是他们回到了鱼群里……彼将不离,鱬城的人每次回头转首,目光掠过鱬鱼,就知道他们爱的、爱他们的人一直在身边。

这是鱬城。

是人和鱼的城。

那一夜守在城门阴影里的人,心里一定藏了无穷无尽的愤怒和杀意。

他们的神明,他们的亲人,他们的知交,他们的归属,被那么轻蔑、那么无所谓地提起,在一些人口中成为"刮鳞炖汤"的玩意儿。

"换我我也拼死都要杀了那种牲畜不如的家伙。"陆净望着从面前游过的赤鱬,忽道。

"我也是。"左月生说。

"阿弥陀佛。"不渡双手合十。

"嗯。"仇薄灯应了一声,"走吧。"

四个人并肩走到街上，雨丝绵绵密密。

谁也没打伞，他们像鳙城人一样，踏雨而行。

走了一会儿。

左月生骂了声："我说！谁愿意回去拿伞！这雨有够冷的。"

"你去你去。"陆净拉起衣襟，"快点快点。"

"凭什么我去？"左月生不高兴道，"刚刚进店里的时候，是你搁的伞。"

"呃……"

陆净语塞，但一行人都走出大半条街了，这时候再扭头回去，未免有些傻气——主要是他隐约记得当时酒馆掌柜好像还在后面喊了他们几声，只是当时他们义愤填膺，谁都没注意到，埋头就走。"我说！还是拔腿跑吧！"

怪不得舟子颜之前见有飞舟降落，就要急匆匆地赶过来送伞呢。

这鳙城的雨，冷得简直见了鬼。

"得得得，"左月生无可奈何，一撸袖子，"跑就跑！跑就跑！来来来，谁最后一个到谁罚酒——"话还没说完，他就咻地冲了出去。

"死胖子你要赖！"陆净骂骂咧咧地跟了上去。

"贫僧也来。"

仇薄灯倒不觉得这雨有多冷，见他们三个一溜烟，在人群里钻来钻去，一时有些无语，过了好半响，刚想追就被人抓住了袖子。

一转头，是个不认识的小孩子。

"胡嬷嬷让我把这个送给你。"

符合陶长老要求的离城祝司最远的宅子。

"这是……赤鳙的鳞砂？赐红？"

仇薄灯就着烛光仔细打量手中的青瓷盅。小小一个瓷盅，打开后，里面盛着朱砂般的红膏，色泽浓丽。

"我拿这东西也没用吧？"

"可以用来点命鳞。"

原本始终安静待在他袖子中的小木偶不知什么时候落到了地上，抽长拔高，化为了一道成年男性的身影——师巫洛出现在房间昏暗的光里。

师巫洛微微俯身，隔着仇薄灯的手握住青瓷盅。

他本来就有些苍白得似鬼非人，借巫法化成的这道化身干脆直接半点活气也无，手指冷得像冰一样。仇薄灯被冻得一哆嗦，有些想挥开他，余光一瞥，忽然顿住。

这人的化身比前日虚幻了许多。

"你受伤了？"

第三十三章

"无大碍。"

"哦。"仇薄灯点点头，蓦然又问，"不是巫法化身吗？骗我？"

"是巫法化身。"师巫洛与仇薄灯的手一碰即分，他拿起盛放绯砂的青瓷盅，转到桌子的另一侧，"没骗你。"

"那前几天怎么不见你说话？装傻？"

"若木灵偶只有施以秘术，才能把刻偶人的灵识一并附过来。"师巫洛略有几分局促地解释，"除此之外，就是个普通的巫法化身。"

他把青瓷盅放到桌上："点命鳞要灵识亲至，你……"

他原想说：你如果不高兴，以后我就把灵偶上的秘术去了。

不知道为什么，话到口边，又不太愿意说出来。

"点命鳞？"仇薄灯以指在浅盅中一按一撇，再转过来的时候，指腹染了一抹明亮通透的红，细砂星星闪闪上升，很快地指腹又恢复了冷白一片，什么都没剩下，"你不是十巫之首吗？还会鱬城的东西？"

"嗯。"师巫洛低低地应了一声，自袖中取出根乌木笔。

笔头长约一寸，管长五寸，霜毫锋齐腰劲，管身刻有古篆，非十二洲文字。师巫洛以盅盖收了些鱬城的天雨进来，将笔尖略微打湿后，就浅盅中仇薄灯擦出的指痕倾斜蘸下，赤红迅速爬上霜毫，待绯砂化入笔身，色泽浓厚饱满后，于瓷沿一捺，留下几笔薄朱。

仇薄灯一言不发地看他做这些，脸上没什么表情。

直到师巫洛执笔，手顿在半空中，他才微一抬头，把脸偏转到光下。

笔锋落到眼角的一刹那，有些许烫，初时像一点细碎的火星落进皮肉里，不至于疼痛，很快就散进骨里，于是又像一捧温热的水，滴落下来便被人抹开。仇薄灯看不到师巫洛怎么运笔、怎么落锋，但他本身就善工笔，不用亲眼看，根据笔毫的走势、笔力的轻重就能在心里如出一辙地重摹出来。

落笔如霞云初崩，泼溅出一星厚血，随即抹开，便如蝉翼般淡去，渐远渐消，最后回锋枯痕成纹，一线一道。

"好了。"

师巫洛手腕平稳，画好最后一道鳞纹。他终于安心了些，微不可察地松了口气，刚起笔要把手收回来，原本就有些虚幻的身形猛地又一淡。苍白虚幻的手一颤，原本稳稳执在手中的笔一抖。

酝于笔毫中的余砂飞出，滴溅到仇薄灯眼角稍向下的地方。

无意间，就像点了一滴朱泪。

师巫洛一愣，本能地伸手要去擦掉，却被仇薄灯隔开了。

"还行，"仇薄灯拔出太一剑，就着雪亮的剑身审视，"还挺好看的。"

命鳞如彤，古艳姝丽。

一点余砂不偏不倚落在眼下，像血像泪，似喜似悲，陡然有了几分逼人的邪意。

师巫洛慢慢地把手收回袖下，一点一点地蜷起，握紧。

仇薄灯看着太一剑的剑身。

"你知道吗？"他忽然笑，眉眼盈盈，鳞与泪一起活过来，"以前我疼，我就笑。"

白蜡燃过细结，烛芯爆出一星暗火，烛焰先一暗，随即向上一跳，又一亮。师巫洛心里忽地就一窒，疼得几乎维持不住法身……他又想起那一日，他穿过枺城东三街的熊熊天火，就见到红衣少年在烟与焰中趔趄起身，挥剑。

没有犹豫，没有迟疑。

就像心底一点也不喜欢这个世界了，一点也不留恋了。

"我以为笑就不疼了。"

师巫洛想说什么，又说不出来，只感觉胸口喉中仿佛堵了无数东西。他不知道那些是什么，也不知道自己怎么忽然就疼得这么厉害。

"后来我发现，笑就是笑，疼就是疼。"

说什么无大碍，说什么笑就不疼。

骗得了别人，骗得了自己吗？

仇薄灯把太一剑朝桌上一丢，往椅背上一靠，脸庞半明半暗，沉进阴影里。他的声音静如深湖，隔着层冷冷的冰，喜怒都没办法分清。

"回你的南方去，少来碍眼。"

"少受了伤还到处跑。"

…………

南方疆域多山，多恶木。

林密不见天日，荫浓而冷，古褐的树干板根如剑如墙，纯黑的玄武岩祭坛就隐没在一圈高木的包围之中。盘绕在树上的藤开出暗铜色的铃铛花，风一吹就一片一片、叮叮当当、渺渺茫茫地响起来。

师巫洛在铜铃声中醒来。

他睁开眼，瞳孔映出交错纵横的树干，映出浓得近乎墨色的阔叶。

"怎么提前醒了？"

旁边有人把烟斗敲在石棺上，磕出些没烧尽的灰来。

不论中土和其余诸洲对南方疆域有多忌惮反感，觉得它有多蛮荒，它的一样东西他们怎么也离不开，那就是烟草。烟叶只出在南方，便是有商人费尽心力地把它移种到别的地方去，长出来的也不是巫烟的味道。

以前有个笑话，百氏族中，常余氏族长曾洋洋洒洒写了数千字，痛斥巫烟为"蛮野之民，巫蛊之术"，称其"流毒万里，不可不防"，号召天下人一起戒巫烟、防南蛊。常余氏向来以文见长，族长更是学富五车，用词恳切，字语激昂，《辞烟赋》一出，空桑三月内明面上几乎再无南烟踪迹。

就有客人去拜见常余氏，称颂此"乃公之大德"。常余氏刚一拱手回礼，袖里就飘出缕烟云来。

客奇而笑，问："公何藏巫烟哉？"

常余答曰："非巫烟也，此乃天外之云。"

袖烟一出，空桑烟鬼顿时重现街头巷尾，吞云吐雾比以往更盛，不仅如此，还互相夸笑说：我们抽的哪里是烟啊，这是常余族长袖里的天外之云。

师巫洛从棺中坐起，没回答。

守在石棺边辅助他施行秘法的是位枯瘦的老人，干巴巴得只剩一把骨头，穿件蜡染的宽袖短衣，腰间挂着一串雪银打的蝙蝠。见师巫洛不回答，他就啪嗒啪嗒地继续抽自己的烟。师巫洛走出棺材，经过祭坛正中的飞鸟骨架时，把一张面具摘下，挂了上去。

与柣城祝女刻的那些面具不同。

师巫洛的这张面具以黑木刻成，以金粉描线，眼部深而长，挂到飞鸟骨架上时，仿佛是一张盘旋高天的苍鹰面具。

"被赶回来了？"背后的老人冷不丁地问。

师巫洛的脚步顿住。

老人试探了个准，便继续老神在在地抽起烟。

"他让我回巫族。"师巫洛提着绯刀，背对他。

老人把烟斗磕了磕，掰指算了算，发现这是他们的首巫大人今年来第四次和他们说话，真不容易啊……难怪族里的那群小兔崽子，一个比一个怕他。

"就这样？"老人问。

如果只是这样，不至于一醒就直接闷不吭声地又提了刀，准备去穷岭里斩蛇屠妖吧……再这么下去，族里那群小子，以后都没地方磨砺了。

师巫洛沉默了很久，没回答。

祭坛上插着火把，火把的光映在石面上，照出石头年深日久的纹路。他看着黑石与暗火，想着烛下仇薄灯眼角的命鳞和……那最后一点像朱泪也像血，但这两个形容，不论是哪个，师巫洛都不喜欢，都不想用。

他只想把那一点擦掉。

"哦，"老人明白了，"他生气了。"

"嗯。"

也许也不仅仅是生气。

在最后那会儿，仇薄灯就像极其偶然地打开了一扇门，没等他走近，就又冷冷地，带着某种极度尖锐的情绪把门砰地关上。

老人叹了口气，转过身，不出意料地看到师巫洛紧紧地握着刀柄，苍白的手背上有血慢慢爬过，渗进刀鞘里。

他不知道回到巫族前，师巫洛和什么人拼杀过。

即使对于巫族，师巫洛也是神秘难懂的存在……这么多年了，巫族的人都习惯了他们的十巫之首总是一声招呼都不打地离开，或去往大荒，或去往中土，走的时候沉默寡言，回来的时候一身伤痕。但这还是他第一次，带这么重的伤回来。

其他的大巫都被吓了一跳，就算百氏族立刻出现在眼前，立刻发起进攻也不会比这更让人担心了。

旁人着急上火，重伤的人自己什么解释都没有，只丢下一句话："开祭坛。"

"他让你回来，你就真只打算待在这里了啊？"老人敲了敲烟斗，这回什么都没敲出来，便从腰上解下捆草叶，一点一点填进去，"他没教过你什么叫……叫锲而不舍吗？"

老人原本想说的是"死缠烂打"，词到嘴边转了转，觉得对那位有点大不敬，又临时换了个文雅点的。

师巫洛直接朝祭坛下走去。

"就算是他说的，你也不能全听，再说了，他只是让你回巫族，又没说你不能再去找他吧。"老人在烟雾里眯起眼，习惯了十句话九句不会得到回答的待遇，"你不去找他，就有别人去找他了。"

背后脚步声一停。

"对了，"老人急忙补了一句，"你好歹先去巫咸那里，把伤治一治，就这样直接去找他，当心又被赶回来。"

脚步声朝灵山方向去了，老人慢悠悠地吐出口烟，叹了口气。

"你什么都不懂，什么都是他教的没错……可一些事，是不能等那个人来教你的啊。"

过了一会儿，一背上负箭的巫民步履匆匆地走了上来。

"巫老，太乙宗来信。"

老人把烟斗磕在石上："拿来。"

舟子颜恭恭敬敬地将太一剑捧上圜坛。

鱋城的大小仪式，都在这里举行，但与前日举行"归水"相比，场面无疑郑重了许多。四方棂门下各立十二名祝师祝女，具敛容负剑。舟子颜将太一剑插至高台上后，陶容长老站在第二重坛上，低喝一声："起！"

水声哗啦。

圜坛之外，数里银湖中，一片片青瓷碟破碎而出，水珠飞溅里，瓷盏中心的红烛呼的一下齐齐燃了起来，仿佛水面上忽然生出无数片荷叶，荷上开出无数红莲。水纹与火光碰撞，转瞬间构成一个天地交融的阵。

水阁中旁观的娄江倒吸一口冷气。

"真厉害啊……"他喃喃道，神色复杂。

烛火的每一次明灭，水波的每一次变幻，都是阵术的一次流转，如非亲眼见到，他是绝不可能相信，这世上竟然有人能同时计算火光和水纹，然后以这么微妙流离之物，布置出一个静谧无比的阵。

长老们的评价没有错。

舟子颜的确是山海阁古往今来的第一天才。

如果他没有离开山海阁，没有回到鱋城，没有在数亿鱋鱼上耗尽光阴，谁都能肯定地说他早已名震天下。

有些人就是这样，他生来就仿佛只为了让世人惊叹。

左月生也在喃喃："什么情况？太一剑怎么不抽他？仇薄灯，你这破剑，忒不是东西了吧？"

仇薄灯坐在栏杆上，面对祭天这么郑重严肃的事情，他屈起一条腿，往膝盖上搁了个果碟，挑挑拣拣地寻找能下口的。闻言，他头也不抬地回左月生："主要看脸吧。"

"看、看脸？什么意思？"

"就是说你长得不够好看。"仇薄灯解释。

"我呸。"左月生勃然大怒，"我以前瘦的时候，也是个风度翩翩的玉面小郎君好吗？"

"什么？"陆净奇了，"左月半，你还有瘦的时候？"

娄江深深吸了口气，再次觉得自己和这几个家伙站一块儿，就是个错误。

他正准备绕过几个二世祖，走到别的地方，就听到叶仓问仇薄灯："师祖，你觉得他们能不能成功啊？祭天真的能驱逐瘴雾吗？"

"能是能吧……"仇薄灯想了想，"《东洲志》里记载过一例，不过几千年了，东洲也就成功了那么一例。"

"既然这样，"叶仓有些困惑，"何必大费周章地祭天？直接等瘴月它自己过去不就好了？"

娄江脚步一顿。

是啊，为什么不等瘴月自己过去？

虽然鳙鱼处于休眠时令，但只要有鳙鱼在，瘴雾就不会侵入城池，并不需要费这么大力气举行祭天啊！更奇怪的是，为什么陶长老竟然也答应了？

"仇长老，"娄江转了回来，"您看的《东洲志》里提及的那次祭天，具体是什么情况？"

"东洲次二脉有城，曰淮……"仇薄灯拈了枚梅子，顺口答。

"开始了。"不渡打断他。

在那一瞬间，他们听到了潮声。

这里有一片由不知多少年的积雨汇聚成的湖，湖面虽广，但是不算太深，鳙城又离海数千万里，海水再怎么汹涌都影响不到这里。但他们的的确确听到了潮水的怒吼！

湖面沸腾起来，水一波波地拍打着、冲击着亭亭而立的一盏盏青瓷，滂沱的大雨从天而降，瀑布般从天上冲向地面，以某种令人胆战心惊的气魄撞进湖中后，又从四面八方重新卷起。水声在这一刻浩大如潮。

"蜡烛！蜡烛！"陆净指着湖中的青瓷盏，"你们看！没有灭！"

是的，水浪凶猛，但水中的蜡烛没有灭。

不仅没灭，反而越燃越旺。

"是陶长老。"娄江低声说。

陶长老立在圜坛上，灰袍猎猎作响，天高地厚，无穷的威势压向他的肩头。这位在天雪舟上与仇薄灯三人放赖的老人，忽然就腰背挺直，忽然就睥睨得随时都可以提剑赴秋郊斩鬼母。

他以一己之力支撑起整个沟通天地的阵法。

呜呼！古之鸿蒙，混沌两间！
　　上下形考，天地遂分。
　　天载日月，地负万民。
　　厚土瘴迷，瘟疫恣横。
　　后有神虹，化而为鱬。
　　明晦有时，枯荣有城。

梲门之下的祝女祝师俯仰叩拜，绕柱而歌，女声尖锐，男音粗犷。

"他们唱的是什么？"陆净问。

"《般绍经》。"不渡低声回答，"是鱬城人自己的天地说。他们认为古时世界混沌，后来天地分开，把浊气留在了地面，人被瘴雾驱逐流浪在大地上，悲苦至极，无以言表，便向上天祈祷。苍天便降下一道赤虹，赤虹化为神鱬。"

神鱬驱逐瘴雾，于是人们在神鱬游栖的地方，建起了一座城，从此雾散便出城耕作，雾聚便待在城中休息。

《般绍经》不长，却唱过了天地初分，唱过了城墙拔地而起，唱过了人鱼相契，唱过了商旅往来，不绝织机。

上歌青冥，下颂黄土。

最后舟子颜在高处，三跪九拜，声音高亢而凄厉：

　　天怜我民！请以日月。
　　日来月往，草木欣欣。
　　天怜我民！请以四风。
　　四风有序，鸟兽兴兴。

万烛沐水而上，火光被水珠折射，亿万道水光、亿万道火光交错，转瞬，光越过整个城祝司，向上、下、东、西、南、北铺展而开。瞬息之间，整座城，都被笼罩在了光里，从天而降的雨，地面流淌而过的溪，全成了阵的一部分。

鱬城家家户户，门口都设一瓷盏，点一红烛。

男女老少，齐齐顿伏下身，三跪九拜：

　　天怜我民！请以日月！
　　天怜我民！请以四风！

189

声音碰撞，聚往城池中心的三重圜坛。

陶长老为一城之声势，百万人之念想所牵，冠碎发乱。狂风穿过四方棂门，与水火一起，灌进高台正中心，如百川汹涌入海。

海浪狂潮中，舟子颜一点一点、艰难地站起来，如负万钧。

"请以日月！请以四风！"

他站直身，两袖一振。

山呼海啸。

天地之间，光与水的洪流倒卷，卷向陶长老，卷向待在水亭中的不渡、叶仓、娄江、陆净、左月生……以及仇薄灯！

第三十四章

鸿宇忽空，时岁忽寂。

左月生看见绵延而去的群山，陆净看见轩窗前穿水蓝长裙的女人，叶仓看见熊熊天火里燃烧的苍木，娄江看见两道正在倒下的身影……许许多多熟悉而远去的面孔和事物在瞳孔上一掠而过，光线破碎折转。

被它们淹没，就像被一场陆离的梦淹没。

"混账！"

陶容长老暴怒，大鹏般一跃而起，拔剑斩向圜坛最高处的舟子颜。

"你在做什么？！"

剑光快如闪电，舟子颜被劈成两半，却没有一丝血花迸溅出来。

他的身影如太阳出来时的露一样，迅速地蒸发、消散。四周的天青瓷纹、殷红烛火、水雾霞虹……全部迅速褪去色彩，仿佛画布被斩破，陶长老连人带剑撞进宣纸背后的另一个灰沉暗淡的世界。

无风无水也无火。

青瓷盏立在龟裂的湖面，蜡烛燃尽只余一段焦黑灯芯，四柱棂门下的祝女祝师不见踪迹，水亭里的仇薄灯等人也消失了。

"水月镜花……不错，好阵术。"

陶长老站在舟子颜刚刚立着的地方，衣袖缓缓落下。

"这些年你长进不少。"

天穹是灰色的，圜坛是灰色的，回廊、阁楼、亭台，以及更远的一切房屋也都是灰色的，唯独物影深黑。

"雕虫小技，让老师见笑了。"

舟子颜隐没在黑暗里，不见身形。

"教你阵术的人本事神鬼莫测，这要是雕虫小技，山海阁的所有墨师都该去死了。"陶长老说。

他右手把剑垂下，被剑尖一点寒芒指着的石面仿佛承受不住某种锋利，无声无息地出现蛛网般的裂痕，左手却滑出一杆烟斗，径自抽了起来。

"谁告诉你我们要来鳣城的？他们允诺了你什么？"

"老师不是听到了吗？"舟子颜似乎笑了笑，圜坛周围建筑的影子一点点拉长，渐渐盖过湖底长出的青瓷枯荷，"期我以日月，期我以四风。"

"蠢货！"

陶长老呵斥，烟杆在虚空中一敲，磕出几点暗红的火星。火星迸溅，落到湖底，落到水榭亭台扭曲的影子上，转瞬就把它们灼烧出白色的灰烟。

"愚不可及！冥顽不灵！什么人说的话都信？以为给那些家伙当走狗，替他们卖命，他们就真的会履行承诺吗？我看你的长进是长进到狗身上去了。"

"老师责之有理，可山海阁现在不也在当百氏的走狗吗？"舟子颜微微欠身，仿佛仍在从前的课堂上，等着老师解惑，"百氏南伐巫族，借道清洲，山海阁不仅应许，还伸以援手，这不是争当百氏的马前卒是什么？或者——"

他打见面起就始终毕恭毕敬，一直到现在，长久以来扎在心底的那些尖锐刀剑陡然在声音里破鞘而出。

"这也是您说的权衡？"

烟斗悬停半空，四下死寂。

"恨我恨很久了吧？"陶长老慢慢地抽了口烟，吐出的雾模糊了他的眼，"安排住处的时候，是不是松了口气？毕竟我要是住在城祝司里，光是克制杀意，就要花很大力气，很容易露出马脚吧。"

"子颜不敢。"舟子颜冷冷地说。

"以前我就最烦你这个德行，心里拗得跟头牛一样，脸上口里还要什么都应好，什么都应是。恨就是恨，还非要执什么弟子之礼，没点少年气。"陶长老松开烟斗，任由它磕落在黑石上，剑插至身前，左手与右手一起握住剑柄，白发被风吹动，"不过，恨我、恨山海阁，都可以，唯独不该对太乙宗那位出手。你手里还提着他的剑吧？什么时候学会忘恩负义了？"

舟子颜低头。

太一剑在兵匣中，剑身微颤，竭力想破匣而出，却被十二根铜链紧紧锁住。

——我有一把剑。

——想祭天，就来找我借剑。

红衣少年撑开油纸伞，拨开雨帘，渐行渐远，声音却被雨水留了下来。

舟子颜闭了闭眼："他说鳙城很美，可这美是从心脏里飞溅出的血色，是最后一刹那了……生无可期，死无可惧，忘恩负义，子颜今日亦有权衡！"

他猛地睁开眼，目光冰寒。

"老师，请指教！"

世界被黑暗笼罩，阴影铺天盖地。

灰墙灰瓦灰檐。

左月生呆呆傻傻地站在潘街上，一时只觉得自己走进了鳙城的影子里。

他喃喃："这是怎么回事？"

"一切有为法，如梦幻泡影，如露亦如电，应作如是观……"不渡在他旁边，左顾右盼，"这是水中月、镜中花。"

"什么、什么意思？"陆净没听明白。

他不仅没听明白，他甚至没搞懂眼下到底是怎么回事。

他只记得，刚刚还在举行祭天仪式，千灯万火，辉煌无比，然后那谁……哦，舟子颜双袍一振，原本连接天地的水流就朝他们卷来了，在光影中他又看到了坐在窗边的娘亲……

再然后，醒来就发现自己站在潘街。

潘街的一切，都还和他们昨天游览夜市时一模一样。

卖发冠钗头的铺子还在卖发冠钗头，卖新折小枝花的还在卖新折小枝花，左月生为了一文钱大费口舌的提笼铺子也还在……人和物都没变，除了所有东西几乎都褪去了色彩，变得灰沉沉一片。

之所以用"几乎"，是因为绯绫朱绸的红色还在。

但街上没有了游弋的鳙鱼，没有了流转的鳞光，这些布匹绫绸在一片灰蒙中，就仿佛是一捧捧泼溅开的血，令人心惊。

"意思就是我们被困进杀阵里了！"

娄江脸色铁青地拔出剑，警惕地看着那些静止不动的人。

"水中月、镜中花，都是虚假不实之物。我们刚刚看到的祭天仪式只是个伪装……只是表面上看起来是在祭天！实际上，真正运转的阵术是个幻阵！是冲我们来的！他是在举一城之力来杀我们！"

说着说着，娄江终于醒悟了什么，忍不住破口大骂。

"说什么挪移阵被鱼啃坏了，坏个鬼啊！明明就是这小子知道我们要来，提前破坏了挪移阵。他有十足把握，陶长老会愿意帮他举行仪式，但他没把握直接和陶长老正面对抗,就用这种方法,借陶长老的修为来启动阵法……"

"什么?他不是陶长老的学生吗?弟子弑师,十恶不赦啊!"左月生心说:不至于吧,难道老头子当初气人跑回鱬城奶孩子时骂得太过,让舟子颜记恨到了现在?

"再说了……有仇那也是跟陶长老他们的,关我们什么事?对了!"左月生忽然发现了什么,急急忙忙地四下张望起来,"我、你、陆净、不渡、叶仓……等等!仇大少爷呢?!"

娄江一惊,急忙跟着四下环顾起来。

他倒是隐隐约约记得被扯入阵时,陶长老似乎发现了什么,朝舟子颜出剑了,此时没看到陶长老并不意外。但就像左月生数的一样,他、左月生、陆净、叶仓,还有不渡和尚,一行五人,全聚集在鱬城夜市的潘街上。

独独少了个仇薄灯!

"贫僧想……"不渡幽幽地开口,"这杀阵,似乎是冲着仇施主去的。"

"真的假的?你可莫要开玩笑!"左月生一下子跳了起来,"我还以为他是因为仇薄灯把剑借给他,所以特地放仇大少爷一马的!到头来居然是专门等着要杀仇大少爷的?这也忒没心没肺了吧?"

口上这么说着,左月生下意识回头看了陆净一眼。

两人一对视,都从彼此眼中看到压不住的惊慌和担忧。

别人不知道就算了,他们可是清楚仇薄灯一身业障的事。眼下一听舟子颜煞费苦心地要杀仇薄灯,他们下意识地就想到了那方面去,心说:别是哪里走漏了风声,舟子颜知道仇薄灯是个"邪祟",所以一心想要除魔卫道吧?

不然舟子颜和仇薄灯无冤无仇的,怎么早早地就等着杀他?

"这怎么办?"陆净慌里慌张地问,"仇薄灯修为那么低,我们得快点找到他。"

"恐怕没那么好找,"不渡摇摇头,"贫僧不才,略通些阵术,舟城祝设的这阵,不止一重幻境。他以圜坛为阵基,圜坛三重,幻阵应该也有三重。依贫僧之见,贫僧与几位施主应该是在最外重的幻阵,陶长老则在中重,至于仇施主……大概是在最深一重幻阵里。"

"你们看!"

叶仓四下张望,不死心地想找到仇薄灯,突然余光瞥见街道两侧的异样。

"他们脸上那是什么?"

众人齐齐看去。

潘街原本静止不动像被定格在某一刻,整条街的人都像刚从瓦匠搅拌好的浆里捞出来的一样,灰扑扑的。但此时,灰浆泥人的眼角渐渐地出现了一点红

193

色，红色迅速生长，转瞬间变成了一小片鱼鳞。

"命鳞。"不渡低声道。

命鳞出现后，寂静定格的街忽然又变得人声鼎沸。

"新折小枝花，罗帛脱蜡像生花——像生花嗳！"

"冠梳儿卖也！冠梳儿卖也！……胡家嬷嬷亲造，手打穿珠也！圆润润一点朗月，明晃晃一弯弦钩，金澄澄一眼招，亮灼灼两穗飘！玉沉沉好个钗头……"

"削刀磨剪！阿有难哉！"

"……"

市井的叫卖声再次从四面八方袭来，但被叫卖声包围的左月生等人不再觉得这些声音绵软温柔如唱歌！街道上，货郎小贩、伙计掌柜、老人小孩、女人男人……全都扭过头，齐齐地盯着他们，眼睛漆黑，令人如坠冰窟！

"我觉得……"陆净声如蚊蚋，"比起我们杀进最深重的幻阵去救仇大少爷，还是仇大少爷提剑杀出来救我们的可能性更大一点。"

左月生嚅动嘴唇："你忘了，仇大少爷的剑被姓舟那个狼心狗肺的家伙拿了。"说话间，左月生后退了一步，撞上娄江。娄江又撞上叶仓，叶仓又撞上不渡……几个人聚拢成一圈，握紧刀剑。

磨刀匠率先扑出，紧接着，整条街的人都涌了过来。

血花飞溅而出。

滴答滴答。

雨落到银色的湖面，泛开一个又一个大大小小的圆。

圜坛还是那个圜坛，湖还是那片湖，湖里依旧亭亭地立着无数荷叶般的青瓷碟，碟上的红烛依旧燃烧着，水纹漾漾，火光盈盈。但棂门下没有祝师也没有祝女，圜坛上没有陶长老也没有舟子颜，水亭中也没有左月生等人。

这里安安静静，无风无潮。

雨绵绵不绝，从天而降，将最高处的石台笼罩其中。

一身白衣的少年，十指交叉，躺在石台上。

他穿红衣时飞扬跋扈，眉眼尽是矜骄，但眼下身着白衣静静沉睡却显得格外地秀美沉静。细细的雨珠沾在他垂着的眼睫上，凝如晨露后滴落，滚过眼角的绯鳞朱泪。

不知过了多久，少年茫然地睁开眼。

"我，是谁？"

第三十五章

雨落进少年的眼睛，渐渐地，刚醒时的茫然不见了。他无声地凝望了许久天空，觉得这个场景依稀有些熟悉……就像已然不是第一次在长梦后醒来，在无人之处低声问自己是谁，而四周空空，没有人告诉他答案。

没人告诉他也没关系。

他翻身坐起，双手撑在石台上，居高临下地俯瞰圜坛周围的粼粼水光。

"赵、钱、孙、李、周……"他把圜坛周围一圈的青瓷灯盏挨个地数过去，宛如小时候孩子们采了一捧花后，挨个数花瓣，由最后一片来决定某件事的答案，"……伊、宫、宁……仇。"

"好了。"

他满意地停下来。

"我姓仇。"

"你还差了二十六盏没数呢，"有人忍不住出声提醒，离圜坛不远水亭的立柱阴影里浮现出道修长的身影，"按这么算，你该姓怀才对。"

"我没打算按一圈的盏数来数啊，"少年温和地解释，"数数这种事，数到自己喜欢的，就可以停下了。你不懂吗？"

他合眼深眠时恬然安静，甫一睁眼，就算一身白衣，言辞恳切，也透着点邪气……如果小时候，他真的也用过数花瓣奇偶的方式来决定做不做某件事，那到最后他一定会面不改色地把多出来的那一片毁掉。

"歪理，"昏暗里的人笑了一声，"你为什么不问我，你是谁？"

这才是正常人该有的反应吧。

"问你才不正常吧？"少年奇怪地反问，"我现在什么都不记得，都不知道自己是不是什么时候揍过你、得罪过你。问你我是谁，万一你随便编个乱七八糟的名字，又或者干脆报个江湖魔头的名字给我，我是信还是不信？"

暗处的人一时间竟然分不清他到底是真忘了还是没忘，是入阵了还是没入阵，过了会儿顺着他的话又问。

"姓仇，名呢？"

"仇……"

少年环顾四周，看到一盏青瓷灯摇摇曳曳，火光单薄。

"薄灯。"

"我姓仇，名薄灯。"

195

"仇薄灯。"

"仇薄灯到底是招惹了什么仇家啊……"

陆净有些麻了，提着刀站在潘街的正中心，连根指头都懒得动弹一下。

"费这么大力气来杀他……我说，要杀人也不用每次都搞得这么复杂吧？提把刀直接踹开他房门便砍不就得了？又或者买几个杀手刺客，蹲在酒馆里，趁他喝醉就'咻'一下，不好吗？"

左月生翻了个白眼："陆十一，你想得未免也太简单了吧。今天谁提刀踹他房门，明天太乙宗就提刀踹谁坟门你信不信？"

"我信……"陆净有气无力，"所以，舟子颜是疯了吗？敢对太乙宗小师祖下手，他不怕太乙宗把鳙城平了吗？"

"一般来说，搞这么复杂，主要是两种原因，"不渡转着他的佛珠，"要么想杀的人太强，从正面下手杀不了；要么想杀的人身边和背后还有不少人，得一起灭了。仇施主修为刚及明心，想来便是后者了。"

"什么原因都无所谓了，"陆净崩溃地喊，"我只想知道这又是什么情况！"

他一指完好无损的潘街。

"能不能让人死个痛快？！"

无怪乎陆净如此暴躁。

一开始陆净里三重外三重地被潘街上的人围住还有点紧张，真打起来却发现很轻松，这些人力气和普通凡人没有差别，就算是修为最低的左月生都能一次性撂倒好几个。结果，等一条街都被清理干净后，几人刚要离开这条街去其他地方，就觉得眼前一花，意识一恍惚。

等再次清醒，就发现自己又站在了一条和最初一模一样的潘街上。

刚刚被杀死的那些人，又都好端端地立在街道上。

反复数次后，陆净快崩溃了。

就算是枎城一夜骤变，全城的人都被控制，都没有这种循环来得恶心。

"陆施主少安毋躁，"不渡念了几声"阿弥陀佛"，"我们入的是幻术杀阵，'幻'者虚实相生，讲究的是'攻心'二字。不论主阵的人让你看到什么虚相，都是为了干扰你的本心，让你灵台动摇，最后趁你神劳疲乏之际，出其不意地发动实击。故而万万不可烦躁，亦不可松懈！"

"那我们怎么办？"陆净有些焦躁，"总不能永无止境地被困在这里吧？"

他们还得去救仇薄灯呢。

虽然，也许会是仇薄灯先来救他们。

"阵必有眼，就算是幻阵也不例外。"左月生说，"破了阵眼就可以出去了。"

"好说好说，"不渡道，"可惜这幻阵不比寻常。舟城祝是以水纹和火光布阵，水与光都是流转不定之物，阵眼随之变幻，恐怕难找得很。"

"再难找也有个规律吧……"左月生头大如斗。

"你们……你们就没有觉得这条街有什么不对吗？"一直没怎么说话的叶仓忽然开口。

"这条街从头到尾都不对劲吧！"左月生回他。

"不是，"叶仓看着街道两侧，语气有点不确定，"你们没发现这夜市卖的东西很奇怪吗？"

"啊？"

其余几人一脸茫然地看他。

叶仓向一个珠花摊子走了几步。这么多次循环他们也摸出了点规律，每一次重新开始到鱬城人生出命鳞发动进攻之间会有一段安全的间隙。

"没有杂嚼摊子。"

"啊？"其余几人更茫然了，"杂嚼摊子？那是什么？"

叶仓再次意识到这些人——连平时最靠谱的娄江在内，都是些养尊处优、不愁吃喝的家伙，别看他们也喜欢嘻嘻哈哈地东跑西闹，其实根本不知道最普通最平凡的人的生活是什么样子。

"杂嚼摊子就是卖吃的的。"

叶仓费力地和他们描述。

"早市的时候，一般都卖果子、点心、煎茶，到了夜市卖的就多了，像什么水饭、熬肉、干脯、包子、鸡皮、鸡碎、辣瓜儿、梅子姜、细粉素签……一般一份一份地放在匣子里，这种就叫杂嚼，很便宜的，十五文钱就能买到一大份。"叶仓努力回想，"不论是什么节日，只要是集会，都会有这些东西吧。不过我昨天没出门，不知道是不是幻阵才这样……"

左月生回忆了一下："昨天我们逛夜市时还真没看到这些，唯一卖吃的的地方，是酒馆……仇大少爷还嫌弃卖的东西难吃至极呢，我记得他烧鸡烧鸭一口都没碰，一大碟果子挑挑拣拣只吃了两个。"

"你们买酒和食点花了多少钱？"娄江意识到了什么，追问。

"不是我付的钱，我当时数提笼去了，没……没听到。"

左月生干咳两声。

娄江明白了。

十有八九是左少阁主这个铁公鸡，抠门怕出钱，一进酒馆就先躲到位子上，好让仇薄灯和陆净两个不把钱当钱的家伙去付账。

"五十一两银子。"陆净回答。他之所以记得这么清楚完全是因为他的侍卫都死在了枝城，这还是陆公子第一次付钱买东西……原本他也是个出门必定被前簇后拥的家伙。

"五十一两……银子？"叶仓抽了抽脸颊，一时间不知道说什么才好。

左月生一下子跳了起来，扭头就往酒馆的方向走："这是什么黑店？走走走，老子这就去砸了它！"

"怎、怎么了？"陆净一头雾水。

"陆大公子，"叶仓有气无力地解释，"一斤烧酒通价十六文，便是最贵的也不过一二两，一斤鸡肉十四五文，果点按碟算是六七文……您这一顿五十一两银子，被宰得简直、简直说您是冤大头都辱没了冤大头。"

"不一定。"娄江低声说，"你刚一说，我还想起件事来。"

"什么事？"

"入城时，我们一路穿过了几条最主要的商街，我没看到哪怕一间食铺……不过当时鳙鱼游弋之景太盛，又满目绯绫红绸，我只当是鳙城以布坊丝行为主，没有在意。现在想想，的确很奇怪。"娄江顿了顿，有些不舒服。

其实没太过在意的原因不只是觉得鳙城以绯绫闻名。

还有就是他修为已过定魄，早就辟谷了，虽然平时没有什么修仙者的架子，可许多时候总是会忘记，凡人和修仙者不一样。

凡人是要一日三餐的。

衣食住行，食，对凡人来说才是最重要的。

他定了定神，又问陆净："那你们昨天在酒馆里，有没有见到有人因为店家要价太高，和掌柜伙计吵起来？"

陆净摇摇头，叫屈道："要是有，我也不至于真那么傻好吗？"

"这就是了。"娄江环顾四周，后背缓缓爬过一丝寒意，"食价高得离奇，店中之人却没有异议，只有一种情况——"

"这座城，本来就没有多少吃的了！"

说话间，街上的人再次生出了命鳞，叫卖声又响了起来。

"冠梳儿卖也！冠梳儿卖也！……胡家嬷嬷亲造！"

"新折小枝花，罗帛脱蜡像生花！"

"阿有难哉！"

"……"

熟悉的市井吟唱百端，熟悉的起承转合绵软。众生百态，唯独缺了血肉之胎活下去最重要的柴米油盐。

左月生一步步后退，退到不渡身边时，忽然转身横刀，朝他的天灵盖劈下！

铛——

不渡双手合十，手灿灿如金地夹住了左月生的刀。

就在左月生出刀的瞬间，陆净一步跨出，封住了不渡后背的退路，叶仓和娄江慢了一拍，但也很快地就一左一右，将刀剑牢牢架到了不渡脖子上。

"几位施主这是何意？"不渡一脸惊色，"不要内讧啊不要内讧！"

"装什么傻！"左月生死死地把刀往下压，"来鳙城前，你口口声声说过，我们会遇到血光之灾。你对鳙城熟悉得压根儿就不像第一次来，昨天在酒馆里你也说过，'这鳙城夜市难得遇上'……老子看，你就是舟子颜安插在我们中间的内应！"

"有话好说，有话好说！贫僧的确是第一次来鳙城！"

娄江冷着脸，把剑往里压了一分。

"唉唉唉！贫僧冤啊！出家人不打诳语，贫僧一直都说真话，只是你们不信罢了！"不渡叹气，"几位难道忘了初次见面时，贫僧唱过什么吗？"

"傻傻傻，疯疯疯，似假还真潜蘷龙……"陆净回想了一下。

"走走走，休休休，"不渡接口，"似梦非梦——"

他猛地把手一松，把佛珠向上一祭。

金光大作，一轮烈日在灰色的大街上腾空而起。

"转头空！"

"那是什么？"仇薄灯一身白衣，坐在圜坛最高层的祭坛上，远眺，发现西边城街的方向隐隐有日光闪动，"东边日出西边雨？"

"没有金乌会落到地面上吧。"

"你一直藏在暗处，是因为长得太丑吗？"仇薄灯冷不丁地问，"这种不污世人之眼的精神可嘉，不过你大可以走出来，我不看你便是了。"

暗里的人先是沉默，而后叹息一声，从柱后转了出来："放心，长得虽不算上佳，但还不至于污了你的眼。"

仇薄灯回头。

亭里站着一人。

水纹印在他脸上，有种高远的寒意和尊贵。他长得绝对不算差，甚至说"不算上佳"都是自谦。那是一个就算褪下华服走进市井与匠人共饮，都让人觉得十分遥远的人。衣白如雪，不染凡尘。

"你还真是一点都没变。"他说。

第三十六章

"听起来像什么故人重逢，"仇薄灯素净的指尖轻轻叩击石台，"不过你未必不会是什么江湖骗子，毕竟侠客失忆后，误把仇敌作知交，也是经久不衰的戏码了。"

"你怎么还是那么喜欢看戏？"白衣人也不生气，笑了笑，冲淡了他身上那种如帝如君般的尊贵，"什么都不记得了，还记得千万种戏里的桥段？早知道该给你带盒银泥红脂，让你一个人把好坏都登台唱尽算了。"

"的确。"仇薄灯一按石台，从圜坛上跳了下去。

袍袖如鹤展开，他落向池面，却没有陷没进水里。他踏在青瓷盏上，隔着粼粼水波和烛火与白衣人遥遥对峙。

"不报姓名吗？"

"姓名……"白衣人扫了一眼银湖中的灯盏，"姓怀，名宁君。"

"怀宁君，这假名编得没水准。"仇薄灯踏着一片片青瓷，从湖面上走过，衣摆擦过火焰分毫未损，"虽然一时半会儿记不起来，但总觉得就算我以前认识你，那也绝对是'话不投机半句多'的关系。所以……"

他抬起眼，眸光冷锐。

"有话就直说。

"有仇就拔刀。"

青瓷投在湖底的阴影随水纹缓缓移动，潜藏着无数瞬息万变的危机，仇薄灯的话仿佛令潜伏着的杀意骤然浮现。他与白衣人之间的距离已然很近，已然是拔剑挥刀厮杀的最佳距离。

怀宁君摇了摇头。

"你想多了，"怀宁君说，"我只是来请你看一场戏罢了。"

"什么戏？"

"东边日出西边雨。"

雨。

寒透骨髓的雨。

"见鬼。"陆净结结实实地打了个寒战，握刀的手都有些哆嗦，"和尚，你是想冻死我们？"

不渡皱着眉头，做了个小声点的手势："几位施主莫要高声，我们并未出阵。"

"并未出阵……"

左月生皱着眉头,环顾四周。他们站在有几分熟悉的街道上,屋脊牌楼笼罩在蒙蒙细雨里,起伏斜飞的线条虽然还是显得十分阴沉黯淡,但已经不再是先前的那种一片灰沉。周遭的景象看起来,更像真实的鱬城——赤鱬未醒的鱬城。

左月生心里略微地打了个寒战。

这是他第一次亲眼看见赤鱬休眠的鱬城,岂止不瑰丽不辉煌,简直孤凄如鬼城。

不渡说他们还未出阵,那这又是哪里?

不渡叹了口气,把自己黯淡了许多的佛珠举起来给众人看:"贫僧这串佛珠是佛陀亲赐之物,贫僧原本是想凭借它强行破开幻阵,带诸位重返鱬城,以证清白。没想到佛珠将我们反过来带到了舟城祝的'迷津'里了。"

"舟……"娄江顿了顿,"舟谁的'迷津'?什么意思?"

"唉!迷津就是'心魔''心障'一类的,称呼不同而已,意思差不多。"不渡和尚愁眉苦脸地叹气,"这事可就得怨我们佛宗的那些老家伙了,天天一口一个'普度众生普度众生',整个法器都想着度世济人,也不分敌我。"

原来,不渡的这串佛珠又名"度迷津"。

入幻阵的人,心神为幻术所迷,算"迷津"的一种,因此不渡和尚觉得能够借佛珠的"度迷津"神通出去。但他万万没想到,这幻阵是以灵识控制的,除了入阵者的心神,布阵者的心神也是和幻阵相通的……舟子颜都能忘恩负义地弑师杀人,那铁定也早迷失本心了嘛。

"以贫僧的修为,似乎暂时无法驱动佛珠,让它直接度化舟城祝,所以它索性把我们带进舟城祝的记忆里了……"不渡无可奈何地一摊手,"意思大概是,让我们想办法把舟城祝引出迷津。"

左月生抽了抽嘴角:"这也太坑了吧?这小子一心想杀我们,你这破珠子居然还指望我们去感化他?我们拿什么感化?就算我们带把剃刀跑过去给他剃个秃头,他也不见得就会立地成佛啊!"

"嘘。"

娄江一打手势,眼睛死死地盯着街巷的另一头。

"他来了。"

只见舟子颜果然牵着一个孩子走了过来,几个人下意识想躲,但双方距离极近,街道两侧又没什么东西好遮身,仓促间舟子颜走到了面前。

众人惊得个个手按刀剑。

"快到家了,不能再和你娘吵架了。"

"可是，我想当祝女。"小姑娘揉着眼睛，"子颜子颜，你和我娘说好不好？你现在是祝师了嘛，你和我娘说，我娘会同意的。"

"这个……"

一大一小两人沿着街慢慢走远了。

左月生慢慢地松开刀，和陆净对望了一下。

迷津里的舟子颜，比他们见到的时候要更年轻一些，还只是名祝师，哄小孩的架势也远没有他们见到时那么驾轻就熟……说实话，他们和舟子颜也没什么交情，猝不及防被暗算时心情更多的只是"居然敢对老子下手"的愤怒，甚至还想过，这姓舟的是不是像枕城前城祝一样，又是一个浑蛋。

但这两人又好像有点不一样。

左月生和陆净还在纠结，娄江已经越过众人，径自跟了上去。

左月生一拍大腿。

怎么忘了，他们这里还有个人貌似曾经是舟子颜的"迷弟"来着！事情发生得太突然，以至于大家都忘了这点，现在想想，刚刚在幻阵潘街上，娄江挥剑的气势简直就是前所未有地凶悍。

"走走走，跟上跟上。"

左月生一挥手，尾随其后。

一行人快要绕过街道拐角时，在前面走的舟子颜忽然停下脚步，低下头对小姑娘说："你在这里等一会儿，不要乱跑，我去和你娘先说一下。"

小姑娘乖乖地站住。

舟子颜摸了摸她的脑袋，向前走去。

娄江离他最近，一开始还以为他是发现了什么，手指下意识地攥紧剑柄。但很快，娄江便注意到了不对，舟子颜自己一个人绕过街角，悄无声息地站在一处檐角下，垂下眼帘，静静地听着从院子里传出来的谈话。

"又比去年晚。"

"日头也不出，雨也小了，这样下去可怎么办啊？"

"……"

娄江明白了。

舟子颜不是发现了他们，而是听到了院子里的谈话，所以让孩子先留在街角等等。只是娄江有些不懂，这些谈话和舟子颜的迷津又有什么关系？

正想着，院子里的对话逐渐变得激烈起来。

"他一个人拖累我们，当初就不该……"

"你瞎说什么！"男人粗暴地打断，"你这婆娘懂什么！"

"我是婆娘，你们说的那些大道理我不懂，"女人发狠，"那你倒是说说，他又做了些什么？他自己吃喝不愁，要什么，山海阁给他什么，那我们鱬城呢？我们鱬城怎么办？"

"他不是回来了吗？"

"回来，回来有啥用。"女人冷笑，"当祝师又算什么，反正城一死，他照样回去当他的山海阁第一天才，耽误得了几年？又有好名声，又有远大前途，多划算的买卖。"

"……"

娄江转头去看舟子颜。

舟子颜苍白地站在原地，等争吵结束过了一小会儿，他抬手揉了揉脸，若无其事地走上去，敲了敲门。

"谁呀？"

"杨婶，是我。"舟子颜温和地应。

院子里仿佛有东西被打翻，脚步声急急地传了出来，门嘎吱一声被打开，露出一张慌张的妇女脸庞："啊，子颜，是你啊，快进来快进来……老头子快去拿枣子！"

"不用了，"舟子颜神色如常，略有些歉意，"我刚刚遇到兜兜了，她说怕你骂她，不敢回来。"

"这死丫头。"妇女一边道歉，一边把人往里让。

后面的对话渐渐地就模糊了。

娄江后退几步，撞到了人。

左月生、陆净还有叶仓眉头打着结地站在背后，显然也听到了刚刚的争吵。

"几位施主，以前鱬城也是会出太阳的。"

不渡捻着佛珠，淡淡地说。

城门打开。

阳光沿着地面平推而出，转瞬在成千上万亩水田上铺开，青绿的禾苗在金光中抽高，扎头巾、挎竹篮的妇女踩着平行的田垄而行，扛锄头、挑草担的男人牵着水牛跋涉在泥浆里。仇薄灯站在一条约莫三丈长的赤鱬身上，被湍急的河水裹挟着打半月形的城门下经过。

老人敲起锣鼓，苍老的歌声在天地间回荡。

"瘴月过哟——

"四野开！"

弯腰插秧苗的男女们直起身,高声应和。

"神鱬河开——

"种谷麦!"

成群的赤鱬跃出水面,鳞片灼灼生辉。

它们从正在耕作的人们头顶飞过,洒下一串串绚烂的水珠。鱼群在城外的空中划过一道绯色的半弧,又一头扎进把水田分隔开的河道里,顺河而游,游出一段距离后,再次高高跃起。

所过之处,漫长瘴月残余的晦气如积雪消融。

"赤鱬的鳞火来源于日光,"怀宁君轻飘飘地落到仇薄灯身边,"虽然是离不开水的鱼,但其实也离不开太阳。没有雨,它们会死;没有日光,它们会虚弱。"

因为虚弱,才需要休眠。

仇薄灯在田垄上走了几步。

太阳高悬在天东,积雨落于天西。随着时岁的更移,日渐偏西,雨渐偏东,仿佛一个缓缓旋转的雨与日的太极图,阴阳相融,构成了这座城的奇特生息。在日光普照的地方,鱬鱼借河而出,替人们清除一整个瘴月下来积攒在厚土中的晦气。在雨水绵绵的地方,鱬鱼半游半浮,从人们手中衔走精心烹制的青团果点。

整座城有雨也有光。

喧哗而热闹。

赤鱬之红,桑禾之青,旭日之金,天地画卷。

"那么,"怀宁君袍袖一挥,"你想救它吗?"

雨水弥漫,四周的景物迅速变化。

庭院、吵架的男女都消失了,娄江几个人静静地站在原地,心知这是迷津在发生变化。他们有那么一段时间,看不到其他的东西,只能听到纷纷杂杂的对话,有时尖锐有时窃窃,但都很模糊。

"子颜子颜,又有人归水啦。"

"说了多少次,要喊'城祝',再不济也得喊声'先生'。没大没小的。"

"可大家都喊你'子颜子颜',凭什么大家喊得,我喊不得?"

"说得漂亮,人人平等。"

听到最后一句话,左月生和陆净险些跳起来。

前面三句话应该是舟子颜和谁的交谈,但最后一句的声音分明就是仇薄灯的!

左月生和陆净激动得差点儿大喊,心说:仇大少爷,果然最后还是您老提剑来救我们啊。幸好被不渡和娄江一人一边摁住了。

周围终于清晰起来了。

几人四下一看，发现这一次迷津呈现出来的画面还蛮熟悉的，可不正是他们被设计进幻阵的圜坛吗？

与此同时，他们也看到了仇薄灯。

仇薄灯待在距离圜坛不远的水亭里，望着这边，目光径直从他们身上穿过，落在圜坛上。看样子，在迷津里，不论是舟子颜还是仇薄灯，都看不到他们。

左月生还想过去仇薄灯那边，被不渡拍了一下。

不渡一指穿着城祝衣的舟子颜，示意其他几个人先跟上他。

"厚土瘴迷，其唯止歇。

"高天无极，其唯止歇。

"……"

祝师祝女的歌声渺渺茫茫。

虽然知道舟子颜看不到自己，但几人莫名地还是有些心虚，蹑手蹑脚、缩头缩脑地跟着他上了圜坛最高处，就看到他握着刀，动作熟练地一阵忙活。几个人中，陆净哪里见过这种阵仗，当场差点儿就想直接吐出来。

"这家伙，别压根儿就是个邪魔吧？"陆净用气声问。

娄江狠狠地用胳膊肘捅了他一下，把他捅闭嘴了。舟子颜没有什么表情地继续执行归水仪式，握刀的手苍白用力。

"阿弥陀佛，善哉善哉。"不渡轻轻道，"果然如此。"

"怎、怎么了？"陆净问。

"吞金自杀，"娄江回答，瞳孔中映出万千鳙鱼淹没死者的景象，"他是在……以身饲鱼。"

群鱼低旋徘徊，赤鱬不能言不能语。

但娄江听到了它们的悲歌。

说要借剑的少年渐行渐远，长不大的小姑娘嗒嗒跑进水阁，拽着年轻的城祝往外走。一开始欢快地说着典藏，后面声音渐渐地就低了下去。

"子颜……今年归水的人好多。"

"嗯。"

"子颜，鳙鱼这次醒来是不是不会再沉睡了？"

"嗯。"

陆净呆呆地站在原地，定定地看着他们走远。

素窗边的女人抚摸着他的头顶，轻声说："十一，你要知道，我们很多时候都只是个过客，别人的喜怒悲欢我们都是看不懂的……"

他们来到鱬城，看它烟雨绵绵，看它在阴沉晦暗中迸溅出来的天地霞色，他们惊呼，他们赞叹。

可他们真的了解这座城吗？

不。

他们什么都不知道，他们只是过客。

"唉，"不渡愁眉苦脸地叹气，"难办了哦，原来不是舟子颜要杀我们，是整座城都要杀我们。"

知生无可期，知死无可惧。

举城皆同谋。

第三十七章

"我不懂，"左月生茫然地看着迷津中的舟子颜和兜兜远去，"这座城，不也曾剑斩太虞吗？"

他还记得那日在酒馆的血气上涌。

当时有仇薄灯，有陆净，还有他。他们围着一支蜡烛，听一个不靠谱的和尚说鱬城的往事，说那太虞氏少族长嘶吼着、咆哮着，说自己是未来的天牧者，说空桑千万载力如浩海，也说鱬城百万凡人百万兵，说鱬城满城着刀甲。

说这座城的人，与修仙者相比卑如蝼蚁的凡人在那一刻奋不顾身。

用菜刀，用剪刀，用牙齿，用所有荒唐可笑的武器。

修为最高的鱬城城祝已死，再无一人可与太虞少族长相抗，他肆意横斩，携鱬鱼破围而去，直到城门处，遇到了打暗影中飞出的剑光。

尸如山，血如海，最后剑照十二洲。

其悲至此，其烈至此。

这么烈的一座城，当初能够百万人一起奋力起身的城，怎么就被困在冷雨中日复一日地蹉跎着，直到夫妻间口角相向、悔意横生，直到正值壮年的人吞金自杀，以身饲鱼？

当初的那一剑哪儿去了？

"鱬城剑斩太虞到底是什么时候？"

娄江突然一把抓住不渡，近乎失态地低吼。

"说啊！说！"

"归已三十二年，昭月二日。"

归已三十二年，昭月二日。三十二年……

娄江松开不渡，踉跄地后退了一步，浑身生寒。他记得这个时间，他记得！他曾无数遍阅览过另一人的轨迹，透过简单的文字想象那个人在某一刻的意气风发，既嫉妒又向往……他看了那么多遍以至于最后那些数字都烂熟于心。

山海阁弟子宗卷载：归已三十二年，昭月二日，舟子颜归乡探亲。

距今约莫百年。

时岁的流逝要很久才能在修仙者身上看到痕迹，入了仙途，修为稍有所成，衰老就会很慢。修仙者的"年少"与"年老"和凡人是两个截然不同的概念。归已三十二年，舟子颜悟道。娄江不知道，他返回鳙城时，是否也带着荣归故里、衣锦还乡的意气风发。

那一年，他十六岁。

百年后，娄江再次见到舟子颜，他依旧面容年轻，甚至还会掩面欲走，被陶长老呵斥的时候，神态腼腆局促。娄江读了他那么多年少风华，心里也下意识就觉得，他还是当初那个十六岁荣归故里的人，没有意识到，时间早已经过了百年。

一百年。

一百年里到底发生了什么？

让一个天才和一座烈如炽火的城，变成如今的模样？

娄江推开其他人，朝快要消失在回廊尽头的舟子颜冲了过去。

"娄江娄江！"

背后，左月生他们在喊，娄江全然没听到。

他在舟子颜的虚影即将消失之前，一把抓住了年轻城祝的衣领，歇斯底里地吼："到底发生了什么？！"

你怎么就变成了这个样子啊？

他最嫉妒的人，也最崇拜的人。

手指擦过衣领，娄江被一股力量席卷，撞进了一片混沌里，等再次醒来，他跪在一间有些昏暗的净室内，头顶传来一道熟悉的苍老的声音："子颜，你太冲动了！我不是给了你聆听符，为什么不先告诉我？再不济，你也该把人带回山海阁，让山海阁来处理！"

"可他会死吗？"

娄江听到舟子颜的声音响起，压抑而低沉。

"交给山海阁来解决，他会死吗？"

他抬起头，看到了面带怒容的陶长老，熟悉而陌生。

娄江熟悉的陶长老是个有些不务正业的老人，整天在阁里阁外转悠，毫无

207

架子。然而舟子颜记忆里的陶长老，则显得更加年轻，更加冷硬严肃，不抽烟也不风雅，更像传闻中曾镇守不死城数百年的山海阁顶梁柱。

"老师，"舟子颜轻声问，"山海阁会杀他吗？他会死吗？"

陶长老沉默，许久不答。

"他不会死！

"你们不会杀他！"

娄江感觉到舟子颜的手藏在袖中颤抖着，他竭尽全力地克制着自己，维持着对老师该有的尊敬。

"他是太虞氏少主，未来是天牧之首，你们不会杀他！

"可他说什么？几件神器，几万两黄金，就够赔我鱬城一条鱼，说什么一人一口棺材二十两，就算把全城的人杀光了，两百万两黄金，他太虞也赔得起！说什么一条鱼而已！

"就算是一条鱼，那也是护我鱬城千年万年的鱼！"

他笔直地跪着，胸腔里却沸腾无穷无尽的愤恨，鱬城比之百氏，有若萤火比之日月，如此微小如此渺茫，可萤火也敢沸腾，一若城池之内百万人的奋不顾身，一若十六岁的少年抱剑，积蓄着怒龙般的一斩。

"你又何必非要在鱬城杀他？"陶长老说，"你明明可以在城外杀他。"

"老师啊，鱬城活着，就是为这么一口气啊。"舟子颜轻声说。

一口谁杀城中之鱬，谁必死城中的气。

鱬鱼数以亿万计，可每条鱼分开都很弱，只有汇聚在一起才能照亮山河。他们要护所有的鱼，就得守着这口气。

"今天百氏不死城中，明天就有千氏！万氏！鱬城……就没了啊！"

寒风穿堂，陶长老重重地叹息，负手而去。

"你这样，护不住的。"

护不住？

为什么护不住？

明烛一腾，画面一转，娄江只觉得自己，或者说舟子颜，又一次跪在了地面上，重重地磕头。他用的力如此重，以至于附着在他记忆里的娄江都感受到了那种刻骨铭心的痛意。

"弟子疑百氏私改日月之轨。

"弟子恳请山海阁问询空桑。"

一字一叩，满座静寂。

"子颜……求阁主与诸位阁老，问询空桑，彻查天轨。"

他抬起头，一字一句声音沙哑。

娄江见到了阁主，见到了白发苍苍的诸位阁老，见到了许许多多或严厉或慈祥的长老。舟子颜一位一位地望过去，他们或别过头，或眉头紧锁，或摇首叹息……从未有过那么冷的穿堂风，冷得人的血和魂一点一点地凉下去。

"子颜，"最后阁主开口了，声音很慢，"太虞原本是要鱬城交出你的。你知道吗？"

"弟子知道。"

舟子颜的头一点点地垂了下去。

"弟子知是山海阁护我。"

"虽然当初司天之盟约规定，若仙门对日月之轨有异，可问询空桑。盟约迄今，仙门共问询空桑三次，每一次都是数洲血战，生灵涂炭。"阁主沉声，"你可知道？"

"子颜……知道。"

"那你可明白？"

娄江明白了。

明白了为什么连左月生这个少阁主都不知道鱬城曾剑斩太虞氏，明白了为什么舟子颜在十六岁之后就杳无音信，明白了百年来宗内完全不提这个人。

因为这不是什么光彩的事。

仙门统十二洲，各洲城池百万，城池与仙门立契，因此每座城的城祝印都由各洲仙门统一铸造。城池向仙门纳贡，仙门则在大灾大厄之时，出手护城池。除此之外，当各洲城池遇到一城之力无法抗衡的不平事，也会向仙门寻求帮助，请仙门主持公道。

鱬城便是这么一座城。

它像清洲的其他城池一样，同仙门签署了城契。

太虞氏借自己在百氏中的权力和地位，更改日月出行的路线，使鱬城日渐少雨渐小。日月出行，其轨本就复杂莫测，高天之上只需要一小点极细微的偏移，就足以引起地面的生死变幻。太虞氏就是掐准了这种改动太过微小，在整体日月轨迹没有异动的情况下，山海阁绝对不会愿意问询空桑。

改天轨只是一族之所为，但查天轨却要查所有空桑百氏。

一边是一座凡城，一边是空桑百氏。

孰轻孰重，孰与权衡？

于是城契也只能化作一声叹息，这世界的公道本来大多就是一纸虚言。

独年少才会当真。

"子颜明白。
"子颜不怨,请辞山海。"
辞山海,归鱬城。

"子颜,你疯了!"陶长老死死地抓住断剑,剑刃切开了他的血肉,鲜血滴落到地面,"你到底做了什么?谁教你这种邪法?"
幻阵里千万道飞虹,千万道流火,水墨般的街道与房屋被撕扯,被燃烧,被抹去,又被复生。站立于流光正中央的年轻人黑发成霜,他瘦削而苍白,仿佛一身的血都在迅速流走,化为数不清的盘绕着他的绯红鱼影。
鱼影从他的胸膛,他的心脏里游出来。
他站在那里,展开双臂,成了血肉做的鱼巢。
随着群鱼游出,他的气息迅速地以某种可怕的速度暴涨、拔高,变得前所未有地危险。陶长老对那些危险浑然不觉,一直凝如铁封的神情破碎,露出掩饰不住的焦急和恐惧:"你到底做了什么!"
城祝可以通过城祝印借用城神的力量没错,但舟子颜此刻的变化,已经超过了通过城祝印借神力的范畴!
"老师,鱬城人都点过命鳞的。"舟子颜轻声说,"您知道命鳞是什么吗?
"鱬鱼把它的命魂赋予我们,点过命鳞的人,就成了一尾游鱼,死后才能循鳞火的指引,回到鱼群里。
"但是反过来,人如果愿意也是可以把命借给鱼的。"
是以城人吞金自杀,以身饲鱼。
他们将之称为"还命"。
鱬鱼佑我,赐我鳞红,我以命还之。
而他是修仙者,他可以修炼,他百年来夜以继日地修炼,以自己的灵识和修为来供养整座城的鱼。
"老师,我撑不了太久,可我要是死了,这座城怎么办呢?"舟子颜的眼睛空洞洞,"鱬鱼怎么办呢?那人说,杀了仇薄灯,就予我们以日月。子颜知此不义,但无路可走,只能愧见师长。"
"混账!"陶容长老逆赤流而上,鱼鳞割开他的血肉,白发如燃,"你杀得了我,杀得了其他人,你杀不了仇长老,你做的一切还是白费,你个蠢货!太乙宗那边我去说,百氏那边我去问!真想救这座城,你就把仇长老放出来!"
"我知道,"舟子颜轻声说,"那个人说过,我杀不了他。"
"所以,他自己来了。"

鳄鱼把他的力量还给他，他变得前所未有地强大，可他正在迅速地老去，那种老去是从灵魂里透出的疲惫和绝望。陶长老终于意识到横亘在他和学生之间的是什么了。

是百年岁月。

百年对仙人来说弹指一挥间，可对凡人来说够了。

够一代人与一代人生死诀别，够祖辈的愤慨成为往事，够苦郁冷了热血，够一个人在绝望里不顾一切。

"老师啊，"舟子颜苍白地笑起来，"忘恩负义，孰与权衡，学生也算是懂了。"

他自虚空中抽出了第二把剑，带着一身血、一身火朝陶长老冲了过去。光线扭曲，世界颠倒，他像是在笑，又像是在哭，他放声悲歌。

"期我以日月，日月不至，我之奈何！

"期我以四风，四风不至，我之奈何！"

年少仗剑平不义，而今俯首求权衡。

我之奈何！

第三十八章

"那么，你想救它吗？"

金日坠落，黑云压城，赤鳄沉影，稻田为瘴所淹，城人在苦难中焦虑蹉跎……随着怀宁君的袍袖一挥，百年的岁月流转，一座城从缤纷走向灰蒙。

仇薄灯站在时光深处，衣袂飞扬。

"大苦大悲生死衰亡，"他注视着瘴雾如潮水般淹没沃野，把人像野兽一样驱逐到末路，"问我想不想救……这话说得我真像什么绝代英雄，一苏醒就自带拯救世界的光环。我想救，就能救？"

"是。"怀宁君淡淡地说，"你能救。"

"为什么？"

"千万年来，金乌与玄兔年复一年因循着被框定的轨迹行于青冥，十日与冥月相交于一点，有人把那一点抽出铸成时岁的钥匙，那是足以左右日升月落的钥匙。"怀宁君负手而立，城门在他身后关闭，铜锈爬上古朴的兽环，"你握着那把钥匙，只要你愿意，你就可以让太阳在鳄城升起。"

他凝视仇薄灯的眼睛，不放过任何一丝神色的变化。

这件事是他一直以来的猜测。

他怀疑，除了百氏，这世界上，还有一个人能够主宰日月出行。

那个人会是仇薄灯吗？

"你误会了，"仇薄灯客客气气地道，日影偏转到他的背后，白衣飞扬如一尊立于旭日中的神像，也如一尊破日而出的魔像，"我是问，我为什么要救这座城？"

怀宁君的脸上掠过一丝诧异。

他像是完全没有想到仇薄灯竟然会问出这个问题。

"我为什么要救一座……"仇薄灯慢慢地补充，很有耐心地解释，"要杀我的城？"

金乌轰然坠落，黑暗如潮水铺天盖地。

怀宁君在旭日坠落的瞬间拔剑，寒剑出鞘一尺，清光如雪，剑鸣如凤，寒唳天地——白凤的虚影在他背后腾空而起，展开数十丈长的羽翼，每一根纤细的纹羽都蕴藏光华。

半座城被照成白昼。

"看来是故人重逢拔刀相向的剧本啊。"

在怀宁君拔剑的瞬间，仇薄灯鬼魅般后退。一道深不可测的裂缝从怀宁君站着的地方劈出，劈开整条长街，一直蔓延到仇薄灯身前不足一寸的地方。

"你没有为幻术所迷。"怀宁君说。

"一开始还是有的，"仇薄灯站在白昼与黑夜的分野，"但点了命鳞的人，便是尾游鱼啊，游鱼又怎么会为水所迷？"

他眼角的命鳞艳艳，仿佛一团火。

一团燃烧黑暗的火。

起先是无数群红色的萤虫从地面上蓬飞而起，数以亿万计，很快地，星星之火迎风澎湃，化为了一尾矫行天空的游鱼！它们成群结队，像百年前瘴月过、四野开一样，汇聚成此起彼伏的长虹，把黑暗驱逐！点燃！

它们破阵而来，聚于一人背后。

"原来如此，"怀宁君转腕，握住剑柄，"你从踏进鳙城的第一天起，就知道这座城想杀你了吧。"

"是啊。"仇薄灯坦然地回答。

舟子颜忘了一件事。

或许不是忘了，是走上歧途的人就看不见别路。

仇薄灯入城的那一日，群鳙曳空徊游，只为照亮他一人的瞳孔……那不是杀机，是一场盛大的欢迎。

这座城对仇薄灯而言没有秘密。

鳙鱼借天地水汽而来，轻轻触碰他的指尖，衔住他的衣袖，指引他在迷宫般的城祝司中行走，把被人为毁掉的挪移阵指给他看，又扯着他的衣袖在街头巷尾行走，把那些低低的私语送到他的耳边……

最后，它们请他离开。

请他在这座城染上无辜者的血之前离开。

请他在孩子们犯下无法挽回的错前离开。

一个人在什么时候最幸福？

在他还是孩子的时候。

因为不论你做什么，都有长者站在你背后。你若走上歧途，他们就会千方百计地把你拉回来；你若闯下泼天大祸，他们也会竭尽所能地把祸扛住。满世界的风风雨雨，只要你背后的人还未彻底倒下，他们就绝不会看你在苦棘中跋涉。

一若仇家的那些老头儿，总是在他出门招摇前提前四处打点，在他惹是生非后全力兜住。一若劝他离开的鳙鱼。

你以为离去的人，其实从未离去。

"既然知道他要杀你，"怀宁君一寸一寸缓缓地抽出剑，"你还敢把剑借给他？善意被辜负不后悔吗？"

"他负我是他的事，我把剑借他是我的事。"

仇薄灯立于长街尽头，袍袖翻飞。

白凤与群鳙对峙，仇薄灯与怀宁君对峙。

鸿宇之间，除了他们，再无别人。在他们背后，是泾渭分明的鳙城，仿佛通往两种完全不同的命运。

"我现在真的好奇一件事了，"仇薄灯说，"你们想杀我，就是为了那把钥匙？"

——还是为了让整个清洲乱起来？

仇薄灯是在看到师巫洛的化身变得虚幻后，才捕捉到这一件事的。

《诸神纪》前期，叶仓只是个普通的太乙宗弟子，主要剧情是在宗门内三天一小考、五天一大考，一路过关斩将地升级当学霸。等升级成首席后，十二洲混战爆发了，叶仓领命率众踏上战场。叶仓的实力太微小，在他的感觉中，战争的爆发毫无预兆，仿佛是偶然的。

战争没有"偶然"之说。

在刀兵四起前，一定有着无数精心筹备过的伏笔，更何况那不是一场简单的洲与洲、仙门与仙门之间的争锋，是一场席卷整片厚土的血海之争……如果这场血海之争的伏笔，就是现在呢？

为了南渡伐巫族，空桑问山海阁借道。山海阁权衡利弊，答应百氏的请求。在百氏借道山海阁的背景下，如果他死于鳙城——一座日月曾为空桑太虞氏所更的城。那么，联想到太乙宗和百氏的旧怨，他的死毫无疑问会令太乙宗再一次逼上空桑。

而巫族，特别是某个人。

会彻底发疯的吧？

与此同时，药谷少阁主、佛宗佛子死在清洲，药谷和佛宗会做什么？会不会对山海阁兴师问罪？而少阁主也死于鱬城的山海阁，是否能压下愤怒，冷静地自证清白？

就算最后这件事被处理了，点燃积怨的火种也会被一并埋下。

仇薄灯还是第一次发现自己这一条不当回事的小命，居然有这么重要。想来左月生他们得知原来纨绔还能改变历史，也会惊得目瞪口呆。

以后说书人都能来段"纨绔死鱬城，烽火起清洲"的讲古。

仇薄灯是真的好奇是谁想出来的这种荒诞桥段。

好奇到愿意入阵来亲自见上一见。

"我不想杀你，想杀你的人被我拦回去了。"怀宁君垂剑，"你现在不是我的对手，你把钥匙给我，我就离开。"

"哦。"仇薄灯漫不经心应了一声，"听起来你还像是个好人，我是不是还得感谢你一下？真可惜，比起真小人，我更讨厌伪君子。剑都拔出来了，还在这里假惺惺地说什么呢？"

"那你觉得谁才是好人？"怀宁君反问。

"太乙宗？山海阁？太乙宗供你十几年，他们为什么不告诉你真相？太乙宗的君长老明明早已经到了清洲，为什么他不自己来接你，要让山海阁的人来接你？要杀你的鱬城城祝是陶长老的弟子，你觉得山海阁是真的不知情，还是也想借这件事试探你？"

"听起来我简直就像个举世无双的大魔头，走到哪里哪里血雨腥风。"仇薄灯评价，"还行，挺酷的。"

"我知道你在怀疑我，"怀宁君笑了笑，"只是你有没有想过一件事？"

"从枎城到鱬城，你走过的每一步都仿佛有人在给你精心布置。他们让你看到美与悲，他们让你救草木，让你观烟火，他们把繁华捧到你面前又把繁华撕碎，然后告诉你，杀你、害你、救你、喜欢你，都深有苦衷。"

"不觉得好笑吗？"怀宁君轻声问，"这么费力地掩盖，这么煞费苦心地引你走上度世救人的路？"

想斩妖除魔又没真下手的太一剑。

天火中燃烧的苍苍老木。

黑暗里游弋的鳙鱼。

仇薄灯脸上没有什么表情。

白凤静立。

怀宁君的目光仿佛穿过漫长的时间，旁观一出出开场又谢幕的戏剧。他有件事说了谎……他有把银泥红脂带来。观戏太久，偶尔也会对戏里的人生出些许微妙的感情。

如果你愿意，我可以带你离开。

他等着仇薄灯的回答。

"扯什么淡呢。"

仇薄灯冷冷地笑起来。

"我救枺城因为我喜欢，我借剑因为我高兴，我入阵因为我想看看是哪个浑蛋敢以我为棋。你真以为提出苍生，提出多少人的死活，就能指使我？"

"想多了。"

众生芸芸，众生悲苦。

天下多少无常多少奈何，他不管。

他想做，他便做了。

"我做什么……"仇薄灯抬起眼，"因为我乐意！"

他猛地展开双臂，赤鳙化为岩浆般的怒流从他背后汹涌而出，毫不畏惧地迎上清啸而来的神风。单独的一尾鳙鱼不过是一点萤火，可亿万尾鳙鱼群聚，却足以点燃天地！

"太一！"

十二根铜链在同一刻齐齐崩断。

太一剑破匣而出！

仇薄灯一伸手，于火流中拔剑掠出，转瞬奔过长街，剑光拉出一道锋锐的残影。他纵声而歌，声音桀骜，甚至压过了白凤响彻天地的啼鸣。举世皆是狂风，风里净是他一个人的桀骜、一个人的不驯、一个人的无所顾忌。

"我有黄金几万许。"

绯色从仇薄灯的衣摆上腾卷而起，刹那间白衣成火。

"我有白刃——"

他一跃而起。

"仇不义！"

第三十九章

剑光破空而下，裹挟着万千飞鱼的赤影，如百丈之高的石堤忽决，江水贯落。

街道两侧的房屋一座接一座，在这一剑散溢出的狂暴中不断崩塌。整个幻阵开始动荡，扭曲，摇摇欲坠。

凤鸣冲天。

寒光一掠而过，如暗夜中一道闪电。

怀宁君横剑过头，格住仇薄灯下劈的这一剑，白袖轻缓地翻飞。

他的剑极为秀美，上铭"苍水"。

苍水剑在仇薄灯眉间映出一寸宽的雪亮。

他裹挟鱼影化赤虹而下，眼角眉梢全是令人胆战心惊的戾气，仿佛浴日而出的邪魔。狭长的凤眸在剑光中一转而过，仇薄灯以苍水剑为支点，在半空中翻身落向怀宁君背后。怀宁君没有回头，直接转剑过肩。

铛——

两柄剑再度碰撞在一起，苍水剑挡下了太一剑毒蛇般的撩刺。

仇薄灯也没有回头。

太一剑在苍水剑上一点，他再度借力前掠而出。

红衣白袍擦肩而过。

两人在瞬息间同时向前扑出，又同时回身。苍水如雪，太一如墨，神凤和赤鱬随着剑势迅速交锋，时而白凤被鱼群的鳞甲淹没，时而鱼群被凤鸟扇动的狂风席卷……天地之间大雪纷纷扬扬，鲜血泼溅淋漓，仿佛两股截然不同的湍流碰撞在一起，在生死的边缘高歌狂舞。

怀宁君似乎并非亲身前来。

他降临鱬城幻阵的只是一道化身，但这道化身的修为显然远超仇薄灯，挥剑振袍间，如帝降凡尘，厚土为其撼摇。

然而，仇薄灯剑术极其诡异，他随风萦回，滚剑有如闷雷惊电，化剑则似黑云狂卷。合剑术、夔龙镯解开后的一身业障，以及亿万尾赤鱬相助于一体，同怀宁君交手他不仅没有落于下风，甚至随时间推移，隐隐有种压制之感。

房屋大片大片地倒塌，天空中出现赤色的火和黑色的云。

天崩地裂。

幻阵在两人的交手间急速瓦解。

不论是仇薄灯还是怀宁君，谁也没去管周围的地覆天翻。

两人都有一种久违的熟悉……那种不知多少次挥剑相向的熟悉，仿佛是死敌，又仿佛是知己。对方的每一次脚步变换，每一次身影挪移，无须思考无须猜测就了然于心。

流云在他们身边奔行，飞光在他们剑上逐影，常人的一次呼吸，他们便已纵横顺逆不知多少回合。

"破！"

在幻阵即将彻底崩溃前，怀宁君忽然踏步上前，轻喝一声。

他剑势一改先前如游龙飞凤的轻灵，苍水剑在半空中画出一个浑厚的圆。

月！

一轮皓月在晦暗里冉冉升起，轰然砸落！

银光乍泻，转瞬千里……就像海水被禁锢在一轮圆月里，圆月破碎的那一刻，潮水奔腾咆哮，翻涌起千丈万丈的雪，将仇薄灯，将街道，将整个幻阵淹没。

天旋地转。

左月生只觉得自己被高高抛起，又重重落下，后背砸到石板上，砸得一口血直接喷了出来。

"阵破了！阵破了！"

他眼前发黑，听到身边陆净一边咳嗽一边大声地喊。

阵破了？！

左月生顾不上抹一把血，就撑着地面爬了起来，但眼前还是一片漆黑，什么都看不到。有人把一枚丹药极其粗暴地塞进他嘴里，然后往他背后猛力一拍。左月生顿时两只眼睛瞪得跟铜铃一样，拼了老命伸长脖子，跟老龟吞珠一样，喉咙里鼓起来一块又消下去。

"干吗？想杀了我啊！"左月生破口大骂。

丹药下肚，视野终于清晰了起来。

熟悉的圜坛出现在面前，但和陷进幻阵之前相比，一切都变了个模样。

圜坛东西南北的四座棂门柱折楣坠，站在柱下的祝女祝师委顿在地昏迷不醒，圜坛周围的银湖则好似遭暴风雨摧残的荷池：原先亭亭立着的青瓷盏碎了个七七八八，残烛漂浮在水面上，点点烛泪殷红似血。

更有甚者，整个城祝司的回廊长桥也毁了五六成，雾气消散，天空无雨。

这大概是鳡城第一次雨歇。

左月生只觉得脑子疼得像有千万根针在扎一样，虽然服了丹药，眼前还是一阵跟着一阵地发眩。他心知这是因为他们先前入了幻阵。在幻阵中杀敌看似与肉体无关，但实则极耗心神，要是他们被困幻阵的时间再久一点，恐怕就算没有实质的攻击，光凭虚相磨也能把他们的心神磨死。

左月生定了定神，忍着头疼四下张望起来。

只见舟子颜那个天杀的疯子提着剑站在远远的水面上，一头长发比陶长老还白。陶长老站在他对面，灰袍上也全是血，两人对峙着，谁也没有把余光分到这边来。

左月生原本以为是陶长老破了幻阵，但看这师徒拔刀相向、不死不休的架势……陶长老怎么都不像还有余力破阵的样子。

那么只有……

他一喜，欢天喜地地转头找人。

"仇大少爷！老子就知道你天下……"

"人呢？！"

水阁里横七竖八地躺着坐着几个人，陆净、叶仓、不渡和尚，还有脸白得跟鬼一样的娄江。

唯独没有仇薄灯。

"别掉水里去了吧？"陆净慌里慌张地往湖水里张望，"仇薄灯会水吗？"

说话间，城里不知具体哪条街上，腾起了一片月光，将小半个天空照亮。月光转眼间扫过了整座鱬城，一股无形的压力骤然砸在所有人肩上，刚站起来的左月生连声都没来得及吱，就扑通又跪了下去。

除了陶长老和舟子颜，没谁能再保持站立。

与舟子颜对峙的陶长老猛地一抬眼，看向月光铺开的方向。

"你是和谁做的交易？"陶长老厉声问。

舟子颜不答。

他没力气说话了。

白凤长而利的凤尾在半空中画出凄美的月弧，它转身敛翅化为一道清光，隐入苍水剑中。怀宁君和仇薄灯分别站在潘街的首末，遥遥相对，风吹动他们的衣袖。不断有星星点点的流火在仇薄灯背后坠落，好似一场终幕的雨。

怀宁君说："我不想杀你。"

仇薄灯没有说话。

他衣摆上如水墨般的黑气全消失了，血顺着太一剑雪亮的剑身落下，滴在街面积雨形成的水洼里，溅起一朵小小的血花。

"上剑辟邪。"仇薄灯轻声说。

剑在道法中，向来有"高功行法，镇压万邪"之意。

君子剑镇八方，故而仙门应对魑魅魍魉以及入邪道之辈时，素喜用剑，其中上剑可定洲野、可荡罔障。《东洲志》中称太乙宗有古剑镇山，万年以来，没出过邪祟冒充弟子混进山门的事，就是因为太一剑是一把"高功行法，镇压万邪"的上剑。

怀宁君的苍水剑，显然同样是一把上剑。

不像破破烂烂遭过重创的太一，苍水是一把完好无损的上剑。

幻阵崩塌前的最后一次交手，怀宁君以剑引凤灵在半空画了一道圆月，驱动了苍水清山河、镇冥秽的威能。

仇薄灯知道该怎么接住那一剑。

平剑提腕，剑尖向下，剑身自左向右横出，力在剑身，气透剑背。拦住后化剑一抹，翻身劈右。

但他没接住。

——因为他倚仗的一身障气在剑落前，就被剑光尽数化去了。

血不断滴落，不断溅起水花。

仇薄灯环顾了一下四周，看了眼那些不断坠落的赤鱬。

它们落到屋檐柱角的阴影里，鳞光忽明忽暗，鱬城雨歇的瞬间，鱬鱼被迫直接进入休眠期。但如果雨再停更久一些，它们便不是休眠，而是直接死去。

像一蓬燃尽的火。

业障被化去，赤鱬休眠。

他再无倚仗。

"我不想就这么失去唯一一个能在剑术上胜过我的……旧友。"怀宁君淡淡地说。

他在最后一瞬间收住了剑势，否则仇薄灯眼下根本不可能站在街道上。

"我说了，现在的你不是我的对手。"

怀宁君的白衫化为银甲，气息陡然暴涨——刚刚和仇薄灯对阵的时候，他甚至还压制了部分修为……似乎是手下留情，也似乎是想在多年后，与故人再次如往昔一般势均力敌地交手。

"把钥匙给我，你走吧。"

仇薄灯没说话。

他把插进街道的太一剑拔了出来。

他闭上眼，右手握住剑柄，横剑胸前，左手缓缓地握上剑身，苍白的手指一根根地下压。破烂的剑刃割开皮肉，鲜血滚过寒铁却不再往下滑落，而是一点点沁进剑身。他缓缓移动左手，自左而右，以自己的血洗过太一剑身。

动作十分古怪。

仿佛一种古老的仪式。

一种献祭。

怀宁君的神色微微一变："你不要命了？"

他身子一动，下意识地想要制止仇薄灯。

仇薄灯睁开了眼。

对上那双漆黑的眼瞳，怀宁君的脚步定住了，他一瞬间分不清眼前这个人到底是记得一切还是不记得。

命鳞在仇薄灯的眼角燃烧。

长街再度燃烧了起来。

一尾尾赤鳙再度从城池的阴影中飞跃而出，它们横空游过，万千鱼影在仇薄灯背后交错纵横。它们矫游，它们徜徉，它们与仇薄灯一起迸发出最惊心动魄的绯红。

"你疯了！"怀宁君声音嘶哑。

"我早疯了啊。"

仇薄灯放声大笑。

他忘了生，忘了死，忘了血液奔流，忘了寒刃入肉。

他只是纵声而笑，似梦似醒似酩酊。赤鳞的光在他素净如雪的脸庞上交错而过，犹如古画般斑驳艳丽。从那艳丽里滚出血和火来，点燃流转的岁月……那么孤冷的岁月里，他孑然一身。

若木灵偶忽然自行从他的袍袖中坠出。

木偶上刻着的符文陡然燃烧了起来，仿佛有人以超出符文所能承受的范畴启动秘术。在以血拭剑的仪式即将完成的一刻，长风席卷，木偶迎风化为一名年轻的男子。

他一现身，立刻握住仇薄灯鲜血淋漓的手。

第四十章

微冷的气流顺着年轻男人的指尖涌进仇薄灯左手，血流不止的伤口被封住了，紧接着，右手一轻，太一剑被夺走了。

仇薄灯抬起头，来人已经提剑转过身。

陆离光影中，只见他颊线凌厉，如寒刀出鞘。

黑衣的宽袖被急速前冲带起的气流拉成一条线，就像苍鹰在扑向猎物的那一瞬间双翼如墨刃般割开空间。师巫洛苍白的手紧紧握住太一剑柄，银灰色的眼眸细长而凌厉，森冷地盯着迎面而来的怀宁君。

　　在他出现的瞬间，怀宁君毫不犹豫地拔出苍水剑，掠过长街，悍然发动进攻。

　　师巫洛转身的时间比他晚上些许，但速度比他更快，两人几乎是在同一瞬间逼近长街的中点。

　　"禁！"

　　师巫洛忽然厉声喝令。

　　他的声音音色极冷，这声怒喝简直就像千万年的太古玄冰当空破碎，迸溅出来的森寒在那一刻冰封了时间和空间。怀宁君的前冲之势骤然一滞，本该挥出的一剑停在了半空中。而师巫洛已然高高跃起。

　　他竟然是双手握剑！

　　这是一个极其不可思议的举动，就连初学剑的人都不会犯这样的错误。

　　诸般武器中，剑有双刃，中间有脊，刃薄易碎，因此用剑者必须轻盈敏捷，仇薄灯之前也曾借高跃之势下劈，但他是单手握剑，剑势虽如大河决堤，实则随时能够化怒江为清风。长剑迎战向来在劈、钻、崩、横、勾、挂、带、抹、刺、撩、提、锉等十三奇门中虚实变化。而师巫洛此时集全力于一斩，生砍硬杀恰恰是剑道最忌讳的事。

　　血色太一剑在燃烧、扭曲、跳动！

　　斩！

　　绯如烈焰的光纵劈而下，天地的血从它的轨迹中泼溅出来……苍水剑应声而断，银甲破碎，怀宁君向后倒退出数丈，战靴深陷地面，蛛网般的裂纹向四面爆开。

　　那不是剑！

　　是刀！

　　太一剑剑刃残破，对上完好的苍水剑天然落于下风，师巫洛直接舍弃了剑术的轻盈敏捷，将它当作了一柄无锋之刀来用。

　　没给怀宁君换剑的时间，师巫洛拖剑再度旋身跃起。

　　饮过鲜血的太一剑在半空中泼开一轮狰狞的赤日，无穷无尽的戾气和杀意从那死去的太阳里奔腾而出。而能挥出这一刀的人，一身黑衣，苍白如鬼。

　　最狠厉最冷酷的恶鬼。

　　可又有什么关系？

　　仇薄灯在街道上屈膝而坐，未干的积雨汇聚成河，从他的身边流过。红衣浸没在冰冷的水里，像血像火。他脸上没有什么表情，漂亮的黑色瞳孔却清晰地映出了年轻男子挥刀的身影。

就算是恶鬼，那也是愿意为你拔刀的恶鬼。

——如果我非要跳呢？

——我接住你。

他忽然又想起那一日的对话了。

怀宁君的白袍银甲被日影吞没，在化身消散之前，他往长街那头望去，只见红衣少年坐在漫天鳞光里，黑衣的年轻男子踏过一地水、一地血和火，朝少年走去。

他幽幽地叹了口气。

师巫洛逆光走来。

他在仇薄灯身前站定，投落的影子将仇薄灯整个笼罩住了。

天空和房屋被鳙鱼将死的辉煌映成一片瑰丽奇诡的暗红，师巫洛的身子被晕上了一圈黑和红的轮廓，仿佛黄昏时分人鬼在街道上相逢。人手无寸铁，恶鬼一身杀戮过后的戾气，仿佛随时要把生人吞噬进腹。

人与恶鬼对视。

时间在他们的目光里瞬息百年。

嗒。

剑被搁到地面，剑镡与石面相碰，发出轻微的细响。

师巫洛低垂着眼，在仇薄灯面前半跪下来。他拉过仇薄灯的手，稍微用了点力地摊平少年没有血色的手指。一道狰狞的伤口横亘于白皙的掌心，虽然不再流血了，但皮肉翻卷，几可见骨。

他沉默不语，握住仇薄灯手的指尖微微泛白。

微冷的气流再次从师巫洛的指尖涌出，源源不断，一次又一次地拂过伤口处。伤口其实在刚刚就不疼了，气流微寒似乎就是为了欺骗神经、隔绝疼痛……这人匆匆赶来，在生死一瞬间拔刀又疯又狠，仿佛能把天地都切开似的。

能把天地切开的人却在挥刀前记得另一个人最讨厌疼。

仇薄灯侧过脸，望着在鳙城空中洄游的鱼群。

所有的晦暗都被驱散了，整座城沐浴在前所未有的辉煌里。

数以亿万计的鳙鱼在城池的天空中盘旋，每一条鱼、每一片鳞甲都在竭尽全力地发光。它们盘旋在一起，就像一片片晚霞在天空中流动。最后晚霞围绕着一个中心聚集在一起急速旋转，千道万道虹光从旋舞的鱼阵中放射出来，就像一轮耀眼的太阳腾空而起。

金属质地的鱼鳞碰撞着，仿佛百万铁弦被一起拨动，仿佛百万铜钟被一起叩响。

仿佛百万人一起高歌怒吼。

陶长老的剑停在舟子颜的喉间，久久没能刺下去。

狂风四卷，舟子颜踉跄着跪倒在地，仰望天空，忽然泪流满面。

所有鳞城人都跪倒在地，都仰望天空。

都泪流满面。

他们听到了来自百年前鳞城的歌声。

那是祖辈英魂的歌声。

百年后的人们终于听懂了他们在唱什么。

他们唱生不必期，唱死不必惧，城与人活着就是为一口气。于是百年前太虞氏践杀神鳞，百万人愤然起身，百万人奋不顾身，百万城人百万兵。男女老少挥刀舞剑，冲向高高在上的牧天人。

其烈如斯，其悲如斯。

这就是鳞城。

一座没有瓦全，只有玉碎的城。

可是，又是什么人凭什么让它碎去？

左月生下意识地朝舟子颜走了两步，又停下脚步。陶长老的剑缓缓地垂落，再也无法举起。

是天道不周，是冤苦难伸。

是百氏，是太虞。

是……

山海阁。

"你没骗我，"仇薄灯的声音很轻，被鳞鱼濒死的高歌淹没，"鳞城……真的很美。"

他的确喜欢这座城。

"你想看日出吗？"

师巫洛没有看悲哭的城人，也没有看瑰丽如梦的群鱼，只是抬眼望着仇薄灯。

仇薄灯转头看他。

"你想看吗？"

他又重复了一遍。

第四十一章

银灰色。

高天、雪脊与冰湖的颜色,这么浅、这么淡的颜色,景也好,人也好,落进去就清清楚楚地倒映出来。

仇薄灯移开视线,垂下眼睫。

"好啊。"

"好啊"两个字出口的时候,仇薄灯轻微地愣了一下,一瞬间,仿佛有风拂过他的脸庞。那是从高天而下的风,掠过太古的雪脊,掠过冰湖,风里藏着那么多的窃窃私语,藏着无穷无尽的心事,也藏着邈远的歌。

的确有歌声。

师巫洛站直身,袍袖在风里上下翻飞。

他一个人唱起一首古老到仿佛可以一直追溯到天地未分时的巫祝祝歌。

四字一句,两句一节,晦涩玄妙,韵节悠清。没有辅祭者,没有叩拜者,不像鳙城祭天也不像枇城血祭。对待天地鸿蒙的态度,既不拜伏也不献媚,只是一种叙述。他握刀杀人凶戾如鬼,唱祝歌却清如初雪。

祝歌拔地而起,穿云而上。

高空。

暗云急速奔流,昼与夜的碾盘被风推转,绞动时岁的锁链。

当——

雄浑的青铜钟声振聋发聩。

城祝司里舟子颜全身一颤,他扭头朝声音传来的城门方向看去。

"钟……钟响了?"

他喃喃自语,下一刻不顾一切地爬了起来,跌跌撞撞地朝城门的方向狂奔。他以为自己在狂奔,其实步伐比耄耋之人快不到哪儿去。他浑然未觉,只是狂喜而又不敢相信地呼喊。

"钟响了!"

那是四方之钟的声音。

是天地的号角!

城门轰然洞开,自东南而来的清风呼啸着,灌进整座郁郁久矣的城,灌满每一个跌撞奔跑的人的衣袖。第一个抵达城门的人又哭又笑,跪倒在地,接着是第二个、第三个……转瞬跪成一片。

一线阔别已久的红光破开浓重的瘴雾，横亘在鱬城外的大地上，群山的脊线在光里奔腾。

　　时隔百年，他们终于又一次看到山影，看到喷薄欲出的太阳。

　　"太阳！！"

　　老人放声大喊，他就像要把一生的力气都用尽，干瘦的胸腔在呼声里剧烈地震动，肋骨起伏。

　　"是太阳啊！"

　　巨大的日轮挣脱山脊，高高跃起！

　　赤金铺地平推而来，瘴雾在绚烂中迅速消退，干涸的水田一块接着一块重见天日。日光转瞬便到了城门，千万道烈阳穿过人群，把男女老少镀成青铜的塑像，他们的影子被拉长，投在街道上。

　　每个人的眼睛都被日光刺痛，泛红得流出泪来。

　　没有谁舍得把眼闭上。

　　"日出。"

　　舟子颜抓住门环，仰头望向天空，他心跳如擂鼓，等待一个奇迹。

　　屋檐兽影奔腾，长街镏金。

　　太阳在仇薄灯背后缓缓升起，光穿过他的衣沿，掠过他的脸庞，把他的轮廓清晰地铭刻在日轮里。师巫洛迎着光，望着他，银灰色的眼睛映出金日、红衣和黑发，就像冰湖倒映出天地。

　　"我是说……"

　　拉我一把。

　　仇薄灯止住了话，他忽然发现对方伸过来的手正在轻微地颤抖着。

　　算了。

　　他想。

　　"你想看雨吗？"师巫洛低声问，声音喑哑。

　　"好。"

　　于是师巫洛又低低地唱起一首古老的祝歌，与先前不同，他的声音也不再高远清寒，又轻又薄，仿佛是雪花贴着湖面旋舞，仿佛是风追逐发梢吟哦。

　　仇薄灯眺望城门。

　　世界上，有没有那么一个人……你要日出，他就让金乌永不坠地；你要雨落，他就让屏翳永不止歇；你要整个世界，他就去为你拔刀征战四方。其实要什么都无所谓，重要的是有这么一个人，一直一直在你身边。

　　永不离开。

225

日悬雨落。

落下来的是滂沱大雨，雨水和日光同时笼罩这座城。日光倾斜，雨丝垂直，互相切割破碎成四下折射的彩霓。悬挂在家家户户门前的绫绸绯纱被雨水冲成竖线，大半截浸没在路面的积水里，又被湍急的积水裹挟着流向街侧。

鱬城的街道顺着一定的规律轻微倾斜，又专门有暗槽引流，雨水会被统一引进人工开凿出的河道。

这本是一座船只往来的城，只是百年了，城河渐涸如溪。

而今雨水在街面奔腾、汇聚，河道水位迅速上涨，河水卷起一朵朵小小的浪花，拍打石堤，最后在哗哗啦啦的高歌声中，一路穿行，撞开侧城门的水栅，涌出鱬城，涌向龟裂的水田。

天空中，鱬鱼盘旋一圈，螺旋向下，划过长长的弧线，落进地面的河中。

它们乘河出城，成群结队地跃出水面，形成一道道此起彼伏的赤虹，出没在田野之间，瘴月残余的晦气在它们的鳞光中消融，城人跟着它们踩着田垄狂奔。

"瘴月过哟——"

"四野开！"

老人扯着嗓子，苍老的歌声在百年后再度回响。

男男女女哭着应和。

"神鱬河开——"

"种谷麦！"

百年漫漫凡人老，蓬莱弹指一挥间。

雨势渐渐平缓，在天西淅淅不绝，烈阳高照悬于天东。鱬鱼驱瘴渐行渐远，而一部分鱬城人慢慢回到了城门前。

陶长老带着左月生几人立在城门下。

人群静默地站在城外，一时间，双方谁也没说话。许久，舟子颜一挥手，示意其他人不要动，自己慢慢地走了上来。

他站在雨中和老师相望。

"子颜。"

陶长老沙哑地张口，想说什么，又不知道该说什么，最后，他定了定神。

"仇长老……"

"仇长老无恙，"舟子颜望向城内，"是他救了鱬城。"

"那就好，那就好。"

陶长老如释重负，只要那个人没事，一切就还好，太乙宗的怪罪总是有办法赔礼的，日月忽改的剧变在天外天那边总是有办法遮掩的……他有些踌躇地转过身，想入城去找仇薄灯，在他转身的瞬间，背后传来铁刃入肉声。

"舟——"娄江猛地向前奔出一步。

陶长老回身，比他更快地掠向舟子颜。

"老师！"舟子颜大喊一声。

陶长老一个踉跄，在他身前数步的地方停住脚步。舟子颜握着没入胸口的断剑，慢慢地跪了下来。在他背后，是惊愕茫然的人群，他们似乎谁也没能反应过来发生了什么。

"弑杀太乙宗师祖与诸位仙长，皆子颜一人所为，城人愚昧，为我利用。

"子颜，以死谢罪。"

"你……你……"陶长老眼中水光闪动，"你愚啊！仇长老既然……"

"告诉仇长老，"舟子颜打断他，声音极低，语速飞快，"是天外天，是古禹。"

随即，他又抬高声音。

"仇长老借太一剑助鳒城功成，我却为一己之私欲杀仇长老！"

舟子颜猛地抽出断剑，鲜血喷涌而出，他身子一晃，向前摔进泥水里——他一直紧紧握住断剑就为了支撑着，说完最后这几句话。

"我罪该万死！"

"子颜！"陶长老单膝跪倒，老泪纵横，"你又是何苦！"

他是在场的所有人中唯一一个听懂舟子颜这几句话用意的人。

舟子颜不仅仅是在为鳒城人开脱。

他也在还恩啊！

日之轨，月之辙，向来只有百氏族可以更改，在幻阵中陶长老曾情急之下脱口说出仇长老能救鳒城，以舟子颜的聪慧，在日出雨落时定然已经猜想到了什么……他这是在把鳒城异变的缘由归到太一剑和仪式上啊，是在蒙蔽其他鳒城的人，是在明面上拉起一重遮掩的布啊。

此后就算天外天追寻，太乙宗也有法应对。

"老师，鳒城拜托了。"舟子颜的声音渐渐地低了下去，"忘恩负义，子颜无颜……"

"子颜！子颜！"

小祝女从人群中冲了出来，扑上去一把抱住舟子颜。

"你不要吓我，你起来啊！"

雨水洗过年轻城祝望向天空的眼睛，他的瞳孔空洞。娄江站在雨里，愣愣地看着他，意识到一件事——

舟子颜死了。

带着他一直没走出的十六岁年少，带着他的孤注一掷，带着他的愧疚。

以死谢罪。

谢什么罪？他剑斩太虞引来百年祸患的罪？他千叩万求无路可走的罪？他独撑百年难以为继的罪？他走上绝路牺牲无辜的罪？

"谢罪的人，不该是你啊！"

人群里，一名老妇人跌坐在地上，发了疯一般抽自己的耳光，撕扯自己的头发。

"我……我们真没觉得都是你的错。"

那些背后的怨言，不过是苦郁的失言。

不是真心的啊！

她悔之晚矣，一名老人木然地在她的哭声中跪下。

"诸位仙长以恩报怨，救我鱬城，小人不敢为子颜开脱，"老人一步一叩地向前，"只请诸位仙长，请山海阁……恩准我等以城祝之礼为他收尸下葬。"

"请以城祝之礼下葬。"

人们一个接一个跪下，重重地叩首。

天地苍茫。

陶长老伸手想合上舟子颜的眼睛，小祝女凶狠地抬头，眼眶通红地瞪着他。陶长老的手悬停在半空，脊背一点点地塌了下去。

有人越过他们走向人群。

是左月生。

老人抬头看着他，所有人一起抬头看他。

陆净在背后紧张地看着他，生怕他说什么不该说的，刺激了这些本就在强行压制情绪的鱬城人……尽管他们只反复说"请以城祝之礼下葬"，可每一个人的眼中都带着那么多的恨意——对山海阁的恨意。

"我叫左月生，"左月生深吸一口气，大声说，"我是左梁诗的儿子，也是山海阁的少阁主。"

陆净眼前一黑，转过头，不敢去看跪着的那些人是什么表情。

咚。

一声闷响。

陆净猛地又把头转了回来。

左月生双膝及地，重重跪在泥水中，对着所有咬紧牙关的人。

鱬城的人脸上的肌肉扭曲着，一些年轻的男子死死攥着拳头，仿佛随时都要暴起，冲上前来。

"鳒城是清洲的城，是山海阁的城，与我们山海阁签了契的，"他一字一句，声音前所未有地洪亮，"鳒城纳贡，山海阁替鳒城度厄难、申公道，这是我山海阁本该做的。没有做到，是我们山海阁的错。"

咚、咚、咚。

额头与地面碰撞，发出沉闷的声响。

男人女人、老人孩子都愣住了，愕然地看着跪在泥水里的左月生。

左月生抹了一把磕头磕出来的满脸泥巴。

"让你们熬了一百年，是山海阁愧对鳒城！"

他顿了顿。

"父债子还，我爹做错的事，我做儿子的，也没什么好说的。"左月生举起手，三指并拢，胖乎乎的脸上第一次出现郑重到近乎肃穆的神色，"我发誓，终我一生，必问询空桑，必彻查太虞。"

他几乎是吼着发出誓言。

"否则就让我天打雷劈，烈火灼魂，万箭穿心，死无葬身之地！"

大雨滂沱，他的毒誓回荡在旷野之上。

老人久久地望着他，左月生笔直地和他对望，渐渐地，老人木然的神情出现了裂缝，最后他重重磕在地面，大放悲声。

"仙长啊！鳒城、鳒城苦啊——

"一百年了啊！！"

一百年了啊。

他们瞒着子颜也曾多少次上书山海阁，血书泪书，一封复一封，石沉大海。

他们恨啊。

恨百氏，也恨山海阁。

城与仙门契，结契两相生。

一百年前，鳒城百万凡人敢对太虞氏愤然起兵，因为他们是清洲的城，是山海阁辖下的城。举城皆亡也不要紧，他们总是相信仙门能替他们讨回公道的。仙门就是芸芸众生的日月啊！就是百万城池的四时之风啊！

可是连仙门都忘了他们，连仙门都不能给他们一个公道了。他们日复一日地苦熬，不就成了一个笑话吗？

难道黎民真就如蝼蚁，真就因微小而该死得悄无声息吗？

当初签下契约，说要庇护黎民的仙人哪里去了？

期我以日月，日月不至，我之奈何！

期我以四风，四风不至，我之奈何！

"仙人啊——

"鱬城苦啊！"

老人哭号如稚子。

"一百年了，"左月生慢慢地站起来，"我爹不查……

"我来查！"

在他站起来的瞬间，陆净觉得他变了。

跪下去的，是左月生。

他站起来却已经是山海阁少阁主了。

他肥胖得近乎有些可笑的背影忽然就如怒目金刚一般顶天立地，他像个真正的少阁主一样，一个人正面所有迟疑的、犹豫不信的目光。

寸步不退。

"我是陆净！"陆净一个箭步冲出，与他并肩，"我没什么本事，也不是什么少谷主，但我是他朋友。"

真冲上来后，陆净才发现要站在一双双审视迟疑、期冀彷徨的眼睛前，到底需要多少勇气。但既然都是生死之交了，那又怎么可能让朋友一个人面对质疑！

他深吸一口气，大吼："我陪他查！"

娄江提着剑一言不发，也走了上来。

"还有我！"叶仑重重踏步上前。

雨势渐渐转弱，沙沙如挽歌。

一道脚步声从背后的城门中传出，红衣少年提着太一剑从雨幕中走出。他走到小祝女身边，小祝女抬头看这位之前就见过的小哥哥，眼圈一红，眼泪掉了下来："仙长，子颜他死啦。

"他说愧对你。"

"嗯。"

仇薄灯低低地应了一声。

鱬鱼星星点点，徘徊在他和舟子颜身边。

仇薄灯蹲下身，伸手从舟子颜脸上拂过，合上他空茫的眼。左月生、陆净他们回头看他，仇薄灯站起身，面无表情地走上前，和他们站到一起。

"没别的意思，"仇薄灯冷冷地开口，"我就是想看看，谁想杀我又不敢亲自来杀我。

"太乙宗……

"查天轨！"

卷三
救我

第四十二章

砰！

一大沓一大沓的宗卷砸了下来。

卷牒拔地而起，堆积如山。

陆净颤抖着手翻开其中一本。

只一眼，他立刻就被上面满目的圆圈、方矩，还有密密麻麻的计数来了次大冲击，顿时觉得眼疼头晕胃也反。

"这、这是……"陆净啪的一声，把宗卷合上，嗖地站起身，"什么玩意儿？"

"日月记表啊。"

左月生一边用手扇风，一边解释。

"记录一年里各个节气早、中、晚日影长短和角度，还有月影的东西。鳙城的，还有周围七八九……多少个城来着的。"

"不是说好要查天轨，要还公道，要看是哪个浑蛋敢暗算他们吗？"陆净一脸惊恐，"怎么好端端地折腾起这要命的玩意儿啊？"

他有种极度不妙的预感。

眼下，他们都在天雪飞舟上。

出于某种复杂的情绪，鳙城日出雨落后，他们修好挪移阵就直接离开了。挪移阵将他们传到了清洲东南山海阁主阁所在的"南冥"。南冥不是一座城，而是山海阁主阁所在区域的统称，涵盖了数十座山海阁直接统管的城池。

进南冥后，还要再乘坐两天飞舟才能抵达左月生当初说的"日落之地"漆吴。

等到了漆吴，才是真正到了山海阁主阁。

上了飞舟后，左月生就把几个人找齐，宣布："查天轨行动正式开始！"

"就是为了查天轨才折腾的啊。"左月生理所当然地反问，"不然你以为要怎么查天轨？"

"要怎么查……呃……难道不是……"

陆净磕巴了一下，试探地问。

"……提刀踹门？"

这是他从多年看的话本里提炼出来的。

——话本不都这么写的吗？某侠客路见不平，拔刀相助。

"哎呀，陆十一，这就是你的欠缺了，"左月生热情洋溢，"这大侠呢，拔刀相助之前肯定要有个调查的过程是不？那说书人也不可能在酒馆茶楼里详详细细地讲大侠为了查清真凶，到底蹲了多少次墙脚，听了次多少枕边风，对不？"

陆净："……"

他还真没想过这点。

事实上，豪情壮志地放话"查天轨"后，他满心满眼都是立刻拔刀踹上空桑，和太虞大战三百回合，最后斩人头屠枭狗。

"你这就不对了！"左月生用力拍他肩膀，"查天轨是个麻烦活，虽然我们都知道，天轨被太虞氏的那群浑蛋给改了，但我们要踹上门得有证据啊。"

"嗻！"

说着，左月生往浩如烟海的日月记表一努嘴。

"空桑百氏那群浑蛋可没有公布日月之轨的具体情况，我们得按照天筹和日月记表，把日月在鳙城这个区域原本的轨迹计算出来，在证实了鳙城本该有雨有日后，才能说他们把日月改了。再之后，加把劲，努努力，看看能不能算出鳙城天轨偏移的角度归于哪个区域……这样到时候踹门要查，才不会被百氏那群浑蛋忽悠过去。否则，就算百氏把扶桑上的时岁盘打开，看不懂不也白搭？"

"就靠我们几个算啊……"陆净气若游丝。

"当然——不是了，"左月生一脸若无其事，"等到了山海阁，也是能让我山海阁的长老们出手算的……不过嘛，有个问题，当初百氏公布天筹本来就是被仙门逼的，公布得不情不愿，筹式写得要多难懂有多难懂，再加上日影月形观测起来太复杂了，能算懂天轨的，都是些又老又硬的家伙……然后呢……然后呃……"

陆净懂了。

——同为纨绔，他有丰富的被药谷谷中长老"眼不见为净"的经验。

就凭左胖子往日的德行，想来这些长老对这少阁主的敬意应该没有多少……要是左月生直接找上门，说要查天轨，让他们出手算天筹，想来不会得到什么好脸色。再想想，百年来，山海阁对鳙城一事的态度……

十有八九，会被当作毛头小子不知天高地厚的瞎胡闹。

左月半没皮没脸那么多年，惹是生非那么久，早就习惯这"罪有应得"的待遇。

但这次不一样。

这次要查天轨的，不仅是左月生，更是少阁主。

左月生能够被当成小孩子胡闹，少阁主不可以，因为他已经背起了一座城的信任。

再说了。

以前舟子颜还在，陶容长老还是他老师呢，山海阁都没出手。这次他们几个纨绔败类——陆净对自己这等人的名声还是有自知之明的，放话要算天轨……听起来就跟笑话一样，不会被当一回事的吧？

"不帮忙就不帮忙呗，谁稀罕不成，"陆净骂骂咧咧地坐下了，"我们自己也能算。"

坐下，翻开《天筹》。

片刻。

陆净啪地又把书合上，一脸见了鬼的表情："这什么玩意儿？真的是人看得懂的吗？"

他们真的算得了天轨吗？！

"你是在说我不是人吗？"

飞舟的隔间门被拉开。

仇薄灯一手拎一个素绸金绣软靠垫，一身刚睡醒的低气压，站在门口，眼眸黑沉沉地盯着陆净。

陆净受到了更大的惊吓。

仇薄灯懒洋洋地走进来，把靠垫往软榻上一丢，然后整个人直接没骨头一样倒了上去，把一张写满算式的字条丢给左月生，然后不知道打哪里摸出把纸扇，唰的一声打开，盖在自己脸上："你们先按这个算日轨和月轨的角度，算出来报给我。"

陆净嘎吱嘎吱地扭头看左月生，用口型问："仇大少爷真的能看懂？"

左月生肯定地点头。

跟着左月生一起进来的娄江木然地走到了房间里的另一张桌旁，木然地坐下，木然地翻开日月记表……陆净朝左月生挤眉弄眼，问他这是怎么了。

左月生耸了耸肩，小声说："受打击了。"

是的……

虽然娄江很不愿意相信，但事实就是如此，一群人里，能看懂《天筹》的，居然不是他，也不是不渡和尚，而是仇薄灯！现山海阁第一天才的自尊心遭受了前所未有的打击。

"阿弥陀佛，善哉善哉。"

不渡和尚跟着进来了。

"这和尚怎么也来了？"陆净扭头看左月生，"那天阵破后，他就不知道跑哪里去了，形迹可疑，完全得关起来严刑拷打逼问啊！"

"阿弥陀佛，"不渡和尚双手合十，"陆施主，贫僧现在是受聘来帮忙算术的，算好一册，酬银三百两。"

听他提到"酬银三百两"，左月生就一阵肉疼。

没办法，不渡这家伙虽然看不懂《天筹》，但是这个有经世名言"三度三不度"的和尚，算术本事仅在他之下。算是他眼下能找到的，比较好的帮手了……

"算吧算吧。"

左月生无可奈何，觉得自己堂堂英雄路的起点充满波折。

一个能坐着绝不站着、能躺着绝不坐着的太乙宗一枝花仇薄灯，一个稍微靠谱些的本阁天才娄江，一个救人要命、修为掺水的药谷十一郎，一个只度金主、神神道道的不渡……

可怜他堂堂山海阁少阁主，第一次准备干点大事，竟然只能拉起这么一支"精彩纷呈"的队伍。

哦，原本还有个叶仓的。

不过叶仓这小子脑子不太好使，加减都算不利索，被排出算日轨月辙的队伍，扔到飞舟上练刀去了。

噼里啪啦的算盘声在塞了五个人后显得有些狭窄的房间里响起。

"日循次二轨，行一度，月行十一度十九分度三……"

"过。"

"日循次三轨，北至东青……月行十二度……"

"过。"

"日循……"

"度数有异，记下。"

仇薄灯一手撑头，一手懒洋洋地摇着羽扇，没骨头似的躺在软榻上，肩膀上还搭着件凤翎氅，慵懒地合眼，时不时跟断生死一样地发出"过"与"记下"的命令。

其余四人被淹没在高垒如山的宗卷里，一手哗啦啦地翻动书页，一手噼里啪啦地拨动算盘，迅速地报出几轨几度几分。他们一开始有些担心四个人一起算，仇薄灯核对不过来，谁知道真算起来，仇薄灯居然是最轻松的那个。

——他渐渐地散了刚睡醒的困意，甚至翻出瓜子，一边嗑一边核对。

"日循次二轨，行一度……"

"过。"

隔壁的房间。

陶长老沉默地听着从另一侧传来的声音，手上烟斗里的烟早已燃尽。他闭了闭眼，想起左月生一个人来找他索要《天筹》时说的话：

"查天轨，不仅仅是为了鱬城，更是为了山海阁。

"鱬城日月被改百年，山海阁只字不提，那百氏就敢改第二座、第三座……今日一城，明日一城，百年千年，山海阁还剩几座城？

"如果谁都能随随便便改山海阁的日月，如果山海阁始终当个缩头乌龟，往后，谁还敢信我山海？谁还敢入我山海？"

算盘拨珠声急急如雨，纸张飞扬里少年们埋头苦算。

数筹枯燥，天轨悠悠。

山海阁主阁，观海楼。

一名蓝袍中年男子静坐在矮案旁，像在等一个人。海风里潮声澎湃，周而复始。

啪。

一把黑鞘金镡的刀被重重放到矮案上，剑镡与案面碰撞，发出一声清响。

"我可高兴不是直接横到我脖子上。"蓝袍男子摸了摸鼻子，颇有些庆幸的样子，他的反应让别人看到估计会十分惊讶——因为他是山海阁的阁主左梁诗，"金错刀还真不是谁都遭得起的。"

"那你得庆幸我们太乙宗的小师祖没事。"

来人一身朴素的麻衣，脸颊枯瘦，一把山羊胡子稀稀疏疏的，长得和"仙风道骨"半点也搭不上边，糟老头儿一个。他腰间还挂着个大大的酒葫芦……居然还是个酒鬼。

"否则来的就不只是我了。"

左梁诗苦笑。

别人说这话估计没什么可信度。

但太乙宗疯子们……

罢了，还是不要想为好。

"我以为你昨天就该到了，"左梁诗给他倒满酒，"怎么晚了一天？"

"我去了趟东北隅。"

麻衣人推开酒杯，直接把酒壶抢了过来，毫不客气地咕噜咕噜灌了一大口。如果仇薄灯在这里，就会认出来，这人正是被他烧了凤凰尾巴的君长老。

太乙宗第一刀，金错君长唯。

"你去东北隅做什么？"左梁诗皱了皱眉，"那里可是百氏的地盘，别告诉我，你们太乙宗现在就想跟百氏打起来。"

"我验证了一个猜测。"

君长唯放下酒壶，直视左梁诗的眼睛。

"你难道不觉得奇怪吗？以前百氏虽然也是天外天的走狗，但还远不至于像现在一样，指哪儿打哪儿。南伐巫族这么大的事，百氏竟然在短短几天内就同意了，动身速度快得出奇。"

"我还以为是和他有关……"左梁诗有些头疼，"他才下山几天啊，统共就去了两座城，两座城都出事了。"

一想到这位不日就要抵达山海阁主阁了，左梁诗莫名地就心里有些发虚。

"也有些关系，"君长唯平静地说，"或者说，因为东北隅的异变，让百氏的那些家伙现在都跟闻到血腥的野狗一样，发疯地围过来想龇牙了。"

左梁诗心说：你们太乙宗的人好意思说别人"发疯"吗？

不过他看了看矮案上的金错刀，没把这句话说出来。

"总觉得每次见到你们太乙宗的人，都有什么惊天动地的大事在前面等着。"左梁诗深吸一口气，"我做好准备了……说吧。东北隅发生了什么？百氏怎么就发疯了？怎么有人现在就急着杀他？"

君长唯也一点都没辜负他的心理准备，简简单单地就直接把一个晴天霹雳给丢出来，炸得左梁诗跳了起来。

"什么？！"

"天轨失控？你确定？！"

第四十三章

"你怎么确定的？你算术那么差，历法更是一窍不通，别是在瞎猜吧。"

得到肯定回复后，左梁诗抓起他原本倒给君长唯的酒，一饮而尽，又掏出了瓶丹药提前握在手里。

"……你慢点说，一点点来。"

与他长得横圆竖阔的糟心儿子不同，左梁诗左阁主居然是个颇有"弱柳扶风"气质的美郎君，宽袍广袖迎风饮酒，也称得上遗世独立。如此想来，左月生经常吹嘘自己瘦的时候也是位"玉面小郎君"，居然也有几分可信度。

"不是说了吗？"

君长唯淡淡地道。

"我去了趟东北隅。"

"你登上了凶犁土丘？"左梁诗脸色微微一变，问，"你不会和经女、月母打起来了吧？"

"隅"与"限"指十二洲与大荒吞噬边沿界线上的极角和弯曲处。其中正东、正西、正北、正南，以及东北、东南、西北、西南，八处隅与限被定为十二洲方向坐标的钉子，分别以一座山为标志。

东北隅的八极之钉，被称为"凶犁土丘"。

从"凶犁"二字，便可以窥见一丝这里的险恶——在太古时，这里曾是神与神之间的战场。据说有巨人被斩首于此，首不知所终，尸化山峰。凶犁土丘上，多异鸟，多恶虫，多怪兽。一直到它被定为十二洲的八极之一后，才有百氏的经女和月母受命，举族迁来此地。

传言，经女和月母二族的族长，不老不死。

左梁诗年轻时继承了他参喜欢游历天下的爱好，一时好奇，还特地千里迢迢跑去见了经女和月母一面……当时左大阁主自喻风流，到了东北隅后，又是写诗又是唱戏，像一道绚烂的光一样，降落到二位族长枯燥的生活里。

——然后差点儿被扣下来当"压山夫人"。

根据知情人的口述，这件事给左大阁主留下了深重的心理阴影，从此以后他立刻改掉了"风流"的毛病，变得要多端正有多端正。

"担心你的旧情人？"君长唯问。

"姓君的，你少在这里血口喷人，"左梁诗"花"容失色，"我和她们半毛钱关系都没有，清白得不能再清白好吗？我算是看出来了，你还是想要公报私仇吧！"

"既然不担心那就好办了，"君长唯自顾自地点头，再次毫无预兆地丢出第二道惊雷，"经女和月母携鹓鸟失踪了，凶犁土丘现在已经是一片死地了。"

"什么？"

左梁诗手中玉瓶啪的一下掉地上。

"不是说不担心吗？"君长唯屈膝而坐，仰头又灌了一口酒，"收收神，否则回头又得去跪搓衣板了。"

"你懂什么。"

左梁诗终于收起了不着调的神色，正襟危坐起来，眉头紧锁。

"我算知道明明你算术最差，为什么还能这么肯定天轨失控了……"

十二洲的日月轨迹由一百二十个牧天氏族主掌。

控制日月出行的核心是神木扶桑上的时岁盘，但除此之外，隅限八角同样是极为重要的角色。八座山框定出的八个空间坐标点，成为确定太阳方位的基准，而守八极的氏族，各自看管天轨运转的一个秘密。

天轨环环相扣，牵一发而动全身。

东北隅出事，整个天轨都要跟着出事。

"怪不得……"左梁诗喃喃，"怪不得百氏如今在天外天面前跟孙子一样……"

"看来你果然知道，"君长唯放下酒壶，目光骤然变得锋利起来，"说吧，经女和月母在东北隅看守的秘密是什么？"

"你是来套话的啊，老家伙。"

左梁诗苦笑摇头。

他站起身，在阁楼中来回踱步。

"你可以不说，"君长唯平静地说，金错刀在鞘中嗡鸣，"但我们很久没交过手了吧？"

"一言不合就大打出手，真是粗人。"左梁诗摇了摇头，又转了回来，"我不是不说，是在想……怎么让你这个算术科从来没上过丁等的家伙听得懂。"

君长唯默默拔出金错刀。

"怎么？"左梁诗嘲笑，"你自己考得差，还不让人说了？整个太乙这么多年，谁跟你一样，独占算术倒数第一三百年。"

"不，你错了。"君长唯把刀推了回去，"鹤老倒数第一过五百年，叶老四百年，最高的是当初的颜掌门，整整一千年。"

"你忘了吗……"他幽幽地说，"太乙宗的考科，没上丙等的，是要一直考到过了丙等的……"

左梁诗瞠目结舌。

他年少的时候，被亲爹扔到太乙宗"交流"过一段时间，至今对太乙宗三天一小考、五天一大考的氛围印象深刻。但他万万没想到，太乙宗这群奇葩，竟然较真到这个地步——都当上长老和掌门了，还不能把没到丙等的科目抹掉。

这都什么鬼啊？！

"你们太乙……"左梁诗哭笑不得，连连摇头，"算了算了，还是说正事吧。"

他顿了顿。

"经女和月母守东北隅，其实只为了一件事——"

君长唯凝神。

"止日月，使无相间出没，司其短长。"

左梁诗肃容沉声，字字千钧，自四极八方建立起来的秘辛被展开，日升月落，金乌玄兔高悬青冥之中。他直视君长唯的眼睛，发现这个老酒鬼的目光骤然变得凌厉逼人，变得锐利如刀。

左梁诗大惊。

这个只知道挥刀的莽夫竟然……

"没懂。"

左梁诗为之绝倒："不懂你突然神色郑重干什么？"

"配合你一下。"君长唯解释。

左梁诗深呼吸，提醒自己打不过这个疯子。"这么跟你解释吧……"左大阁主维持了多年的端正面孔破功了，教养付诸流水地骂了一声，"我真的能给你这种算术倒数第一的人讲清楚吗？"

"不试试怎么知道？"

君长唯面不改色。

能在太乙宗独占三百年算术科倒数第一的人，把当年无数师兄、师姐、长老气得跳脚的"榆木"的脸皮，绝非左大阁主区区一句骂人的话能够撼动的。

"这么说吧。"

左梁诗沉吟片刻，袍袖一挥，灵气拟化为十轮小小的太阳和一轮明月，在半空中缓缓旋转。

"十日绕十二洲行一圈为年。玄月朔、望、圆、缺一循为月。不是雾月、昭月和瘴月的月，是根据地支建立的子、丑、寅、卯、辰、巳、午、未、申、酉、戌、亥十二建月。雾、昭和瘴更精准地说，应该称为'季'。"

"这个我还是懂的。"君长唯插口。

昭月、雾月和瘴月只是一种习惯性的称呼。

每座城池会根据城外瘴雾的浓厚程度，将当前这个月归入昭、雾和瘴三者中的一个。昭月播种耕种，雾月收获，瘴月闭城。而正式历法计数时间，是按照地支编排的十二个建月来执行的。

"你要是连这个都不懂，真该找块豆腐撞死了。"左梁诗没好气。

君长唯默默地灌酒。

"一年对应十二个月，从这个概念来说，"左梁诗手指在灵气化成的微小日月上转了一圈，"十日绕十二洲行一周的时间，要和玄月行一周的时间相吻合。但事实上，金乌载日的速度，要比玄兔抱怀的速度慢。"

"兔子下崽的确比较快……"君长唯点头。

"闭嘴。"左梁诗黑脸，"玄兔抱怀说的是玄兔食月，又把月吐出，使得月亮从弦月变成满月，再从满月变成弦月，不是真在跟你讨论兔子下崽快不快。"

君长唯继续灌酒。

"金乌绕十二洲一圈约三百六十五日又二时三刻,月相圆缺变化一个轮回约二十九日又十二时。你可以简单地理解为,日轨和月轨本该是平行的,但事实上,它们之间存在着微小的角度。"左梁诗手指一画,灵气化成的日月运转速度骤然加快,"也就是说……如果按着一个轨道,一直运转下去,最后每隔一段时间,日月就会这样——"

左梁诗松开手指。

金色的日轮和白色的月轮狠狠地相撞在一起,炸成一道烟花。

"砰!"

左梁诗收回手。

"日月相撞。"

君长唯缓缓放下酒壶,注视着纷纷洒洒飘落的金、银二色光点:"所以经女和月母守东北隅的目的……"

"经女和月母饲神鸟,鸟曰䴅。千万年来,经女和月母就是靠着䴅鸟来阻止日月相会。"左梁诗低声说,"是处东北隅以止日月,使无相间出没,司其短长[①]……懂了吗?!我不是在担心她们两个,我是在担心日月相撞!那会让十二洲大地无日无月,瘴雾淹没城池,大荒彻底吞噬厚土,生灵涂炭,就连修仙者也再无立足之地!"

"那还没严重到这个地步。"君长唯微微摇头。

"是。"左梁诗点头,"天外天出手了,他们虽然不见得多懂天轨,但以那些家伙的实力,强行让日月错行,还是能办到的。我说说,百氏这群家伙,怎么突然就对天外天这么唯命是从了……这群混账东西!竟然敢把这么大的事瞒着。"

"怎么可能不瞒着呢?"君长唯嗤笑,"他们把日月看成自己的东西那么久,哪里会把这种事公之于众,让我们仙门得以插手天轨?"

"所以,那把钥匙真的存在?"

左梁诗直视他的眼睛。

潮声浩大。

君长唯的麻衣被海风鼓动,左梁诗的蓝袍同样翻飞,黑金长刀横于矮案中间,刀沉鞘中,空气就像一根弦突然绷紧,随时可能绷断。

许久。

君长唯笑笑。

[①] 源自《山海经·大荒东经》,原文:"是处东极隅以止日月,使无相间出没,司其短长。"结合本书世界观,有改动。

"你问过陶容了?"他随意地问,"他不肯说吧?"

左梁诗没有回避,缓缓点头:"他不说,但我身为阁主,总是能猜到一些的。如果,真的有那一把钥匙能左右日月的运行,那么有人这么急着想杀仇长老就可以解释了。钥匙真的在他身上吗?"

"告诉你也无妨,"君长唯说,"钥匙不在他身上,但的确和他有关。"

左梁诗二话不说,起身就要走:"知道钥匙和他有关,还敢让他下山……最快的飞舟直接借你,你现在就去'南冥'入口处等,陶长老一到立刻带他回太乙宗。一刻都别耽搁。"

"站住。"君长唯冷冷开口。

"你们太乙宗疯了吗?"左梁诗深吸一口气,目光陡然变得锋利,"我早就想和你说了,就算没有钥匙这件事,你们也不该让他下山!"

君长唯一抬眼皮,干脆利落地骂:"他要下山就下山,他想做什么,就做什么。哪来的该不该!"

"长唯!"左梁诗厉声,"你们分明知道他现在是什么状态!"

"你以为我太乙宗供他是在困一柄凶兵?"

君长唯饮尽最后一口酒,猛地将酒壶掷在地上,电光石火之间,在半空中破开一道金色的弧线,金错刀横于左梁诗咽喉之间。

他总是像个醉鬼,一身醺醺然,此刻却骤然凶狠如兽。

"那是我太乙宗的小师祖!"

"你现在能杀我,你能杀尽天底下所有人?"左梁诗低声问,"都是知情人,就不打什么哑谜了——他现在一身业障,要是暴露了,会被正道群起围杀的吧?既然一开始都瞒住了,就不能继续把这个秘密瞒下去吗?"

"秘密总有暴露的一天。"

君长唯转身面朝大海,袍袖被风鼓动。

"太乙宗不是囚笼,他也不是困兽。"

"你们太乙宗,是想与世为敌吗?"左梁诗在他背后幽幽地问。

"以前仙门论道的时候,你们山海阁的人写策论滔滔不绝,大道理一套接一套的。我没你那么多长篇大论,我只知道一件事……"君长唯没有回头,"在我太乙宗,绝不会有哪座城会苦郁百年。"

左梁诗浑身一震,一时间竟然说不出第二句话来。

"与世为敌?"

君长唯低哑地笑了一声,忽然暴起,一刀斩向潮起潮落、汹涌澎湃的海面。

"何惧之有!"

巨潮大浪被切开，海面裂开一道数千丈长的线，亿万吨的海水凝滞在刀痕两侧。麻衣的君长老提刀越窗而出，他摘下自己腰间的大葫芦，踩着海底的礁石泥沙而行，高歌狂饮，渐行渐远。

风中只传来他沙哑狂放的歌声。

　　日月不驻，天地高厚。
　　腾蛇作土，神龟朽肉！
　　白鹿难牧，岁鹤难游。
　　老去当死，少悲高楼！

歌声渐渐地渺渺了。

左梁诗默默地站在楼上。

在太乙宗不会有哪座城苦郁百年……可这天下不是所有的宗门，都是太乙。

仙门万载，太乙第一。

海面的金色刀痕终于溃散，海水轰然贯落，砸起万千白浪。

砰！

陆净一头砸在了桌面上，脸上左一块右一块全是墨水。他嘎吱地扭过头，双眼呆滞地看着墙壁……这天真白，这太阳真大，这云真高……这月亮真红……欸？

"这就倒下了？"

仇薄灯站在桌边，随手拿起一卷日月记表翻了翻。

"陆十一行不行啊？才算了不到七册啊？"

"日循次六轨，行二度，月行至衡宫。"左月生在背后报出新的日轨月辙角度，一开始他拨算盘的手就跟"无影手"似的，现在渐渐地也慢了下来。

"过。"

仇薄灯一边翻陆净这边的日月记表，一边还抽空核对了一下左月生的计算结果。

陆净无言片刻，忽然拍桌暴起："好你个仇薄灯，你果然拿的是扮猪吃虎的话本吧！我宣布，你被开除纨绔籍了！"

他愤愤不平，朝地上啐了一口："呸！你个混进纨绔队伍的奸细！"

啪。

仇薄灯把厚厚一卷日月记表直接砸在陆净头上，把他砸得又趴了下去。

"陆十一，再给你个机会组织语言。"太一剑出鞘半尺，仇薄灯和颜悦色地说。

"我是说，仇大少爷您放浪形骸而不掩天资卓越，真乃一代风流人物。"陆净迅速改口。

"陆十一，骨气呢？"

左月生停下手，咕噜咕噜灌了口水。

他算得最多，算了大概有十二册日月记表。

"阿弥陀佛，贫僧觉得……"不渡向后一靠，目光恍惚，已经有些神志不清了，"贫僧觉得……还是需要劳逸结合一下……啊……佛祖，贫僧看到好多星星……"

"一群弟弟。"仇薄灯嗤笑。

弟弟就弟弟吧。

几个人在继续算和休息之间，毫不犹豫地选择了后者。

娄江停下笔，把算出来的日月角度整理好。

算天轨的工作其实舟子颜已经完成了一些。

舟子颜不懂《天筹》。但在一百年里，他竭尽全力地收集所有他能收集到的日月记表数据，根据自己的算术知识，在没有天筹公式的情况下，竟然也生生算出了其中一小部分。

娄江在没有看懂《天筹》的情况下，也试着算过天轨，对有公式和没公式的差别认识得再清楚不过。

两者的工作量和难度简直就不可同日而语。

他们有仇薄灯看懂《天筹》后给出的公式都算得要死要活，那么没有公式的舟子颜呢？

娄江不知道一百年里，舟子颜在纸堆里计算天轨的时候，是抱着怎样的心情……是否还有着那么微弱的一线期冀？是否还等着终有一日鳞城冤苦能申？

他不知道。

仇薄灯转了一圈，把所有人算出来的数据拿在手里，合起来翻了翻。他翻的速度很快，忽然，他在某一页停了下来。

"唉。"他突然轻叹了一声。

"怎么了？"陆净紧张兮兮地坐起来，仇薄灯看的那一页刚好是他算的，"哪里算错了吗？"

仇薄灯皱着眉，沉思许久。

"有点不对劲……"仇薄灯喃喃自语，抬手在半空中虚虚地画了两道平行的线，"日轨和月辙的角度有点不对劲……"

"鳙城被改的日月轨迹算出来了？"陆净欣喜万分，"剩下的是不是不用继续算了？"

"不确定。"仇薄灯摇摇头，"左月生，你再回头找陶长老一趟，把你们山海阁的日月记表也要一份——百年之内的全都要过来。"

"啊？"陆净头皮发麻。

"好。"左月生点头。

陆净哀叹一声，在桌上翻了个身。

行吧行吧，只有仇薄灯一个看得懂《天筹》，他说什么就是什么吧。

"说起来，"陆净百思不得其解，"仇大少爷，你以前真的没学过《天筹》吗？真的是第一次看，就直接懂了？"

"好问题。"仇薄灯把纸放下，"答案是我也不知道。"

陆净翻了个白眼。

"你就装吧，我信你个鬼。"

"哦，"仇薄灯换了个语气，"这么简单的东西，你们居然看不懂？那这不是我的问题，是你们的问题。"

陆净瞪他，一瞪之下发现了件刚刚没注意到的事，立刻翻身坐了起来。

"欸？"他指着仇薄灯的头发，"你这头发怎么又乱回去了？"

"我觉得你很有活力嘛，陆十一。"

仇薄灯下意识摸了摸袖内，摸了个空，他要笑不笑。

"来吧，继续算。"

陆十一："……"

陆十一懂了！

巫族，祭坛。

老人一烟斗险些直接敲到手背上，目瞪口呆地看师巫洛把一坛接一坛酒在石上排开。饶是他见多识广，自以为人事精熟，一时间也搞不清楚眼下这是什么情况……难道太阳打西边出来了，他们的首巫大人要请他喝酒？不不不，这绝对不可能。

把最后一坛酒放下，师巫洛笔直地坐好。

"回请一个人喝酒，"他顿了顿，像格外不习惯把困惑直接问出来，"该选哪一种？"

第四十四章

老人愣了一下，以为自己听错了。

他下意识看向师巫洛。

祭坛周围是很高大的古树，树身上爬着叶阔如蒲的寄生蕨，阳光把蕨影投在师巫洛身前，他坐在沉暗的影里，一双银灰色的眼睛很平静，像刀出鞘后搁在无光角落。老人意识到他的确是在很认真地问。

如果族里的毛头小子看到这一幕，估计也不会那么怕他们的这位首巫大人了吧？

有件事说出去能让十二洲震惊——

南方疆域巫族的首领师巫洛其实并不是巫族的人。

一千年前，巫族曾陷入绝境。

十名大巫身受重伤，巫族一半的勇士死于诡计，一半带着族人退入密林深处，就像被赶到悬崖边上的牛羊。他们闯进了一片从未踏进过的幽暗苍林，见到了一座从未见过的玄武岩祭坛，祭坛上安放一副石棺。

那一刻的悚然和畏惧超出了一切人们所能接受的范畴。

再桀骜的勇士都无法保持站立，他们被震慑住了，不由自主地跪倒在祭坛下。异鸟嘶鸣，敌人赶到。天空中传来羽箭发射的声音，那是金色的长弓，巫族施加过秘术的藤甲在它们面前脆弱得跟片叶子没有什么区别。

箭如骤雨，笼罩四面八方。

石棺在这个时候打开。

漫天的箭雨化为齑粉，棺中苏醒的是一名黑衣男子，戴一张深黑漆金的面具，提一把绯红的长刀。他从高高的祭坛走下，穿过跪伏的巫民，径自朝包围圈走去，拔刀，半空中同时炸开无数朵血花。

他折身返回，摘下面具，露出一张年轻的脸，和一双冷漠的银灰色眼睛。

年轻人问了十名大巫一个问题。

后来大巫们认为正是那个问题让年轻人留下来，拯救了整个巫族。在他的带领下，巫族夺回了南方疆域。当时巫族将大巫冠以"巫"姓，如"巫咸""巫盼""巫彭"……但年轻人对巫族的恩情重如山岳，大家觉得仅仅一个"巫"无法表达对他的感激，便将"师巫"这个尊称献给了他，意为他是凌驾于十名大巫之上的首领。

但其实，他真正的名字只有简简单单一个字：洛。

只是，要怎么说呢？

尽管师巫洛拯救了巫族，但他始终和所有人隔了一层打不破的冰。

他很少和人说话，在巫族的大部分时间都只是一个人沉默地坐着，可说他是在发呆，抑或是在欣赏风景，又都不像。他看春花、看夏水、看秋实、看冬雪，但也只是看着，世界五彩缤纷，却映不进那一双银灰色的眼睛。

守在祭坛上的老人叫巫罗，和他接触最多也最久。

一千年了。

巫罗一直觉得他没有喜怒悲欢，没有一丝活气，只是一副冰冷的皮囊，不是一个"人"。也怪不得族里的小兔崽子们平时瞧不起天、看不起地，独独一遇到他，立刻缩头缩脑，怕得跟鹌鹑一样。

一直到从清洲柣城回来后，这人才终于"活"过来了。

"回请一个人喝酒，该选哪一种？"

大概是他愣神的时间太久，师巫洛以为他没听清楚，又问了一遍。

巫罗老头儿把烟斗重新放进嘴里，咂吧了一下，觉得没错了，虽然很淡，但确确实实，现在师巫洛身上开始有那么一点"人气"了。面对笔直地坐在面前的师巫洛，巫罗一下子感到自己的责任格外重大。

——这问题，不能随便乱答啊！

斟酌了一下，巫罗谨慎地开口："既然是回请，那肯定得考虑一下，上次对方请你喝的是什么酒，猜一下他会喜欢什么酒。"

其实巫罗第一反应是乌呈酿。

这玩意儿是最受族里年轻人欢迎的烈酒了。南方疆域潮气深重，原始密林里危机四伏，活在这里就跟把脑袋系腰带上没什么区别，因此巫族向来民风彪悍。看上谁就请谁喝酒，第一次喝的酒还是正常的，被请的人要是也看对眼了，就要去采乌木上的并蒂花酿乌呈酒回请。

这种并蒂花酿出来的乌呈酒很烈，一坛酒下去，基本上就快活得跟神仙也没什么差别了……

不过，这玩意儿现在对那一位显然大不敬到得去挂尸高枝谢罪，甚至一出口都不用他自己去挂高枝，师巫洛就能直接把他宰了。

"兼酒，是烈酒，"师巫洛垂眼看着一坛坛摆开的酒，"但他什么酒都喝。"

什么酒都喝，就不知道他会最喜欢哪种酒。

巫罗瞅着一坛坛整整齐齐摆开的酒，心说：怪不得收集了这么多，原来是不知道他会最喜欢哪种酒，就干脆走到哪儿就把哪里的美酒收集起来了——北葛氏的二回龙、江左的浔酒、渝州的虞泉酿、天东的云梦……从东到西，从北

247

到南，无所不包。

一千年里，这个人除了横杀肆斩，还一直默默在为另一个人找他也许会喜欢的酒。

可过去那么多年，他们谁也不知道那个人到底能不能回来。

"嗯……"巫罗老头儿抓了抓头发，"那饮酒也是要看环境的，一起在湖心垂钓喝的酒跟一起迎风踏浪喝的酒肯定不一样。小雪时要喝让人能想起炉火的酒，高脊冰风时要喝让人如见烈日的酒，烈日灼灼、骄阳万里时要喝让人想起清泉孤松的酒……然后还得看看……呃……"

巫罗又卡壳了一下。

他想说还得看看是什么人，什么性子，但这话太俗，放在巫民身上没什么，却不好在师巫洛面前说……

巫罗觉得也亏得首巫大人问的是他，不是其他几个人，他至少读过点别处所谓的"典籍诗文"，搜肠刮肚，也能憋出点文绉绉、像模像样的东西。

换作其他人来，铁定瞠目结舌：只想喝个酒，还有这么多讲究？

"具体要回请他什么酒，就得大人您自己选喽，"巫罗轻声道，"您想想您是想在什么地方请他喝酒，觉得他会喜欢什么酒……别人说的是不准的，您自己的感觉才是准的。"

他又有句话没说。

其实选什么酒都是对的，只要对方不讨厌你。

反过来也一样，要是对方讨厌你，那选什么酒都是错的。

师巫洛沉默地点头，他看着排开的一坛坛酒，不知道在想什么。

笃笃笃。

一名胡长及地、背驼如峰的老头儿拄着拐杖一瘸一拐地走上了祭坛。

巫罗跟他打招呼："嘿，咸老鬼，你这胡子还没被你孙女扯光啊？"

巫咸恶狠狠地瞪了他一眼，然后毕恭毕敬地朝师巫洛行了一个礼："大人，药放好了。"

师巫洛点点头，收起酒独自走下祭坛。

"啧。"

瞅着师巫洛背影消失在古木之间，巫罗哑吧了一下烟斗，摇了摇头。

"让他主动去治伤可真不容易。"

"你跟他说什么了？"巫咸打袖子里摸出根烟斗，也抽了起来，"这么管用？"

以前师巫洛每次离开南方，回来的时候，不管伤得是轻还是重，都没见他理睬过。虽然过段时间，他靠着实力高，伤也就好了，但总这样也不是个事啊。

只是，族里的人劝是不管用的，强行把人押去治吧……且不说敢不敢，单就打也没人打得过他，只能干瞪眼。

对此最气愤的，莫过于巫咸了。

他是族里最精通医术的人。

上次开完祭坛后，师巫洛破天荒地愿意处理一下伤。巫咸马不停蹄地熬了一堆草药，一副势必借这个机会把首巫大人身上的沉疴旧疾一起解决的架势。结果药还没熬好，师巫洛一句解释都没有，就直接又回到祭坛，强行启动秘法。

而且比上次还夸张。

上次只是灵识亲至，这次他直接压下伤，分魂过去了。

他原本只是重伤，等秘法结束返魂回来，简直就跟半只脚踏进棺材没两样了。巫咸气得差点儿直接背过气去，火急火燎地重新熬药……怕他又半路走掉，这次药熬好了，巫咸立刻亲自过来催。

好在这次师巫洛没有再匆匆离开，而是真的过去了。

"我说的管什么用？"巫罗嗤笑，烟斗磕在石面，磕出点火星来，"是有人要他好好活着吧。"

"我想也是。"巫咸捋须，"那首巫大人刚刚摆一堆酒做什么？"

巫罗随口把刚才的事说了一遍。

巫咸一拍大腿："问你该请什么酒？"

"这不挺好的，"巫罗说，"至少开始像个活人了，你这么吃惊干什么？"

"不不不，"巫咸摆手，"我是说，他居然问你。"

巫罗一皱眉："咸老鬼，你什么意思？"

"你这种家伙能懂个啥，"巫咸脸都快扭曲了，"见鬼，他要是真信了你乱七八糟出的馊主意，那还不完了！你给我滚去挂树枝谢罪吧！！"

巫罗勃然大怒。

"胡扯！当年族里最受欢迎的可是我！那时候连只母猪都懒得理你。"

"老子孙女都嫁人了，你到现在还是老光棍。"

"混账，那是因为我专情。"

巫咸冷笑："光棍。"

巫罗语塞。

师巫洛把自己沉进药池里。

他双手交叉，静静地仰望池子顶部的钟乳岩，清而冷的水从如倒立生长的石笋尖滴落，落在水面，发出清脆的滴答声，仿佛在计数时间。

滴答。

滴答。

在师巫洛心底，一直有一个计时的水漏，里面的水一直在往下落，发出清脆的声音。

他独自一人的时候，其实什么都没有在看。

他只是在数着时间的步伐。

一天一天，积成一月；一月一月，积成一年。

年年岁岁，永无止境。

在之前，那个漏斗里水滴落的速度是那么慢，慢到每一滴都像穿过很远很长的距离。但某一天之后，它又在某一些时候，忽然落得那么快，快得让人手足无措。

比如在鳙城。

强行激发秘术的结果就是若木灵偶一寸一寸地破碎。

他忍不住紧紧抓住仇薄灯的手，水漏的滴答声快得让人恐惧，让人想将它冻住，好叫时间就那么停下来，不再流走。

每一瞬都像偷来的梦。

略微炙热的药水滚过伤口，细微疼痛的同时让人昏昏欲睡。

师巫洛闭上眼，让意识渐渐地沉进黑暗。

曾几何时，入梦是他最恐惧的事。

一旦沉进梦里，就会看到那道从天空坠落的鲜红身影。他一次又一次，拼尽一切地想要伸出手去，却只能眼睁睁地看着，什么都做不到。但他又如此渴望入梦，因为只有在梦里，才能见到那个人。

"我会接住你。"

在彻底陷进黑暗之前，师巫洛轻声说。

对自己，对另一个人。

仇薄灯下巴枕在胳膊上，空着的一只手拿着折扇懒洋洋地敲着桌面。

陆净觉得吵，抗议了几次，仇薄灯都只装作没听到——他讨厌死气沉沉的安静，一个人待着的时候，只要没睡着，就一定要折腾出点什么动静。黄金友律下，仇大少爷一个朋友都没有，就算这样，他指挥跟班狗腿，都要指挥出一片喧哗。

要前拥后簇，要热热闹闹。

还要什么呢？

仇薄灯转过头去，一言不发地望着飞舟外的流云。

若木灵偶碎了之后，袖子里骤然一空，空得让人不自在。

真奇怪，明明把那么一个小木偶挂在袖子里，也就是这几天才有的事，按道理还远远没到养成习惯的时间。

流云的颜色渐渐地变成了瑰红。

仇薄灯的手指停顿了一下，他想起鳙城日出的那一天……金日高悬，雨幕连绵，鳙鱼在他们身边轻缓地游弋，那个人的手指一直在轻微地颤抖着。一开始，他以为那个人是在紧张，后来发现不对。

不是在紧张。

是在若无其事地忍耐疼痛。

什么样的疼痛会让师巫洛那样的人都克制不住指尖的颤抖？又是为什么疼到那种地步也没有离开鳙城？他蠢吗？

简直愚不可及。

"回你的巫族去。"

他挣开对方的手，自顾自地转身，踏着积水朝城门的方向走去。

"记得，你欠我一次酒。"

"好。"

背后传来的答应声很轻。

那时候，仇薄灯心里是有点想回头看一眼的，可事实上他头也不回。还能是怎么样呢？秘法解除时，所有虚虚实实的相，要么像水墨一样淡去，要么像亿万光点般碎去……不论是哪一种，他都很讨厌。

他讨厌离别。

所以他从不送别。

只要没有亲眼看到，就永不离别。

"我要去漆吴。"

他最后说了这一句，只是……某个人真的能理解他什么意思吗？

仇薄灯有点不确定。

"欸？晚霞真好看啊。"陆净顺着仇薄灯的目光看了一眼，赞叹道。

"晚霞？"一边瘫着的左月生敏锐地捕捉到什么，弹了起来，往窗户一瞅，马上兴奋地喊起来，"到了到了！漆吴山到了！我们运气真好，时间真赶巧！"

说话间，天雪舟开始缓缓下降，天空也在迅速变幻着，像岩浆倾倒，红与金的颜料碰撞调和，苍穹成为一片瑰丽的画布。紧接着，就是炙热的风和一重盖过一重的潮声，即使在飞舟里都能感受到风的热热烈烈和潮的浩浩荡荡。

左月生兴奋地大呼小叫起来，上蹿下跳地挥舞着手臂："快快快！都赶紧准备准备！

"一会儿就能看到金乌载日了！

"金乌快要到了！"

第四十五章

药谷处内陆，离海甚远，陆净打娘胎里出来，这还是第一次见到海，一时间心潮澎湃，张口欲作诗。不料，嘴巴刚张开，一口炙热的风就直接穿过咽喉，灌进五脏六腑。

风从天空压下来！

仇薄灯从未听过那么惊心动魄的鼓翼声，一起一落间，千万里的海水被排向左右，浪潮抛卷向苍穹，腾成高墙后轰然砸落，来不及碎成飞雪，就化作一片茫茫蒸气。唳鸣响彻天地，伴着金铁长锁被扯动的声音。

他抬起头。

熔金映进仇薄灯的瞳孔……左月生在枕城说过的话回响在耳边，他说，它翼长三千丈！他没有吹牛，没有夸大！从所有人头上飞过的，的的确确是那样一只翼长三千丈的遮天巨鸟！

金乌！

三足金乌扇动它千丈之长的双翼，将苍穹燃成一片翻涌的火海。

那是一只威严得超出所有想象的神话生物，直长万里的日轮以天索捆负在它宽厚的背上，锁链末端被紧紧地抓在它弯曲强劲的三足中，一身翎羽深黑如甲胄，边缘勾勒着凶煞的红光，遮天的羽翼上滚落熔金般的流火。

它的出现使沧海刹那成血色！

陶长老在离他们稍远的地方，早早地展开结界，否则此时这几个人早化为了焦炭。

"怎么样？"

左月生眉飞色舞，扯着嗓子问。

"壮观吧！"

陆净用力点头。

他从未像这一刻这般清晰地意识到自己的渺小。尤其是在金乌载着太阳从他们头顶正上方飞过的瞬间，视野中只剩下赤焰与红云，炙浪让一切都变得模糊扭曲，莫名的战栗席卷全身，以至于咽喉吐不出半点声音。

怒海狂涛，人如草芥。

"这么壮观的日和鸟，年复一年，悬在山海阁头上。"

陶容长老走上前，枯瘦的手掌按在左月生的肩膀上，打鳒城事变后第一次开口说话。

"像这样被百氏掌控的太阳，还有九轮，更别提还有冥月。"

左月生得意扬扬的笑声戛然而止。

他转过头去，对上陶容长老苍老的脸庞，见了不知多少风霜的眼睛，此刻如刀剑般与他对视。

"百氏牧天，司命日月。你明白吗？少阁主。"

左月生看看他，又转头看向大海。

轰——

金乌载着太阳落进海天相交之地，万丈高的火峰涌向天空，给苍穹和沧水留下一片血霞。长风还在来回鼓荡，怒潮还在汹涌咆哮。

"我、明、白。"

左月生一字一顿地回答。

"还查天轨吗？"

"查！"

他斩钉截铁。

"为什么不查？"仇薄灯听着他们的对话，提着太一剑，向前走了几步，踏上一块礁石，远眺金乌载日消失的地方，"日升月落，天命之常。什么时候沦落到由人掌控、为人利用的地步？

"日月就该有序，四时就该有候。"

天地辟启，众星归洲。

万民生来泽厚。

陶容长老一震，立刻紧紧地盯住仇薄灯的脸，不放过任何一丝神色的变化。天边的余火还未彻底消失，赤霞映照在仇薄灯的眼瞳里，像汹涌的血潮，像即将点燃鸿蒙的震怒……难道……

"说得好！凭什么日月就该由百氏的那群恶人主宰！我呸！"未等陶长老再仔细分辩什么，陆净便用力鼓起掌来，"日月有序，四时有候，天行有常……仇大少爷文采斐然！称得上是太乙宗的门面！"

仇薄灯乜他一眼，横剑就拍。

陆净一猫腰，躲到左月生背后，不忘顺手推了娄江做挡箭牌，娄江抬手架剑间把愣神的叶仓撞进了海里，水花溅了仇薄灯一身……几个人转瞬间扭打在

253

一起,刚刚神色冰冷、睥睨俯瞰大地的仇薄灯仿佛只是一个幻影,一种错觉。

陶容长老呆立原地。

一时间竟然不知道该作何反应。

"喀!"

一声轻咳在所有人耳边炸开,陶长老猛地回身,也不知什么时候,不远处的礁石上坐了一位麻衣人,一手提葫芦,一手提金错刀。见大伙瞅过来,麻衣人把刀往腰上一挂,飘然落到仇薄灯身前,毕恭毕敬地拱手行礼。

"见过小师祖。"

还未起身,一把剑迎面就丢了过来。

"你来得正好,"仇薄灯说,"帮我修一下剑。"

能想起要把太一剑修一修,倒不是仇薄灯良心未泯,单纯只是在鳏城的时候,因为想探一探幕后人,他哄着太一剑不做挣扎地被封进了兵匣。为此他不惜答应,事成之后,就帮太一剑做个新剑鞘,顺带把剑刃也补一补。

这几天太一剑似乎担心仇薄灯把答应的事忘掉,一直在闹腾。

仇薄灯不得不抽空问左月生,怎么修补太一剑,然后就被一堆烦琐的程序和材料搞得头疼。眼下见了君长老,他顿时迫不及待地把这个烫手山芋丢出去。

君长唯接住剑,定睛一看,顿时倒吸了一口凉气:"小师祖,这、这、这还是太一剑?"

"唔……"

仇薄灯沉吟片刻。

"假如太乙宗没有第二把太一剑,那应该是没错的。"

太一剑在君长唯手里愤怒地跳了跳,仿佛在控诉这些天来的辛酸。

不跳不要紧,一跳,剑鞘又开始哗啦啦地往下掉松皮,掉得君长唯心如刀割。

"小师祖啊,这可是万年天青松制成的剑鞘,太乙宗也就剩了这么一副剑鞘……"君长唯心疼得哆嗦,"算了,掌门那里应该还存了一些,给您重打一副剑鞘应该还是够的,剑刃未损就问题不大……大……"

君长唯与坑坑洼洼如狗啃的太一剑剑刃相对。

空气一时间格外沉默。

"小师祖啊——"

君长唯双手哆嗦地捧着太一剑。

仇薄灯镇定自若地回他:"长唯啊,你随便找点铁片给它补补就行了。"

君长唯简直要昏厥过去。

这镇宗至宝,岂是能"随便补补"的?!

"长唯"二字一出，旁边的叶仓眼睛就直了，不住地往他腰间的那把黑鞘金镡的长刀上瞅。

习武之人几乎都听说过这么一句话，有道是"金错长唯久，飞光暗雪里"。

这讲的是仙门中两个人，君长唯与叶暗雪，前者是仙门第一刀，后者是仙门第一剑，两个都是太乙宗长老。

飞光剑叶暗雪成名路比较辉煌，他天资过人，自十七岁参加论道会起，连冠近百年，为那一代所有年轻俊杰的阴影。而君长唯则有些大器晚成的意思……修炼百年声名不显，直到仙门隔三百年换一次镇守不死城的队伍时，此人才横空出世，一刀分海。

叶仓拜入太乙宗后，就曾问过仇薄灯，为什么金错刀君长唯在去不死城之前一直寂寂无名？是在韬光养晦吗？

当时仇薄灯的表情格外古怪。

一副很想笑的样子。

未能从仇薄灯那里得到答案，叶仓对这位传言中的"太乙第一刀"更好奇了。

初次见面，叶仓有些幻灭。

主要是这"太乙第一刀"，看起来实在是太邋遢了……麻衣边边角角破破烂烂，一个大酒葫芦不知道用了多少年，和仙风道骨的陶长老形成了鲜明的对比。

他只能安慰自己：真人不露相，露相不真人。

"小师祖啊，三千年前颜掌门就是请太一剑出山的……"

君长唯已经从数万年前"天授玄铁，玄铁化剑，剑名太一"讲到了三千年前颜如书掌门请剑出山，逼上空桑，滔滔不绝，源源不断，话里话外一个意思：这是柄上上上剑啊，小师祖行行好，您千万爱惜点。

仇薄灯只觉得像有一千只苍蝇在耳边嗡嗡嗡，不胜其扰间，就瞥见叶仓表情复杂地站在那里，顿时想到了一个堵君长老嘴的法子。

他清了清嗓子，打断君长唯。

"君长老，这个是新入太乙宗的弟子叶仓，对您可谓仰慕已久，您要不要给他解惑，说说您当初为什么从不参加仙门论道会？"

叶仓这些天不忘仇薄灯的"教诲"，棺材脸小有所成，这时听他如此说，脸上神色不变，但一双眼睛马上亮了起来。

"这……"

君长唯满肚子絮叨一下卡住。

仇薄灯粲然一笑，拍拍君长唯的肩膀，语重心长："修剑的事，就拜托长老啦。"

"自然自然……"

君长唯无可奈何,哀叹积蓄不保。

仇薄灯高高兴兴收回手。

"左胖,"陆净摸着下巴,若有所思地对左月生开口,"既然来了你们山海阁,你是不是该尽尽东道主的本分?"

左月生一拍胸膛:"那还用说!"

陶容长老微微欠身:"仇长老,阁主及两位阁老已备下宴席恭迎,就在听潮阁里。"

"哎哎哎!"陆净忙不迭地拉仇薄灯衣服,小声嘀咕,"仇大少爷,跟那些老家伙打交道多没意思啊,我们还是让左胖带路去玩好了。"他说着,不忘拼命朝仇薄灯挤眉弄眼,不知道在打什么鬼主意。

"的确,"左月生加入咬耳朵的行列,"我爹那人,平时最能装了,他来接风洗尘铁定要多无聊有多无聊。"

陶长老眼角微抽地听这几名二世祖吐槽。

一阁之主亲自设宴恭迎,何等郑重?何等礼待?到了这些小子口里都成什么样了……传出去,会气死八成修士吧?而且,少阁主,你这么抖亲爹的老底,阁主知道了一定会打死你吧?

旁边的君长唯装作没听到,完全没有劝阻的意思。

——反正,只要小师祖没把山海阁烧了,那在太乙宗看来什么都不是事儿。

仇薄灯本来就不怎么想去什么接风宴,当下一拍即合。

除了叶仓被仇薄灯丢给君长老,娄江还有事要处理,连不渡在内的几名二世祖勾肩搭背,毫无心理负担地放了左阁主等人的鸽子。

陶长老眼睁睁地看着他们离去,一时无言。

海风令人心情舒畅。

漆吴山位于海中,与其说是"山",倒不如说是一座礁石岛,因岛上多巨石,石立如壁如刃,远望如峰,才称为山。岛十分狭小,草木稀疏,无房无屋。天雪舟停落在漆吴山上,只是为了便于观看金乌载日。

真正的山海阁主阁在稍南一点,漆吴山上设有海桥,连通主阁所在的烛南城。

日落之后,仇薄灯明白了为什么山海阁主阁所在的城,称为"烛南"。

霞光渐淡,天地晦暗时,海桥两侧栏杆顶上镶嵌着的月明珠放出柔和的光,整条海桥就像两串平行的珠子在缓潮上蜿蜒飘去。而在更远处,海桥尽头,千万灯楼在九座低缓连绵的海山上拔地而起,光照万里,如海面上同时升起了九轮明月。

烛南烛南，明南之烛。

等走近一看，才发现原来不是海山，而是九只玄武神兽，它们庞大如巨岛群山，漂浮在沧溟之上，口衔铁索，微合双目。

陆净仰着脑袋，看着足有数百丈之高的玄武神龟和它背上的华城，一句"好大的王八"差点儿脱口而出。

好在他没有傻彻底，至少还知道玄武神龟随随便便一个吐息就能把他吹到十万八千里外……

"好……好高，"陆净悬崖勒马，"这怎么上去啊？"

左月生闻言，双手叉腰，打了声又急又旋的呼哨，大喊一声："老子回来了！"

最前面的玄武慢腾腾地张开口，铁索哗啦哗啦落下，带下一个精致如小屋的贝壳篮。

左月生跳上贝壳篮，朝他们招手："我们山海阁设了阵法，入烛南只能走贝篮，上来吧。"

仇薄灯上了巨贝，不出意料地发现这贝壳里还安了一排月明珠当作照明的灯……所以，有件事真的很神奇。

"左胖，"仇薄灯认真地问，"你爹是怎么养出你这个铁公鸡的？"

陆净和不渡深有同感地点头。

怪不得人人都说，山海阁的山是金山，山海阁的海是银海。以前跟左月生这小子混在一起没什么感觉，真到了山海阁，才猛然发现，俗话诚不欺我也——山海阁简直就是富得流油好吗！

要论仙门武力，太乙宗是当之无愧的第一。

但要论谁最有钱，哪怕把百氏也搭上，那也妥妥还是山海阁啊！！！

"集腋成裘，聚沙成塔，懂不懂？"左月生毫不羞愧，"今天浪费一个铜板，明天浪费一个铜板，天长日久，山海阁也是要败落的嘛。是故勿以钱少而不赚，勿以钱少而浪费。"

"呸！"

几个人一起啐他。

左月生赶紧岔开话题："你们想去哪儿？我带你们逛夜市怎么样？我山海阁那可真是夜市灯如昼，四面八方的珍稀，还有你们绝对没见过的灯潮……嘿，烛轮你们看不看？"

"哎呀呀，"陆净一连串地咳嗽，正儿八经地打断他，"胖子，我说你这就不对了。都来你们山海阁了，怎么能不带我们去最有名的地方？你这个东道主怎么当的。"

"啊?"左月生一愣,"山海阁宝市和灯潮最有名啊……难不成你想去武藏阁?也不是不行,就是里面除了秘籍还是秘籍,什么玩的都没有。"

"你个蠢货。"陆净恨铁不成钢,直拍大腿,"谁稀罕什么秘籍典藏,我是说溱楼!你们山海阁的溱楼那可是天底下头一号的风花雪月之地,最最文雅的销金窟!"

"文雅个鬼,你就是想去逛青楼!"

左月生一想到溱楼酒食歌舞等的价格,眼前顿时就是一黑,差点儿想把先前打的包票直接吞下去。

陆净拿胳膊肘戳仇薄灯,义正词严地撺掇:"仇大少爷,你说说话,我们可是一等一的纨绔,纨绔难道不就是该'烈酒歌楼美娇娥'?"

"唔。"

仇薄灯瞥了一眼左月生心痛到扭曲的脸,看热闹不嫌事大地点了点头。

第四十六章

陆净所言非虚。

山海阁烛南城最出名的地方,其实不是宝市也不是灯潮,而是一条琉璃街。街道两侧俱是勾栏,因山海阁的规定,门口都高悬红风灯,故又名"红阑街",可谓天下一等一的温柔乡,遍寻十二洲,再无比肩者。

溱楼则是这销金窟的翘楚。

左月生一脸扭曲地拈着张素芍花笺,手都有些哆嗦:"一张纸,就花了一千两黄金?以后干脆我来这门口卖纸好了!"

他是真心疼啊!

天杀的陆净嚷嚷什么来溱楼?

溱楼这破地方得投帖叩门,否则天王老子都进不来。

想强行动武闯进来也行,首先你要确认自己扛得住楼里客人的"路见不平拔刀相助",曾经就有个半步卫律的莽夫这么干过,结果被一个连面都没露的客人一掌拍出十条街——据左胖子爆料,这客人其实就是当天恰好去溱楼喝酒的左大阁主……其次,就算你闯进去了,转过天来,你也就成了"十二洲公敌",文人骚客的口诛笔伐就不提了,还有数不清的男男女女等着收拾你。

溱楼帖称"十二花笺"。

分桃、榴、荷、菊、兰……十二色,各对应不同风格不同等级的雅楼。花笺由情投意合的佳人或小郎相送，第一次没有相识的，就得"请"花笺。

说是"请"，其实就是掏钱买。

左月生原本只想买个最便宜的桃花笺，结果被陆净和不渡和尚这两个可恶的家伙硬生生押着买了最贵的素芍花笺。四张花笺一到手，左胖眼泪就下来了。

带仇薄灯和陆净两人来，就够左月生肉疼了，谁承想不渡以"三生花"相要挟，死皮赖脸也黏了上来。

左月生差点儿一脚把他踹进沧溟里喂王八，转念想想，好不容易回了山海阁，还能逍遥几天，要是把他喂王八了，铁定又要被流放，于是无可奈何地忍了……虽然更多的原因是他打不过不渡。

"为什么是白芍为首？要论清雅，梅兰更胜吧。"

仇薄灯随口问陆净，这家伙在这方面简直就是宗师级的。

"这你就不懂了吧。"陆净潇洒地打开折扇，边走边摇，他换了身白衣，又特地戴了银冠，不了解他本质的人初一见，恐怕还真会以为他是个翩翩公子，"溱楼其实又名'溱洧楼'，取古歌'溱与洧，方涣涣兮。士与女，方秉蕑兮。女曰观乎？士曰既且，且往观乎？洧之外，洵訏于且乐。维士与女，伊其相谑，赠之以勺药①'之意。不过这不是最重要的，重要的在后面……嘿，这花笺可不是白请的，你看看后面写了什么。"

闻言，仇薄灯把价值千金的花笺一翻。

这花笺用清洲名纸"落雪宣"裁成，约莫一尺长、一寸宽，正面用浅墨银粉寥寥几笔画了一朵半开的白芍，背面以小楷提了一两行字：

　　溱洧涣涣，方秉蕑阑。
　　溱洧清清，殷盈洵满。

末印一朱章，篆曰：天女。

"对，"陆净看他注意到篆刻，露出孺子可教的神情，"这天女，便是溱楼的头牌。要当溱楼天女可不简单，历任天女，都是公认的十二洲第一美人。有道是'红阑歌舞三百楼，溱楼芍药独温柔'。"

在前边引路的媚娘侧身笑道："几位公子来得巧，今晚刚好是天女涟第一次下阁接帖。"

陆净喜形于色，合扇敲掌："这可真是再好不过，要是能得溱楼今夜第一枝

---

① 出自《诗经·郑风·溱洧》。

芍药，这次来清洲也算是值了。"

"你喜欢芍药你就说啊，"左月生咬牙切齿，"我去老头子的花圃里给你薅，要多少给多少。"

"你懂什么？"陆净深觉丢脸，"溱楼的芍药只有天女才能送，得天女的第一枝芍药比夺仙门论道魁首还风光好吗？"

"说来说去，不还是一朵花。"左月生嗤之以鼻。

"朽木不可雕也！"陆净和不渡异口同声地骂。

左月生深觉他们有病，站到同样兴致缺缺的仇薄灯身边，不怀好意地问："你们是在说，仇大少爷也是朽木吗？"

"仇大少爷揽镜自顾就够了，你能吗？"陆净不遗余力地对左月生大开嘲讽，"你就算对镜，镜子能不能塞下你都还是个问题。"

"几位公子，雅间到了。"

媚娘半挽珠帘，柔声打圆场。

最高等级的素芍花笺对应的房间陈设雅而不素，清而不寂，角落中白玉镂空博山炉点着檀香，味道幽冷，并不刺人，对得住左月生大出血的几千两黄金。仇薄灯审视后，满意地去屏前软榻上斜卧，慢悠悠地翻动写满茶酒点食的红折。

他们三人每翻一页折子，每报一样物名，左月生的脸就白一次。

等到最后，这山海阁的少阁主直接躺在椅子上，就想装死。

仇薄灯过去，作势要把他的芥子袋搜走。

"哎哎哎！"左月生跳起来，一边掏钱一边哆嗦，"先说好，我只付到这里，你们之后谁想讨好哪个姑娘，谁自己花钱。休想再让我出一个铜板！"

"好说好说。"仇薄灯无所谓地道。

仇大少爷向来自认为"天下有颜一石，他独占九斗九升，天下共分一升"，对于一堆不及他十分之一风华的"庸脂俗粉"，他是半点兴趣都没有，来这溱楼，纯粹是为了凑热闹，外加喝酒。

青楼红巷，除歌舞美人外，一般还会有一两样压得住场子的名酒。试想，美人挽袖白陶温酒，若这酒不够好，岂不是有损佳人姿色？

这溱楼就有一样酒，名曰"昭离"，在《天干曲生录》中，荣居甲部。

陆净白了左月生一眼："也没指望靠你这种铁公鸡，你懂个鬼的风流。"

左月生大怒："陆十一，你没指望就把钱付了啊，刚刚就你点菜点得最狠，你是猪吗？我要是天女，我铁定瞧不上你这饭桶。"

"你要是天女，我连夜扛飞舟就跑。"陆净反唇相讥。

说话间，妙龄婢女鱼贯而入，将澄澈如冰的白璃碟如荷花般排好。

溱楼在山海红阑街屹立多年始终无后浪能够撼动，显然并非真的一味讲求"清高"二字，或者说，是为更好地牟利才特地立下"无花笺不入楼"的规矩，本质上还是长袖善舞的商人，最是懂得怎么不动声色地讨好贵客。

　　仇薄灯几人进溱楼时，没报身份，楼中的媚娘就早已一眼认出左月生这位标志性横圆竖阔的山海阁少阁主，揣度着，根据他爹——溱楼常客左大阁主的口味，从斟酒摆碟到弹琴低唱，都安排了上佳的清伎。

　　先皓腕提朱篮，后红指点冰盏。

　　退出雅间时，媚娘忖度：这回少阁主定然会满意吧？

　　满意个鬼。

　　左月生一瞅，几十、上百两黄金买的东西就这么指甲盖大小，脸都绿了，差点儿就要当场亮出左少阁主的身份，来给溱楼贴上百八十道封条，抄它个底朝天。

　　"你爹也是溱楼常客。"陆净提醒。他靠在椅上，享受美人捏肩，感觉离家出走这么久，总算是重新活过来了。

　　左月生气哼哼地一口一个吞果点，旁边的艺伎约莫是从媚娘那里得了点风声，一双桃花眼不住往左月生身上瞟，可惜纯粹是媚眼抛给空气看。不渡那边倒是很郑重地给一位蓝衣女孩看面相，看完面相看手相。

　　仇薄灯身边则坐了个女孩，叫罗衣，是溱楼新一批人里最出挑的女孩，爱穿红衣。结果进门时，罗衣抱着琵琶，随意地往里看了一眼，隔着前边的姐姐们，她一眼见到了那个斜卧软榻的少年……一瞬间，罗衣几乎想要扭头就走，赶紧去把自己身上的红裙换掉。

　　世上就是有这样的人。

　　他要是一身素雪，那天下就无人敢穿白衣；他要是一身绯红，那十二洲内就再无艳色。

　　穿红裙的罗衣在他面前，骤然就成了庸脂俗粉，骤然就低到了尘埃里去。

　　"会弹《孔雀台》吗？"仇薄灯忽然开口问。

　　罗衣指尖一抖，险些拨错弦，意识到这名漂亮得不像话的公子是在和她说话后，一时间有些受宠若惊……他长得姝艳无双，有着咄咄逼人的美，让人觉得他看不起谁都是理所当然。出乎意料地，他说话时，虽然称不上温和，但比那些明明傲慢到极点还要故作谦逊的"君子"让人舒服多了。

　　"会的。"罗衣紧张地答。

　　"弹吧。"仇薄灯慢慢地斟满酒。

　　他坐在镏金镀银的温柔乡，举目都是奢靡，满耳皆是丝竹管弦，随手一招，清伎不计其数。可他不要谁陪他饮酒，半垂眼睫，凝视杯盏，仿佛满座没有谁是他真正想一起饮酒的人。

可又是什么人能和他共饮呢？

罗衣不知道，她深深低下头，调了下音，便弹起了《孔雀台》。

"孔雀一徘徊，清歌云上台。"

"孔雀二徘徊，故人越山来。"

君长唯提刀在礁石上蹲了大半个晚上，不出意料地拦住了一个无声无息越过山海阁主阁阁界的家伙。

"你不该来。"君长唯沉声道。

来人站在海风里，袍袖被风鼓荡，越显他清瘦挺拔。和灯火辉煌的烛南九岛不同，夜晚的漆吴只有南面坞头与海桥连接的地方有两枚月明珠远远地亮着，其余各处深冷黑暗，巨石的轮廓就像无数交错的断刀断剑，沉默地直指苍穹。

"他在这里。"

一盏纸灯被点起，飘摇的烛火照出师巫洛那张冷漠俊美的脸。

"你也知道，你现在不该见他。"君长唯淡淡地道，"你自己当初答应了的。"

"十八年了，我一次都没去过太乙宗，是他来见我的。"师巫洛低声说。原本就生得冷厉的脸庞现在更是每一根线条都绷紧，就像一柄拔出鞘的刀，以刃口逼向整个世界，寸步不退。

不是回答君长唯，是回答他自己。

他也问过自己，他是不是不应该这么做？不应该克制不住地出现在仇薄灯身边。中土十二洲，横杀肆斩无所顾忌，独独一个太乙宗，他怎么也不敢踏进去，怎么也不敢出现在太乙宗山门百里之内。

他怕。

怕一到太乙，他就忍不住去见那个人。怕一见，就前功尽弃了。

所以只能远远地避开。

十八年了，知道一个人在那里，知道一个人随时就会醒来，却要生生忍着，不去见不去看。这十八年，甚至比之前等待的无尽光阴更漫长。

能见，不能见。

那么久都等过来了，十八年也等过来了，总是能继续等下去的。

滴水成岁罢了。

可是，在枎城，他想见而不能见的人，就那样猝不及防地出现在他面前。没有给他一丝准备的时间，也没有给他一丝反应的机会……天光明媚，红衣少年直接把整个世界点燃，不留一点余灰。

他几乎想要把人紧紧留住，永远也不分离。

又几乎不敢做些什么。

世上再无那样浓烈的喜悲，再无那样强烈的恐惧。

怕镜花水月，怕一触即碎。

"是他来找我。"师巫洛慢慢地重复了一遍，银灰色眼眸映着孤独的微火，就像一个人跋涉过亘古后，扬起头看到雪花从天空中飘转坠落，"他说过，会找到我。他从不失约。"

是他来找我，是他来见我。

沉浮梦境的尽头，这已经成了师巫洛唯一能够紧紧抓住的东西，抓住了，就再也不想放开了。

别人说再多，也没有用了。

君长唯沉默了片刻，想说的话最后还是化作一声长长的叹息。

没有比太乙宗的几个老家伙更清楚，这么多年来，师巫洛到底为了那个人做了多少……从十万大山到重瘴冥荒，那么多不知道存不存在的材料，其实连太乙宗都没有能够凑齐的信心，可最后还是被他凑齐了。

"罢了，"君长唯倒转刀柄，往礁石上敲了敲，"反正小师祖想做什么我们也拦不住。见就见吧。"

师巫洛微微地一愣。

他情绪波动很少，愣神就显得十分稀奇。

"愣什么愣，"君长唯没好气地骂，"真不知道小师祖怎么就结识了你这种家伙，要风雅没风雅，要情调没情调，长得一看就扎手。别的就算了，我警告你，敢做什么不该做的，就等着被围殴吧，太乙宗可没有什么非要单打独斗的规矩。等等！"

说着说着，君长唯突然警觉起来。

太乙宗虽然号称第二个和尚尼姑庙，但毕竟不是真的和尚尼姑庙。君长唯是仇薄灯口里的"纯正太乙刀客"……他当年和某位天天揍他的师姐打着打着最后打出了感情。大家都是年轻过的人，谁不知道啊！

师巫洛罕见地迟疑起来。

君长唯二话不说，握住了刀柄，老鹰般盯着师巫洛，不放过任何一丝蛛丝马迹，阴恻恻地道："不管是动手还是动口，都拿命来吧！"

师巫洛手里的灯笼猛地一抖。

他忽然就想起了枕城下雨的那天。

他和仇薄灯站在同一处屋檐下。

冷雨沥沥，唯一的暖意是从少年身上散发出的。少年习惯微微抿直的唇就是昏暗里唯一的亮色，一线割开晦夜的水红……那一瞬间他听到自己的血液奔流。

他不知道自己想做什么。

只记得那时候仇薄灯毫无预兆地凑近。已经过了很久的事，他刻意不去想，压在记忆深处，可现在君长唯一说，他耳边隐隐又泛起了那一丝轻微的刺痛和湿热。

师巫洛后知后觉，好像有些知道他自己当时是想做什么了。

咻。

金错刀迎面就砍了过来。

师巫洛下意识地向后退开，避过这一刀。

君长唯见他闷不吭声，只避不还手，挥刀挥得更狠了。

师巫洛回过神，绯刀一迎，将金错刀格开，在间隙解释了一句："没什么。"

君长唯更怒了："信你个鬼。有本事当着掌门的面说这话！"

师巫洛不说话了，一心一意横刀格挡。

过了一炷香工夫，君长唯骂骂咧咧地推刀入鞘，转回礁石上重新坐下来，一抖手把一封信丢给师巫洛。师巫洛把绯刀重新挂回腰间，一言不发地接住信，展开看了一眼便直接把信投进灯笼里烧了。

"你之前去枚城是想做什么？葛青那种家伙，还没本事请你出手吧？"

君长唯盘膝而坐，摘下腰间的大葫芦，仰头灌了一口。

师巫洛离他远远地站着。

这倒不是他担心君长唯再次拔刀，是他习惯了与其他人保持着遥远的距离——除了面对某个人。

"还魂草。"师巫洛言简意赅。

"如果小师祖没有在那里，你根本就不打算制止葛青炼化神枚。"君长唯放下大葫芦，肯定地道。

师巫洛不否认。

君长唯皱眉，没对此说什么，转而问起另外一件事："你知道神枚炼成的邪兵能引来天外天的上神？"

这次师巫洛终于回答了："枚木为骨，可搭辰弦。"

"辰弦？"君长唯念了一遍，一下子反应过来了，"南辰弓？天外天有人把主意打到镇四极的神器上去了？"

师巫洛微微颔首。

君长唯低低咒骂了一声，沉吟片刻："最近山海阁的一些人不怎么安分，左梁诗不知道在筹划什么，我不怎么敢信他。你来了也好，小师祖那边你看着点，我得把鳝城的事查一下……小师祖说的怀宁君，我得查查到底是天外天哪个藏头露尾的家伙。"

"他不像天外天的人。"师巫洛忽说。

"你确定？"

君长唯一惊，以师巫洛的性格，说出"不像"，基本就是板上钉钉的"不是"了。

师巫洛默默地点头。

许久，君长唯摇摇头："掌门让我转告你，万事谨慎。他也觉得这件事背后不仅仅有天外天出手。"

天外天、空桑百氏、太乙宗、山海阁、巫族……

明面参与的，已经有这么多人了，站在幕后的又有多少呢？

君长唯望着潮起潮落的沧溟，过了半晌，想起某件事，他猛地回过头。

"今天就别去找小师祖了……"

背后空荡荡。

师巫洛已经走了。

君长唯沉默片刻，朝溱楼的方向缓缓地拱了拱手……小师祖啊，我确确实实是想替您拦一下人的。

此时，溱楼。

雅间里，陆净正在给秀美的舞女写诗，左月生本着不能白花钱的心态，正在给姑娘讲流放时的见闻，不渡正在大肆算命……可谓群魔乱舞。仇薄灯一个人喝完了一壶昭离酒，慢吞吞地持起第二壶，继续斟进白玉盏里。

罗衣把《孔雀台》弹了好几遍，惊奇地偷眼看他。

这漂亮公子好酒量。

为了便于姑娘们趁客醉多哄银两，溱楼的昭离酒后劲极强，常人三四杯酒下肚，醉得能把五旬老妪看成天仙。结果红衣少年一个人喝完一整壶酒，依旧好端端地斜卧着，半点洋相都不出。

"怎么停了？"

罗衣正偷看着，少年突然抬眼瞥来。

"继续。"

罗衣吓了一跳，慌慌张张地低头继续弹，仇薄灯继续一个人喝酒。

弹着弹着，罗衣就有些难过。

《孔雀台》是以前建溱楼的名琴师雁薇雨谱的曲。

相传雁薇雨幼年曾和一人是青梅竹马，后来那人抛下她，入了仙门求大道去了。雁薇雨沦落风尘后发誓，要建一座天底下最好的青楼，让高高在上的神仙在这里也只能拜伏在女子的石榴裙下。雁薇雨无根骨，无天赋，不过是个凡人，可她当真建起了这么一座让八方仙门、百氏空桑流连的溱楼。

一生百年，爱她的人和恨她的人一样多，也有仙门中人愿分寿与她，不求大道，只求携手此生。

可出乎意料，雁薇雨谁都没答应。

她和凡人一样老去，病逝前写了这么一首曲子。

孔雀一徘徊，清歌云上台。

孔雀二徘徊，故人越山来。

雁薇雨是在等着昔年的竹马越山而来，那少年又是在等谁呢？

谁竟然忍心让他等？

罗衣有些愤愤，手下不小心就拨错了一根弦，琴音尖锐起来。她一惊，仓皇抬头看仇薄灯："公子，我、我……"

仇薄灯无所谓地一摇头，正要让她换首曲子，就听到编钟声一重接一重地响起。

正在写诗的陆净一下子跳了起来，兴奋地嚷嚷："出来了出来了，天女要出来了。"之前还口口声声说对天女不感兴趣的"朽木"左月生也一翻身，一骨碌爬了起来，好奇地就要往外探头。

陆净急忙一把将人拽回来，压低声训斥："出息，还有没有点风度了。"

左月生一瞪眼，就要抱怨。

陆净急忙跟他解释，这天女迎客叫"溱洧之约"，就像古歌里唱的一样，男男女女在溱河洧水边踏青苔而行，只有情投意合才能携手同游。天女在溱楼的荷池中静坐，公子们吟诗作赋，清歌抚琴，谁打动了天女，又过了天女的"素花十二问"，天女就遣小童将白芍送给他……

"总而言之，这是风雅。"陆净再三强调，"谁要是在这里出丑，转天可是要被十二洲一起笑话的。注意着点。"

左月生原本想说：笑话就笑话呗，哥们儿这些年干的混账事也不是一件两件了。

不过目光一扫身边用崇拜、温柔的眼神看他的姑娘们，他突然就明白了"笑话"的更深一重含义——这可不仅仅是被笑一次两次的事，这是关乎未来找妻子的事。

他咳嗽两声，努力收了收肚腩。

说话间，已经有白衣侍女挨个儿雅间送去素宣紫毫。

陆净往下瞅瞅，只见河池的汉白玉台果然多了道窈窕的影子，他急忙又把脑袋缩了进来，凑到仇薄灯身边："仇大少爷，我听说天女的'十二问'有些时候很难答上来……一会儿我要是答不上来，就仰仗您了！"

第四十七章

铮——

不论是罗衣的琵琶还是别处的笛子俱是一断，醉醺醺的客人们只觉得清雪般的微寒刮过，酒就醒了三分。

"寒弦碎丝竹。"陆净低声赞叹，"好孤冷的琴声。"

伴随着清清冷冷的琴声，荷池中的汉白玉台渐升渐高，水珠沿玉台周围的翻花仰俯莲断了线般落下，应和着弦声打在池中亭亭如盖的荷叶上。一弹一落间，便有了"抱得寒弦听细雨"的意境，一下子就把风月地的颓靡冲散了，满座客人忽然就觉得像有微凉的风拂面，风里天光璀璨。

春风料峭，清溪沙。

正是溱河洧水冬冰初化时节，少年持花溯流而上，顾盼寻望，佳人在水一方默默弹琴，琴声透着那么多想和你倾诉的心事，那样忧郁，那样徘徊。

既与君期，云胡不来？

"醉风阁输了啊。"

陆净一边听琴，一边感叹。

下等的是上来就衣衫尽褪，恨不得将一身丰盈昭告天下，只有莽野粗俗之人能囫囵入口，腻不可言。中等的则盛妆华服，眼波横流，讲究的是一个奢靡颓唐，就好比艳且妖的摆设，初见惊诧，久了便觉俗气。上等的则像醉风阁，千呼万唤始出来，犹抱琵琶半遮面，这时候的女子便若摘之不得、离之不舍的花，各有各的可怜可爱。

而溱楼在风流一道，简直让人高山仰止。

"情色"一词，"情"字为首。

有了情后，艺伎便不再是尘埃里的花，而是转瞬即逝的朝露，是苍穹落向人间的绝色，称为"天女"也不为过。一把琴，一位足够绝色的佳人，素手拨弦，唤醒满座高客内心深处最懵懂、最青涩时最美好的徘徊遐想。

于是，人人皆年少，人人皆潘郎。

这时候汉白玉台已经升到各个溱楼雅间都能清楚看到天女模样的高度，陆净、左月生和不渡纷纷站起身，故作不经意地走到门口，实则迫不及待地把头探出去瞅天女涟的真容。

他们一开始还有些不好意思，生怕显得自己急色，后来放眼一看：嘿，溱楼回廊上早站满了人，大家个个摇扇挎剑，如孔雀展尾。

三人顿时放下心，装模作样地摇扇负手也到了走廊上，凭栏俯瞰。

"公子，您不出去吗？"

罗衣怀抱琵琶，鼓起勇气问仇薄灯。

仇薄灯慢吞吞地把杯中酒一饮而尽，支着头，半垂下鸦羽般的睫毛看她，真诚地问："我为什么要去看？"

"啊？"

罗衣先是一愣，随即用力点了点头。

"没错，公子才不需要去看。"

今夜接素芍花帖来这溱楼的，大多都是来看天下第一美人的……罗衣瞅瞅这位红衣公子，觉得他要是真想看美人，与其去看外边那白惨惨的女人，还不如揽镜自顾。

仇薄灯不答话了，慢吞吞地继续喝酒。

灯火朦胧，眼尾飞红。

只顾着高兴的罗衣没有发现，这位漂亮公子看起来还好端端地斜卧在那里，实则早就喝醉了。也就是陆净和左月生一心想着赢下天女的白芍，好出去吹牛皮，没发现他醉了，否则铁定要跳起来，火急火燎地把人拉出酒楼。

仇薄灯这家伙，平时就够会招惹是非了，醉了……那就不是招惹是非了，那是直接把天捅个窟窿。

编钟一声接一声。

每有一位公子挥毫洒墨完成首"惊世大作"，便由白衣侍女急急将放在朱盘中的诗作送上汉白玉台。虽说公子们作的诗不论好坏，只要能够打动天女，就能进行"素花十二问"，但天女也不能真选出一些作得驴唇不对马嘴的歪诗斜曲，否则不能服众事小，折损天女雅致事大。

因此，公子们的大作要先由天女的十二名文婢一一看过，逐次淘汰。但凡有大作能过这十二关，便有青衣小厮敲响编钟中的一口，满座就会先安静片刻，由该作主人亲自将诗歌诵读给天女听。

能不能打动天女且不说，有资格在溱楼当众诵诗，本身就是对才华的一种肯定。

这也是一些天赋不佳的修士出人头地的机会。

溱楼天女初接帖，同时是一场文人盛会。

诵读出来的诗作，纵使不能打动天女，也能赢得满堂喝彩，依旧风光无限……不过嘛，所谓"文无第一，武无第二"，但凡有点才华的，就不愿意承认自己的诗作被别人比了下去。被天女选中的那个人，在过"素花十二问"之前，十成十地得先被其他"才子"大肆批评一通，就算是诗仙再世，都得被刁难得吹须瞪眼。

白衣侍从满座穿梭，如群鹤翩翩，诗作丹青一篇接一篇地被挂出。

这边钟声连绵，那边媚娘沿一条长廊，悄悄地走进一间幽僻的密阁。

媚娘曾经也是溱楼的天女，举手投足间风情入骨，就算面对山海阁阁主左梁诗都能飞眼送情，但一踏进这间密室她瞬间就变了。那些妩媚妖冶从她身上退去，她转眼就从一位青楼老板娘变成了一名沉稳的修士，有一种英气刻在她脸部的线条里。

"先生。"她对着一扇白纸屏风跪下，恭恭敬敬地叩首。

"四位贵客已经安顿好了吗？"屏风后的人问。他的声音乍一听很温柔，似乎永远含着一点微笑，但听久了就会觉得那温柔像镜花水月一样空虚，连带着笑意也透出种诡异。

"是。"

媚娘将额头紧紧贴在铺木的地面。

不管是第几次拜见这位自称"戏先生"的男人，不管他的语调到底有多温柔，态度有多亲和，媚娘始终不敢抬头。媚娘作为当初的天女，接见过数不清的大人物，但没有让她如此恐惧、如此畏惧的。其他人修为再高再冷酷，那也是人，只要是人，就有七情六欲，而玩弄情欲便是风尘女子的拿手好戏。

媚娘曾自负能将天下男子玩弄于股掌之中，就像最初建立溱楼的一代传奇雁薇雨。

直到她遇到这个男人。

第一次见面时，男人坐在屏风后，笑着问她："听说媚娘只一眼，就能看出男人的欲望是什么，不如来看看我心里想要什么？"

她应了声"是"，野心勃勃地抬起头去看他。

只一眼，她便浑身战栗。

从此，陷入挣脱不出的噩梦。

正是那一眼，让风华正茂的媚娘从"天女"位置上退了下来——因为她丧失了玩弄情欲的勇气，而不能将"情"与"欲"把玩于掌心的天女只有死路一条。

"仇薄灯……左月生……陆净……普渡……"

让媚娘如此畏惧的戏先生以银镊夹着一片打磨过的水晶，透过水晶观察摆放在他面前的一颗玻璃球。

玻璃球直径约莫三尺，一个个小小的光点互相紧挨排列在球面。由水晶片放大其中一点，红衣少年自斟自饮的影像便浮了出来，再略微一移动，便可以看到门口撸胳膊挽袖、抓耳挠腮的陆净、左月生等人。

"试探过了吗？"

戏先生有一张清秀无害的脸，五官端正却没什么特色，很容易被淹没在人群里。非要说哪里不寻常，便是他唇边自始至终没有消失的微笑。那抹微笑初见会觉得十分温柔，久了却会让人后背莫名爬过一丝寒意。

"无事不登三宝殿，我们的贵客大驾光临，有什么深意？"

媚娘迟疑了一会儿。

"以武眉拙见，几位公子来溱楼似乎并无深意，左少阁主应该是为了给他的几位好友接风洗尘，陆公子与不渡和尚对天女的芍药花有兴趣，至于仇师祖……他应该只是为了来喝酒。"媚娘顿了顿，"先生担心他们是左阁主派来试探溱楼的？我听说，左阁主带人在听潮楼为仇师祖设了接风宴，得知左公子带其他人来了溱楼后，暴跳如雷。想来应该是巧合。"

"左阁主可是位戏子，"戏先生笑，"他的喜怒你莫要信。"

媚娘诚惶诚恐，连声应是。

"我只是有些好奇。"

戏先生放下水晶片，取过一张洁白的宣纸写了几个字。

"真有人来溱楼只是为了喝酒吗？告诉天女，让她去试试。"

"是。"

宣纸滑到面前，媚娘将它收入袖中，低头起身，又低头退了出去。

门即将合上的瞬间，戏先生温和的声音自背后传来——

"媚娘。"

媚娘一惊，寒意蛇一样爬过脊背。

"我怎么觉得你有些害怕那位太乙宗的仇师祖呢？"戏先生幽幽地问。

"太乙宗仙门第一，行事又无顾忌，"媚娘回答，"媚娘害怕哪天醒来，君长老的金错刀便已经斩下了媚娘的项上人头。"

"这样啊。太乙……的确。"

戏先生若有所思。

"去吧。"

媚娘不敢再多停留，沿着暗道又悄无声息地退了出去。

一直走到旋天球观测不到的地方，冷汗才骤然打湿了她后背的衣服。她撒谎了，她的确害怕仇薄灯，可不是因为太乙宗，而是因为仇薄灯让媚娘想起了当初她抬头看戏先生的那一眼……那时，她只看到了……

恶。

纯粹的恶。

仇薄灯与戏先生是截然相反的两种人。

可他们对某些东西的纯粹，却如出一辙。

第四十八章

"快快快！陆十一，你给我争气点！"左月生把袖子撸到肩膀上，上蹿下跳，面目狰狞地半威胁半鼓劲，"你要是能把那枝芍药摘了，别说一张素苔花笺了，就算你明天想载小娘子去登楼泛舟，老子都没二话！"

"别催别催，别吵别吵。"

陆净额冒冷汗，咬着笔杆头，抓耳挠腮，搜肠刮肚。

他已经写了三首词，分别过了六关、九关和十一关，颇有越挫越勇的架势。

想请天女接帖只能挥毫洒墨，而涌到回廊看天女的三人中，左月生是个骨子里都是铜臭、俗不可耐的"庸人"，不渡倒是书法极佳，可惜只会做些佛家偈语。也就陆净这小子还能作一手酸词。

"左施主怎么今儿这么慷慨？"

不渡对登楼泛舟垂涎不已，他倒有心也写几句偈语，但在风月场说清心寡欲，怕不是要被直接打出去……

"对啊，"陆净忙里偷闲问了一句，"左月半，你这态度变得有够快的啊？当真是色令智昏不成？"

要知道，刚刚三人趴在栏杆上看天女涟时，左月生还觉得天女长得好看是好看，但要是让他花几千几万两黄金看，那他还不如去抱块木头睡觉。幸好那时四周比较吵，大家注意力又都放在天女身上，否则他们现在也别说写诗作词了……上脑的热血少侠就够他们喝一壶了。

怎么一转眼，左月生比陆净这个风流公子更在意能不能让天女接帖了？

甚至摆出"一掷千金不足为惜"的架势。

简直比太阳打西边出来还惊悚。

左月生骂了一句，一指对面："看到了吗？跟个绿竹竿似的家伙，别人我不管,你敢让那小子把风头出了,我掐死你。"

陆净和不渡顺着他指的方向看去,只见一名青衣少年凭栏而立,手持狼毫,一副沉吟细思的样子。青衣少年生得还算英俊,就是一双眉又浓又黑,压得极低,眼睛略微凹陷,就显出几分阴郁。

"那小子谁呀?有够装的。"陆净问。

"应阁老他孙子,应玉桥。"左月生杀气腾腾,"老子迟早有一天要把他塞海眼里。"

旁边的不渡"欸"了一声:"这名字有点耳熟……好像听说过。"

"走运上了仙门天骄榜第十三,"左月生不怎么情愿地说,"你当然听说过。"

"哦哦哦!"

不渡恍然大悟,一拍大腿。

"记起来了,是不是那年仙门论道会,被太乙宗宋师妹一脚踹下擂台的那个?"

最后一句话不渡"无意"喊得很大声,把一名蓝衫公子诵诗声都压了下去,大半个溱楼都能听到他的破嗓门。

咔嚓。

对面凭栏而立,一心想要摆出一个潇洒姿势的应玉桥捏碎手里的紫毫笔,两道刀眉一跳,险些直接抽刀朝对面哪壶不开提哪壶的不渡劈过去。

那名被打断诵诗的蓝衫公子怒气冲冲地要上来找陆净的麻烦。

刚走了没两步,他同伴探头一看,脸色顿时一变,马上扯了扯他袖子,低声说了几句。蓝衫公子的怒气顿时烟消云散,脚步一滑,默默地就拐回了雕花椅上坐下。

格外胸襟宽广。

不宽广不行啊!

此时整个溱楼一片喧哗。

先前左月生三人没怎么吱声,大家光顾着看天女登场接帖,也就没多少人注意到他们。眼下不渡一高声,大家终于发现几位十二洲赫赫有名的纨绔今晚竟然也在溱楼,顿时热闹得跟天女初登场有一拼。

佛宗佛子、药谷公子,以及山海阁少阁主。

这可是高居天下纨绔榜第二、第四还有第五的纨绔啊!

别以为这天下纨绔榜很好上,想要尽人皆知,光品行奇葩可不够,你要是亲爹亲娘不够厉害、宗门不够强大,为祸一方的名声一出,随时都有可能被"为民除害"了。是故,能在天下纨绔榜上高挂的,无一不是顶难招惹的仙门二世祖。

是故，又有人谑称这天下纨绔榜为"避行录"。

——意思告诉你这些人虽是败类，但你惹不起，想除暴安良赶紧换个对象。

只是这些纨绔一般天各一方，鲜少聚在一起，今天溱楼也不知道是走了什么绝顶"好运"，竟然扎堆冒出了三位……

再多来一位都能凑一块行骰飞箸，混天和地了！

陆净、左月生还有不渡，哪个不是身经百战、万众瞩目过来的，脸皮早就厚得跟王八壳有一拼。对面的应玉桥被四下视线一聚焦，还有些不自在，左月生三个就跟没事人一样，继续高声攀谈。

"啊！"陆净像终于也想起来点什么，"我在药谷时听道情姐姐说过，你们山海阁有个姓应的万年老二，每年都要挑战娄江，每年都被摁在地上揍。"

啪。

应玉桥生生把溱楼栏杆掰了一大块下来，脸跟开了染料坊似的，又青又红又紫。

这应玉桥在仙门天骄榜上排名第十三，也算是这一代仙门颇负盛名的天才了。奈何他极为自负，性格傲慢。十九岁时，应玉桥赴仙门论道会，放话要夺魁首。太乙宋帷影冷笑一声，刀都懒得拔，闪瞬近身，一脚踹在他脸上，把人踹了下去。

那一脚，踹碎了应玉桥的仙门魁首梦。

从此，应玉桥再也不肯去参加仙门论道会，退而求其次想在山海阁当个地头蛇……谁想地头蛇没当几年，山海阁就来了个姓娄，单名江的家伙。

"应老二"之名不胫而走。

这两件事可谓应玉桥的禁忌，平时没谁敢提。可陆净和不渡和尚是谁啊？天下屈指可数的纨绔！他们怕他个鬼。

"应二郎，"陆净深谙杀人诛心之道，放下笔，笑嘻嘻地站起身，远远地朝应玉桥拱手，"久仰大名！久仰大名！"

楼内一阵窃笑。

应二郎？陆十一郎忒恶心人了吧？

应玉桥只觉得脑子里某根筋嘣地就断了，怒发冲冠，就想拔剑越栏而出。

"应兄莫恼。"

他旁边一个人合扇按在他肩上，这人面如冠玉，戴薄金帽，着紫绢袴褶，神采奕奕。

"井蛙怎可语海，夏虫怎可言冰？"

这人声音不高，却清清楚楚地传进每个人的耳朵里——这可不是普通修士

273

能做到的，这金帽紫衣公子修为颇高。

应玉桥缓和下来："也是。"

两人相视一笑，大有不言而喻之意。

陆净扭头问左月生："这啰唆的家伙是谁？"

"我哪知道？"左月生一翻白眼，"万年老二上哪儿拉个老三垫脚，本少阁主日理万机，怎么可能认识。"

应玉桥与紫衣公子笑容齐齐一僵。

"这胖厮好生放肆。"紫衣公子从牙缝里挤出声来，随即复一笑，"在下太虞时，受令父左阁主之邀，来山海阁做客。左少阁，久闻您流放在外，消息不通也正常。"

太虞。

这可真是不是冤家不聚头。

不渡捻佛珠一顿，陆净提笔一滞，左月生袖中的手一攥。

雅间内，仇薄灯斟酒略微一滞。

陆净给左月生递了个眼神，意思是：好你个左胖子，你爹怎么是个骑墙的通敌派？

左月生骂了声，嬉皮笑脸，高声道："居然是太虞公子，稀客稀客！不知太虞兄您三叔近来无恙否？"

太虞时的微笑消失了。

左月生笑容不改："您三叔的大名，月生仰慕已久，太虞兄什么时候要打道回府，还请帮我捎带几份薄礼予令叔。"

陆净大惊："这也太客气了吧？他叔怎么好意思收小辈的礼物啊！"

"不值什么钱不值什么钱，"左月生格外谦逊，"一捆纸钱而已，十个铜板，一点心意。"

话说到这儿，机敏的人已经品出些事态失控的味道了。

太虞时的三叔叫太虞栾。

一千年前，太虞栾晋升百氏第一剑修，意气风发地准备提剑出山，登门太乙宗，与飞光剑叶暗雪一较高低。结果走到半路，被人一刀杀了……往后千年，民间说书每每讲到南方疆域十巫之首，必定有一节"刀斩太虞铸传奇"，太虞栾便是师巫洛踏足中土后杀的第一个人，也是他"神鬼皆敌"的起点。

自此太虞栾天下闻名。

可惜不论是坟头草高三丈的太虞栾本人，还是太虞氏，都不会想要这种"天下闻名"。不过，民间说书只是私下说说，真有百氏之人在场的时候，没谁会去戳牧天者的肺管子。

如今，左月生又是明知故问"贵三叔安好否"，又是要送上纸钱做"区区薄礼"……

不用瞅都知道太虞时的脸色会有多难看。

溱楼渐静。

虽然只是几个小辈口舌之战，可同时牵扯山海阁、药谷、佛宗和太虞氏就已经不是常人能插嘴的了。

太虞时视线扫过左月生、陆净和不渡，目光阴鸷，右手慢慢地握住剑柄。

一旁应玉桥眉头一跳，心道不好。

要是闹大，事后追究起来，他也有责任。可他这些天花了好大力气，才同太虞时拉近关系，出手阻止便是前功尽弃……一时间应玉桥进退维谷，只能在肚子里把左月生这个混账玩意儿骂得狗血淋头。

不渡上前一步，有意无意将陆净和左月生挡在背后。

铮铮铮——

忽急忽慢的琴弦打断了紧绷的气氛。

"溱洧涣涣，方秉蕳阑。"

"溱洧清清，殷盈洵满。"

就像寒水流过松下白石，低缓轻柔的歌声拂过每个人的耳朵，声音里的惆怅把人心底的弦不轻不重地也拨动了两次。

一直在白玉台静坐的天女抱琴起身，微微仰起头。

溱楼楼如圆环，层层收缩，最后束成一孔，月辉穿孔而落，洒在她脸上像一层雪色的云纱。她的眼睛似水似雾，蒙蒙眬眬地清凄着，与那双眼睛对视的时候，会让人想起一切苦苦追寻而又遥不可及的事物……天下绝色的女子那么多，溱楼的天女未必就是最美的那个。人们将溱楼天女称为"天下第一美人"不是因为容貌，而是因为每一任天女，她们身上总有某种气质，让人神魂颠倒。

曾经有位仙门的女修自负容貌无双，不忿人们将溱楼天女奉为"天下第一美人"，便不远万里来与天女比美。

见到天女后，女修目不转睛地与她对视许久，最后道——

"我见犹怜，况乎世人。"

"几位公子来溱楼，不是为了赴约吗？"天女轻轻地问，她的声音就像雨水滴进湖里，泛起一圈又一圈涟漪，在涟漪里一切争锋都被融去了。目光盈盈间，让人觉得让这样一位美人空等简直是罪过。

"天女说得是。"

太虚时痴痴地望着她,拱手一笑。

不渡双手合十,微微一拜。

"芍药期短,奈何光阴?"天女垂首,信手拨了两下琴弦,轻轻柔柔地道,"几位都是才华卓越之辈,可有雅兴答一下阿涟的素花十二问?"

"天女相邀,岂敢不应?"太虚时文雅一笑。

"答就答呗。"

左月生一脸浑不懔,让四下的人眼角直抽,大骂这左败类粗俗,不通风流。通风流的陆净把手背到身后,朝里面的仇薄灯疯狂打手势……能不能把太虚时的脸踩脚下,就看您了啊仇大少爷!

仇薄灯斜卧软榻,烛光影影绰绰地落在他脸上。

第四十九章

铜铃空灵。

十二支灯缓缓升起,细铜杆将十二盏太阳灯从下而上挑起。灯做金乌状,赤松子在其背上燃成一轮红日,三足各抓数张雪银丝编的花笺,下系青铜铃。

"太虚公子,请。"

左月生客客气气把先手让给太虚时,表面秉持东道之谊,实则让他蹚蹚险。

毕竟这"素花十二问"他们也是第一次答,最好还是让仇薄灯熟悉下,有个底。

太虚时冷哼一声,对天女涟一拱手:"天女请。"

天女涟直身跪坐,素腕挽袖,指尖轻轻地从铜铃上滑过,一探,摘下一枚花笺:"潇湘八景[①],孰能数之?"

太虚时温言:"烟寺晚钟连夜雨,平沙落雁远归帆。空廷秋月渔夕照,江天暮雪山晴岚。"

"山灯北照,何以观之?"

"朔时立蓬山,望时……"

天女涟与太虚时一问一答,不渡悄悄退后,拿胳膊肘捅了捅陆净:"仇施主真有把握吗?"

[①] 潇湘八景应为江天暮雪、山市晴岚、潇湘夜雨、烟寺晚钟、远浦归帆、渔村夕照、洞庭秋月、平沙落雁。在创作过程中有化用。

"放心吧。"

陆净一手摇扇，一手后负，雪袖翩翩，极尽风骚之能事。

"仇大少爷天下第一。"

话虽这么说，但随着一问复一问，太虞时回答的速度渐渐变慢，陆净也开始有些发虚了起来……不知道是不是天女涟有意给他们几个闹事的公子哥儿点下马威，这十二问，天文、地理、算术、辞令无所不包，极尽刁钻之所能。

溱楼窃窃私语，不少人跟着一起仔细推敲，难得其解。

第七问，眉峰紧锁。

第八问，冥思苦想。

第九问，踱步徘徊。

第十问……

"十一问：洛城立木，影长几何？"天女涟柔声问。

这些日子算天轨算得脑子都快打结的陆净、左月生还有不渡一个激灵，条件反射地想：这也忒不是人了吧？又没给日月记表，又没天轨月辙，甚至连时辰都没有，要怎么算？

太虞时百氏出身，作为未来的牧天者，明显同他们三个一样熟悉《天筹》，听了这个问题，苦笑连连，温声问："天女是否恼我今夜扰断登台，特意为难？"

"太虞公子是答不出来了吗？"天女涟眼波盈盈地望他。

"此问无解。"太虞时摇头。

"那太虞公子的素花问止步于此，可惜了。"天女涟浅浅一笑，让人想起千百年前溱河洢水的粼粼清光。太虞时暗藏的几分恼意，不知不觉地也就在她的笑容里随水逝去了，觉得罢了，何必同一个弱女子计较？

四下窃笑。

还有人高声道："拿无解之问来刁难，可见真是'唯女子与小人难养也'！"

"洛城无影，立木无长短。"

满座喧哗中有一道声音懒洋洋地响起。

所有人忽然觉得耳朵像被羽毛拨了一下，泛起丝丝缕缕的痒麻……说话的这人似乎有些醉了，声音慵懒，略微有几分哑，但他音色极佳，听起来就像剔透的冰碾磨过细如金沙的砂糖。

天女涟要将雪银花笺挂回灯枝的手一顿，惊诧地回首望向声音传来的方向。

见到她这个反应，溱楼里的客人沸腾起来。

居然答对了？！

"这位公子答对了。"天女涟轻轻颔首,"《七衡通录》卷三《天下志》曰:然瞻部洲中,影多不定,随其方处,量有参差,即如洛城无影,与余不同。故而洛城立木,无长无短。"

"《七衡通录》……"左月生眼角微抽。

《七衡通录》是一部公认"满纸荒唐"的古书,不知著者是谁,也不知著于何时何地。内容极其荒唐怪诞,晦涩难懂,谬错百出,有人试着将它当作一本谶纬之书去解读,结果没有任何一个意象能够与现世对应。早在数千年前,就由文学古书大家盖棺论定,这是一本无名氏假托古人编出的疯话。

《七衡通录》共七卷,每卷各一百一十八万字,自被定论为"荒唐言"后,就再无人愿意去研读,更别提去记诵其中的细枝末节。

把这种题放进素花问里……这是压根儿就没打算让人答出来吧?

简直荒唐。

更荒唐的是,当真有人答出来了。

一时间人们纷纷朝声音传出的方向看去,目光中,敬仰和"怕不是有病"二者兼具。

"连《七衡通录》都烂熟于心,"不渡失语片刻,又捅了捅陆净,心悦诚服道,"贫僧可算知道你为何如此气定神闲了,仇施主果然博学。"

陆净尴尬一笑。

其实他连《七衡通录》是个什么鬼东西都不知道……之所以这么有信心,纯粹是因为仇薄灯是他们三人中看书最多最快,并且"一目十行,过目不忘而已"的那个。姓仇的连《古石碑记》那种又臭又长的书都能一晚上看完,这世上还有什么拦得住他!

也不知道仇薄灯好好的一个大纨绔什么毛病,除喝酒外,最大的爱好居然是看书……乱七八糟的什么都看……

陆净问过他原因。

仇薄灯一脸愤愤,说了一堆陆净听不懂的话,陆净只觉得仇大少爷果然脑子有病,骰子不够好玩吗!斗鸡走狗不够好玩吗!

当时仇薄灯看他的眼神格外怜悯,以至于陆净产生了一种自己的精神娱乐贫瘠无比的错觉。

丁零零。

天女涟拨动十二支灯将众人的注意力引了回来,道:"这位公子是否愿答这素花十二问?"

她边说边想确认出来的人是不是媚娘交代的那位太乙宗小师祖。

谁料仇薄灯压根儿就没有出来，依旧懒洋洋地躺在雅间里，只闻其声不见其人。其余想看看这位"奇才"真面目的人，一面觉得大失所望，一面又有些不满，心说：天女相邀，这是何等不解风情的无礼之辈才会待在雅间里不动弹？

天女涟抿唇一笑，低头摘下一支雪银花笺。

"蕤宾仲吕，音间几何？"

一听到这题目，陆净就是一蒙，从字面上理解，好像是在问"蕤宾"和"仲吕"两者的距离是多少，但是"蕤宾"是什么东西？"仲吕"又是什么东西？这两个东西的距离又要怎么算？怎么他连题目都听不懂了？

他真的有这么傻吗！

"蕤宾指卯中绳，加十五日指乙，即为仲吕。间十五日。"

雅间里仇薄灯将杯盏一饮而尽。

对面，应玉桥从"加十五日"里听懂了点东西，隐约猜出这问的应该是天文历法的事，便回头看出身空桑的太虞时："太虞兄，他说的是对还是错？"

太虞时脸色阴沉，缓缓点头："古历以十二音律对应节气。春分雷行音比蕤宾，加十五日指乙，则清明风至，音比仲吕。[①]"

可这古历被废弃已久，天牧者久研历律，才知晓一二，现在答十二问的人是谁？竟然也知晓古历？

"旱修土龙，涝时何具？"天女继续问。

"擢对掘池，以应天候。"[②]

"五行微深，何所曰之？"

"水曰润下，火曰炎上，木曰曲直，金曰从革，土爱稼穑。"[③]

天女的语速渐渐加快，问题也一个比一个更古怪刁钻。

仇薄灯声调自始至终都一个德行，懒懒散散，信口对答。溱楼的人原先还不忿他竟然高卧不出，渐渐地没人再窃窃非议了，面带惊色——尤其是中间天女还问了一道极其艰深的算术。溱楼里也不是没有算术好的，听到题目心中略略一解，便知道少说也得纸笔不停地算上一天一夜。

结果雅间中没露面的人依旧是随口就将答案报了出来。

陆净和左月生将众人的神色看得分明，暗爽不已，心说：一群没见过世面的蠢货，仇大少爷可是能够心算天轨，同时校对四个人结果的狠人，区区算术，

[①] 引自《淮南子·天文训》。
[②] 典出《淮南子·说林训》："涝则具擢对，旱则修土龙。"
[③] 意为"五行的特性"。

算它个鬼哦！

这边仇薄灯答得越快，那边太虞时的脸色就越难看。

同样是答十二问，没露面的家伙势如破竹，岂不是衬得他越浅薄无知？

"曹州何神，鼓腹而鸣？"

"泽有雷神，龙身人颊。"①

天女涟放下最后一支雪银花笺，心底轻轻松了一口气。

一入溱楼便身不由己了，可她总想能够通过素花十二问，选个不讨厌的人度过今夜，却没有想到，这个微弱的梦也被媚娘打碎了……一开始插手左月生等人和太虞时的争锋，她心里其实有些不情愿，但随着十二问一过，她对即将见到的人不由得也生出了一丝期待。

至少不是真真正正不学无术的人，不是吗？

她嫣然一笑："这位公子，恭喜您过了素花十二问。"

"仇大少爷天下第一！"陆净难以按捺，振臂高呼。

"仇大少爷所向无敌！"左月生瞅见对面应玉桥和太虞时跟吞了苍蝇一样的脸色，兴高采烈地跟着欢呼，恶心两人。

"好！"

溱楼喝彩连连，众人一边嫉妒，一边也算心服口服地鼓掌喝彩。

满座呼声里，天女涟抿唇一笑，觉得那位传言中的纨绔也并非面目可憎，至少在某些方面与她心底的少年英杰重合。

"公子，还请一见。"

天女涟一低头，面颊微红，看得鼓掌的人心里越发泛酸。

这就是人与人之间的差别吗？你伸长脖子生怕见不到的仙子轻声细语地等一个男人出来相见。更气的是，被请的人还半天不见人影。

陆净咳嗽一声，刚想替仇薄灯说点什么，就听到里面的仇薄灯懒洋洋地应了："不见。"

鼓掌声戛然而止。

大家一脸茫然，只怀疑自己是听错了，否则怎么会有人干脆利落地拒绝天女的邀请？

天女涟微微一愣，下意识地问："为何？"

"我为什么要见一个长得不算好看的人？"仇薄灯理所当然地反问。

溱楼先是一静，随即轰的一下就沸腾了。

---

① 典出《山海经》："雷泽中有雷神，龙身而人头，鼓其腹。"

四面八方的人恶狠狠地朝这边怒目而视，把一个横了这么多年的陆净吓得都猫到左月生背后去了……这些人义愤填膺得就差冲上来把他们撕了好吗？！可见色令智昏诚不欺我！在美色面前，绝对不会缺少热血上涌的家伙。

长得、不算、好看？

天女涟的笑容出现了裂痕，指甲差点儿摁断在青铜铃上。

陆净听着外边的哄堂大骂，探出个脑袋，颇有义气地替仇薄灯和他们对骂："仇大少爷也没说错，和他比起来，天女长得也就、也就那样！你们真是井底之蛙，才觉得她便是天下第一美人！"

左月生心说：你都害怕到躲起来了，怎么还敢火上浇油？

吧唧。

菜叶子和茶点像雨般被丢了过来。

左月生眉一横："谁再丢东西，回头山海阁收拾谁！"

嘘声四起，有人躲在人群里捏着嗓子高声骂："左少阁，在风月地不讲风月，你爹知道你这么横吗？"

左月生一抹脸，暗骂这人忒损。

他爹来青楼都"入乡随俗"地扮装唱戏，要是叫他知道自己来青楼耍横，自己铁定没好果子吃。

"就是就是！"

"风月场有风月场的规矩！"

"……"

口诛笔伐声如鼎沸。

天女将涌到胸口的血气压了下去，恢复了清浅的笑容，朝仇薄灯所在雅间方向亭亭一拜："阿涟承蒙厚爱，被抬为天女，不敢冒称'天下第一美人'。小女虽是风尘之人，可也知'朝闻道，夕死可矣'之理。若这位公子肯让小女见见何为天下一等容色，小女即辞天女……虽死无憾！"

她话说到最后，斩钉截铁，竟也有几分江湖女子的烈性。

众人一面为之喝彩，一面高声催促这位称天女远不如他的家伙出来亮个相。

"你们真的很吵啊。"

慵懒倦怠的声音压过一切喧哗。

左月生和陆净一左一右，分立两侧，狗腿如小厮般地挽起珠帘。

天女涟突然愣住了，对面阴冷孤傲的应玉桥和太虞时也愣了，所有见到那一袭红衣的人都愣住了……少年越过两位尊贵的"小厮"，走到了人们的目光中，他的五官晕着从天而落的清辉，他的眼尾扫一抹飞红，顾盼间靡丽无边，鸦羽般的长发、素雪般的肌肤、烈火般的绯衣，整座溱楼一下子黯淡了下去，天地之间的所有浓墨重彩被倾注到他一人身上。

满座寂然。

少年走向回廊上的一名剑客，伸手向他借剑。剑客愣愣地看着他，下意识地把视若生命的剑随随便便地交到了他手里。

"你……"

剑客迷失在少年方才侧首看来的一眼里，清月的光辉在黑瞳上流转，眼尾却晕着迷蒙懒倦的绯红，就像一柄插在曼珠沙华里的剑，那么冷又那么艳。剑客失去了言语的能力，本能地追逐着少年离去的背影想要上前拉住他。

少年忽然一跃而下，广袖飘扬，像月光里盛开了一朵妖冶的朱砂。

举楼惊呼。

十二枚铜铃被少年降落带起的风晃动，铃声连绵，空灵旷远。

一枚铜铃被仇薄灯挑起，挑向空中。

雪银花笺翻卷，上面的字在月光中一现而过。

"谁乘黄龙，珥彼青蛇？"

"赤南沙西，夏后开兮！"①

"谁狩衡山，狩之为何？"

"天穆南狩，牧尔黑雄！"

红衣少年绕十二支灯而走，一枚枚铜铃无间断地被他挑起到天空，他随走随念，随念随答，四字一句，两句一节，渐渐如歌。

声音清绝，高歌旷远。

曾有人说溱楼的"素花十二问"所有花笺连起来其实是一首磅礴大气的问天之歌，上问天地，下问幽冥，求索八荒，追溯四合，这个说法流传久也，却始终没有人能够将所有的雪银花笺答出来，也就没有人知道到底有没有这样一首古老的歌。

直到今天，似醉似梦似酩酊的少年披月而来，这个谜题被豁然揭开。

溱河洧水的清溪被击碎，却没有人再去管那一朵花期短暂的素色白芍。天女涟的确是不可多得的美人，可她清淡素雅的美在俯仰天地、自问自答的少年面前不值一提。天女的目光是雨，是涟漪；他的目光却是焚世的业火，是不度的般若，是颠倒众生的森然华美。

---

① 典出《山海经》："西南海之外，赤水之南，流沙之西，有人珥两青蛇，乘两龙，名曰夏后开。"

他且问且答,且醉且狂,颓靡冶艳,所向披靡。

他不看天女,不看太虞时,不看任何一个人,眼角眉梢却流转了那么多的妖冶。

整座溱楼在这一夜悄然静寂。

屹立红阑街上千年,任由无数后浪冲击,悍然不倒的第一风流销金窟在这一夜被打败了。千娇百媚、风情万种的女子,她们的音律,她们的才情,她们的风流,她们的绝色,在今夜化为了乌有。

当骄阳冉冉升起,萤虫般的微星就会在它的光芒里消失。

最后一枚铜铃锵然落地。

"醉去归何处?何处葬我骨?"

"我醉眠山海,江河葬我骨!"

少年纵声而笑,回旋转身,十二支灯上十二只金乌负着的赤松子被高高挑起,在半空中碰撞成一轮红日,轰然撞向溱楼最高处如圆月般的空洞。

暗处的媚娘一惊,下意识地就要冲出去制止,但已经来不及了。

琉璃如冰,纷纷扬扬地从空中落下,大火在溱楼的屋脊上砰地燃起。

红阑长街夜沸。

"走水了——走水了——"

先是一个更夫失魂落魄地扯嗓子大喊,紧接着整条街人仰马翻了起来:云鬓松散的女人,神色惊恐的小厮仆从,衣衫不整的客人醉鬼,气急败坏的老鸨,手持刀剑的武士打手……指挥救火声、呼喝抓人声、破口大骂声混杂成一片,纷纷杂杂。

左月生横冲直撞,在前开道。

三人夺命狂奔。

"你砸场子就砸场子,烧什么楼啊!"陆净一边跑,一边气喘吁吁地问。

赤松子又名"火精",一枚可燃千年,收于寒铜中才能敛起烈性,一离收束,瞬间就能覆盖数里。刚刚仇薄灯一剑挑起十二枚赤松子,把人家溱楼好端端的穹顶冰琉璃撞碎了不说,还把大半个溱楼阁顶给烧了!

不仅如此,火势一瞬而过,很快牵连左右,把大半个红阑街给点了。

好在山海阁以灯市著称,走水起火乃家常便饭,火星刚起,所有人反应就比兔子还快。山海阁经验丰富的巡逻灭火队瞬间就位,开始麻木而熟练的扑火工作……问题是,起火在山海阁的地盘不会出人命,可纵火者不管有意还是无意,都是人人喊打的。

主要是事后修缮要花钱。

溱楼作为一座屹立千年不倒的头号青楼，自然有自己坐镇阁中的高手。

先前他们和太虞时争斗，仇薄灯砸场子都是小辈的矛盾，坐镇阁中的修士不会真的为这点小事出手为难几名二世祖。但放火烧楼就不一样了啊！

一见火起，左月生当机立断，卖得一手好队友地把不渡往杀气腾腾的人群里一推，喊了一声："和尚你舍身度人一下，回头酬谢白银三百两！"然后和陆净一起，拉着仇薄灯拔腿就跑。

"快跑快跑！"左月生一边开路一边催促，"要是被抓住就得自个儿赔钱了。"

仇薄灯被他们拉着跑，眼睛微闭，头一点一点地，半睡不睡。

难得安静。

陆净骂了一声："果然是发酒疯。"

三人想赶紧逃，可街上人挤人行进艰难，眼看就要被撵上了，有人清脆地说"这边"，把他们一把拉进了一条隐秘的胡同里。

"谢了……怎么是你？"

左月生满脸惊诧地看着猫在胡同里的白衣姑娘，天女涟。

"你、你、你……"

天女涟竖起食指，放到唇边，示意他们不要说话，贴紧胡同的墙面。

头顶几道风声掠过。

"好了，"天女放下手，回答左月生前面的问题，"我逃出来的。"

左月生和陆净面面相觑，不懂这女人心胸缘何如此宽广……姑娘，刚刚姓仇的可是毫不留情地砸了你的场子！你以德报怨的胸襟实在令人感动，也实在令人警惕啊！

天女涟轻轻摇头："天女再风光也不过是个风尘里随人摆布的微萍……如果有机会，谁愿萍无根，随涟摇曳？我既然舍命跑了出来，就没想过活着回去，也不瞒三位公子，在楼中，有人要我刻意接近你们中间的一个人。"

"谁？"

左月生和陆净下意识地问。

天女涟没直接回答，火龙蔓过不远处的画楼，将胡同照得半亮。她踩着如铺琉璃的石板走过来，左月生和陆净才发现她竟然是赤足跑出来的，脚踝上系了一枚青铜铸造的小铃铛，随她的足尖点地起落，发出轻而悦耳的声音。

她不再是垂首跪坐白玉台上的寒月仙子，不再那么完美，却突然变得活生生的，俏丽得就只是名简简单单的妙龄少女。

"你。"

她走到仇薄灯身前，踮起脚尖，专注地凝望他的眼睛，凝望那片掩在长睫下的深黑。

陆净艳羡地吸了口气，酸溜溜地戳了戳左月生，心说：长得好就是占便宜啊，砸完场子，姑娘还愿意眼巴巴地倒贴。

"我告诉你是谁想试探你们，你带我走好不好？"

天女仰着头，哀求，她眼里蒙着盈盈泪光，便是女子也会"我见犹怜"。

"你是喜欢我吗？"

仇薄灯有些疑惑地问。

"可你又不好看。"

天女泪光卡在睫毛上，愣是没能掉下来。

仇薄灯刚想说什么，忽有所感，朝胡同的一个方向望去，随即微微一抬下巴。

看热闹的陆净和左月生突然背上一寒，咯吱咯吱转头，顺着仇薄灯示意的方向看去。

黑衣绯刀的年轻男子唇线抿直，一言不发地站在那里。

第五十章

"你来了。"

仇薄灯笑吟吟地打招呼。

您老怎么还这么开心呢？

陆净和左月生都快哭了，两个人后背贴在墙壁上，战战兢兢地瞅着胡同那边的年轻男子，迎面逼来的寒意让他们有一种"吾命休矣"的强烈预感。救命啊！仇大少爷！他们一点儿也不想英年早逝啊！

可惜仇大少爷听不到他们心底声嘶力竭的呼救。

好在，还有一个人，挺身而出，救他们于水火之中！

天女涟转身。

她一脸茫然错愕地看着迎面走来的年轻男子……长得的确好看，可冷冰冰的，压根儿就没有点活人气。她这么俏丽，这么千姿百媚，哪里比不上了？！一口气血顿时涌了上来，天女脱口而出："长这……"

"样"字还没说出口，陆净和左月生就听到砰的一声闷响。

两人同时把眼一闭。

这也忒……忒……

"扔得好！"左月生气沉丹田，破釜沉舟，"这人也不照照镜子，就她那副尊容也敢往仇大少爷面前凑！我呸！！"

"就是就是！"陆净火速接上，"我们早就想教训她了！也就是晚了那么一步！"

衣袂翻动声近。

两人冷汗涔涔，一动不动。

仇薄灯靠在胡同墙上，微微仰头。

他跟师巫洛打招呼的时候，笑意吟吟，很开心的样子。可等师巫洛朝他走来，他反而不笑了，眼眸没什么焦距地望向高过走马墙的画楼，琉璃排山脊在燃烧，耳子瓦与三连砖相继脱落，镇脊的仙人像摇摇欲坠……

视线突然被挡住。

夔龙镯被按到，冰冷修长的手指环过腕骨，师巫洛一言不发，将他拉起来。

仇薄灯顺从地跟他走。

两人的衣袂从身前擦过，陆净偷偷睁开条眼缝……年轻男人似乎不想让少年在这里多停留一刻，拉着他跃上屋脊，角隅绣暗纹的深黑衣袖和滚金卷云的朱红衣袖一起被风鼓动翻开。

腕上流金一晃而过。

陆净猛地瞪大眼。

左月生还在如临大敌地等刀落下，被他一吓，心脏都差点儿跳出来。

"镯、镯……"

陆净一张小白脸涨得通红，拼命拍他肩膀。

左月生刚打生死线上转了一个来回，腿还哆嗦呢，直接被陆净拍得咚一声砸在地上，屁股快摔成八瓣了，疼得他破口大骂："陆十一，你个鼻涕鬼想死是不是！"

"抱歉抱歉！"陆净连连道歉，犹自激动万分，"他们戴了一对镯子！"

他还伸出手，比画给左月生看："就在这儿，仇大少爷戴在左手，那个人戴在右手，你刚刚没看到吗？"

"没看到啊。"

左月生也是服了陆净这小子，真是个傻大胆，那谁提刀过来的时候，他都快被吓死了好吗？哪儿还有胆子看他们是戴镯子还是钗子……等等！左月生猛然回过神来。

"你是说夔龙镯？"

"对对对！"陆净小鸡啄米般狂点头，"就仇薄灯腕上那枚镯子，那、那、那谁，他也戴了一枚，一模一样！"

左月生一拍大腿："我记得仇大少爷刚到枨城就有戴那玩意儿了，难道他们早就认识?"

"十拿九稳,"陆净靠墙滑下,一屁股坐在石板上,一脸安详,"我感觉今晚我能奋笔疾书,再写它个三四折《回梦令》。"

他一提这茬,左月生就想揍人:"你还好意思说?我刻板印影的模子都让人准备好了,纸也裁好了,你卡第五折多久了?一个月了,第六折你到底写了几个字?"

"快了快了!"

"你都快多久了!快你个头!"左月生现在对这家伙的鬼话是半个字都不信。

"这不能怪我啊!"陆净叫冤,"离开枕城后,他们就没见过面……嗯,也有可能是见了面我们不知道,蛛丝马迹就一个若木灵偶,你让我怎么写?正主有新互动我才能产粮食,懂不懂?!"

左月生嘴角抽动,忍不住翻白眼:"你一天天的,都跟仇大少爷学了些什么啊?这都什么乱七八糟的。"

"你这种粗人当然不懂。"陆净嘀嘀咕咕,随即冲对面一扬下巴,"这个怎么办?她刚刚的话,是真是假?"

天女涟刚被一袍袖直接隔空扫到墙上了,眼下还在对面墙根处昏迷不醒。陆净觉得她需要感谢仇大少爷对她的倒贴嫌弃不已……

"鬼才信她。"左月生嗤笑,"我押十个铜板,这女人铁定有鬼。"

"那怎么办?"陆净为难地挠头。

左月生想了想:"先带回去,和尚不是会'相观众生'吗?等他回来,让他观观这又是什么浑水……"

"一个两个都冲姓仇的去,"他一张胖脸骤然变得凶悍起来,"真就把我们这些哥们儿当死人不成?"

陆净点点头,从袖子里掏出封皱巴巴的信,递给左月生。

"这是什么?"

左月生一愣。

"我大哥的信。"

左月生蒙了一下,心说:你大哥的信你给我干吗?

不过一瞅,陆十一神色罕见地有些冷。左月生也就不再问,低头一目十行地看信,还没看完就差点儿跳起来:"什么玩意儿?你哥让你离仇大少爷远一点?他缺心眼吧,就你这德行,还担心仇大少爷带坏你不成?大家一丘之貉,狼狈为奸,你能好到哪里去?"

"我就奇了怪了,"陆净恶狠狠得仿佛要把话砸他哥脸上去,"他又不是什么罪不可赦的家伙，凭什么这么对他？"

这个念头在陆净心底盘旋了很久。

枕城、鱬城、溱洧楼……仿佛一直有条线，跟随在仇薄灯走过的地方，仿佛一直有无数杀机潜伏在黑暗中，冷冷地指向仇薄灯。可是凭什么啊？陆净想不通，就凭仇大少爷一身业障吗？

就算他其实只是个醉生梦死、臭美自恋的纨绔，也要被戒备远离？

就算他其实救了十万、百万人，也什么都不能说，也只能继续声名狼藉？

凭什么啊！

仇薄灯自己好像不在乎。

可他气不过。

陆净不知道是什么造成了仇薄灯的一身业障，不知道这一切到底是怎么回事。他只知道，他在溱楼喊"仇大少爷天下第一"的时候，喊得真心实意……他打心里觉得全天下所谓的青年才俊加起来都比不过他兄弟。

不过，这些话忒矫情，陆净平时没好意思说。

——主要是怕被左胖子笑。直到今天，他才发现左月生跟他一样，都憋了一口气。

"别的就算了，"左月生站起身，把信丢还给陆净，然后将天女涟跟扛麻袋一样扛了起来，"都回山海阁了，还给我整这些，这不是成心抽我脸吗？"

哪有朋友高高兴兴到你家，结果在你家遇到事情的道理？

陆净把信揉成一团，丢进蔓延过来的火里，火舌一卷，宣纸连带笔墨化为飞灰。仇薄灯永远都不会知道，上面写了什么伤人的话。

火光里，明月渐渐升起来了。

"孔雀一徘徊，清歌云上台。

"孔雀二徘徊，故人越山来。"

仇薄灯坐在船首，身子东歪西倒，不成调地哼着《孔雀台》。

师巫洛放下船橹，过去扶他。沧溟上一个潮头打过来，孤舟一晃，仇薄灯向后一倒，师巫洛本能地接住了他。

天地静了一瞬。

发丝被风吹到脸颊上，细细轻轻。心脏先是绵绵密密地痒了一下，随即被一旁传来的温度烫了一下。师巫洛半跪在船首的横木上，身体骤然就僵住了。

仇薄灯没有回头，没有起身。

他闻到熟悉的草药味，迷迷蒙蒙的思绪在草木的清凉气味中似醒非醒。

"生气了？"他轻声问。

"没有。"

"说谎。"

仇薄灯笑起来，漂亮的瞳孔映出一轮正从海天相交处缓缓升起的苍白月轮。月光铺洒过海面，沧溟粼粼，如无数碎银。

他们在海上，在扁舟上。

师巫洛将仇薄灯从红阑街拉走，居然是为了带他来看海上月升……也不知道师巫洛是从哪里找来的小舟，两人对坐刚刚好。沧海横流，水波渺渺，长风浩浩。船在海面上缓缓驶过，如秋苇一叶。

风势正好，其实是不需要人划船的。

那一个人坐后面一言不发地摇橹，不是生气是什么？

"没骗你，"师巫洛低声说，微微停了一下，"不会生你的气。"

他说得很认真。

哪怕知道仇薄灯现在半醉半醒。

"所以还是生气了。"

仇薄灯又笑了一下，笑得比先前明显多了。

师巫洛都感觉到旁边的人肩膀轻轻抖动，便有些不想再回答了……也不知道怎么回答。他真的生气了吗？他不知道。

他是在不甘什么？

他是在害怕什么？

不知道。

"徘徊复徘徊，山花空自开。

"徘徊复徘徊，旧人已不在。"

仇薄灯微微一偏头，在他身边轻轻地哼着《孔雀台》最后的几段。他的声音又清又冷，应和着周而复始的潮声，起起落落，仿佛真有一只孔雀在孤独徘徊。

他的声音忽然停了。

淡淡的草药味铺天盖地而来，将他不留缝隙地包围住了。

第五十一章

一望无际的沧溟，一叶秋苇的扁舟，无风也无潮，无尘也无喧嚣。

"蠢货。"仇薄灯语调很轻地骂。

字音刚从他的唇齿间出来，就落进另一个人的耳朵里。师巫洛低低地应了一声。仇薄灯也不是真的想骂他，只是如果不说点什么，就会觉得时间不再流动，天荒地也老。

可天地皆老，仿佛也没有什么不好。

仇薄灯不说话了，静静看向水天相交的地方，巨大的月轮正一点一点地露出来，今天恰好是既望，白月圆得完美，找不到一丝残缺。先前天月与海月共圆，现在正慢慢地各自挣开暗云的束缚，最后两轮满月同时跃出幽影，一上一下，悬停在海平线上。

长风浩浩，海面泛起细密的银纹。

"松手。"仇薄灯说。

不动。

"学坏了？"仇薄灯眉梢一挑，"会装听不见了？"

不说话。

仇薄灯觉得有些好笑，拿肩膀撞了他一下："快点，别磨蹭，机会只此一次。"

师巫洛抿了抿唇，有些不情愿地松开手。红衣窸窣，仇薄灯直身，却没有起来，而是低下头去不知道在找什么。过了一会儿，仇薄灯回头，看到师巫洛不知什么时候，无声无息地起身了，正安静地站在船舱中，眼睫微垂。

风吹动他带暗纹的袖摆。

还会生闷气了啊。

学坏了。

仇薄灯没忍住，笑了。

"生什么气呢？"仇薄灯一手笼在袖里，一手按在船木上斜斜地支着身，"过来，坐下。"

师巫洛看了他一眼，闷不吭声地过来。等他真过来要坐下了，仇薄灯又伸手点在他肩膀上，推他转过身去。师巫洛顺着他的力道，背对着他在船首边沿坐下。师巫洛不知道他要做什么，只是看不到他就觉得格外不习惯。

背后传来衣衫窸窣声，像仇薄灯起身了，先是远离，随后又靠近了。

师巫洛微微一愣。

他的发绳被人抽走了，接着就有修长微暖的手指按了上来，指腹的一点温热透过头发传来。

"先说好啊，这可是本少爷第一次纡尊降贵给人扎头发。"

仇薄灯一边说，一边将师巫洛的头发散开，然后再一一拢起来。他腕上缠一条缀了黑琢石的束发带，发带两端一长一短地垂落，随他手腕移动微微摇摆，绣纹在月辉里反射淡淡的暗光。

"敢挑刺，我就把你踹下船去。"他声音懒懒散散，动作生疏至极。

"好。"师巫洛的回答很简洁。

仇薄灯隐约感觉他好像笑了一下，便有些报复性地扯了扯他的头发。师巫洛又轻轻笑了一声，仇薄灯不想搭理他了。

或许是出身巫族的缘故，师巫洛没有戴发冠的习惯，平时只用一根发绳扎起头发。仇薄灯之前在鳙城夜市瞥见那条黑琢石的束发带，莫名就想到了他，便买了下来。买发绳也好，扎头发也好，都是一时兴起，仇薄灯没有带梳子的习惯，就玩儿似的学第一次见面，以手代梳，给他束发。

倒腾半天，越理越乱。

好在师巫洛的头发不算太长，刚过后背蝴蝶骨一些，仇薄灯胡闹了大半会儿，一手将头发拢成一束，一手将腕上缠着的发带抽下来，缠了缠，勉强扎住。

扎好后，仇薄灯绕到师巫洛正对面。

仇薄灯先前还说师巫洛敢挑刺就把他踹下水去，结果自己直接笑倒在船尾……这扎的是什么鬼啊！横散竖乱的，搭上师巫洛那张永远跟天下人欠他八百万两黄金的冷峻脸，就越发好笑了……那种感觉就像孤独的武士按刀寻仇，结果顶了个鸡窝出门。

他乐不可支。

师巫洛看着他笑，银灰色的眼眸里也浅浅地泛起了笑意。

"算了算了，不祸害你了。"

仇薄灯笑了一会儿，探身去抽发带。

师巫洛不让他动。仇薄灯一巴掌打掉他的手，把发带抽下来，拍在他手里。

师巫洛一怔，这才发现仇薄灯给他换了条新发带。

"自己扎。"仇薄灯不看他，坐进船舱里，手肘横在船舷上，眺望远处海面上的月影，"酒呢？"

船舱中有一方矮案，上面摆了一个白瓷坛、两个白玉杯。师巫洛揭开瓷坛，淡而幽冷的清香慢慢地沁开。他提起瓷坛慢慢将酒注进玉杯里，斟至半满，递给仇薄灯。

仇薄灯接过酒杯，低头一看，发现与幽冷的香气相反，酒液如彤如霞，与凄迷的月辉一起映在白润的圆玉杯里，让人想起冬天时在高山上盛开的红梅，孤独地于寒雪中冷艳灼华，又妖冶又素雅。

"它叫什么？"

仇薄灯纤长的手指环住玉杯，轻轻摇晃，看月光与红梅一起破碎。

"没有名字。"师巫洛说。

仇薄灯慢慢地抿酒，师巫洛看着他，不知道他会不会喜欢这坛酒。师巫洛自己很少喝酒，他是个"一杯倒"，再好的酒，如果喝的人什么都品不出来就醉了，那也没用。他其实不懂酒，所以在回请仇薄灯的时候，才会那么茫然，不知道该选什么。

天底下美酒佳酿数不胜数，最后他带来最寂寂无名的酒。

可仇薄灯没有说它是好是坏，也没有说是喜欢还是不喜欢。只是饮尽斟杯，复饮尽。

"就叫'浮灯'吧。"

他终于回头，月光镀在他的眼眸，清澈如镜。

师巫洛分不清他是醉还是醒，依稀觉得他应该是喜欢的，便松了口气，也给自己倒了一杯。仇薄灯执杯趴在船舷上，看他慢慢地饮酒，忽然就掬起一捧海水泼向他。师巫洛茫然地抬头看他，水珠从垂落的头发上滴下。

仇薄灯笑着跃起，立在船尾。

"走。"

他一挥袍袖，将桌上的酒整坛卷走，提酒走了两步，立在船尾末梢的尖端上。

"我们去沧水尽头，我们去明月中间。"

海风吹得仇薄灯的广袖彤霞般漫漫卷卷，天高而远，海广而深。师巫洛瞳孔映出他的黑发，他的红衣，他嫣然明艳的笑颜。

去水的尽头，去天的边沿。

去只有他们的人间分界线。

孤舟如弦，在辽阔的海面留下一条长长的白痕。潮头被破开，静水被分开，有少年立舟头，迎风而饮酒；有男子坐舟中，叩弦而清歌。

沧溟一渡间。

如墨的海面上出现了一轮巨大的白月，扁舟与月影越来越近，站在船尾的仇薄灯将空了的酒坛一掷，纵身跃起，师巫洛猛地起身，又停住。

扁舟止住，与月影的轮廓相接。

仇薄灯停在水面。

"遂古之古，何以初兮？

"太上之上，何以尊兮？"

仇薄灯如鹤旋身，伶仃肩骨贴水而过，腰束曼展，大袖回旋，如刀挥洒出新血的浑圆，海水在他足下静如银镜。他绕身回环，身如曼珠沙华之极盛，发若浓墨高滴之展旌。

"鸿蒙未辟，何以明兮？

"四极未立,何以辨兮?"

他一扬臂,华袖高高抛向天空中的白月,衣袂在半空炸开,纷纷扬扬一片艳彩,又落成一片忽然淡去的飞霞。他在万千月辉中起身,忽如射燕,忽如徊雀。他以一整轮巨大的白月为舞台,在这沧溟尽头高歌起舞。

"洲屿何足,隅隈何数?"

"明辉何足,幽晦何数?"

他愤愤而歌,慷慨而激昂,于是问天之歌便叱咤如鼓点。

"天高几丈,路长几里?"

"地厚几丈,乡广几里?"

他凄凄而歌,迷蒙而彷徨,于是问天之歌便如无望的旅人。

世上再无张扬至此的舞者,也再无灿然至此的舞蹈。

俯仰往来,绰约时如静月花开,睥睨时如炽火澎湃。起伏舒卷,漫缓如罗衣沉潭,急节如瑰云没日。

一问便是一万年,一眼便是一万言。

观者只一人。

师巫洛站在船上,那么多悲伤、那么多愤怒在他的胸中翻涌,像万千的赤火,也像万千的锋刃。他泫然欲泣,不能言语,怕一开口就涌出那些不该说的话。

管他瘴月几何,管他群星几多。

只要他好好的。

"醉归何处?"

仇薄灯的歌声渐轻渐渺,广袖簌簌而落,他静静地站在月影正中间,目光那么迷茫,瞳孔那么空洞。歌声已经低如呢喃。

红衣立白月。

"何处……"

葬骨?

他没有问完。

仇薄灯向后仰倒在如冰如镜的海面,随后被人紧紧抓住。抓住他的人,右腕上扣着一枚与他左腕一模一样的夔龙镯,两枚暗金的镯子碰撞在一起,发出清脆的响声。

微冷的与炽热的。

玄黑的与朱红的。

仓皇而笨拙,癫狂而青涩,红衣与黑袖融在一起。身下是明月,身上还是明月，他们像在海面，像在水线，像在天边，像在月间。

"阿洛。"

他真的醉了，醉后的他才是真的。

"你要接住我。"

我一直在下坠，你能不能接住我？

第五十二章

"接住了。"

仇薄灯仰起头，深黑的瞳孔映出撑起身的师巫洛。他银灰色的眼睛像冰湖，能把人影清清楚楚地倒映出来。白月高悬在他背后，年轻男子的身体消瘦而不单薄，投下的阴影能将人整个笼罩。

笼住，接住，抓住。

"就这么说好了。"

仇薄灯笑起来，笑得浑身乱颤，红衣簇着白如新雪的肩，一截锁骨沁满冷汗。

"别骗我。"

师巫洛一把拉起他，仇薄灯笑得上气不接下气，笑得浑身战栗，战栗里每一节骨头、每一块血肉都在泛起让人发疯的疼意。

疼得越狠，笑得越疯。

黑潮冲天而起。

源源不断的黑雾从仇薄灯的衣上涌出，无数厉鬼、无数怨毒、无数不甘冲破了禁锢它们的皮囊，狂笑狂号。

它们冲出月影的束缚，原先还平静得没有一丝波澜的沧溟刹那沸腾，风吼海啸，怒涛化作恶鬼，倒卷向天空的明月。

修罗地狱般的景象里，只有师巫洛与仇薄灯待的这一小片海面是静的。

这种静岌岌可危。

仇薄灯一口咬在师巫洛的手臂上。

他咬得又凶又狠，牙齿透过衣衫，咬进血肉。衣下的肌肉劲瘦结实，堵住了几乎要涌出口的绝望呼喊——

救我。

我信了的。

师巫洛一手横过他的后背，腾出右手重新抓住他。仇薄灯的手攥得关节森然发白，血从指缝里渗出来。

仇薄灯没有一丝血色的手指蜷缩，在他手背上留下长长的血痕。

咔嚓咔嚓。

一连串密集的金属细鳞碰撞声，两人手腕上的夔龙镯活了过来。

夔龙伸展身体，师巫洛腕上的咬住仇薄灯腕上的。两组夔龙交错，如一条扭曲衔尾的长蛇，将两人的手腕锁在一起，密不可分。

仇薄灯束发的绳断了。

黑发如瀑，漫过他素雪般的肌肤。他的衣服散了，露出小半冰瓷般的后背，红襟斜滚过他线条伶仃的肩胛骨，仿佛死在破茧一刻的白蝶。散下来的黑发覆盖过雪与血，垂到静默的苍白月影上。

两个人半跪在海月中。

月影随时会破碎，周围的惊涛骇浪随时会吞没他们，他们随时会一起沉到那无日也无夜的海底。

海浪拍击黑石，破碎成白色水花。

呼——呼——

潮声里，有人光着膀子，用力拉风箱，空气被压进炉腹里，鼓起一丈多高的火，把小破木屋的屋顶呼啦地烧了一大块。

"好了没？不就是补个剑刃吗？怎么还磨磨蹭蹭的。"

君长唯晃了晃空了的大葫芦，连声催促。

"催催催，赶着去死啊！"

拉风箱的小老头儿一松手，转过身恶狠狠地瞪他。

"你当初同时打一百把刀、一百把剑，也就三两下子的工夫，怎么在海边窝了个千把年，就退步到连风箱都拉不动的地步？"君长唯蹲在窗棂上，"真成把老骨头了？那我看你进棺材可要比我早。"

"呸！"小老头儿气不打一处来，"太一剑是那种破铜烂铁能比的？你有工夫说风凉话，没工夫过来帮我？"

"没办法啊。"君长唯诚恳地说，"按你外边挂的牌子，我也就只配蹲在这里了。"

小老头儿气呼呼地瞪他："我现在就去把牌子摘了。"

"不用了。"君长唯在两边的袖子里掏了掏，掏出块破破烂烂的木牌丢给他，"喏，我怕风大把它刮没了，帮你带进来了。"

小老头儿吃人似的瞪他，没接。

木牌掉在地上，铁炉的火光照出上面的字，笔画横长竖利，极其凶狠，杀气腾腾，写的是：太乙与狗不得入内。

"你们太乙宗的人，都这么不要脸吗？"

君长唯放下大葫芦，跳下窗，两步到了风箱边，撸起破破烂烂的麻衣："怎么弄？"

"这边，拉住这个。停停停——别太用力，这可是龙筋拧的绳，扯断了，你把刀当了都赔不起！"

君长唯凛然一惧，下手立刻轻了起来。

"风这么小，你是给你娘打扇子啊！"小老头儿踩在铁炉前的木箱子上，"没吃饭吗？这么慢？再快点快点，你行不行啊！"

君长唯脸一黑，忍辱负重地被他指手画脚。

过了一会儿，君长唯摸到了节奏，小老头儿马马虎虎地算他过关了，开始踩着箱子在铁匠台上忙忙碌碌，不知道在捣鼓什么东西。君长唯边鼓风，边张望，看到他挥舞着金青石打的小锤，在寒铁打的砧上把一块又一块不知名的矿石锤成粉末。

"你们天工府真有钱。"穷到酒都只能喝最次等的君长唯沉默了老半天，酸溜溜地说。

"再有钱也顶不住多来两个你这种死乞白赖的，"小老头儿一锤子砸开一块陨铁，力气之凶狠让君长唯缩了缩脑袋，"加上以前帮你修刀的钱，你欠我二十三万两黄金，什么时候还？"

"有钱就还，有钱就还。"君长唯熟练地敷衍。

"等你死了，老子就把你的刀骨抽了抵账。"小老头儿冷笑一声，阴恻恻地说。

"行。"君长唯大喜过望，生怕他反悔似的，"赶明儿我收个徒弟，等我死了，就托他把骨头送过来。除了刀骨你还要什么？你看琵琶骨怎么样？一根算你一万两，你一会儿剑修好后，再给我打个剑匣，要用万年的天青松，实在不行，若木也可以。"

小老头儿傻了。

"你看看还要哪块骨头，我看中了个徒弟，还没收，寻思着得给他把刀当师徒礼。你再帮我打把刀，以后能重炼新铸的那种……"

"我要你的天灵盖！"小老头儿打断他，大声说，"拿来当夜壶，天天往里头滋泡尿！"

"好说好说，"君长唯满口答应，"记得把我徒弟的刀打得帅一点，毛头小子就喜欢这个。"

小老头儿瞠目结舌。

人不要脸，天下无敌！
　　古人诚不欺我也。
　　"滚滚滚，"小老头儿灰头土脸，一败涂地，"你那几块破骨头谁爱要谁要去，老子见了就烦。老子算是明白了，你根本就没有脸！"
　　君长唯不以为耻。
　　脸是什么？能抵债吗？能抵就是好东西，不能，谁爱要谁要。
　　"下次我要把窗也钉死。"小老头儿气哼哼地将配好的粉末抖进一个小簸箕里，走到铁炉前，"停一下。"
　　君长唯松开手。
　　炉火一静，小老头儿把粉末一股脑儿地倒进铁炉里，然后啪的一声把铁炉炉腹的门重重关上。几乎是在粉末倒进去的瞬间，爆炸般的巨响就在铁炉里滚动起来了。小老头儿低声念了一长串又急又快的口诀，大喝一声，双掌按在铁炉上。
　　冰霜闪电般向上蹿，转瞬间将整个铁炉封住。
　　"愣着干吗！过来帮忙啊！"
　　小老头儿扭头冲一旁的君长唯大喊。
　　"老子修为不够！你是想看我力竭而亡吗？！"
　　"你扔了什么东西进去？！"君长唯一步跨到小老头儿身边，一掌拍在他后背上，将灵气源源不断地输了过去，"你是想炸了整个炉子吗？"
　　"跟你这种五金科一百年没过的家伙说了也是白说！"口口声声"力竭而亡"的小老头儿声如洪钟地嘲讽他，"你当太一剑是能用凡铁补的吗？！这可是天授之剑！你想用凡铁补也行！上面的铭文补不好别怪我！"
　　"别拿铭文开玩笑！"
　　说话间，地动山摇般的震动传来，铁炉中传出一声极其尖锐、极其阴冷的啸鸣。小老头儿与君长唯几乎是同一时间被巨大的力道冲得一前一后倒飞了出去。
　　"你真放错了？！"
　　君长唯一把抓住差点儿脑袋撞到插满废刀的刀架上的小老头儿，脸色一变。
　　小老头儿剧烈地咳嗽，咳出青黑色的血："不可能啊！太一铭文我研究了三千年！不可能配错的！"
　　说着，他冲向铁炉，就要拉开炉门一看究竟。
　　君长唯揪住他的后衣领，把人拖了回来。
　　砰——
　　封炉的寒冰破碎，赤红的火焰朝四面八方冲了出去。铁炉破碎，火焰涌出后，炉中的情景一览无余：太一剑被几根玄铁锁住，垂直高悬，剑身上急速地流动着黏稠如液体的黑雾。黑雾不断涌出，又不断被剑身上陡然亮起的无数铭文封锁。

小老头儿猛地转头，死死地盯住君长唯。

"他下山了？"

"是啊，就在烛南。"君长唯不解地反问，"你不知道吗？"

"我知道个头！"

"你不知道你一看见剑就开炉？"

"废话！"小老头儿大怒，"封魂纹被解开过，太一剑都被侵蚀成那个样子了，我又不瞎！他现在在哪儿？"

"在……"君长唯尴尬地顿了一下，"在溱楼吧？"

"溱楼？"小老头儿一愣，随即暴跳如雷，"红阑街？你怎么敢让他去那里？！"

"他是小师祖，他想去我敢拦吗？虽然去青楼的确有点不好……"君长唯更尴尬了。

"谁跟你说这个，"小老头儿快气疯了，"我是说，你怎么敢让他进城的！不仅进了烛南，你还敢让他去全烛南人最多的地方？！"

"怎么了？"

君长唯反应过来，隐约意识到了什么。

锵——

剑鸣如啸。

玄铁铮一声，崩断一根。

小老头儿一掌拍在地面，地板、墙壁、屋顶同时亮起无数道纵横交错的阵纹，一道道铁索带着呼呼风声横贯而出，缠绕在太一剑上。

剑鸣如雷，隆隆如风暴将至。

真的有风暴。

海水从窗泼了进来，浇得两个人都是一惊。转头一看，只见沧溟海面不知道什么时候风暴汹涌，数百丈之高的浪头一重一重地压过来，冲向天空，又重重砸回大海，如万千城池拔地而起又轰然崩塌，如亿万妖魔破笼而出。

小老头儿咒骂一声，深吸一口气，转头正视君长唯的眼睛："现在，立刻找到他，带他去没有人的地方，越远越好。我把封魂纹补全后，你马上带他回太乙宗……你们就不该让他下山！他现在就是行走的厄难，就是行走的灾祸！"

"他从下山起，就没有伤过一个人！他救了两座城！十万人，百万人！"

"和救了多少人没关系！"

小老头儿低吼，吼声与潮声一起，滚滚如闷雷。

"只有在太乙宗，才能镇住他身上的业障。离开了太乙宗，连他自己都不知道他什么时候会失控。你到底懂不懂？！一柄太一剑，根本锁不住他！

"他自己就是一柄凶兵！"

第五十三章

"他知道！"

君长唯打断他。

"什么？"

"他知道自己什么时候会失控，"君长唯死死地盯着他，手背上青筋暴起如虬龙，麻衣被狂潮般的杀气耸动，"他知道。"

"胡扯！"小老头儿眼瞪如铜铃，"入了业障的人，从来就没有谁……"

"十一年前，他失控过一次。在太乙宗。"

君长唯紧紧按住刀柄，否则金错刀早已经出鞘斩向面前又老又倔的混账东西。

小老头儿一愣："十一年前？那不是……"

"是。"君长唯闭了闭眼，强行平复心情，"就是不死城差点儿被大荒吞噬的那一年。鹤老不得不请剑出山，太一剑镇了不死城一个月，直到你们天工府这群人终于把南辰弓修好。那一年，他七岁。"

"七岁？"

小老头儿眉头抽了抽，表情古怪。

"我们将顾老把他带回来的那一天算作他的生日，所以那一年他七岁。他鬼主意一天七八个，烦得夔牛都绕道。太一剑异变的那天，早上的时候，他还在晨练场看热闹，正午忽然就不见了。"君长唯睁开眼，"他去了北辰山。"

"他跳下去了。"

小老头儿彻彻底底呆住了。

北辰无望山，离天三尺三。

那里飞鸟难越，老猿难攀。唳风如刀，打底下不知多深的厚土裂缝里刮上来，人跳下去，甚至摔不到底，就会在下坠途中支离破碎。

那也是整个太乙宗唯一没人的地方。

"锁住业障的，从来都不是太一剑。

"是他自己。"

小老头儿踉跄后退两步。

299

金错刀横过他的喉咙，刀锋压紧，刀后是君长唯森冷的目光："厄难？灾祸？你敢再这么说一次，我就杀了你！"

铮——

玄铁再次崩断一根。

雷鸣海啸，地动山摇。

君长唯抓住小老头儿的脖子，把他往背后一甩，一步一步走向太一剑。石屋的阵纹忽而亮如炽日，忽而暗如阴云，太一剑剑身嗡鸣不断，封魂纹蛇一样扭曲流动，怨毒入骨的阴狠从剑身中涌出来，鼓动他的麻衣，压得他步履蹒跚。

"你扔我这把老骨头顶什么用？"

小老头儿重重撞在门上，一边咳嗽一边爬起来。

"有本事去把全天下的人都杀了啊！"

君长唯将一根断掉的玄铁抓住，玄铁在他掌心熔化："你懂什么？！"

他将断掉的玄铁强行接上，又向前走了一步。

"他刚回来时，只有这么一点大，"君长唯比画了一下，"我们看他一点点长高，一天比一天爱笑，心里真高兴啊，觉得这样真好。他要去把藏书阁拆了，我们就去给他搭梯登塔。他要烧凤凰尾巴，我们就给他劈柴搭架。"

"我可算知道他这个头号纨绔怎么来的了……"

小老头儿喃喃道。

他当纨绔，太乙宗就做恶霸。

这么大个仙门助纣为虐，谁比得过？

"最不想他下山的，是我们太乙宗。他在太乙宗想怎么折腾就怎么折腾，想怎么闯祸就怎么闯祸。什么都不记得，就什么都不知道。我们以为真的可以一直这样子，因为他那么爱笑……可他打北辰山跳下去的时候，也在笑。"

君长唯仰起头。

"你以为暗雪那老小子怎么死活不肯回太乙宗？"

"是怕。怕看到他。看到他那样子……"君长唯抬手，用力敲了敲心脏，"这里难受啊！我们这些废物，怎么能没用到这个地步？"

小老头儿闷不吭声。

"这次他下山，我们早就想好了。"君长唯头也不回，一步一步走向戾鸣不绝的太一剑，"他要是成了魔头，太乙宗就做天下第一邪门！"

真是一群疯子。

小老头儿默默地看着他的背影，看着他在靠近太一剑的时候被凝如实质的业障挡住，看着他转动金错刀，一次又一次劈开黑雾凝成的利爪与獠牙，看着他单手抓住断裂的玄铁,将断链生生接回去……

"蠢货!"

小老头儿破口大骂,转瞬间奔过整个房间,矮小的身躯在墙上投下雄伟如夸父的影子。

"天工府的杂役敢像你这样乱拧铁,脑瓢早被捶裂了!"

他一把抓住君长唯的肩膀,手像鹰爪一样尖锐有力。君长唯被他提了起来,丢到一边去,他自己一跃而起,肩胛骨像蝙蝠的翅膀一样向左右拉开,沉重的铁甲从皮肉里翻出来,将他枯瘦的双臂整个裹住。

天兵赤甲。

君长唯认出了那样东西。

"你不是说要把这玩意儿扔了吗?"他大声问。

"扔你个头,"老天工伸手一探,握住太一剑剑柄,"这鬼玩意儿穿上后就脱不下来了!"

血色的铁甲在几个呼吸间,就将他整个裹住。整个小屋一下子就变得狭窄逼仄,老天工头顶房梁,脚踩赤砖,业障里无数厉鬼凶妖狰狞地扑向他,又被血色的铠甲挡住。他沉腰发力,将太一剑用力扯出玄铁链,砸在寒铁刀砧上。

他伸手向旁边一抓。

各色的岩石和金属粉末凌空飞起,以君长唯看不懂的顺序落到剑身上,炸出一片接一片绚丽的光彩。

以铁为笔,笔走龙蛇。

"你傻站着干什么?"老天工扭头冲他喊,"风浪这么大,迟早要惊动山海阁的家伙,还不快去拦人!"

烛南城墙,观潮塔。

两名窄袖黄衫的山海阁弟子手拿罗盘,一边手忙脚乱地辨认方向,一边慌里慌张地仰头看立在塔上的指风标:"这、这不对啊?潮头和风向,跟日月记表完全相反啊。"

"师兄,你说值海很轻松,记记表、吹吹海风、打个瞌睡就行的……"圆脸弟子脸色煞白,两股战战地看着一重比一重高的潮头,都带哭腔了,"你以前都是这么打瞌睡的?"

师兄抓了抓头皮:"见了鬼了,以前没这种情况啊。"

"现在、现在该做什么?"

一个浪头打在观潮塔下,圆脸弟子一把抱住指风标的柱子。

301

"吹海号吧！"师兄不大确定地说，"我记得风向偏了五刻还是六刻，就得吹海号了……"

说着，他收起罗盘，挽起袖子，就要朝安在角楼上的号角走去。他的镇定自若让圆脸弟子肃然起敬，心想：不愧是师兄。

一把折扇斜刺里伸出，搭在他肩上。

"啊啊啊——"

左梁诗眼疾手快地揪住他的衣领："胆子这么小，太令本阁主脸上无光了。"

镇定自若的师兄没回答。

——他已经吓昏过去了。

左梁诗摇了摇头，觉得回头得学习一下太乙宗，增加些练胆子的项目，比如深更半夜去海上孤岛站桩，不留船也没人陪的那种……他一面盘算着，一面扭头看向另外一名弟子："你带他回去……"

一把金错刀横过他的咽喉。

君长唯一手握刀，一手提个圆脸倒霉蛋。

左梁诗微微一笑："我就知道你会来，不过，我可是眼巴巴过来帮忙的，你这么打招呼会不会过分了点？恩将仇报不好吧？"

"对别人我肯定是记恩的，但你？"君长唯冷哼，"你这老狐狸只做买卖，哪来的恩情？"

"过分了啊。"左梁诗抗议，"狐狸就狐狸，怎么非要加个'老'字？本阁主可还是玉树临风、货真价实的翩翩公子。"

"这话你要去跟你夫人说。"君长唯说。

"那老狐狸就老狐狸吧。"

左梁诗咳嗽一声，绷起张一本正经的脸。

他伸出根手指按在刀面，把它推开向一边，顺手把提着的山海阁弟子后衣领挂在刀尖上。

君长唯眼角抽了一下。

摊上这种阁主，山海阁活该要完。

左梁诗转身，看向震荡不休的海面，潮头一线接一线从天边奔来，隔了那么远抵达海边都还有近百丈之高，可预见风浪发源地的景象该有多骇人。

"我开了海界，又撤了值海弟子，"左梁诗的蓝衣被风吹得猎猎作响，"我还唤醒了玄武，请它搅乱了海风和潮流方向。现在没有人能找到他们到底在哪儿，你放心。"

君长唯眉皱得更紧了。

玄武负烛镇沧溟。

就像太乙宗山脚下的夔龙一样，除非天大的事，否则他们绝不会去惊扰它们。左梁诗是山海阁阁主，山海阁是商阁，商人从不做赔本买卖。他连玄武都请动了，要做的这一笔买卖绝对大得惊人。

"废话少说，"君长唯将两名弟子丢到旁边角落，"你到底想做什么？"

"先去看场戏再说吧。"左梁诗淡淡地道。

他抬眼，眺望烛南东城。红阑街的方向，火光渐渐小了。

溱楼。

白纸屏风暗人影。

"先生，天女私自行动，被左月生和陆净他们带走了。"媚娘恭敬跪下，深深俯首将额头贴在木质地面上，"要派人追回来吗？"

"不用了。"

戏先生用银镊夹起一片冰琉璃的碎片，斜对烛火打量。

"可……"媚娘有些迟疑，"阿涟不是很安分，如果因她耽误先生的计划就不好了。"

"没事的，"戏先生温和地说，"她会是个乖孩子。"

"是。"

媚娘不敢再说话。

她只能在心底为那个犹自有一些少女幻梦的孩子轻轻地叹口气……她们所有人的命运就像戏先生手指下的线，由这个总是微笑的男人提拉引动，自以为挣脱傀线的人只会沿着他写好的折子，一步步走向死亡。

"你喜欢那个孩子。"戏先生转动碎片，"是不忍看她投火自焚吗？"

媚娘没有吃惊。

她已经习惯了戏先生对人心的洞幽察微。

"武眉看到她，就像看到以前狂妄的自己，不知先生的计划从不落空。"媚娘说，"当年先生仁慈，饶了武眉一次，武眉不由得也想替她求一次宽恕。是武眉莽撞了。"

"媚娘，你高看我了，"戏先生笑，"前几天刚功亏一篑呢，哪来的从不落空？"

媚娘吃了一惊，差点儿抬头看他。

怎么可能呢？这个世上，怎么有人能挣脱他的控制？

戏先生叹了口气："我教导了一个学生，他真是个好孩子啊，谦恭又聪慧，天赋比我当年有过之而无不及……我花了整整一百年，教他以恶，授他以罪，

303

把他雕琢成令人喜爱的样子。"

他可能是真的喜欢那个学生，口吻里透出那么多的欣赏。

"可惜他被以前那个老师影响太深，只有他亲手杀了那个老家伙，才会发现那人不过是一个老懦夫，才会真正完美。"戏先生娓娓道来，仿佛真是个尽心尽责、如父如兄的老师，"于是，我又忙前忙后，为他策划了一场盛礼，帮他斩断过去，助他一鸣惊人。"

媚娘毛骨悚然。

"可惜到最后，他终究不是我的学生。"

戏先生长长地叹了口气。

"真遗憾啊。"

媚娘背上已全是冷汗，恨不得自己从未听见过这些话。

——她猜到了这位"戏先生"真正的身份。

戏先生像是没发现她的异样，目光落在虚空。

"不过好在我今天又看到了另一个值得教导的学生，一个还未有老师的孩子，澄净如纸。"他缓缓收回目光，温声道，"媚娘，你是个聪明人，对不对？"

"武眉知道。"媚娘颤声回答。

"别这么害怕，随便讲讲故事罢了。"戏先生含笑，"让人把穿珠补一补吧。少了穿珠，这万象窥可就没用了……左大阁主来溱楼这么多回，恐怕没有想到，用的就是这么简单的凡人玩意儿，一丝灵气也无。"

在他右手边的矮案上，那枚直径约莫三尺的玻璃球此刻暗淡无光。

"仇仙长打碎穿珠，尚不知有意还是无意，再用万象窥恐怕有暴露的风险。"

"没关系。"

戏先生将冰琉璃的碎片放下。

"有人来了。"

话音未落，媚娘就听到了一长串嘈杂的脚步声，与咒骂声混在一起。

媚娘一惊。

这溱楼内部其实另有玄机，在许多雅间后，都设有以薄木相隔的暗道。暗道回环数次才通向这最隐蔽处的密室，现在脚步声纷纷杂杂，仿佛数十上百人径直冲了过来。她立刻起身，起身的瞬间，余光瞥见屏风后的人影如水墨淡去。

砰——

隔木破碎。

一道人影张牙舞爪地飞了进来，正巧撞在云鬓半散、衣襟扯开的媚娘身上。

媚娘还来不及说话，就被他带着一起撞在墙上了。

"各位英雄好汉饶命啊！"砸穿墙的不渡哭天抢地，"贫僧赚个三百两银子不容易啊！打轻点！"

后边的人被他跟遛狗似的，在溱楼东窜西钻，耍了大半夜，好不容易逮住他，哪里容他分说。呼啦一下，也不看被他拉着垫背的是谁，就里三重外三重围了上来，拳打脚踢，骂不绝口。

"打人不打脸！"

不渡高喊，"无意"地一个翻身，手肘重重地撞在媚娘脸上，砸得她上下牙关重重一磕，刚运气要吼的话就又滚进了肚子里。

拳打脚踢了一会儿，一个人匆匆赶到。

"都给我让开！"

金冠倒戴的太虞时一张白脸气得发紫，跟衣服一个颜色。

不渡这家伙贼啊！他一边口口声声大喊"我是佛宗佛子，谁以老欺少谁就是和佛陀过不去"，让溱楼镇楼修为高的老者投鼠忌器，一边仗着轻功无双挑衅其他人，将他们耍得团团转……

其中就数太虞时被坑得最狠，他被不渡设计踹进茅厕里了……

这也是为什么太虞时隔了半天才赶到。

太虞时一到，原本还里三重外三重围着的人立马捂住鼻子散开。没办法，太虞时急着找不渡算账，往荷池里一跳匆匆地游了几个来回，就过来了。身上叫那个"香飘十里"啊……

太虞时久闻其臭而不觉臭，见众人散开，还颇为自得。

他一撩衣摆，抬脚就要往不渡脸上踩。

"啊！"

人群中忽然发出惊愕的声音。

"媚娘？！"

太虞时一脚刚踹出去，就被人用力地抓住。他低头一看，只见媚娘鼻青脸肿，头发蓬散，里衣凌乱，面目狰狞地看着他们，目光仿佛要吃人。

众人莫名被她吓得后退了一步。

"怎、怎么是你？不渡呢？"有人怯怯问。

红阑街的火灭得差不多了。

一队山海阁的巡逻队没抓到纵火者，骂骂咧咧地走了。他们刚刚走过，就从拐角里钻出个擦粉簪花、辣眼至极的人来。

"贫僧果然聪慧无双。"

不渡见他们走远了，把假发盖得更严实一些，穿着从媚娘身上扒走的外衣，

305

鬼鬼祟祟地贴墙根走。

"找左施主讨钱去。"

走了约莫一里地，挂在他手腕上的佛珠忽然一动，似乎想要飞向沧溟远海，佛音隐隐如金刚发怒。

不渡脸色一变，赶紧死死地将它摁住。

"别别别！这魔不是我们该伏的，这妖也不是我们该管的。"

他一边紧张地在心里叨叨，一边撒开脚丫子朝佛珠想去的相反方向狂奔。

"您可别在这个时候去降妖伏魔。"

苦海难渡，众生难护。

沧水无涯啊。

他在哪儿？

像是在水边，又像是在天边……他感觉自己在向下坠落，耳边有潮声，潮声里夹杂着那么多的窃窃私语。

"真可怕啊，仇家的小少爷，凉薄到这个地步……"

"谁死了都不妨碍他吃喝玩乐吧。"

"……"

哦，是了，他好像是在喝酒。

在酒馆里。

酒馆的掌柜把酒馆开到了海底，认为头顶着成千上万的海水喝酒，会给人一种与世隔绝的感觉。于是，很多爱好风雅的青年就会跑来这里，领着姑娘从白色的细沙上走过，隔着玻璃，仰望天光，吟诵上一两句诗歌，在粼粼水纹中约定终身。

这片海域还有种红色的鱼，群聚时如晚霞在海底徜徉。仇薄灯喜欢红色，爱红及鱼地喜欢这家酒馆。

于是他将整片海买了下来，不再对外开放。

青年痛失"圣地"，背地里不知道骂了他多少遍。

酒馆的掌柜惨遭降格，从掌柜变成小厮，往日领着新客人骄傲走过海底的风骚一去不复返……仇大少爷从不听他辞藻华丽地解说鱼群、潮汐与海风。他唯一的作用就是仇薄灯大驾光临的时候，送上几瓶精选的好酒，然后又无声无息地消失，把整片海底留给仇薄灯一个人。

仇薄灯睁开眼。

眼前是一重又一重的黑。

他左手边是酒盅，右手边是打开长廊灯笼的按钮。原老板安装灯笼，构想的是夜晚海底漆黑，两道长长的亮轨平行伸开。

可惜有人认为光会影响海底的鱼群繁衍生息，在这些人举牌抗议了半个月后，无可奈何地关了。后来原掌柜跟别人吐槽，酸溜溜地说：有钱有势真好啊，一片海只亮给一个人看。那些人也抗议不了……私人海域，他们压根儿进不去。

其实抗议者要是能进来，也没什么好抗议的。

仇薄灯一个人待在酒廊，在天光粼粼的白昼烂醉，在幽暗无光的夜晚醒来，醒了从不点灯。

仇薄灯靠在玻璃上，想这些支撑玻璃的框架在哪一天会被海水腐蚀朽尽，又或者这些玻璃在哪一天会承受不住而破碎。

他心里这么想着，就听见金属与玻璃的奏鸣。

抬起头，看着据说极富美感的框架开始扭曲，细细密密的白网在玻璃上迅速推开。万吨的海水即将轰然压下。

他伸手抓住一瓶酒，一饮而尽。

要喝最烈的美酒，穿最火的红衣，这样沉进最深的暗里也不会冷。

要醉里生梦里死，要酩酊不醒荒唐一世。

要……

海底酒廊的灯突然亮起，两道光轨劈开黑暗。海底被点亮的一刻，他被人揽过肩膀。

"你来救我啊。"

第五十四章

仇薄灯轻微地颤抖。

每一寸肌肤都素白如冰，也坚冷如冰，仿佛有无穷无尽的寒气从关节缝隙里迸溅出来，偏偏血液又灼沸如岩浆，骨头就成了被扭曲又被扳正的框架，仿佛被扔进铁炉的剑坯，忽而火灼，忽而冰淬……反反复复，把活人也生生炼成了一柄愤怒的刀兵。

刃口斩向敌人，也斩向自己。

最凶戾也最锋锐。

谁肯来拥抱双刃的剑啊！

师巫洛让这样一柄凶戾的剑靠近自己，藏进自己的心脏，把自己的肋骨和血肉做他的甲胄。

古祝回响。

四字一句，两句一节。不再清如初雪，不再轻如细语，与其说是歌，倒不如说是从至高青冥轰然压下的命令。冲天而起的黑浪奔腾、崩塌、咆哮都无济于事……绯红的长刀悬于高空，万千厉鬼、万千怨毒被尽数拘进刀锋，沁成愈新愈艳的血红。

潮头被一重一重压落，月光重新铺过万里沧溟。

仇薄灯紧绷如寒铁的身体骤然一松。

月光如纱如雾，从高空中洒下，流过他裸露在外的后背，明净透明，蒙着一层细细的薄汗，皮肤下淡青的血管隐约可见。血与肉重新回到了他身上，他重新变成了一个人，而不是一个无声咆哮的苦痛灵魂。

少年在他身边，疲惫昏沉。

绯刀无声落回。

师巫洛轻轻拨开散在仇薄灯脸侧濡湿的黑发。

他的五官生得很艳，眉长而锐，平时一挑一扬都如刀锋般咄咄逼人，蹙起时却格外憔悴秀美。

那时候，你到底是有多疼？

他在心底轻轻问。

这个问题，师巫洛日复一日，问过无数遍。

每问一次，心底藏着的双刃剑就转动一次，可怎么问都得不到答案，最后只能自己去找。

为什么受伤了也不管？

因为在疼与痛里，才能勉强地寻找到另一个人曾经存在过的痕迹……忍着另一个人受过的疼与痛，想他当初到底是有多疼有多痛，于是每一道伤口都成了他还在的证据，在一日一月一年里灼烧神经，维持清醒。

只有这样，才能熬过无能为力的光阴。

可究竟是有多疼有多痛？

师巫洛还是不知道。

唯一知道问题答案的人正蜷缩着，眼睫低垂，静静睡去。师巫洛定定地看了他一会儿。

如雪落眉梢。

风平海也静，水天共月明。

红阑街。

左梁诗转头望向沧溟："海潮退了。"
"嗯。"
左梁诗肯定地猜测："还有人在他身边。"
"嗯。"
左梁诗无可奈何："你是不是只会答'嗯'？"
"不，"君长唯幽幽地说，"事实上，我一个字都不想回你……山海阁到底是怎么出现你这种奇葩阁主的？！"
"没办法，我家代代单传。"左梁诗眼疾手快地按住金错刀，"停停停，都是当长老的人了，不要动不动就打架。"
君长唯脑门上青筋直跳："别说动不动就打架了，我还能动不动就砍人，你信不信？"
托前半夜这一场大火的"福"，大半条红阑街都被烧掉了。客人们败兴而走，无处可去的艺伎舞女们只能暂时停留在街上，靠在墙角互相整理衣衫，或者干脆直接抱住双臂睡着了。满街的流莺落雀。
左梁诗和君长唯也蹲在街道边，为了不引人注目，都套着一件女子的长衫……
也亏刚刚不渡和尚跑得快，没有发现，否则山海阁阁主和太乙宗长老的形象，就要从此破灭了。
"行行行……"左梁诗忽然一肃，"来了。"
君长唯的袍袖一盖，掩住刀柄。
半空中掠过一道极其细微的衣袂翻动声，仿佛海风轻微地拂过屋檐瓦片，可残火里没有半个人影经过。君长唯闭上眼睛，没有动用灵识，单靠双耳进行分辨……整条红阑街的声音都被他收于耳中，风穿行而过，气流描绘出立柱横梁，以及轻烟般经过的身影。
一道。
两道。
三道。
…………
身影从烛南城的各个方向而来，无声无息地去往溱洧楼，又无影无踪地从溱洧楼离开。
最后一道身影离开后，君长唯睁开眼，转头冷冷地看向左梁诗。
左梁诗拍拍他的肩膀："走了。"
两人回到观潮塔上。
被吓昏的两名山海阁弟子横躺竖瘫，竟然睡得口水都流出来了……左梁诗无言片刻，一手一个把人从观潮塔上丢下去，咚咚两声，砸在底下的泊船上，一人一个大包地撞晕过去了。

换作平时，君长唯肯定要嘲笑两声，但现在他没有笑。

"有句话我想问你很久了，"君长唯怀抱金错刀，神情冰冷，"你们山海阁，还是不是当初的山海阁？"

"我很想说是，但我没办法说是。"左梁诗转过身，袍袖在海风中翻飞。他笑了笑，笑容自嘲，"应阁老、严阁老、孟长老……真热闹啊，一场大火，误打误撞惊出了这么多人，这还只是沉不住气的，剩下的不知还有多少。"

"说吧，"君长唯索性盘腿坐下，"情况到底怎么样了？"

左梁诗罕见地不在意形象，也在他对面坐下："之前百氏南渡要借道的时候，我故意透了点口风，三天里私底下来见我的阁老就有三十多位。有些力主借道，有些力拒借道……可惜认为不应该借道的那些人，一部分是在试探我，另一部分也不是出于真心。"

他从袖子里摸出张写满人名的纸，递给君长唯。

"当时我就觉得不能再等下去了，可真要动手处理起来，才发现比想象的更糟糕。"左梁诗手指点了点，"应钟阁老已经彻底倒向了百氏……他算是最直接的一个，直接让玉桥和太虞次子走在一起了。这部分和百氏走得也很近。"

"剩下的这三个呢？"

"这三个很奇怪。"左梁诗沉吟片刻，低声道，"有个猜测，但不好说。"

"都到这个地步了，还有什么好说不好说的？"君长唯淡淡地问。

"我怀疑，接触他们的，不是百氏，不是海外三十六岛，也不是天外天。"左梁诗深吸一口气，缓缓道，"是……大荒。"

"他们疯了！"君长唯脱口而出，"接触大荒？他们怎么敢？！"

无光无风者，荒。

中土十二洲和海外三十六岛是人们的立足之地，再向外便是永无止境的黑暗、永无止境的冥秽，称为"大荒"。空桑百氏和八周仙门矛盾再怎么深，仇怨再怎么久，双方还能勉强共存。但大荒不同。

大荒与所有凡人、所有修士，与中土十二洲、海外三十六岛的全部生灵活物，绝对对立。

绝对不死不休！

再无知的稚子都能随手画出三界的大概地图。

首先在纸张中间圈出一个圆，在圆里横七竖八地画几块碰撞的拼凑在一起的陆地，这就是十二洲。然后贴着圆，在离陆地不远不近的地方画上一圈岛屿，这就是三十六岛。再随便往圆里哪个地方放上一块石头，这就是谁也不知道具体悬浮在哪里的云中城——天外天。

剩下圆圈外的地方，全部涂黑。

——那就是大荒。

孩子们画"三界图"的时候，圆圈总是很小，占不到纸面的十分之一，圆圈外的黑暗总是很大很大。有的孩子还会用炭，画出一道道触手般的黑须，从大荒里伸出，在圆内肆意纵横——那就是在大地上流转不休的瘴雾。

稚子无知，却画出了世界最本质的模样。

芸芸众生，不论仙凡，其实就是活在一片黑暗里，只是人们以城为烛，在黑暗中燃起了一片光明。一支支光如萤虫的烛聚集在一起，与昼夜不休的金乌和玄兔一起，驱逐蒙晦，生灵万物才有了立足之地。

可黑暗漫漫无边，随时要将这片好不容易才圈出的生息之地重新吞噬进腹。

一如瘴月与城池。

是以，仙门与城契，结契两相生。

与大荒往来，便形如背叛！背叛的不仅是山海阁，还是整个十二洲、整个人间。

"你们山海阁的人，怎么敢与大荒往来？"君长唯死死地瞪左梁诗，"你这个阁主，干什么吃的？"

"他们为什么不敢？"左梁诗反问，"他们都敢放任魂丝种子在鬼市上流通，都敢为了一些钱财兵器，放身份不明的人进入烛南宝市，他们还有什么不敢的？"

"我来烛南前，以为你山海阁顶多只是出了一两根败枝烂杆，没想到根都开始烂了。"君长唯极尽尖锐刻薄。

"你还记得我们那一年的仙门论道吗？"左梁诗问。

"记得。"

"第三天宗门对博的时候，山海阁对太乙宗，策论时你们太乙宗十个，九个输给我们山海阁的。那时候，我还笑你们，说你们太乙宗怎么这么多一根筋的傻瓜。"左梁诗淡淡地说，"可聪明人未必就比傻瓜好。"

"你想挨揍吗？"

"想揍一会儿再揍吧。"左梁诗不在意地笑了笑，"我不是在损你，是在夸。你知道我最近一直在想什么吗？"

"你想什么我怎么知道。"

"我在想，是不是人真的很自私，越聪明越自私。你问我，山海阁怎么会变成这个样子？其实答案也很简单……做生意的，做买卖的，最精通的就是盘算，算来算去，就什么都觉得吃亏，什么都不愿意白付。算来算去，就觉得这边一点点、那边一些些无所谓，就忘了聚沙成塔、集腋成裘。"

君长唯沉默许久，吐出句话："千里之堤溃于蚁穴。"

左梁诗拍了拍手："不错，当初你要是也有这水准，策论也不会一分都没有了。"

君长唯二话不说，转刀朝他脸上砸了上去。

啪。

血从左梁诗的颧骨处涌了出来，君长唯砸得极重，他却没有躲。或者说，他今天找君长唯，就是为了有个人能揍他一顿。

"不是说了吗？打人不打脸。"左梁诗轻声说。

君长唯冷笑，收回金错刀："揍你就该对脸揍。"

当年左梁诗被他亲爹扔到太乙宗"交流"的时候，由于太乙宗上下厉行节俭，也就是说比较穷，所以根本没有给山海阁来的贵客什么优待，查了一下，发现君长唯的院子还有间空屋，就把人塞进去了。

两人互相看不顺眼，要不是有孟师姐压着，估计房屋都能被他们拆了。可非要说的话，君长唯马马虎虎也算最了解左梁诗这家伙的人之一。

左梁诗极其好面子，就算知道自己错了，也绝不明面上承认，他拉不下那个脸。可他偏还有那么点良心，所以要是有什么事情，过不去自己那个坎，他就找人打架，明知道打不过还要打。

在君长唯看来，这就是"窝囊小白脸"的又一力证：连自己的错误都不敢承认，不敢面对，不是懦夫不是窝囊，是什么？

让人瞧不起。

"我知道你看不起我，"左梁诗笑笑，"我也看不起我自己。"

"讲吧，你到底在后悔什么？"君长唯说。

"一百年前，舟子颜求我问天轨，我拒绝了。现在我后悔了。"左梁诗抽回那张名单，点了点上面几个名字，"我心里觉得一座鱬城，不值得山海阁大动干戈，不值得山海阁与空桑正面相抗。他们也觉得，一座山海阁，不值得他们守山镇海，骨葬不死城……鱬城事件之后，很多人的动作就越来越明显了。"

左梁诗把纸一折，一扬。

纸在半空中燃烧，化为飞灰。

"我舍了鱬城，他们也舍了山海阁。因果轮回，报应不爽。"

"你和佛宗的不渡走太近了，说话都带着不渡的兜转味。"君长唯说，"别绕了，你想做什么，直接说。"

"我要把败了的枝、烂了的根一起烧掉。"

左梁诗直视他的眼睛。

"我要清山镇海。"

一字一句,如金铁相撞。

他还披着伪装的女人衣衫,脸上还流着血,半边脸颊高高肿起,这大概是他一生中最狼狈的时候,也是他一生中最伟岸的时候。

君长唯沉默了许久。

左梁诗笑了笑:"我修为是所有仙门宗主里最低的,能当这个阁主,不过是因为玄武和左家的契约……我一个人没办法彻底搅动沧溟,我需要帮助。"

"你这笔买卖,做得有够大的啊。"君长唯慢慢说。

"没办法啊,我不能让烛南就这么熄灭。"左梁诗站起身,"不过今天晚上倒还真不是找你做买卖……你们太乙宗小师祖救了我儿子两次,今天晚上,就算我还他这个恩情。"

"真让人刮目相看。"君长唯挖苦道。

"我总不能让我儿子连个朋友都没有。这些年把他东塞西扔,就够对不起他了。"左梁诗低声道。

"我还是不信你。"

君长唯站起身,提着金错刀就要下观潮塔。

"不过,这次我帮你。"

左梁诗笑笑,把一样东西丢给他:"这个给你们小师祖吧,就当见面礼了。"

君长唯接住一看,眉心一跳:"佛宗的《梵净诀》?"

"让他有事没事修炼一下,多少压一下业障。我说,你们好歹盯着点他的修炼吧,明心期垫底……供祖宗也不是这么供的……算了,我没资格说,我家那小子我也拿他没办法。"左梁诗露出头疼的神色,"一天天的,威逼利诱都不修炼。"

君长唯摇摇头,把玉简扔还给他。

"不是他不修炼。"君长唯慢慢地下了塔,"是他没办法修炼。"

左梁诗愕然。

他刚想追问,君长唯已经踏着沧溟海面,走了。

沧溟的尽头,明月高悬。

师巫洛略微低头,发现仇薄灯唇上沾了一点血,艳得近乎蛊惑,下意识伸手去碰上一碰。

就在他指腹刚要碰到仇薄灯的时候,仇薄灯忽然睁开了眼。

第五十五章

　　仇薄灯眼尾很长，又天然上翘，侧眸看人时就有点过于靡丽，平时因眼眸过分深黑才显得冷锐。可一场生死挣扎后，他的眼睫上微沾细泪，眼尾薄红，黑瞳蒙一层水色，那点靡丽就瞬间颓艳得勾魂夺魄。

　　师巫洛愣愣地与他对视，竟忘了移开手指。

　　仇薄灯侧眸看着他。

　　"想什么呢？"他似笑非笑地看师巫洛。

　　师巫洛不回答。

　　仇薄灯也不问了，古怪地抿住唇……他们在海面，师巫洛跪在水月中，仇薄灯其实是坐在他旁边的，两人近得密不可分，有点什么反应，再细微都能察觉到。他忍不住乜斜师巫洛，师巫洛仓皇地移开目光。

　　微垂眼睫，犹自镇静。

　　"放开。"仇薄灯拿肩膀撞他，没好气。

　　师巫洛闷不吭声，仇薄灯起身了。温热的身躯离开时，微冷的海风灌进两人间空出来的缝隙，师巫洛放松了一些，同时又格外失落。

　　心脏里，一捧火不上不下地烧。

　　红衣快要全部离开的时候，他本能地伸手挽留。

　　仇薄灯被抓住手腕，不得不低下头。

　　那双银灰色的眼睛与他对视，清晰地倒映出他的影子，苍白俊美的脸隐约带了点茫然的神色，看着还有点委屈……刚刚他醉的时候，不是还挺放肆的？现在委屈给谁看啊。

　　仇薄灯扭头不想理他，视线掠过他肩膀洇开的深色血迹，微微一顿。

　　"真是的。"仇薄灯轻骂一声，一手任他握住，一手按在他另一边没受伤的肩头上。

　　"你说来沧水尽头，"师巫洛声音低哑，"是想熬不过去，就死在这里？"

　　醉去归沧水，沧水葬寒骨。

　　所以要来沧水的尽头，要到人间的分界线，要在月下高歌而舞，把最后一点生命烧得干干净净，然后再无声无息地沉进海底。

　　什么人都不会害到，也什么都不会留下。

　　仇薄灯按住他肩膀的手顿住了。

　　许久。

"嗯。"

他没有反驳。

预感是在抵达漆吴的时候陡然出现。

金乌载日没入大海的一瞬间,黑暗铺天盖地而来,他忽然觉得自己被吞噬了,死亡正拽他下坠。身边,左月生他们的声音变得很远,他还能和他们说话,和他们谈笑,却有一重怎么也撞不破的透明屏障横亘在他和所有人中间。

他在万众簇拥中孑然一身。

他要死了。

没人救得了他。

出乎意料地平静,他若无其事地跟左月生他们一起走过长街,一起踏进高朋满座的溱楼,在最奢靡最热闹的地方,一分一秒数自己的死期,一杯接一杯地饮尽烈酒,一一饮尽了却什么反应都没有。

就像在大火中冻死的人,从骨头到灵魂都是冷的。

就大醉酩酊吧,就且歌且舞吧。

左月生和陆净挤在胡同出口探头探脑,他靠在墙上笑,想着,歌尽了,舞散了,火点燃了,就该把自己放逐到没有人烟的地方了。可是不甘心啊……他在溱楼听了那么多遍《孔雀台》,徘徊复徘徊。

他在等。

有一个人说了,会接住他。

南方疆域与清洲相隔何止万里?

他不知道那个人会不会来,也不知道那个人能不能赶到……山花年复一年地开,旧人却未必一直都在。

可那已经是最后的一丝希望了。

"你接住我了。"仇薄灯轻声说。

师巫洛凝视仇薄灯的眼睛。

夜凉也,月如水。

海潮一点一点退去,黑石屹立在沙滩上。

君长唯踏上这隐藏在沧溟中的孤岛,远远地就看到岛上唯一一座小木屋歪歪斜斜地倒在地上,大半个屋顶都不知道被吹到哪里去了。

太阳穴一跳,君长唯急掠而出。

"矮子!矮子!"他冲到倒塌的房屋边,袍袖一挥,将木板砖头扫到一边去,"死了没?!"

"你都还没死，我怎么可能死？"从铁炉的碎片里颤巍巍伸出一只干瘦的手，砰的一声，按在地上，又矮又瘦的老天工把自己从废墟里拔了出来，呸呸呸地往外吐黑炭，"老子还等着用你的天灵盖当夜壶。"

"谁用谁的还不一定呢。"君长唯听到他还能中气十足地吼人，悬着的心顿时放了下来，笑骂道。

"那还用想？"老天工横眉瞪眼，"老子就是个铁匠，你一个刀客跟铁匠比命长？嘿，怕不是脑子进水了。"

"得了吧你。"君长唯转到他背后，仔细打量了一下，"你这赤甲再多用两次，我就得给你买棺材了。"

只见两块暗红色的金属附在老天工背后，虫子一样，缓缓钻进皮肉和骨骼里。他整块后背都皱巴巴的，仿佛血快要被吸干了。老天工随手把君长唯的麻衣撕了一大块下来，往背上一扎，盖住了狰狞老朽的皮肉。

"死不了。"他淡淡地说，将一柄剑连带剑匣扔给君长唯。

君长唯接住一看："万年若木？你这个老家伙真够有钱的……"

手腕一振，一道寒光滑了出来。

完好如初的太一剑在月光下静如秋水。君长唯侧转长剑，从旁侧看，能够隐约看到有无数精密的暗纹隐在剑身中，一重一重，如流水，如冰纹，浑然天成。

"封魂纹补好了，"老天工蹲在残梁上，打焦土里刨了根烟杆出来，随便擦了擦，便吧嗒吧嗒地抽了起来，"但这玩意儿，既然解开过两次，作用就小了。不过，我给他补了道天命纹进去。"

"天命？"君长唯一愣，"你……"

"想太多了，"老天工嗤笑，"我还没大方到把自己这条老命抽了给他画阵纹。"

"那这道天命纹是怎么来……"君长唯话说到一半就止住了。

"有人给他点了命鳞，不过看你这反应，估摸也知道是谁点的。"老天工抽到口黑灰，骂了句粗话，把烟斗在断梁上一阵猛敲，"既然你们心里有数，我就不浪费口水了——三百一十二万两黄金，你打算什么时候还？"

"三百一十二万？你怎么不去抢？！"

君长唯脚下一滑，险些一头栽在残火里。

"抢？"老天工一瞪眼，"你知道当年空桑北葛老头儿请我开赤甲出多少吗？"

他伸出一只巴掌："五百万两黄金！五百万！我都给你对半算了，你还嫌贵？"

君长唯捧太一剑的手微微发抖。

"干脆我所有骨头都卖给你算了！"

三百一十二万……整个太乙宗所有人口袋里的钱加起来都不够吧？！

老天工重重地冷哼一声:"你那身骨头能值几个钱?扔给狗啃狗都嫌。"

"爱要不要。"君长唯豁出去,不要脸了,"反正没钱。"

"我就没指望过你能还钱,"老天工把烟斗重新塞进嘴里,"这样,你帮我一个忙,不仅欠的账一笔勾销,我再帮你徒弟打把刀。"

"一个个的,怎么开口就是一个忙,说是一个,其实拔出萝卜带出泥地不知道多少件事等着我去做……行吧。"君长唯伸手想摘葫芦,一摸才记起来酒已经喝光了,无可奈何地放下手,"先说好啊,今天晚上我已经揽了一桩活,你别太能折腾。"

"我的活简单。"老天工道,"我要杀一个家伙,但估摸着单靠我自己,杀不了他。你到时候来搭把手。"

"谁?"

"谢远。"

君长唯一顿:"你们天工府打算出世了?"

"让一个叛徒逍遥了三千多年,够丢脸了。"老天工抠了抠烟斗,抠出点火光。

"你找到他了?"

"最近这些年,我隐约发现清洲有荒使活动的痕迹,他当初叛出天工府后,就入了大荒。算算,按他的能耐,成为荒使也是迟早的事。"老天工仰起头,"在清洲的这荒使,自称'戏先生',我觉得没错了,应该是他。"

君长唯沉默了片刻:"有件事该告诉你。"

"说。"

"山海阁有人和大荒接触,左梁诗就在查这件事。"君长唯把太一剑插回鞘中,站起身,"两桩活变成一桩活了,可我怎么觉得,要做的事是越来越多了?行了,你记得帮我徒弟打把刀。"

"喂,"君长唯刚要走,老天工就喊住了他,"左家那小子你见过没?"

"见过,怎么了?"

"你觉得那小子怎么样?"老天工犹豫地问。

"还行,比他老子出息。"君长唯回忆了一下,"长得够胖,和他爹一点也不像,看着不会让人想揍他。你想收他当徒弟?我觉得行,他爹虽然不是东西,但他家够有钱。"

"我还会贪墨他们家那点钱?"老天工没好气,他踌躇片刻,又摇了摇头,"再看看,我再想想。"

"磨叽。"君长唯嗤笑,"你就想吧,被别人抢先收了徒弟,我看你上哪儿哭去。"

"你不是要去找你们太乙宗的祖宗?快走快走。"老天工瓮声瓮气地赶人。

他一赶,君长唯反倒重新坐下了。

"差点儿忘了……这时候过去找人,十成十讨嫌。矮子,有酒没?"

"明天请你喝酒。"

仇薄灯回到船上,在舱里躺下,将喝光的酒坛丢在一边,懒洋洋地翻了个身,半枕手臂,面向船舷。

衣衫簌簌,仇薄灯侧过头,看见师巫洛在身边躺了下来。

"走吧,该回去了。"

师巫洛默不作声。

"不想走?"仇薄灯把头转了回去,分析船舷上的木纹。

第五十六章

师巫洛转头。

仇薄灯背对着他,月光在他的发梢和肩头蒙了一道银线。他的口吻漫不经心,分不清是开玩笑还是认真。他就是这样,永远把自己的想法藏起来,半真半假地说话,就像水中月、镜中花。

没办法猜,猜对他也不见得会承认。

"想。"

师巫洛没去猜,低声回答。

仇薄灯一点一点滑过木轮的指尖一顿。

"想去南方,去巫族,去一座很远很远的城。"师巫洛在他背后慢慢地说,月光落在那片银灰里,分辨不出是月光更清冷一些,还是他的眼眸更清冷一些。他的声音很轻也很认真。

他一直都是握刀的人。

刀走直,从不回旋盘绕,用锋利的刃口劈开一切迷障,不论那迷障是雾是水是镜。直来直往得有些笨拙,但在某些时候,却又会精准得惊人。

"想带你走。"

他平静地陈述一个事实。

孤舟漂浮在海面,随水波微微起伏,漂到了月影中心,仿佛落进白月里的一片竹叶。仇薄灯一点一点用指甲划过船舷上的木轮,就像小时候孩子们一圈一圈数过时间。师巫洛没有再说话,静静地望着天空中的圆月。

"说说南方吧。"

仇薄灯的指尖停留在最后一道木轮上。

师巫洛有一瞬间以为自己听错了。

半响，他也侧过身，目光久久地落在仇薄灯背上，试图猜这五个字的意思。

可就算和仇薄灯面对面说话，猜他的心思都很难，更别提眼下连他是什么表情都看不到。

"发什么呆？"

他猜不到仇薄灯的心思，仇薄灯却像不用回头也知道他在想什么。

"穷山恶水的话，谁想去？"

"南方……"

师巫洛忽然局促起来。

南方、南方是什么样子？

师巫洛第一次意识到这个问题是那么难回答。

要用什么言语勾勒它的轮廓？用什么辞藻填充它的色彩？用什么比兴让那片重重叠叠的荫绿古林变得如画如歌？

"南方疆域多孤峰，峰绝千仞，"师巫洛斟酌着语言，"最高的是巫山，巫山山南盘绕着秋练般的博水，白石会被悬瀑从崖上冲下，落进涂潭里，破碎后被水流打磨成玉。启蛰时，会有约莫两尺长的蜉蝣聚集到潭面，傍晚像月光、像白纱一样飞起……"

他努力回忆杂记上对南方疆域的描述。

诗人歌山唱水，因为他们心里的山不只是山，水也不只是水。如果要师巫洛自己说，博水只是博水，不会盘绕也不会蜿蜒，蜉蝣朝生暮死便是朝生暮死，不会像月光也不会像白纱……

在南方待了一千年，可那里也只是个地方而已。

"你这游记不及格啊，"仇薄灯轻声说，"不够真情实感。"

师巫洛顿了一下，袖中手指泛白，空茫茫的失落……别人眼里的山和水，归根到底是别人的，和你其实没什么关系，你读不懂秋水白石里的情和感，用再谨慎的语言表达出来，也是干巴巴的。

南方……

南方在他心底只是个等待水滴落的地方。

滴答滴答，单调枯寂。

可这么说的话，便是"穷山恶水"了吧？

师巫洛失魂落魄。

319

"不及格就是挂科，挂科是要补考的……君长老算术科挂了三百年，鹤长老挂了五百年，颜掌门挂了一千年……"仇薄灯枕着自己的手臂，"你打算挂几年？"

仇薄灯的声音渐渐低了。

"继续讲吧，看你能挂多久。"

疲惫和困意涌了上来，仇薄灯一边听师巫洛讲，一边渐渐入睡。

其实他没有陆净想的那么喜欢看书。

他只是讨厌睡觉时，等待睡着的那一段时间，四周静得像在死去。所以，他每天晚上都会看上一堆又一堆乱七八糟的书，要么是枯燥无聊的卜辞索录，越艰深晦涩越好，催眠效果绝佳；要么是栩栩如生的游记，闭上眼想象世界上某个地方有那么多人，那么喧嚣，悲欢离合，鼓点欢歌。

师巫洛说的具体内容慢慢模糊，最后只剩下一点声音，像从太古流到如今的雪水，带他在死寂里渐行渐远。

仇薄灯的眼睫一点点垂下，最后在素白的肌肤上覆成两弯浅影。

他睡着了。

白月渐渐偏移，在孤舟里倾斜成明暗两边。

师巫洛讲完最后一点隐约记得的游记，静静注视在船舱阴影中熟睡的仇薄灯。

他在睡着后无意识地微微蜷缩身体，脊骨透过红衣，消瘦的线条如清冷的山脊起伏。

"你告诉我冰冷火烫，告诉我飞花婉约、古木葱茏、盛实喜悦、初雪静肃。"师巫洛的声音变得低不可闻，"你还告诉我，等我亲自去触碰，就能知道世上万事万物都有它们的喜怒悲欢。"

师巫洛移开仇薄灯的手。

"你骗我。"

一个人的时候，飞花只是飞花，初雪只是初雪，不婉约也不静肃。万事万物的存在也只是存在着，没有喜怒，更没有悲欢。

他银灰色的眼眸不再平静，仿佛冰湖下暗流汹涌。

"博水是真，巫山是实，你说的情和感在哪儿？"

你说的话我都信，你不能这样骗我。

所以，要一起去看博水琢玉，一起去看蜉蝣群聚，一起去看你说过的一切。

有那么多不知名的欲望和早已尖锐的情感在汹涌，在着魔嘶吼……把这个人牢牢箍住，把这个人用力揉碎，从此如影随形。

"以后别骗我了。"

师巫洛闭了闭眼，压下那些妄念，轻轻拨开散在仇薄灯脸侧的黑发，让仇薄灯睡得更安稳一些。

透过肋骨和血肉，是否能感受到另一颗心脏的跳动？

师巫洛合上眼，慢慢睡去。

月如轻纱，红衣被黑衣拢住，只露出些许余隙。

一高一矮两道醉醺醺的影子蹲在海边，蹲成了两块望海石。

"夜不归宿……竟然夜不归宿！"高一点的人一手提酒坛，一手提长刀，用力拍岩石，愤怒得惊天动地，"我要宰了那小子！别拦我！我要宰了他！"

"去啊。"矮个子阴阳怪气，"昨天说'这时候过去找人，十成十讨嫌'的是谁？要去快点去，没人拦你，别赖在我这里，老子的酒都被你喝光了大半……"

老天工猛然惊醒："你就是趁机蹭酒的吧？！"

"嗝。"君长唯打了个不合时宜的酒嗝。

老天工摸出个算盘："八坛二回龙、十二坛浔酒、六坛云梦……二回龙一坛六十七两，浔酒一坛……"

君长唯的手一哆嗦。

他马上丢下酒坛，胡乱卷起太一剑，拍了拍老天工的肩膀："你们天工府的叛徒成了荒使一事，事关重大，我就不在这里耽搁了。我先回烛南城调查一下，一有消息就通知你，告辞！"

话音未落，人已经踩着早潮，一溜烟没影了。

"君长唯你个挨千刀的老滑头。"

老天工骂骂咧咧地放下算盘。

他摇摇晃晃地站起身，脚下一个没注意，踩到君长唯乱丢的酒坛，顿时"咕噜咕噜——咚"地滚下礁石。

老天工从海里钻出来时，一线金光出现在东边天际。他抹了把脸，手搭凉棚，眯起眼睛眺望，金线向左右伸展，又由远及近地迅速铺来，将沧溟镀成一片镏金赤云，海面波光粼粼，光芒万顷。

咚——

咚——咚——

晨鼓从烛南城的方向传来，把仙人和凡人一起从夜梦中唤醒。

"日出了。"

仇薄灯披着黑罩衫，赤着双足坐在舟头，踢踏起碎金般的海水。

师巫洛坐在舟中，看晨光里他的发梢在金尘里飞舞。孤舟与天光一起，掠过粼粼灼灼的海面，留下一道灿烂的水痕。

仇薄灯冷不丁侧过身，一伸手，戳了戳师巫洛："不高兴？"

师巫洛抓住他，不说话。

"游记不及格怪得了谁？"仇薄灯眉梢扬了扬，"本少爷又不是没给你机会，挂科就好好补考。装听不见也没用，别想逃课……说起来，你昨天扔那谁的时候，没把人扔死吧？"

师巫洛把他的手压下，没什么表情地探身，把他黑罩衫里面半散的衣襟扯好，把露出来的小半截锁骨遮得严严实实，又干脆利落地把黑罩衫领口也扯到最高，把带子结结实实地系好。

就差都打上死结。

"没死。"

听起来更像"今天就死"。

"溱楼有问题，明面上看都是一些没修为的普通人，但他们的眼睛很奇怪，"仇薄灯转回身，"在溱楼里，有个人视线无处不在……不知道为什么……"

他眺望海面。

烛南晨鼓已过二转，太阳在鼓点里越升越高，海面在鼓点里丹辉炳映，城界在鼓点里缓缓打开。

"我想杀了那个人。"仇薄灯的瞳孔一片冰冷。

师巫洛起身，坐到他旁边，把绯刀横在膝上，说了个"好"字。

"不问什么就说好？"仇薄灯侧眸，"我杀人你放火？"

"嗯，"师巫洛顿了一下，"杀人放火都我来。"

有点犯规了啊。

仇薄灯慢悠悠地踢起一小片浪花，看着水珠在阳光中弧线下落。

一条银鱼追逐水珠飞出海面。

"《清洲志》说烛南居海，城民以渔为生，以海为田，以鼓为号。晨航时，海界一开，渔舟尽数起锚出海，大号小号，灯调鼓调，急曲缓曲，千舟千歌，万船万火。"仇薄灯展颜一笑，"走！我们去看渔舟出航。"

第五十七章

"看，海界。"

仇薄灯伸手按住师巫洛的肩膀，示意他让小舟停下。

远远的，水线上，一排白石柱高耸出海，柱高数十丈，上盘异兽，口衔铁索。

沧水若火，荡荡漾漾地从柱底涌过，以石柱为分界，向外沧水莫测，随时可能有惊涛骇浪，向内沧水恬然，无论何时都风平浪静，仿佛威严沉默的父兄，展开长长的有力双臂，将千万舟船护在它的臂弯里。

城界铁索朝开暮合，便是海上的日出而作，日落而息。

咚、咚、咚。

晨鼓二转，兽松铁索。

"太阳出哎——

"海门开啰——"

先是一人高歌，后是千百万人齐和："开啰！"

拔锚号重重叠叠，浩浩荡荡迎面而来，隐约可见光膀的伙计奋力扯索，朝霞将他们的脊背镀成铜色。水声与铁索沉降声响成哗啦一片，号子声声转急，汉子们脊背猛然挣直，铁锚破海而出，带起串串水花。

咚！

晨鼓三转，城界轰然敞开。

百万乌篷拨尽，百万桨橹摇拍，百万舟船涌出海柱。所有船只皆立一相风杆，顶端皆立一金乌像，足上皆系翎羽五两。天光掠过所有相风杆的末端，在金乌背上反射成了百万点炽火。

"好日起樯竿，乌飞惊五两。[①]"

仇薄灯轻盈站起，赤足踩在船头，转身展臂，长风鼓荡起他的衣袖，黑罩衫翻涌出明艳的朱红。

"百万渔舟百万灯。"

在他的背后，日轮刚刚升起一半，另一半在沧溟海面破碎成一片辉煌。烛南渔舟从金日里驶出，呈弧形散开，仿佛无数盏青天的纸灯，满载无数旭日里引来的火，奔赴四面八方，要来把整个人间点燃。

"天光喜悦，万舟欣然。"师巫洛轻声说，"对吗？"

仇薄灯对他笑了笑，不说对，也不说错。

他把手递给师巫洛。

师巫洛抓住他，被他拉起，并肩站在舟头。

太阳渐渐升离海面。

群鲸般的渔舟渐渐分散，小舢大舟，重橹轻摇，在辽阔的海面荡起千千万万水痕，水痕一重接一重地荡开，又一道接一道地撞碎。老船夫一边撑篙，一边扯开喉咙，唱起了悠远的《海山谣》；小伙计一边摇橹，一边朝对面的撒网姑娘唱

[①] 出自刘禹锡《淮阴行五首》。

起《渔郎调》。

"问郎哪个心上人哟，叫阿哥踏哪个浪潮？
"问郎哪个心上人哟，叫阿哥晒几道背焦？
"问郎哪个心上人哟，何时往我这舱里跳？
"……"

调声百转，谣声上扬。

"烛南附近的沧溟中有种金衣鱼，大可一丈许，只在日出的时候浮到海面上，烛南的渔民将晨航第一网打上来的金衣鱼叫作'金缕鱼'。"仇薄灯展示出他身为顶级纨绔，在吃喝玩乐方面的专业素养，"金缕鱼用清竹酒，小火细烹，味鲜肉细。走走走，去买鱼。"

他兴致勃勃，一时兴起，甚至挽起袖子，想要试一下摇橹。

摇了两下，扁舟很给面子地……在海面原地转了个圈。

"伢子，你摇错喽，要往外一点，第一下别晃太深。是啰，就这样，"一条行得快的舢板船从他们旁边经过，老渔民戴个破斗笠，晒得黝黑发亮，他笑呵呵地指点了两下，"哎哟，这么犟的橹，哪个少见喽！"

仇薄灯又试了一下。

咻——

扁舟歪歪斜斜，直冲老渔民的舢板船去了。

"不得行不得行，"老渔民随意地一撑篙，小舢板船轻巧避开，他连连摇头，"换那个来，换他来！"

师巫洛刚从舟头下来，闻言很轻地笑了一声。

仇薄灯把橹往他手里一塞，咬牙切齿："今天买不到最大的金缕鱼，你就跟君长老一样，挂科三百年吧。"

"嗯。"

师巫洛一摇橹，小舟如轻羽掠出，驶过波光粼粼的海面。

嗯什么嗯，倒是把笑意收一收啊。

仇薄灯磨了磨牙，不想看他，索性直接坐在一侧船舷上，有意无意地给他划船增加点难度。

过了会儿。

仇薄灯默默地坐回了舟头。

他坐在哪里，对师巫洛驾舟都没有任何影响……

既然如此，他为什么要浪费那个力气，委屈自己坐在不熟悉的地方？

在船首踢踏了一会儿水花，仇薄灯摸出了根博箸，开始有一下没一下地敲着白瓷坛。酒坛空了，敲出来的声音空寂，他便舀了小半坛水进去，就着坛声唱起了《海山谣》。

"烛南有海，海深么深几盅？

"海深么深两盅，一盅饮来一盅添。

"烛南有山，山高么高几钟？

"山高么高两钟，一钟歌尽一钟眠。

"……"

他的声音清脆而响亮，不像老渔民唱起来那般裹挟与无数浪头潮山搏击后的豁达旷然，却自有一种年少不知天高地厚的肆意妄为。渔歌的调子里，仿佛沧海真的化为他的盅中酒，崇山真的化为他的枕上钟。

白月下的哀凄仿佛只是一个幻影。

歌声传及之处，渔民高声喝彩。

不少渔家儿郎和姑娘纷纷转头，寻找唱的人是谁。

只可惜，师巫洛驾舟如惊鸿掠影，别人刚听到歌声，转过头去，便只能看到海面上的一道长长水痕了……

压根儿见不着唱的人到底是谁。

此时，正是沧溟海上的"晨市"。

每天早上，城界打开之后，烛南的渔民们不会急着出远海，而是会先在城界不远一片浅青色海域停留。这里海水冷暖交汇，鱼群不论是种类还是数量，都十分可观。海民们依循千百年的惯例，在这里，每一条船，只下一次网，收网后捞上来的鱼被看作今日的华彩。

城中的鱼伢商贩知道民俗如此，便会撑上一些木筏小舟，在渔船中穿梭，收其上佳者，高价卖与烛南各大酒馆茶楼，称为"尝新"。

"上好金缕鱼哟——六尺长——"

"青寻鲤！鳞满鳃新——"

"蝙带也蝙带鱼！"

"……"

渔民吆喝，商贩收罗。

金缕鱼因貌味皆美，又逐日而出，符合文人骚客的诗情雅兴，被追捧得价高无比，堪称"一鳞一金"，名副其实。故而，每每有渔船下网捞起金缕鱼，一旦超过半丈长，必定高声叫卖，四下鱼伢商贩便蜂拥而来，互相竞价。

有道是：嗓赛争高低，舟竞逐金缕。

能抢下金缕鱼的鱼伢不仅财力雄厚，还是个水上好手，架舟如履平地。他们若成功买下一尾半丈以上的金缕鱼，不仅能获得渔民的叫好，回到烛南城里，也是不小的谈资。

此刻，不少鱼伢商贩正簇拥在一艘小船旁，为了一条罕见的一丈一的金缕鱼争得面红耳赤。

"一千二。"

"一千三。"

"……"

不少已经捞过华彩的渔民，也不急着朝更远的海出发，纷纷停泊在附近看热闹。

这捞到大鱼的罗小七，是个又瘦又高的毛头小子，平时做事说话有些一根筋，又木又直还拗，没什么心眼，又是第一次自个儿驾船出海捕鱼，不懂怎么跟这些精明到骨子里的鱼伢商贩抬价。

按往常，一尾九尺金缕鱼，便能卖出两千多两的价，更甭提这尾金缕鱼足有一丈一。

只是今儿，鱼伢商贩一面欺负他岁小，一面也不知怎么，竟都不肯加价太多。

"一千八，再高就没了。"一名商贩高高举起手，环顾左右，"后生，你也甭觉得我们压价，这金缕鱼平时都是卖到红阑街去的，不过昨儿红阑街走水，把豪爽的酒阁画楼烧了大半。这会子，出得起大价钱买一尾金缕鱼的店不多唠！这鱼买回去，俺还不知道能不能卖掉呢。"

罗小七拧着眉，一声不吭。

他蹲在船板上，瞅着偌大一条金缕鱼，不知道在想什么。

"两千二！"

一个胖鱼伢想了想，伸出两根手指。

其他鱼伢商贩皱着眉头，颇有顾虑，一时竟没人再加价。

左右看热闹的渔民摇了摇头，遗憾地叹息。

胖鱼伢摸着便便大腹，站在船首看其他人，颇有几分"金缕在握，江山我有"的志得意满。

"五千两。"

一道声音懒洋洋地传来，听起来岁数并不大。

胖鱼伢的笑容一僵，扭头望去，就见不知道什么时候，密挤着的舢板船不知为何就分出了条称得上"空旷"的水道，一叶扁舟不紧不慢地停了下来。撑船的是个肤色苍白的年轻男子，还有名裹着黑罩衫的少年坐在舟头。

说话的便是低着头，自顾自敲着个酒坛的少年。

"喂!少年郎,你可莫要瞎开价。"

胖鱼伢一寻思,没听说过哪个能随手丢出五千两黄金的仙门贵氏弟子会出没在海上渔市——这种下三流的俚俗地儿——顿觉不满,略带了点促狭。

"赶紧回家去,你阿爹阿娘要提棍抽你喽。"

众人皆笑。

"我要是出得起呢?"少年一撑下巴,笑吟吟地抬起头,"你裸游个来回怎么样?"

他一抬头,海天的霞辉似乎都为他的容光暗淡了一瞬。

一直闷不吭声的罗小七看得呆了。

"大家说,怎么样?"少年顾盼而笑。

罗小七噌的一声,抱着金缕鱼踉跄地站了起来,往前一递:"不、不要钱。送、送你。"

第五十八章

"好!够大方,够豪爽啊!一丈一的金缕鱼说送就送。"一人拍橹大笑。

"问渔桥了!问渔桥了!"

"……"

四下笑声一片,比先前竞相争价还要热闹上几分。

渔民们唱起《渔郎调》:"问郎这个心上人哟,阿哥钓哪条鱼俏?问郎这个心上人哟,要不要往舱里跳?……"一边唱,一边用桨橹敲船舷,打出拍子来。

"问渔桥"是烛南渔民这边的一种风俗。

海民都是一群在刀口上讨生活的人,海上大风大浪变幻莫测,一遇上狂潮急浪,就是个有去无回。晨航时百万渔舟尽出,暮归时谁能回来谁回不来,就得看造化。搏击风浪,生死一线,铸成了烛南海民绝不扭捏,泼辣凶悍的性子。平时,渔家的儿女一眼看上谁或想认识谁,就把自己打到的最好的最新鲜的鱼当众送给那个人。

海民们就会在这个时候唱上一节《渔郎调》。

顺利的话,被送鱼的人,就直接从原先的那条船跳到对方的船上。海民们唱《渔郎调》就成了见证。两人会把鱼当众切了,分给所有人,感谢大家。

要是不顺利,那也没什么,落落大方地唱两句对歌拒绝就是了。

潮浪里来去的人,爱恨就这么简单。

送的鱼越昂贵稀罕,就越能彰显渔家儿郎的本事气魄。今儿之所以会起哄起得这么热闹，便是因为罗小七竟然舍得将一尾一丈一的金缕鱼拿出来问渔桥。

百年未有啊。

不过，渔民们越热闹，鱼伢商贩越紧张。

他们知道这是海民们的习俗，但这漂亮公子一张口就是五千两黄金，要是真能拿出来，身份肯定不同寻常。那要是富贵人家不觉得你这是习俗，觉得你这是羞辱，翻脸打死几个人，或者回头找事……

这麻烦可就大了！

入乡随俗，那也得看人家需不需要、乐不乐意随你这个俗。

不少常年和烛南城里的修士贵氏打交道的人都捏了把汗。

凡人如蝼蚁啊。

胖鱼伢在烛南跑的日子不短，漂亮公子一抬头，一见人家眉眼里的气度，他心里就是一声"这八成真是个公子哥儿"，顿时只恨自己这张破嘴坏事。他正寻思着怎么裸游比较体面，就听见罗小七石破天惊的这一句话。

他瞅了瞅罗小七稚气未退的脸，想到自家差不多大的儿子，咬了咬牙，便挤上前，一掌呼噜在罗小七脸上："瞎嚷嚷什么呢！公子爷差你一条鱼？还不赶紧给人赔不是？"

罗小七僵着脖子，扭开头，一张脸涨了个黑红，又把鱼往前递了递，鼓起胸膛大喊一声："送你！"

胖鱼伢直骂这小子浑，赶紧扭头看另一位正主。

"喂！问我呢。"正主扭头看船上的另一个人笑，"你说这金缕鱼够不够俏？这桥我要不要跳？"

"原来是争渔桥啊！"

就有人嚷嚷。

海上的伙伴其实不怎么长久——毕竟谁也不知道，另一个人什么时候就死了。分分合合，从一船到另一船，再常见不过。

搭伴的人要是跟别人走了，那是你自己没本事，留不住。

什么都不会，什么都不做，人家凭啥跟你交朋友？

见这漂亮公子不羞恼，大家笑得更热闹，就连一些鱼伢也凑了进来。

师巫洛握橹的手青筋浮起，有若握刀。一张原本就生得凌厉的脸，越发冷得跟全天下人人欠了他八千万两黄金一样。可惜这张令人闻风丧胆的冷脸在这种场合失去了它的威慑力——大家起哄得更欢了。

一个老渔民拿橹敲船舷，扯着破锣般的嗓子冲船上的师巫洛大喊："后生！你这样不行啊！板一张棺材脸，人就要走喽！你要会争取啊！"

"老胡，当年你那口子，不就这样去了老杨的船。"一个认识他的鱼伢哈哈大笑，当场揭了他的短，一边笑一边冲师巫洛喊："听他的听他的！这可是老人家的肺腑之言啊。"

"就是就是！"

仇薄灯笑得东倒西歪。

别人倒也罢了，压根儿就不能从师巫洛那张冷脸上看出什么表情，可仇薄灯眼尖地瞅见他的耳朵红了……

师巫洛不说话。

橹一点，扁舟如竹叶，自另外几条船之间以毫厘之差掠了过去，又轻巧又敏捷。周围顿时叫好声一片，海上的渔民不懂修行也不认得什么仙门空桑，在他们眼里划得一手好船、习得一身好水性，就是本事。

也不知道是不是师巫洛故意的，水隙纵横交错，他偏偏要打罗小七的船前正好平行擦过。

两船相错，师巫洛瞥了罗小七一眼。

他眼睛狭长，银灰色的眼眸一掠而过，仿佛昏暗中长刀刃口闪过的一抹冷光。

罗小七下意识地后退了一步。

"有一手啊。"老渔民敲着橹喃喃。

正说着话呢，扁舟就从面前擦过，师巫洛袍袖一挥，老渔民船上的网就落进他手里了。紧接着舟如急箭，径直往浅青色海域去了。

"走走走！看热闹去！"

大家呼朋唤友，远远地跟上。

沧溟算得上是十二洲最凶险的海域，洋流变幻莫测，一天之内风浪动荡最多时能达数十次。这还是在有山海阁的九只玄武镇海的情况下，更早之前，这里压根儿就是一片怒海，人口百不存一。久而久之，烛南渔民个个都是一等一的弄潮好手。

只是今儿，弄潮踏浪惯的渔民竟然谁也赶不上那位陌生的年轻男子。

双方的距离被越拉越远。

后边的人远远地瞅着，只看见对方到了浅青色海域的正中央，也没看清他怎么动作的，网便当空展成一个浑满完美的圆。此时太阳刚好升到与海面一线相切的地方，在远处看，年轻人这一网仿佛将整轮太阳给笼了进去。

稍后，年轻人猛地将网拉出了海面。

渔网收拢，一轮太阳被拉了起来，金光绚烂。

那是一条前所未见的大鱼！

"天哪！"有人惊叹出声，"这还是鱼吗？！"

那条鱼出海的瞬间，所有人只觉得自己是看到了一片日光在跳跃，一片熔金在沸腾，一丈一的金缕鱼在它面前，顿时成了一条小鱼苗……金色的大鱼在半空腾转一圈，形成一个圆，形如一整轮灿灿的太阳！

它一甩尾掀起一片海浪。

年轻人和漂亮公子乘坐的扁舟在它面前小如孩童的玩具，随时要被倾覆。

在所有人的惊呼声中，年轻人松开网绳，拔刀而起。

一线绯红于金日正中斩落。

轰——

大鱼落回海面。

海浪刹止。

撒网、捞起、斩杀，行云流水，一气呵成。最后那一刀是普通渔民所看不懂的凶煞狠戾，人人莫名觉得后脖颈泛过一道寒气，一时间所有人都忘了喝彩。久久之后，死寂忽如地壳崩裂，岩浆沸腾。

掌声如雷，喝彩如涛。

"好！好！"

连罗小七都在大声叫好。

远处，漂亮公子起身，朝所有人招手。

年轻人"捕日、斩日"的整个过程中，海浪惊骇，出刀如电，那位公子却始终坐在舟头，轻轻地敲着博箸……仿佛漂亮公子从一开始就相信他能够捞起一尾前所未有的大鱼，并将之斩杀，从一开始就相信他绝不会失手。

胡家老渔民撑篙经过罗小七身边，呵呵一笑，拍了拍他的肩膀："小七啊，看来这桥打一开始就没得争啦！"

罗小七挠挠头，傻乎乎地笑了。

倒也没太在意。

问渔桥，跳不跳，本来就是这样。

渔民聚拢到青海中间。

被年轻人从海中捕获的金缕鱼岂止十丈之长，远观的时候，已觉震撼，近看越发骇人。它身躯蜿蜒，金鳞如甲，静卧海面便如小岛一座。渔线只挂住半个鱼头，也不知道年轻人是怎么将它生生从海中拖上来的。

以往也不是没有人捕捉大鱼，但那多半是数十条海船、数百名渔夫一起出动。

哪里像现在，一人一刀一刹那。

"这怕不是金缕鱼王。"经验丰富的老渔民划船绕鱼行了一圈，啧啧称叹。

就有鱼伢冲仇薄灯喊了一嗓子："公子哥儿，这么大一条金缕鱼，当真舍得分啊？"

"我要这么多鱼肉做什么？"仇薄灯反问，"撑死吗？"

离得近了，大家才发现，刚刚那么大阵仗，这位漂亮公子身上连一滴水都没落到。

到这地步，谁还不知道这两位定是有修为在身的仙人？

平时普通人和修士"仙凡有别"，但漂亮公子笑答如初，大家也就默契地忘了这一点，权当都是沧浪间一笑相逢的过客。

"阿洛。"

仇薄灯跟师巫洛借刀。

师巫洛轻轻摇头，让他坐着就好。

先前嘲笑胡家老渔民的鱼伢捅了捅他，挤眉弄眼，意思是人家可不像你……

胡家老渔民气呼呼地瞪了他一眼，末了自己先笑了，蹲在船艄直摇头。

师巫洛踏着海面，绕鱼行了一周，绯刀轻挥，鱼片如一片片薄而艳的花瓣四射而出，精准而均匀地落到每一条"问渔桥"的船上。一把斩神杀鬼的绯刀，他用来分鱼也不觉得有什么降格失尊。

师巫洛挥刀随意，大家接肉也不客气。

最后，师巫洛将从鱼头上拆下的渔网还给了胡家老渔民。

"喂！这个送你。"胡家老渔民将一张油纸连同一片如青玉般的鱼骨递给他。

"金缕鱼的肉，煮之前要裹好，不然很快就干了。"

师巫洛下意识地回头看仇薄灯。

旁边的人忍不住嘻嘻哈哈地笑。

他们先前看这年轻人挥刀斩鱼分鱼，有着说不出的冷厉，难以接近，都有点怵他，没想到还有这样的一面……顿时觉得亲近了许多，七嘴八舌给他乱出馊主意。

仇薄灯却知道他为什么迟疑，为什么回头。

——大概，这是他第一次离熙熙攘攘的人间烟火这么近。

仇薄灯将双手笼在袖子里，不说话，只冲他笑。

师巫洛顿了一会儿，接过油纸和鱼骨，生疏地道了声谢。他将鱼肉用油纸包好，带着那一片鱼骨回到孤舟上。

"喂！这个送你们！"

人群里钻出个脑袋，罗小七把一坛酒扔给他们，咧嘴一笑，露出两排洁白的牙齿，然后撑着船跑远了。

"这个这个。"

"喏！"

"……"

周围得了金缕鱼肉的人纷纷将一样又一样东西朝他们船上丢去。转眼间，杂七杂八的东西，什么海底捞的珊瑚，什么新开的珍珠，在船舱里堆成了座小山。

"快走快走。"原本还在笑的仇薄灯一把夺过橹，连声催促。

"小公子——下次你们来，我们留最好的鱼给你！"

背后，老渔民扯着嗓子喊。

留最好的鱼，送最好的酒，接待最好的客人……仇薄灯头也不回，只遥遥地挥了挥手，示意自己听到了。

朝生暮死的人啊，就是要活得热热闹闹。

玄武背如山，驮九重城，城高入云，如烛明天南。

红阑街便是在烛南九座城中，最高的那一座里。昨夜的走火，似乎没有在这里留下太多痕迹，白日之后，匠人很快地就将屋檐飞角给修补好了，只在一些地方，还留有一些尚未来得及清理干净的焦黑余灰。

一座不起眼的画楼，两人对坐。

"荒唐！简直荒唐！"白袍老人击案而怒，"堂堂少阁主修为低微也就罢了，与一帮纨绔厮混，山海阁岂有来日可言？"

"应阁老息怒。"

戏先生不急不缓地给坐在对面的应阁老倒了杯茶。

戏先生笑笑，温声道："应阁老，在下有一事不解，一宗之首难道不该由修为最高、声望最高的人担任吗？"

应阁老摇摇头，重重哼了一声："左家，除了与玄武结契，还有什么声望？"

"与玄武结契的是左家，可镇守山海的，是诸位阁老啊。"戏先生轻声道，"诸位阁老镇守不死城，以骨为柱，却由他们左家尽享荣光……未免太过不公。山海阁，原来是一家的山海阁？"

他转动杯盏，似有意似无意："如果我没记错的话，再过不久，便轮到您的孙子去镇守不死城了吧？"

应阁老沉默不语。

他并不像刚刚表现出来的那般暴怒。

"您接触了太虞氏，"戏先生将一个小木匣放到桌面，"不过，太虞氏自己都不过是天外天的走狗，又怎么能给您您想要的呢？"

"我若答应了你,"应阁老将视线从木匣上移开,盯着戏先生的眼睛,"那我不也成了大荒的走狗吗?"

"都是马前卒,为什么不选择最有利可图的?大家活着,谁又是真正自由的?"

戏先生眸色不深,乍一看很浅,似乎也带着笑意,看久了却会觉得很假,仿佛在那背后还藏着一片更深的旋涡。

应阁老久久不语。

"你可以先不加入我们。"戏先生笑笑,"一枚归虚令,换一个消息。"

"你想知道什么?"应阁老终于开口。

"烛南海界立海柱三百二十万根,但真正的'海门'只有八根。"戏先生依旧在笑,"您只需要告诉我一根海门柱的位置就够了。"

他提到"海门"时,应阁老脸色一变:"谁告诉你海门的?"

"只要付得起足够的价钱,便是日月都买得到,这不是你们山海阁常说的话吗?"戏先生反问,随即他复轻笑,"应阁老,您也不用有太多负担,一根海门柱而已,影响不了整个海界,顶多在静海内稍微起一些小波小浪,甚至淹不到烛南城脚下。毫无损失,不是吗?"

应阁老神色急剧变幻。

戏先生似乎懒得再多说,又放了一个木匣:"应阁老,您要知道,这山海阁,知道海门位置的,不止您一个。"

他声音微冷。

应阁老皱了下眉,最后缓缓说出了一个方位。

戏先生将两个木匣推向他:"那么,静候您的加入。"

应阁老没有再看他,将木匣收入袖中,迅速转身离开,似乎一秒也不想在这里多待。

戏先生眺望沧海的方向。

一根海门柱被毁,的确只能在静海内掀起一些小风小浪,连烛南城墙都淹不到。但是……在烛南城下的静海里,却停泊着成百上千万的渔舟。数百万上千万的凡人就生活在渔舟之上,仿佛依偎在玄武身边的无数小鱼群。

"神授圣贤以术,圣贤传道天下,我辈得道法者就当护苍生于危难之前。"

戏先生倾转茶杯。

茶水从空中落下,茶杯在茶几上跌碎。

"可惜啊,护苍生从一开始就是个笑话。"

戏先生面上带笑。

已经能够坐视沧海桑田的仙人,又怎么瞧得起朝生暮死的凡人?

第五十九章

扁舟最后并没有停在哪个渡口，而是被师巫洛收进芥子袋中，连同满船杂七杂八的东西一起收了起来。仇薄灯在旁边看他收，没说什么。之后两人沿着烛南城的黑石小道，漫无目的地走在城里。

古巷很静，半明半暗。

仇薄灯尾指钩着一根细麻绳，麻绳下系着那块方方正正，又用油纸包好的金缕鱼肉。随着他的走动，油纸包一晃一晃的，阳光掠过排瓦，在他的手上和油纸边沿晕出蒙蒙一片红霞暖烟。

师巫洛不知不觉放慢了脚步，落在后方，看那一截指尖如新玉初红。

仇薄灯忽然回头。

师巫洛仓促移开视线，镇定地平视前方。

这个人的脸部线条自带冷峻气质，唯一容易暴露心思的耳朵刚好被阳光照着。

"看这么久……"

仇薄灯索性转过身，倒退着走，与他对视。

"想什么呢？"

师巫洛不吭声。

仇薄灯盯了他一会儿，那双银灰色的眼睛静若止水。最后，仇薄灯哼笑一声，把油纸包扔到他怀里，扭头就走。

脚步声跟了上来。

"你这样子出现，没问题？"仇薄灯不去看身边的人，手指交叉枕在脑后，"我可不想走到哪儿，哪儿就冒出来一堆人打打杀杀。"

去烛南高楼上振臂一呼：神鬼皆敌师巫洛在此——

想来蜂拥而至试图杀他，好一夜暴富的人没有一万也有八千。

"嗯。他们不认得我。"

言外之意，就是见过的基本都死了。

仇薄灯侧眸看了他一眼。

怪不得，左月生那么垂涎这家伙的赏金，甚至专门整理了一份《一夜富甲天下·壹》，结果碰面了好几次，愣是没认出来……也是，那么多传说，都没有正面描述过他长什么样，关键词就是"一个人一把刀"，连什么刀都不知道。

更别提，打十巫之首扬名后，独行刀客顿时风靡天下。

——是个刀客都想沾点这狠人的光。

仇薄灯沉思片刻。

模仿者太多，反而掩护了正主……

仇薄灯转到师巫洛面前，审视着他，试着把这人清癯孤冷的身影往灯光璀璨的舞台一安，下面是一群五大三粗、打扮如妖魔鬼怪的汉子奋力摇晃手臂，声嘶力竭地喊"阿洛阿洛，我辈楷模"……

"阿洛阿洛，我辈楷模！"仇薄灯清了清嗓子，像那么回事地喊了一声。

师巫洛垂下眼睫看着他，神色迷茫，不知道该如何回答。仇薄灯手背在身后，眉梢带笑，故意不说话。

过了片刻，师巫洛轻轻地认真纠正："你不需要楷模。"

你不需要楷模，谁都不配当你的楷模。

"果然……"

他果然认认真真地回答了。

仇薄灯再也绷不住，笑得东倒西歪，险些撞到旁边的墙上去。

师巫洛反应奇快，一把将人拦了回来。

师巫洛的下颌冷不丁被撞了一下。

仇薄灯漂亮的黑瞳不善地睨他，素净的脸庞在阳光下隐约有一层薄红。

仇薄灯一把拍掉他的手。

转身就走。

师巫洛罕见地窘迫，踌躇片刻，不近不远地跟着。

古巷很长，墙却不怎么高，石头缝隙生了些青苔，阳光斜照，把两人一前一后的影子叠在一起，一半投在地上，一半投在墙上。

师巫洛侧头，看见影随人走，走过苔痕斑驳的灰墙，仿佛一起走过雨水滴落、新苔初生、旧苔依旧的岁月。

就一直这么走下去，好像也没什么不好。

仇薄灯停下脚步。

"怎么了？"师巫洛低声问。

仇薄灯没什么表情地转头："左月生住哪儿？"

左月生一手揪起衣领扇风，一手拎了个唢呐，气势汹汹地踹开门。

酒气扑面而来。

"呼——呼——呼——"

陆净抱着个坛子，滚倒在地上，一边流哈喇子一边打鼾，睡得跟"翩翩公子"没有半点瓜葛，白瞎了他那张还算不错的脸。

左月生拐到旁边的桌旁，瞄了一眼。

最好的雪宣纸皱得跟抹布一样，顶级的博山石砚墨迹干涸，一等的紫毫笔炸得跟松鼠尾巴似的……然而纸上比之昨夜，只增加了七个字，还是：第六折，腕锁对镯。

陆、十、一，你好样的！

左月生都被气笑了！

昨儿，陆净在红阑街胡同里，信誓旦旦说，自己能奋笔疾书写它个三四折《回梦令》。结果，一回到山海阁安排的"无射轩"后，这家伙咬了没半炷香笔头，就开始"作妖"了……一会儿说，这凳子太低，坐着不够舒服影响他发挥；一会儿说，这纸笔太次，阻碍他的文思；一会儿说，要来点好酒，古来诗人独酌出名篇……

看在文坊校雠部的师姐们对他带去付刻的前几折《回梦令》赞不绝口的分儿上，左月生捏着鼻子，信了他的鬼话。

又是换桌换椅，又是好酒好肉，最后他想要监工还被赶了出来。

理由是：你的呼吸，影响了我的思绪。

"我没写出来我是狗好吗！""什么第六折，你是在看不起谁啊？起码三折好吗？！""我再拖，我就不是人！""信我信我，快走吧快走吧"……回忆了一下昨夜陆净的信誓旦旦，左月生差点儿一榔头敲死这家伙。

"呼——"

陆净抱着酒坛子，翻了个身，滚到左月生脚下。

左月生深吸一口气，先往自己耳朵里塞了两团棉花，随后提起唢呐，凑到陆净脑袋边，鼓起两腮——

"呜哩——哇啦——"

陆净一个鲤鱼打挺。

"你大清早的上坟啊？！"

陆净奋力堵住耳朵，饶是如此也压根儿阻挡不了那销魂的声音满脑袋横冲直撞。

"停！停！停——"

左月生不理睬他，腮帮子一鼓一鼓，吹得越发起劲，嘀哩哩的，还哩出节奏了。

都不用醒酒汤，也不用泼冷水，宿醉一夜的陆净直接被他吹了个前所未有的清醒，一骨碌爬起来，五官狰狞地冲上来抢他的唢呐。

左月生早有防备，一边颠颠地吹，一边绕着桌跑，唢呐声跟着一上一下，比魔音灌脑还魔音灌脑……要是佛宗有这种洗脑能力，何愁度不了天下苍生！

"左胖——"

陆净追了三四圈，脑浆都要被他吹飞了，纵身一扑，抱住他大腿，猛虎咆哮。

"饶命！小的错了！！"

左月生不要脸多年，第一次被"以其人之道还治其人之身"，惊得唢呐都掉了："陆十一，你学得有够快的啊！这不要脸的本事，有我三成水准了。"

陆净眼疾手快，一把将唢呐抢走，麻溜地放开他："你没听仇大少爷说过吗……叫、叫'士别三日当刮目相待'。"

"待你个鬼。"左月生对天翻了个白眼，"你就是近朱者赤，近墨者黑。"

陆净瞥见外边院子里有不少侍女驻足看热闹，急忙站起身，一个箭步过去，砰的一声把门结结实实地关上："死胖子，你故意的？带这么多人围观？"

"不然怎么叫'对症下药'呢？"左月生凉飕飕地讥讽，"亏你还是药谷谷主的儿子，连这个都不懂？"

"生死人、活白骨的，是我爹又不是我。"陆净转身，瞥见左月生皮笑肉不笑地捏着他那一张宣纸，心虚地缩了缩脑袋，"我真的可以解释……"

出乎意料，左月生竟然没有暴跳如雷，反而真的露出了个让人"如沐春风"的亲切笑容。

亲切得陆净扭头就跑。

左月生一胳膊横过他的脖颈，把人死死勒住。

"大爷饶命！"陆净奋力挣扎，"有话好好说！"

左月生凭借自己横圆竖阔应有的吨位，把人摁回桌子前坐下："有两件事，一件是小好事，一件是大好事，你想先听哪一件？"

陆净战战兢兢，总觉得两件都不像好事："先、先听小的吧……"

"小好事就是，你的《回梦令》已经送到文坊了，"左月生也不卖关子，"诸位文坊话本部师姐师妹对你赞赏有加，一致觉得你文采卓然，定是不世出的才子，隐匿姓名，来造福她们闲暇生活的……"

"哎呀，区区世俗声名而已，声名而已！"

陆净眉飞色舞，就差摸出把折扇。

见到他这么得意扬扬，左月生一脸"你这么高兴，那我可就放心了"的表情，以兄弟间最大的热情，用力拍他的肩膀："不出三日，你就要名扬烛南了！恭喜恭喜！陆公子，陆大文豪！"

"虚名而已！虚名而已！"陆净连连抱拳。

"哎呀，这你可就不用这么谦虚了，"左月生神色一肃，"上一个能够得到山海阁文坊话本部师姐师妹们一致好评的，距离现在多少年，你知道吗？"

"嗯……"陆净想了想，谦虚一点，"一百年？"

"不！"左月生猛摇头。

"两百？"

"少了！"

左月生伸出一只手："五百年！整整五百年！"

"这、这不可能吧？"陆净嘴角都要咧到耳根上去了，还要故作镇定，"一定是文坊师姐师妹们厚爱。"

"那你知道这人是谁吗？"左月生笑容满面。

"谁？"

"沈商轻，沈先生。"

陆净一愣，这名字怎么怪耳熟的……仿佛在哪里听过……但陆公子游手好闲，平素里最常去的就是茶楼、酒馆、销金窟，能被他记住的名字，似乎好像……好像都不是什么……

"哎呀，是不是觉得有点耳熟，"左月生贴心地解释，"耳熟就对了！就是那个化名'无情思'、写了《十二风花传》的家伙。犹记得当年，第四折传唱遍十二洲后，这人假托重病，把第五折一直拖啊一直拖……"

陆净的笑容慢慢消失了。

他好像想起了这个流传甚广的笑谈是什么了……

左月生把他的神色变化看在眼里，笑眯眯地继续往下说："后来呢？后面就是，广为人知的'北玄城沈商轻假病不作文，风花谷莫绫羽提剑强捉人'。"

陆净的手微微颤抖。

是了，他彻彻底底记起来，怎么会记得"沈商轻"这个名字了！

风花谷清一色女子，性情两极分化严重，温柔的好似秋水，狂躁的好似烈火。不幸的是，这莫绫羽莫长老就是烈火的那一挂，一点就炸……迟迟看不到《十二风花传》的主人公遇险后是死是活，莫长老破关而出，先是到天机谷，花三十万两黄金算了一卦，把"无情思"的位置给算了过来，然后横跨三大洲杀到北玄城，一脚踹开沈商轻家门……

据沈大才子左邻右舍的描述，当天从院子里传来了宛若"民女遭强抢"的哀号。

嗟乎！

"三百年啊，整整三百年啊，沈商轻被莫大长老拽到孤岛上闭关了整整三百年啊！不仅把《十二风花传》写完了，还把《二十桥月夜》也写了，甚至还出了本《百年面壁录》。被捉走的时候，他不过明心期，出来已经快半步卫律了！"

"陆十一，陆大文豪！我觉得你很有成为下一个沈商轻沈大才子的潜力啊！"左月生用力拍陆净肩膀，"这是不是大好事一件？"

"好你个鬼啊！"

陆净天灵盖都要吓飞了。

"看！一举多得，不仅文更了，银子赚了，修为提升了，妻子也有了！功成名就，说不定努力点还能儿女双全，这不是天大的好事？"左月生一脸喜气洋洋，连连抱拳，"哥们儿就在这里先恭喜你了啊！"

"滚滚滚！"

陆净就跟被踩到尾巴的猫一样，噌地站了起来，没头苍蝇般地满屋子乱转。

"你不是跟我说用化名就没事吗？！死胖子！你坑我！"

左月生拉开椅子，老神在在地坐下："是啊，用化名是不会被仇大少爷追杀，可是吧……我可没说过，你拖着不写，不会被各路女侠追杀。陆十一啊陆十一，以后我也不用催你写……嘿嘿！"

他一脸贼兮兮。

陆净瞠目结舌，又一次明白了什么叫"无奸不成商"，什么叫"江湖险恶"。

"你、赢、了！"过了半天，陆净从牙缝里挤出声来。

"来来来，请——"左月生笑容满面地起身，替他铺平宣纸，磨好墨，蘸好笔。

陆净苦大仇深地坐回桌前，咬着笔头，如同看生死大敌般看着面前的纸张，半天没能下笔。

左月生在旁边百思不得其解："陆十一，你昨天不还嚷嚷着'正主有新互动了，可以产粮食了'，怎么今天就又萎靡了？"

"你懂个头。"陆净瞪了他一眼，"懂什么叫揣测角色心理吗？不懂就闭嘴。"

左月生觉得这家伙打写话本起，就神神道道的。

陆净埋头涂了几个字，忽然又像想起什么，猛地转过身："昨天仇大少爷见到那谁时，说的第一句话，你记得不？"

左月生回忆了一下："好像是……'你来了'？"

"对！"陆净一拍大腿，"你也听到了，那我就没听错。是'你来了'，不是'又见面了'一类的，这说明他们两个应该早就约好了在山海阁见面。你说，会不会他们其实在鳄城的时候，见过面？"

左月生想了想："我们当时是被困在幻阵里，仇大少爷没和我们在一起……欸，这么说，还真的有可能。"

339

陆净犹豫了一下，迟疑地问："那你觉得……有没有这种可能……"

"你说话别吞吞吐吐行吗？"左月生不耐烦。

"我在想，"陆净斟酌了一下，"鳡城的日出会不会跟那个人有关，舟子颜要杀仇大少爷，其实就是他背后的人想确认这一点？"

左月生本能地想否定他这个猜测："日月之轨，千万年来，只有空桑百氏能够控制……"

"你不觉得奇怪吗？"陆净打断他，"你爹也好，陶长老也好，他们对仇大少爷的态度都恭敬得不正常——包括太乙宗的人。就算他是太乙宗某位师祖收的徒弟，那也不需要真的按照师祖的礼仪来敬重吧？说难听点，你和我都是二世祖，还不懂二世祖什么待遇吗？"

左月生皱起眉，没有反驳。

"如果，我是说如果……"陆净抓着头发，根据他从话本戏剧里得到的丰富的阴谋诡计的"经验"分析，"如果那个人真的能够左右日月，然后他又和仇大少爷关系不一般……你想想，我们仙门和空桑对峙这么久，一直处于下风——太乙宗那群疯子不算，不就是因为空桑百氏主掌日月之轨吗？"

"你的意思是，"左月生想了想，"我们仙门想通过仇大少爷，利用那谁去和空桑争锋——怎么说得我们仙门像什么大……那个词叫什么来着？"

"大反派。"

陆净脸色有些难看。

显然，他对此其实格外不能接受……

"你昨天净琢磨这个了？"左月生敏锐地问。

"一点点。"陆净又抓了抓头发。

"你再扯头发，都能去跟不渡一起出家了。"左月生捡起半坛酒丢给他，"这分析还挺有道理的……不过，我敢肯定不是这样。"

"为什么？"

陆净有些不服气，心说：我这可是彻夜难眠，从无数话本里得出来的真相，你哪来的底气这么斩钉截铁地否定？

"因为太乙宗。"左月生自己也提了坛酒，"太乙宗那群疯子绝对不会因为这种破理由，去供着谁……他们想和空桑对着干，绝对自己操刀直接上好吗？"

陆净一愣，猛地醍醐灌顶。

对啊！怎么就忘了太乙宗什么德行。天下疯子千千万，太乙一门占一半……疯子会管你什么利用、什么争锋、什么讨好吗？想多了！他们更擅长一言不合，提剑出山。

"不过，你说这个，我倒想起件事来……"左月生挠了挠头，"你记得吧，仇大少爷无父无母。"

"记得，怎么了？"

"我以前好像听老头子说过，十八年前，太乙宗有人私底下去了一趟南方。"

"十八年前？"陆净一顿，"仇大少爷不就正好十八岁？你是说他其实是巫族的人？等等！"

巫族、枎城、一人一刀，对抗天外天的上神……电光石火间，一个可怕的灵感、一个悚然的联想闪过陆净的脑海。

"你说……"

他面无人色，战战兢兢。

"那谁会不会是、是、是……"

"是什么你倒是说啊？"左月生等了半天，等不到后文，"你结巴了吗？"

"是……"

陆净深吸一口气。

砰！

左月生和陆净被吓得一个哆嗦，齐齐猛回头。

"左胖，你家是想开迷宫吗？"刺眼的阳光泼洒进来，仇薄灯拧着眉站在门口，"七绕八绕的……陆十一，你这什么表情？"

陆净一脸惊吓地盯着门口。

左月生其实也受到了不小惊吓。

因为仇大少爷不是一个人回来的，旁边还跟着某位长得虽然好看但冷得吓人的家伙……不过，左月生反应机敏，一个箭步迎上前，不留痕迹地把桌子挡住——写了个题目的宣纸还没收起来呢！

"仇大少爷你可算回来了！我们刚想出去找你呢！还有这位是……"

左月生一边在心里大骂这次陆净怎么这么没眼色，一边用生命拖延时间。

别、别问——

陆净在内心声嘶力竭地大喊。

他眼睁睁地看着仇薄灯和后边那人一起走进屋里，眼睁睁地看着房门被关上，眼睁睁地看着天光被隔绝在外……

娘……

孩儿有种不祥的预感……

陆净在心里泪流满面。

"他？"

341

仇薄灯偏头看了师巫洛一眼，见他没什么异议，就轻飘飘地把五个字丢了出来。

"巫族，师巫洛。"

第六十章

"原来是……"

左月生一门心思都在背后迟迟没来得及收起的稿纸上，一边暗骂陆十一反应迟钝，一边本能地堆笑拱手，脑子里无意识地过了遍话，仇大少爷说这人是谁来着？哦哦哦，巫族师巫洛啊……等等！

谁？！

脚一滑一软。

左月生只来得及用双臂在半空中挥舞出一片震撼的肥肉涛浪，宽阔的身躯就整个向后砸了下去……哐哐哐咚！刻香镂彩的髹漆沉碧案没能承受住泰山之重，雅致婉约的案面惨遭分尸，纤银回花的案脚横遇斩足。

木屑飞溅，石砚翻高，地动山摇……

"左月半小友，太没出息了吧？"仇薄灯放下遮挡木屑的袖子，"你一夜暴富的梦想呢？上哪儿去啦？"

梦想之所以被称为梦想，就是只能在梦里想一想啊！

左月生欲哭无泪。

神鬼皆敌师巫洛。

在他整理的三十六份《一夜富甲天下》名录里，这位以一骑绝尘的姿势高居首位，余下三十五人的通缉令加起来甚至不到此人的十分之一。看看这疯子干的都是什么事？闯进空桑，连斩三十六位百氏族长；远赴海外浮若岛，刀劈千锁连桥；截杀溟渊青鸾，重创佛宗十二金刚……

具体形象点说，这人的仇敌能把整片沧海挤满。

石砚从半空落下，泼了左月生一头墨。

左月生觉得自己的人生也跟着一起乌漆墨黑……他终于意识到无知是一件多么幸福的事情……他和陆十一到底是为什么要好奇仇大少爷身边的人是谁啊？这已经不是什么"看起来不是好人"可以形容的了！这家伙就是十二洲第一凶残的狠人！更不是什么"随时可能"杀人灭口！这家伙杀过的人、灭过的口早就数都数不过来了啊！！

"找到了。"

引凶入室的罪魁祸首翻了一阵，把一块左月生格外眼熟的玉简递给冷冽苍白的年轻男人。

　　"你的通缉令都在上面了吗？有遗漏吗？"

　　左月生眼前一黑。

　　这不是他收集编整的《一夜富甲天下·壹》吗？！仇大少爷，你怎么没把这玩意儿丢了？你们那时候还不认识吧……左月生记起来了，枕城提及"神鬼皆敌师巫洛"的时候，仇薄灯就夸了这疯子一句"我辈楷模啊"。

　　左月生忽然就领悟了陆净之前的意思，当时他到底为什么觉得陆净这小子是写话本写疯魔了啊？简直就是一语道破真相啊！

　　果然是"我笑他人太疯癫，他人笑我看不穿"吗？

　　眼见着，仇薄灯身边的年轻男子接过玉简，回忆起他当初写在玉简最上方的"欲富贵，诛此獠"六个大字，以及洋洋洒洒，数千字万一哪天能够斩获此人人头，该如何领取悬赏，该如何使用赏金等遐想……

　　左月生觉得自己的人生，也就到此为止了。

　　他双手后蹭，一点点挪动自己占地广阔的屁股，在废墟里一点点向后移动……世界如此黑暗，如此森冷，他需要另一个人来和他共同面对这份沉痛！

　　挪着挪着，左月生忽然摁到一只微微颤抖的手。

　　"停！"

　　背后传来陆净游丝般的气声。

　　"你再过来就要压到我了！！"

　　左月生拿余光一瞅，只见陆净——陆大文豪，早就脸色青白地躺在地板上，双眼紧闭……陆十一你这个挨千刀的！居然装晕！

　　更过分的是，装晕居然不叫上他！

　　左月生一边在肚子里破口大骂，一边两眼一翻，干脆利落地向后一倒，"吓昏"了过去。正巧，倒在陆净身上，陆净被他这吨位的体型一压，险些把隔夜的酒菜直接吐出来，一张青白脸瞬间憋成了紫红脸。

　　"你这名声有够吓人的。"

　　仇薄灯好笑地看了一眼倒地装死的两个人，转头对身边的师巫洛说。

　　"别吓他们了。"

　　左月生偷偷地从眼缝里瞅师巫洛的反应，期盼某位万年一出的疯子大人有大量。然后，他就看见苍白冷峻的疯子面无表情地瞥了他一眼……银灰色的眼睛扫来的时候，仿佛一把冰刀在昏暗中劈开空间。

　　一瞬间，左月生觉得什么佛陀、什么神仙都救不了他了！

他吓得浑身一激灵，用力把眼睛闭紧，用力拥抱唯一能给他安全感的黑暗。

不是说别吓他们了吗？

仇薄灯以眼神问。

师巫洛那张很少有表情的脸上浮现出一丝不解。

仇薄灯明白了。

师巫洛其实没吓他们，只是听到他提到这两个家伙，就跟着看了他们一眼，本意是不明白他们为什么会害怕成这个样子……左月生吓成这样子，十有八九是因为做贼心虚……

"行了行了，"仇薄灯踢过去一块碎木，没好气地骂，"你们两个装什么装？也不想想自己什么货色，配别人出手不？赶紧起来！"

"我想也是！小的哪里值得首巫大人出手啊，这岂不是杀蝼蚁用了屠龙刀吗？"左月生如蒙大赦，一翻身坐起来，满脸献媚，"我时常跟陆十一说，能和仇大少爷成为好友的，绝非无名之辈……嘿！这不巧了，南方疆域首巫之名，天下谁人不知谁人不晓啊！"

仇薄灯瞥他。

"神鬼皆敌，仇满天下"，可不就是天下谁人不知谁人不晓吗？这死胖子见人说人话，见鬼说鬼话的能耐也算得上"独步天下"了。不过，这家伙忘了自己还顶着一脸墨水，黑一块白一块……辣眼至极。

仇薄灯赶紧移开视线，不让他祸害眼睛，见陆净还在挺尸，又踢了块碎木去砸他："陆十一，在地上赖着很舒服吗？"

陆净不答。

左月生心说：这小子出息了啊？敢当十二洲第一疯子的面装聋作哑，不要命了？便赶紧扭头去拽他，一拽之下，左月生先是一蒙，随后惊得直接蹦了起来："不好了！不好了！这家伙咋真晕过去了？"

真晕了？

仇薄灯不由得回头看了师巫洛一眼，他是过分苍白了一点，过分冷了一点……可也不至于真把人活活吓晕吧。

墙角，左月生手忙脚乱地把陆净拖起来，发现他嘴角挂着白沫，顿时又是一阵大呼小叫，正在试图分辨这是吓破了肝还是吓破了胆，余光就见一角深黑的衣摆走近……左月生的身体僵硬了，苦兮兮地扭头瞅仇薄灯。

仇大少爷！救命啊！

快来把这位"人间凶刀"带走啊！

仇薄灯慢悠悠地穿过一地乱七八糟的东西，走到师巫洛身边："怎么样？"

"背气了，"师巫洛屈指弹出两道劲风，打在陆净身上，顿了顿，又补充，"被压的。"

左月生后知后觉地"啊"了一声，就听到陆净剧烈地咳嗽了起来，眼睛都还没睁开，便破口大骂："左月半！你个挨千刀的死胖子！本公子的胃都要被你压出来了！你自己几千斤心里没谱吗？！"

左月生讪讪："哪里有几千斤……也就几百斤……"

"几百斤……啊啊啊！鬼啊啊！"

陆净猛一睁眼，冷不丁就看到一张乌漆墨黑的大脸凑在近前，一口气没喘上来，两眼顿时一翻。

这回是真被吓昏了。

仇薄灯沉默地看了他们一会儿，手肘碰了碰师巫洛的胳膊。

"算了，走吧。"

这些人实在是太丢人现眼了。

鸡飞狗跳好一阵子。

左月生和陆净两个总算稍微像模像样了一点。不过，原本的房间算是没办法待了。为了修补形象——其实是为了让仇薄灯继续忽略废墟里的宣纸，左月生自告奋勇要带众人去个好地方。

"我跟你们说，整个烛南，就没有比那儿更适合钓鱼、生火、喝酒的地方了。"左月生神秘兮兮地保证，"嘿，赶巧，仇大少爷你刚好带了这么大这么好一块金缕鱼肉，不拿去那里细细地生火烹了，简直就是暴殄天物！"

"真有这么神奇？"陆净换了一身衣服，好奇地问。

事实上，陆净眼下还忐着某位凶名赫赫的十巫之首。

但新一代剧作大才子的直觉，让他敏锐地发现，仇薄灯和某个人的关系仿佛有了一点突破性的进展！

这就出乎意料了。

仇大少爷其实不像表面上那么没心没肺……陆净甚至有种奇怪的感觉，觉得仇薄灯一直在用一重重又冷硬又尖锐的伪装把自己包裹起来，他和左月生只是偶然地越过了其中的某一重，走进名为"生死之交"的范畴。

谁都有藏在心底不愿意告诉别人的秘密，作为朋友，作为兄弟，他们不需要去窥探更深的秘密，只需要在彼此发疯的时候，跟着一起疯。可再亲近一点的，就不能止步在那些冷硬的甲胄面前。

为什么世人总是在寻寻觅觅，寻寻觅觅地找另一半？

因为孑然一身是孤寂的，是残缺的，因为刺入心脏的痛芒自己是拔不出来的，因为只有两个灵魂互相舔舐、互相拯救，才能互相写成一个完整的"人"。

"人"字分两笔，一撇一捺，相依相靠。

陆净抓心挠肝地想知道，仇大少爷这笔"人"字到底写到哪儿了。

可是！

仇薄灯的心思，实在太难猜了！真真假假，虚虚实实，比镜花水月还镜花水月！需要更多的蛛丝马迹，才能验证他的推测……

陆净觉得自己这大无畏的牺牲精神，已经远超五百年前的沈商轻了！沈商轻写《十二风花传》只是拿自由在写，他写《回梦令》可是货真价实地拿命在写啊！

用心互动，用命产粮。

古往今来，能有几人！

陆大文豪热血刚沸，就被萧瑟的冷风刮了一脸。仇薄灯、师巫洛，还有左月生已经走出去一段路了……

"喂！"

陆十一赶紧拔腿追了上去，这山海阁主阁绕得跟迷宫似的，没人带路，八辈子都转不出来啊！

"等等我！等等我！"

山海阁主阁的确像个迷宫。

它屹立在烛南九城的最高处，其实是由无数楼阁组成，通过层层盘旋、回转相错的廊桥空梯连接起来，形成了一座连绵九城的云中仙阁。夜晚的时候，无数纱窗在或高或低的地方亮着，从沧溟上远远眺望，就仿佛是一座点着无数火烛的神龛。

横空的长廊上，娄江的脚步格外轻快。

流云抚颊，轻柔得让人眼含热泪。

能不眼含热泪吗？

他终于！终于！终于回到山海阁了！终于摆脱那一堆仿佛精神不正常的二世祖了！

原先左月生、仇薄灯、陆净这三位祖宗凑一起，就够能折腾了。

好在他们修为都不高，就算大半夜三人突发奇想，跑到神扶上尝试放风筝，娄江也能在陆净被风刮下去时把人捞起来。就算三人通宵赌博，左月生为了赖账被揍得满城乱窜，娄江也能力挽狂澜，避免阁主惨丧独子。

可后面又加了一个修为比他还高的不渡，这些人就一发不可收拾了……

什么打架把飞舟的房间撞碎七八间都已经是小事，最离谱的是一次不知道怎么回事，四个人好端端的，通宵倒腾起蕴灵珠来，险些把半艘天雪舟直接炸掉……假如没有陶长老在，此时药谷、太乙宗、山海阁和佛宗已经在混战了。

回首过去两个月，娄江竟觉跟过了两百年没区别。

什么叫"度日如年"啊？

这就叫度日如年！

是以，一回到烛南，娄江一刻都没多耽搁，马上以同阁主汇报为由，与这几位行走的"麻烦制造器"分道扬镳……

难得安眠。

醒来就听闻，昨夜溱楼数百天骄才俊被耍得暴跳如雷，红阑夜火巡逻队师兄师姐彻夜奔波……

娄江心中无波无澜，甚至还有点想笑。

比起陪几位二世祖惹是生非，娄江宁愿去完成仇大少爷分派的任务——按他的要求整理山海阁全部日月记表的索引……诸位驻守山海阁的师兄师姐师弟师妹们，现在也该轮到你们来尝尝给二世祖们收拾烂摊子的滋味了。

娄江深深地呼吸一口新鲜的空气，准备带着久违的轻松愉快，将有限的生命投入无限的索引整理中去。

有一说一，这活的确够枯燥累人。

山海阁数万年下来积累的日月记表，单是索引就浩如烟海，更别提仇薄灯还列了一堆奇怪的格式要求。

娄江不知道仇薄灯到底发现了什么，但那天将鳙城的日月记表算完之后，仇薄灯自己动手画了一张天轨图，神情有一瞬间格外难看。

说来奇怪，这位太乙小师祖毛病一箩筐又一箩筐的，可他嬉笑怒骂、没心没肺，又隐隐约约给人一种莫名的安定感。

仿佛他不当一回事，那就真的不算什么事。

娄江还是第一次看到他脸色那么难看，让人不由自主跟着不安起来。

"娄施主！"

正自出神，忽然有一道极其熟悉、熟悉到娄江条件反射打了个哆嗦的声音响起。不祥的预感涌上心头，还未等娄江拔腿就跑，一道灰扑扑的身影就扑到了跟前。

"可算找到人了！"不渡如见亲人，热泪盈眶，"贫僧转得头都晕了！"

"你你你！"

娄江向后跳出一大步,惊恐地看他……一夜未见,不渡光头如初,脸上却大红大紫涂得跟鬼一样。

"你怎么回事?不对,你怎么会在这里?"

"此事说来话长……"不渡和尚一边说,一边扭头朝后边喊了一声,"半算子,别再胡掐乱算了!赶紧滚过来!找到人了!"

半算子?

娄江心里不祥的预感越发重了。

"哎,不渡禅师,你怎么可以说小道是胡掐乱算呢?"

打长廊那头走来一位青年道人,长得倒五官端正,可惜就是也有点不正常……背一破斗笠,一脚破藤鞋一脚光底板,说话慢吞吞的,似乎性情极好。

"小道神机妙算,从不虚言的。"

娄江缓缓后退。

他好像知道这人是谁。

"你看,"青年道人好声好气地跟不渡和尚解释,"小道不还是成功带你算到路了吗?"

不渡翻了个白眼:"算迷了一百多次的路,你也好意思说自己神机妙算?"

"唉,所谓天机不可泄露,自然不可能一次就算准的……"青年道人继续同他解释,"你不信,让小道再算一卦,定能带你找到你要找的几位贵人。"

不渡直接不理会他,一把抓住悄悄想溜的娄江:"阿弥陀佛,善哉善哉,娄施主可知左施主身在何处?可否带贫僧过去?"

娄江还真知道。

左月半刚给他传信,让他准备些鱼竿竹篓过去,娄江不想过去面对一群显然打算"作妖"的二世祖,就差使其他人过去了。没想到,东躲西藏,他还是一头撞上了不渡。

娄江暗中运气,试图挣脱。

不渡慈眉善目,宝相端庄,纹丝不动。

"他们去云台了……行吧,我带你们过去。"

娄江无可奈何。

不渡喜形于色,连声道谢,然后回头一把抓住正在低头掐手指的青年道长:"走走走,别算了,算你个球。"

"哎!且慢且慢!"

青年道长一脸惊恐,奋力想挣脱他的手。

"此卦显大凶之相!此去定遇厄星!"

娄江心说：那你这卦倒算得挺准，仇小师祖、陆公子和左少阁，那可不就是一等一的混世魔王吗？

不渡显然也这么想，拖了人就要走。

"哎——"青年道长一把抱住栏杆不撒手，"信我，这一卦肯定没错，不能去啊，去了，小道十有八九要被逼踏上不归路啊！"

"得啦得啦！你当自己现在走的是什么正途，快走快走！"

"哎哎哎！"

云台其实是一处垂在壁上的石台，向外伸出约莫三丈，上下无楼阁，左右为嶙峋的黑岩。距离海面很近，刚好能从台上抛钩海钓，又有细流从岩石缝中涌出，在台侧形成一小潭，刚好可取水饮用清洗。

左月生似乎经常来这里，正在熟练地搭起架子，信誓旦旦要让他们领略一下什么叫真正的山珍海味。

陆净对他做出来的东西能不能吃深表怀疑……

"这一根放这里？"陆净举起一节半弯的细竹。

"放下放下，那个是后面才搞的，你去钓鱼去钓鱼！"左月生怕他糟蹋自己的劳动成果，赶忙塞了根鱼竿给他。

陆净拿着鱼竿，刚站起身走了一步，就又默默地转了回来。

"不是让你……"

陆净用鱼竿戳他，然后一指后边，幽幽地说："我觉得……我还是帮你搭架子吧……"

左月生一头雾水，抬眼一瞅，忽然也不吱声了。

石台那边。

仇薄灯坐着，师巫洛站着。仇薄灯举起一根鱼竿，不知道说了句什么，师巫洛就俯下身去，握住他的手腕。

左月生猛地把头扭了回来，震惊地看陆净，用口型问："他们两人在干吗？！"

第六十一章

"喂！君老鬼，那不是你们太乙宗的宝贝小师祖吗？"又矮又瘦的老天工跟只猴子似的，戴着顶破斗笠，把一个暗铜细管凑在左眼前，"我咋瞅着，你们小师祖快要被拐跑了？不管管？"

"什么？"

蹲在一边擦刀的君长唯大吃一惊，急忙凑过来，一把抢过铜管。

透过暗铜长管的小孔，极远处云台的情景被收拢在天晶石上，左月生和陆净蹲在云台后侧方，专心致志地研究一堆细竹篾片，而在前边不远的地方，从君长唯这个角度，只见深黑衣衫的年轻男子正俯下身，和仇薄灯的侧面重叠在一起。

嘎吱！

暗铜细管发出不堪重负的声音。

老天工一把将自己的窥天镜抢回来："这玩意儿一个五千两黄金！搞坏了，你赔都赔不起！"

"竟然、竟然……"君长唯怒气冲冲。

"得啦得啦！"老天工幸灾乐祸地拍他的肩膀，"年轻人的事，你个老橘子皮何必多言？"

"就你话多？话多你就喝酒。"

君长唯脸比锅底还黑。

他们两人都作渔民打扮，躲在沧溟上一片礁石群里，不远不近地守着一处烛南海门，守了大半个早上，守到连海门柱上有多少只飞鸟起起落落都一清二楚。一早上风平浪静，被君长唯喊过来搭把手的老天工穷极无聊，便用窥天镜四处乱瞅，无意间瞥见了跑到云台上的几个家伙。

"那小伙子什么来头？"老天工啧啧称奇，"你居然只是躲在这里破口大骂，不是冲上去揍他？还是你打不过？"

君长唯瞪了他一眼："别哪壶不开提哪壶。"

"是他点的命鳞吧？"老天工将烟斗在礁石上刮了刮，微微眯起眼睛，"不过，能用赤鱬砂给外城人点出真正的命鳞，我还是第一次见到……君老鬼，你们太乙宗这么多年，藏的秘密，不少啊。"

"知道是秘密，不该问的就别问。"君长唯神色不变。

老天工摇摇头，抽了口烟："算了，你不想说我也不问……不过，你真确定今天会有人来探海门？"

"不确定。"

"不确定你拖我晒了这么大半天太阳？"老天工呛了一口烟。

"左梁诗那边的消息，应钟今天早上出了一趟山海阁。"君长唯怀抱金错刀，微微眯起眼，眺望烛南九城，"烛南海门位置百年一换，他就是最近一次参与换海门的人。如果，在烛南活动的荒使'戏先生'真的是你们天工府的叛徒谢远，凭他在阵术上的成就，他要是想在烛南做点什么，绝对不会放过海门大阵。"

听到"谢远"这个名字,老天工的神色骤然冷了下来,握着窥天镜的手,手背青筋暴起。

"行了行了,别这么早就一副要吃人的样子,"君长唯拍拍他的肩膀,"一个五千两黄金呢,败家也不是这么败的……不过我也不知道他会不会来,喊你来守海门,就是碰个运气,顺带帮忙判断一下玄武情况怎么样。"

"左梁诗那老小子喊你干的活?"

"是啊。"君长唯叹气,"这活,算是一个比一个麻烦……窥天镜借我用用,我得盯着点那小子。"

云台。

甩竿的时候,仇薄灯把线放太长了,渔线不小心缠在手上,还卡进了夒龙镯的细鳞里。他试着解了两下,越解越紧,不得不放弃。师巫洛站在他身后,俯身帮他解开。

"直接弄断好了?"

仇薄灯半举起手,方便师巫洛解线。

"不用。"

师巫洛修长的手指穿过细线,雪蚕丝线陷进仇薄灯明净如雪的肌肤,轻轻一扯,线擦过仇薄灯的掌侧,卡在夒龙细鳞里的一小截线掉了出来。其余的线跟着一松,散在仇薄灯腕上,轻而易举地拂了下来。

"解开了。"

他刚要松手,视线微微地一顿。

几道浅红细痕留在仇薄灯腕上,仿佛雪地里迤逦的红线。

原本要离开的手指覆盖过那几道红痕,略微用了点力道,慢慢地按过。小半段还挂在仇薄灯腕上的蚕丝绕过两人的手。

"仇施主——"

远远地传来一道欢天喜地的声音。

专心致志研究细竹架的陆净一个纵身虎扑,一把掐住半路杀出来的不渡的脖子。

不渡修为远高于他,竟然没能躲过这一击!

"陆、陆施主?"

不渡一边奋力掰他的手,一边惊恐地挤出声,心说:难道三位有钱的施主想要翻脸,赖掉昨天晚上许诺的三百两银子?可陆公子这一脸凶神恶煞,简直就像是和自己有什么不死不休的深仇大恨!这、这又是怎么回事?

陆净面目狰狞。

只差一点啊！

只差一点就能偷瞅见仇大少爷对某个人的举动是什么反应了！

只差一点就能知道仇大少爷和"十二洲第一凶刀"的故事进展到哪里了！

他冒生命危险在那边装了半天的石头，眼看就能得到正主的盖章，结果全被不渡的这一嗓子给喊没了……

陆净掐死不渡和尚的心都有了。

"少阁主？"

娄江站在栈道上，直接无视了掐在一起的陆净和不渡，把目光投向左月生。

被他喊到的左月生一个激灵，心说：姓娄的你早不来晚不来，偏偏这时候来，可真会挑时间。他拿余光往另一边偷偷一瞅，发现仇薄灯已经站起身了，某万年一出的疯子平静地站在他旁边。

还好还好，没拔刀。

左月生松了口气，将拿了半天的竹架搭好，麻溜地站起身，刚要中气十足地训斥娄江，就听到一道哀号。

"啊啊啊救命啊啊啊——"

伴随着鬼哭狼嚎，一道灰青的身影带着呼呼风声，从竖直的崖壁上手舞足蹈地栽了下来。

刚要走过来的仇薄灯退后一步。

砰——

着灰青道袍的人正脸朝下，结结实实地拍在了云台上。

肉身撞石的声音惊得另一边的陆净手为之一松，不渡借机把自己的脖子拯救了出来，逃到了另一边去。

"小……小道就……就说了定有血光之灾……"

摔成一张饼的人颤巍巍地举起一只手，又啪的一声掉了下去。一顶破斗笠晃晃悠悠地从天而降，不偏不倚，正好扣在他后脑勺上。

四下俱寂。

半晌，仇薄灯看向左月生："你们山海阁，哪来的这叫花子？"

"喂喂喂，别什么杂七杂八的玩意儿都往我们山海阁塞啊，"左月生不满地叫了起来，"我们山海阁哪来的牛鼻子道士？娄江，你咋把这种一看就是来打秋风的家伙给领过来了？"

"少阁主，他是……"娄江压下扭头就走的欲望，尽职尽责地开口。

"他啊，"不渡和尚揉了揉脖颈，晃悠着过来了，毫不客气地踹了地上的

352

"饼人"一脚，"十次卦九次岔，还有一次卦直接砸。乌鸦嘴一个。"

"烛南这回要热闹了。"君长唯放下了手中的窥天镜，神色格外古怪。

"啥？"老天工正在忙忙碌碌地组装一件护腕，听到他的话，抬头看傻瓜般瞅他一眼，"你们太乙宗的人都来了，热不热闹心里没谱？"

"你记得天机谷的鹿寻收了个关门徒弟吧？"君长唯没搭理他的讽刺，"把自己的推星盘都传给他了。"

"好像有这么回事。是不是叫……"

"半算子。"

"对，是这个名儿。"老天工干脆利落地拧好一块齿轮，迟疑地挠了挠头，"奇怪，怎么连我都觉得这名字熟悉……好像听谁说过什么事一样……"

他这么一说，君长唯就笑了。

"你忘了？这小子前年出谷，到处给人算命，不管算什么，张口就是一句'血光之灾，大凶之相'。有次算到风花谷谷主身上，说她三日内定会毁容，气得风花谷谷主把人捆了，放话要鹿寻亲自去领……"君长唯竖起一只手，"他出谷一年，花钱让别人请他算卦，花了整整五百万两……嘿，险些把鹿寻那老头儿气死。"

"五百万？该！鹿寻那死要钱的，活该他收这么个败家徒弟。"

老天工听君长唯这么一说，顿时喜气洋洋，一把将窥天镜夺了过来，兴致盎然地准备亲眼看看鹿寻的这位"宝贝徒弟"。

他将窥天镜一架，瞅了没一会儿，眉头忽然皱了起来。

"君老鬼，等等，你过来看，那边的海面……有些不对劲！"

沧溟拍击在深黑的礁石上，往返起伏，潮声循环。

"能把自己摔成这个样，也是个人才啊。"左月生蹲在一边，看与石面贴得很平整的人形，"话说，现在是不是算四害齐全了？"

"什么四害？"陆净不解地问。

"你忘了吗？仇大少爷、我、不渡，还有这个半算子，合起来并称'仙门四害'啊。"左月生随口答。

"原来如此。"陆净先是点点头，随后猛地一惊醒，"不对啊，仇大少爷是纨绔榜榜首，不渡第二，这穷酸道士我记得是第三，他们三个没什么问题，但纨绔榜第四应该是我吧？你不是第五吗？怎么是你们四个并称'四害'？没道理啊！"

353

"嘿！"左月生得意扬扬一拍他肩膀，"这'仙门四害'光是纨绔可不够，还得祸及一方，令人闻之色变。本少阁主曾一计坑过十万烛南商贾，不渡一人卷跑过一城之财，半算子一卦惹风花谷内乱，仇大少爷更别提了，当年一句'名字难听'，便换了东洲多少城池的城祝……陆十一你充其量就是个治病要命的纨绔，哪里够得上'仙门四害'？"

"什么？"陆净愤然拍腿，"本公子以前也是差点儿令药谷和清渊门打起来的人物好吗？……全怪我哥赶到得太及时。"

娄江在旁边听到这话，险些一头栽进海里。

——敢情你们这些纨绔，还纨绔出等级和鄙视链来了？

"这家伙就是一句话让风花谷正、副谷主姐妹情碎，翻脸厮杀的半算子？"仇薄灯挑剔地审视挣扎着爬起来的青年道人，"看着也太穷了吧，简直拉低纨绔榜的水准啊……你带他来做什么？"

"你们上次不是问我怎么提前蹲点的吗？"不渡一指半算子，"就是这家伙算的卦，连带'你们到鳕城必有血光之灾'也是他说的。我就把他带过来了。"

"小道早说了，我乃天机谷传人，神机妙算，从不骗人的。"半算子仰起鼻血哗啦啦流的脸，瓮声瓮气道。

"这么准，你怎么没算到自己会从栈道摔下来？"左月生揶揄。

"唉，"半算子一边撕下衣袖堵住鼻血，一边叹气，"这定然是因小道今日泄露太多天机，是以才有此劫。"

"算迷了路一百次的天机。"不渡哼哼。

"欸，不渡禅师，你这么说就不是了。"半算子堵住鼻血后，环顾四周，"依小道看……欸？"

他的视线突然定格在仇薄灯脸上。

"公子，您不日有血光之灾。"

左月生心说：你的不日是哪一日我不知道，但我觉得牛鼻子你现在就要有灾了……某个人的手已经按在刀柄上了喂！

下一刻，左月生的眼睛骤然瞪大。

刀光乍起，半空一线血色。

真、真出刀了？！

番外
游山海

定四极不是一蹴而就的事。

在确定天地四极的极柱安在哪个地方最合适前，要先了解清楚大地的情况。所以白衣神君走过很多地方。

神君出行，是很热闹的。老龟会慢吞吞地跟在他身后，爱穿黑衣服、一脸"我很牛"的牧狄会臭着一张脸，嫌弃遍地的泥坑弄脏他的衣服。月母和牧狄不对付，他一开口就怼他，毫不客气地让他滚回去守空桑。

牧狄瞬间闭嘴。回去守空桑，盯着金乌吭哧吭哧地拉着太阳来来回回，哪里有跟神君出来好玩？

金乌是空桑的"第一工作狂"。

也确实是工作狂，否则哪个家伙受得了一年三百六十五天，天天拉着火球在天空中跑。不过金乌的习性就是这样，它们是在火中生长起来的，得拉着火球快跑，消耗尽自己体内的力量，否则入夜了，身体里的火就会让它们睡不好觉。

不过偶尔金乌也会偷懒。哪天金乌偷懒了，哪天太阳升起来就晚了。

留在空桑做的事比较枯燥，得坐在空桑神木下，算一大堆的天轨仪盘，还得帮云中城的家伙建造住的地方。

出来和神君勘测十二洲就有意思多了。

神君性情好，怎么吵他都不生气，还会带大家做很多很有意思的事。路上遇到个大水洼，有小妖怪啪嗒摔进去，滚了一身泥巴。牧狄会觉得把水洼填了算了，把地整平坦点。神君会从袖子里掏出种子，撒到水洼里。

他白如飞雪的袖子，再轻轻往上一拂。

水洼里的种子就抽了芽，铺了叶，开了花。成了后来十二洲最美的莲花荡。

不过成为莲花荡是后来的事。

当时，莲花从烂泥巴里开出来了，水变清了、净了，大家"哇——"地站在旁边，觉得还少了点什么。神君张了张手，就将天上星辰的碎光收走了一点。

洒进了田田的莲花荡里，星星点点的萤火虫轻纱般地飘了起来。

那时候大家都很强，可强在打架。大家是妖，是鬼，是神仙，力量强在开山劈石，用得粗糙。像神君这样能让暗泥和瘴气里开花的，很少很少。

大家都是慢慢地学着神君的样子，才知道怎么把自己的力量变成种子，去让一块乌漆墨黑的大地变得漂亮一点。

大家都喜欢神君。喜欢围在神君身边，听神君以风做弦，信手弹琴。神君也喜欢和大家待在一起，偶尔神君也会独自出去走走。

神君独自走的时候，会戴一个巫面具。

喜欢穿白衣的神君有个小秘密。

他发现了这个世界冥冥中正在孕育的一点意识。

那点意识一开始又冷又缥缈。因为大地上生灵还不够多，瘴气还重，显得它有点容易被大荒吞食。神君发现了它，将那点意识引进一张面具里，以此替它瞒过了大荒的感知。

神君戴着那张面具，在行走时和它说话。神君自己爱热闹，便觉得它应当也是需要些陪伴的。

起初都是神君自己说，见到什么和它提什么。

直到有一天，依附在那张面具上的天地意识忽然传达了一个念头。它问——

"你在做什么？"

那是天道的第一个问题。它是天道，是漠然运转的规则，万事万物都在它的感知中。它知晓一切，又不理解一切。可有一天它生出了想要知道神君在做什么的念头。

一点细碎的阳光落在仇薄灯脸上。

他睁开眼睛，看见从高大的树木缝隙里落下来的阳光。

师巫洛坐在马车前边，身姿端正挺拔地驾车。他们两个人出行，不喜欢带其他人，很多琐碎的事情都是师巫洛亲力亲为。

以前是仇薄灯教他这个那个，品尝人间的种种美食。结果仇薄灯这一次成了太乙宗小师祖，被太乙宗上下无原则、无条件地纵容了好些年。仇薄灯现在十指不沾阳春水，件件杂活都不会。反倒是师巫洛十项全能了。

仇薄灯想到这儿，忍不住觉得这世事的变化是有些让人预想不到的。

嗯，神也想不到。

"怎么了？颠簸吗？"

师巫洛察觉他醒了，侧过脸问道。

"没有。"仇薄灯坐起来，他们的马车是太乙宗最好的马车，用了各种上佳的材料，里头还有顶级阵法。这要是颠簸，世界上就没有不颠簸的马车了。

"梦到一些事了。"

师巫洛放慢了马车的速度。

仇薄灯以前做梦，梦见的都不算是很愉快的情形。他对仇薄灯做梦有点心理阴影。

"是好事。"

仇薄灯盘坐在马车上，一身红衣，手指一下一下地点着车横木。

"想起来那时候你附在面具里，不同的木头沟通天地的效果不一样。我找来找去，还把牧狄种的梨树偷偷削了一点。那梨树是他和月母打赌打输了，捏着鼻子去种的。牧狄嘴上特别不在乎梨树是死是活，发现梨树被偷削了一段，气得在空桑和人打了三天架。"

结果被人合伙群殴，揍得满头是包。大家都觉得是这臭屁的家伙自己没种好树，碰折了后怕月母嘲笑，找人背黑锅。

牧狄气急败坏。

梨树被削和牧狄挨揍，成了空桑的一桩悬案。因为神君太过正直，他都戴着新做的梨木面具在大家面前走过去了，结果愣是没有一个人怀疑到他身上。

事后发现，梨木做的面具也不合适。牧狄纯属白挨了一顿群殴。

师巫洛听他提到以前，语气好笑，也跟着轻轻笑了一下。他比仇薄灯更记得那时候的每一件事。

马车在一处狭窄的谷口停下。

谷口旁边立着一块界碑，上边写着：南方疆域。

"以前你就是在这儿等我的？"仇薄灯问。

师巫洛也在看着那块界碑。在很久以前，南方疆域的大巫出不得这里，只能满怀仇恨地被困在后头的瘴气中。唯一一个能出来给神君讨公道的只有他。

"等得苦不苦？"

"不苦。"

仇薄灯转头，朝师巫洛笑了笑。他们周围南方疆域的高大树木上开着茂盛艳丽的花，一大簇一大簇的。

他们是从太乙宗偷偷出来的。

没有忘记给守在那里的老龟喂桂花糕。

图书在版编目（CIP）数据

美人挑灯看剑 . 上 / 吾九殿著 . —— 广州：广东旅游出版社，2024.2（2024.5 重印）
ISBN 978-7-5570-2947-0

Ⅰ . ①美… Ⅱ . ①吾… Ⅲ . ①长篇小说—中国—当代 Ⅳ . ① I247.5

中国国家版本馆 CIP 数据核字 (2023) 第 027950 号

美人挑灯看剑 . 上
MEI REN TIAO DENG KAN JIAN. SHANG

出 版 人：刘志松
责任编辑：陈　吉
责任技编：冼志良
责任校对：李瑞苑

广东旅游出版社出版发行
地址：广州市荔湾区沙面北街 71 号首、二层
邮编：510130
电话：020-87347732（总编室）　020-87348887（销售热线）
投稿邮箱：2026542779@qq.com
印刷：三河市中晟雅豪印务有限公司
（地址：三河市泃阳镇错桥村）
开本：700毫米×980毫米　1/16
字数：413 千
印张：23
版次：2024 年 2 月第 1 版
印次：2024 年 5 月第 2 次印刷
定价：49.80 元

【版权所有 侵权必究】

如发现图书质量问题，可联系调换。质量投诉电话：010-82069336